La menace du silence

Retrouvailles en eaux troubles

TYLER ANNE SNELL

La menace du silence

Traduction française de
ISABEL ROVAREY

BLACK ROSE

HARLEQUIN

Collection : BLACK ROSE

Titre original :
UNCOVERING SMALL TOWN SECRETS

HARPERCOLLINS FRANCE
83-85, boulevard Vincent-Auriol, 75646 PARIS CEDEX 13
Service Lectrices — Tél. : 01 45 82 47 47 - www.harlequin.fr
ISBN 978-2-2804-7465-8 — ISSN 1950-2753

Composé et édité par HarperCollins France.
Imprimé en juillet 2022 par CPI Black Print (Barcelone)
en utilisant 100% d'électricité renouvelable.
Dépôt légal : août 2022.

MIXTE
Papier issu de sources responsables
FSC® C159065

Pour limiter l'empreinte environnementale de ses livres, HarperCollins France s'engage à n'utiliser que du papier fabriqué à partir de bois provenant de forêts gérées durablement et de manière responsable.

1

Quand Annie McHale avait disparu, tout le monde avait participé aux recherches. Un an plus tard, seules trois personnes s'étaient mobilisées pour retrouver Fallon Dean.

La troisième était le détective Gordon. À la veille de partir en retraite, il avait conclu que Fallon avait dû tout bonnement plier bagage. Mais rien n'était jamais aussi simple à Kelby Creek, dans l'Alabama, depuis que le scandale baptisé « la Tempête » avait secoué le comté de Dawn et failli anéantir la petite ville. Et donc, alors qu'il ne lui restait plus qu'une semaine à faire, Gordon s'était vu convoquer par le shérif par intérim, qui l'avait vivement encouragé à repousser son départ afin de s'assurer que rien de grave n'était arrivé au jeune homme de vingt-trois ans.

Le détective blasé et grincheux en avait conçu une rancœur qui l'avait rendu plus blasé et grincheux encore. Il avait mené l'enquête avec, plaqué en permanence sur le visage, le masque renfrogné d'un homme qui aurait eu un verre de lait tourné sous le nez. Quoi qu'il en soit, pis encore que son air perpétuellement boudeur, il avait reçu des réponses rien moins qu'enthousiastes de la part des personnes qu'il avait interrogées.

La ville voulait oublier beaucoup de choses concernant son passé mais, apparemment, ce n'était pas aussi évident s'agissant de Fallon. Nombreux étaient ceux qui n'étaient pas prêts à tirer un trait sur l'accident qu'il avait causé.

Heureusement, il y avait Larissa Cole.

Avant que le détective Gordon ne se soit vu confier l'affaire, Larissa avait été la première à proposer son aide. Dès le moment où les Dean étaient arrivés à Kelby Creek, cinq ans plus tôt, elle les avait pris sous son aile avec une bienveillance maternelle qu'aucun des enfants Dean n'avait connue depuis bien longtemps. Si Larissa croyait aussi que Fallon était parti de son plein gré, cela ne l'empêchait pas de se faire du souci. Elle était devenue la meilleure amie de Millie et elle voyait bien que celle-ci souffrait.

Et qu'elle ne connaîtrait pas le repos tant qu'elle n'aurait pas retrouvé son frère.

Il y avait six mois jour pour jour que Millie Dean n'avait pas revu son frère cadet. Debout dans sa cuisine, par cette chaude journée de juin, elle laissa son regard désenchanté dériver vers la fenêtre. Entre le moment où elle avait expliqué au détective Gordon que la disparition de son frère n'était pas normale et maintenant, peu de choses avaient changé.

Le bail de l'appartement de Fallon avait expiré et Millie avait récupéré toutes ses affaires, les rassemblant dans sa chambre d'amis. Le forfait de son téléphone était toujours actif mais l'appareil était éteint depuis longtemps ; quant à son poste au journal, il avait été pourvu. Même les rumeurs courant sur la famille Dean s'étaient mises sur pause.

Les gens lui souriaient, échangeaient quelques mots avec elle à l'épicerie ou lorsqu'ils la rencontraient dans la rue. Ils la saluaient du traditionnel petit signe de tête du Sud quand ils la croisaient, en voiture. Mais ils n'en estimaient pas moins que le détective Gordon avait bien fait de partir à la retraite – au bout de seulement deux mois d'enquête – et pas une fois ils n'avaient proposé de se joindre aux recherches… Pas même le jour anniversaire des six mois de sa disparition.

Pour les habitants de Kelby Creek, même s'il était aujourd'hui adulte, Fallon Dean était un fugueur. Cette étiquette lui était restée depuis la fois où il s'était enfui, adolescent. Et maintenant, tout le monde était convaincu qu'il n'y avait pas de raison de le considérer comme disparu.

Millie referma les doigts sur l'essuie-main imprimé de citrons qui était posé au bord de l'évier. Six mois et un jour plus tôt, elle s'en serait voulu de le chiffonner. Elle l'avait acheté en ville sur un coup de cœur parce qu'il était assorti à une robe bain de soleil qui lui avait valu de nombreux compliments à l'épicerie.

Mais aujourd'hui…

Elle le froissa sans remords entre ses doigts comme s'il s'agissait d'un vulgaire morceau de papier absorbant.

La femme insouciante vêtue de sa robe au motif de citrons n'existait plus. Elle avait été remplacée par la sœur prête à tout pour retrouver sa seule famille.

Même si cela voulait dire tout recommencer du début.

Elle abandonna l'essuie-mains roulé en boule sur le plan de travail et pivota sur ses talons. Sa maison datait des années 1970, mais elle avait été rénovée par le précédent propriétaire. Il n'y avait aujourd'hui plus rien de vieillot dans la petite maison de deux chambres. Tout n'était que lignes pures, du blanc et du gris avec, çà et là, quelques murs rehaussés de bois pour offrir un contraste.

L'un de ces murs, derrière la table à manger, s'ornait d'un immense tableau blanc, presque disproportionné par rapport à la taille de la pièce. Millie y traça quelques mots.

Puis elle se dirigea vers la cafetière pour se préparer une nouvelle tasse de café.

Ce ne fut que lorsque son téléphone sonna, des heures plus tard, qu'elle se rendit compte que la nuit était tombée.

Son estomac gargouilla au moment où elle décrochait.

— Allô ?

La voix de Larissa résonna à son oreille, précipitée.

— Zach vient juste de m'appeler pour me demander qui était l'homme qui emménage à côté de chez toi. Il dit qu'il a vu un camion de déménagement stationné devant en se rendant à l'église et qu'il était toujours là quand il est repassé en sens inverse.

Millie repoussa la chaise de cuisine sur laquelle elle avait pris racine tandis qu'elle repassait dans sa tête chaque détail de son enquête et se dirigea vers la fenêtre. Telle une sentinelle, un réverbère se dressait entre sa boîte aux lettres et la maison voisine mise en location, mais le halo de lumière n'éclairait que la rue déserte.

— Je n'ai pas vu de camion et je n'en vois toujours pas maintenant, répondit-elle. Tu es sûre que Zach n'a pas fait erreur ?

Il y eut du mouvement à l'autre bout de la ligne, puis Larissa répéta la question à leur collègue, Zach, qui devait se trouver à proximité. Il répondit mais Millie ne distingua pas ses paroles.

— Il n'a pas fait erreur, reprit Larissa. Il dit que, les deux fois où il est passé devant chez toi, à l'aller et au retour, ta voiture était garée dans l'allée, et que tu aurais dû le voir.

Larissa marqua une pause. Millie imagina sans peine la femme de quarante-deux ans malgré la distance qui les séparait. Son visage rond à l'expression débonnaire, réconfortante, ses lunettes glissant sur son nez, ses yeux bruns chargés de plus d'attention maternelle que Fallon et elle n'en avaient vu dans ceux de leur mère.

— Comment se fait-il que tu n'aies pas remarqué la

présence de ce camion ? Qu'est-ce que tu as fabriqué, aujourd'hui ?

La culpabilité l'assaillit à l'idée de mentir à nouveau à sa meilleure amie. Larissa avait essayé de se faire remplacer au travail pour passer la journée auprès d'elle, sachant que c'était la date anniversaire de la disparition de Fallon, seulement Millie s'était réveillée ce jour-là avec un objectif bien arrêté en tête.

Obtenir enfin les réponses qu'elle cherchait.

Quoi qu'il en coûte.

Mais dire cela à cette mère poule posée et pétrie de bonnes intentions qui avait vu combien Millie avait changé en six mois… Non. Ça n'aurait fait qu'accroître encore son inquiétude, ce qui aurait rejailli sur sa propre vie.

Chose que Millie ne voulait pas.

Elle avait donc menti, prétextant vouloir regarder des épisodes en retard d'une série télévisée.

— Je suis restée scotchée devant le téléviseur une bonne partie de la journée, dit-elle. Il y a six saisons de *Community* et je n'en suis qu'à la deuxième. Tu sais comme je suis jusqu'au-boutiste quand il s'agit de séries qui me plaisent.

Il y eut un temps d'hésitation au bout de la ligne puis Larissa parut gober son histoire.

— Oui, eh bien, pense quand même à avaler quelque chose. Tu es capable d'oublier de te nourrir quand tu es concentrée sur quelque chose. De toute façon, je passerai te déposer des biscuits après mon service, vers 22 heures. Tu as intérêt à me montrer des assiettes sales pour me prouver que tu as mangé.

La voix de Larissa s'adoucit aussi brusquement qu'elle changeait de sujet.

— Et maintenant, file découvrir ton nouveau voisin.

Ce n'est pas tous les jours que quelqu'un emménage à Kelby Creek.

Elles mirent fin à la communication et Millie jeta un coup d'œil à l'horloge. Il lui restait quelques heures avant la visite de Larissa, ce qui lui laissait le temps, si elle se dépêchait, de refaire le tour des derniers endroits où Fallon avait été vu avant de se volatiliser.

Millie attrapa son sac à main, claqua la porte et descendit précipitamment l'allée. Un peu comme pour le camion de déménagement, ce fut à peine si elle remarqua l'homme qui marchait parallèlement à elle dans l'allée voisine, les bras chargés d'un gros carton. Par réflexe, elle hocha la tête lorsque leurs regards se croisèrent.

À la lumière de son porche, elle le vit vaguement lui rendre son salut mais sans y prêter attention, comme quand on voit quelque chose mais qu'on a l'esprit occupé par des questions plus importantes.

L'homme était jeune, beaucoup plus jeune que M. Tomlin, le locataire précédent. Il devait être plus près de ses vingt-huit ans à elle que des soixante-deux de M. Tomlin. Il était plus grand aussi. Les épaules plus larges et plus costaud, à en juger par l'aisance avec laquelle il portait son carton. Dans la pénombre, Millie ne discerna pas la couleur de ses cheveux, si ce n'est qu'ils n'étaient pas noirs comme les siens et qu'il en avait beaucoup. Ils lui arrivaient aux épaules et s'assortissaient d'une barbe. Elle eut chaud rien qu'à regarder cette dernière. C'était l'été et on était à Kelby Creek, ce qui signifiait que même la nuit n'apportait que peu de répit à la chaleur moite qui sévissait à cette période dans le sud de l'Alabama. Hormis ces quelques détails rapidement entrevus, Millie ne s'attarda pas pour en apprendre davantage.

Elle avait un frère à retrouver… Alors, tant pis pour la légendaire hospitalité du Sud !

Foster Lovett n'était pas revenu à Kelby Creek depuis qu'il en était parti et avait épousé Regina Becker juste après le lycée. Ce qui n'était pas l'idée la plus brillante qu'il ait eue au cours de ses trente-deux ans d'existence, mais pas la pire non plus. Regina et lui avaient connu cinq années de bonheur conjugal avant que le barrage des incertitudes de la jeunesse, des espérances naïves et du travail ne commence à se fissurer.

Quand il avait explosé, les cinq années suivantes avaient surtout consisté à tenter de survivre au raz-de-marée.

Cela n'avait pas été le cas.

Et maintenant, Foster était de retour dans sa ville natale, à transpirer dans son jean, à maudire les moustiques et à se demander qui était sa nouvelle voisine – même s'il s'était juré de se tenir à distance du sexe opposé à la minute où il avait signé les papiers de divorce et perdu sa maison, sa voiture et le chien, deux ans plus tôt. Oh ! bien sûr, il avait eu quelques aventures depuis ce jour fatidique, mais la leçon qu'il avait tirée de son union avec Regina était toujours imprimée au fer rouge dans son esprit.

Les femmes étaient synonymes de problèmes.

Et celle qui avait jailli comme un diable de sa boîte de la maison voisine pour se ruer vers sa voiture ne devait pas déroger à la règle. Le mot « problèmes » s'ornait même sans doute d'une majuscule, dans son cas.

Or, les problèmes, Foster en avait eu son content. Du moins, ceux de nature féminine, car, sur le plan professionnel, il revenait à Kelby Creek précisément pour se colleter avec une sacrée pagaille, situation qu'il espérait bien contribuer à normaliser.

Il souleva plus haut le carton de vaisselle tandis qu'il poussait du pied la porte d'entrée et se faufila à l'intérieur. L'air conditionné avait fonctionné toute la journée, mais cela sentait encore le renfermé. Plissant le nez, il se pencha en avant pour faire glisser le carton sur le plan de travail juste au moment où son portable sonnait. Il jeta un coup d'œil à l'horloge du four : 19 heures.

L'écran de son portable affichait le nom, si improbable soit-il, de Brutus.

Foster se redressa et prit l'appel.

— Allô.

— Salut, Love, désolé de t'appeler alors que tu m'avais demandé un peu de tranquillité le temps de t'installer, dit la voix profonde et un peu éraillée du shérif par intérim, Brutus Chamblin. Mais je me suis laissé dire que tu étais au Crisp's Kitchen pas plus tard qu'il y a une demi-heure, à faire la tête, donc j'ai pensé que je pouvais tenter ma chance.

Foster leva les yeux au ciel.

— Je ne faisais pas la tête, je n'étais pas d'humeur à faire la conversation, c'est tout.

— Ça revient au même quand tu vis dans une ville d'à peine mille huit cents habitants. Tu devrais le savoir… à moins que le fait de vivre à Seattle n'ait effacé tous tes souvenirs des usages du Sud.

Foster soupira tandis qu'il tranchait l'adhésif sur le dessus du carton qu'il venait d'appporter.

— Je suis revenu pour aider à redorer le blason de cette ville et du bureau du shérif. J'aurais cru que ça me vaudrait un minimum d'indulgence si je ne passe pas une demi-heure à écouter Quinn Cooper me décrire par le menu le poisson qu'il a pêché dans la rivière il y a deux mois alors que j'essayais juste de finir mon dîner.

Brutus s'esclaffa.

Le *shérif Chamblin* s'esclaffa.

Foster allait devoir s'habituer à l'idée que le vieil ami de son père était maintenant le shérif par intérim jusqu'à ce que quelqu'un d'autre soit élu. Ça signifiait qu'il lui faudrait s'adresser à lui en y mettant un peu plus les formes qu'il n'en avait l'habitude. D'autant que Foster allait occuper le poste d'enquêteur principal au sein du bureau.

— Peut-être que ça ne te tuerait pas de sourire à la ronde et de faire semblant de montrer un peu d'intérêt aux uns et aux autres. Au moins le temps que les choses redeviennent un peu plus normales.

Foster commença à déballer les assiettes tout en prenant mentalement note d'acheter des couverts. Après le divorce, il avait habité chez un ami de la police de Seattle avant de louer un studio puis un appartement un peu plus grand. Et, au fil des déménagements, il avait perdu de plus en plus de meubles, de choses et d'autres, parmi lesquelles, étrangement, la totalité de ses fourchettes. Il aurait été bien incapable de dire où elles avaient pu passer.

— Je verrai ce que je peux faire, concéda-t-il finalement. Du moment que tu gardes bien en tête que je ne suis pas ici pour faire des ronds de jambe et jouer les gentils, mais pour résoudre des affaires.

— Justement, à ce propos…

Foster s'immobilisa, une assiette à la main. Il n'avait pas eu d'affaire intéressante depuis près de deux mois et la seule idée de s'atteler à une enquête accélérait les battements de son cœur.

— Je n'ai que des affaires classées à te confier pour l'instant. J'ai déposé les dossiers sur ton bureau. Peut-être que tu pourras apporter un nouvel éclairage sur au moins l'une d'entre elles ? Dieu sait qu'une bonne nouvelle ferait le plus grand bien à tout le monde, ici. Avec un enquêteur vedette comme toi rejoignant nos rangs, on va peut-être enfin en avoir une à leur fournir.

Foster reprit son opération de déballage et hocha lentement la tête. Il n'avait jamais aimé être qualifié de « vedette », mais il était fier que son taux de résolution d'affaires supérieur à la moyenne lui ait conféré une certaine renommée au sein des forces de l'ordre.

— Je les regarderai dès demain matin.

— Parfait. Je passerai te voir après ma réunion avec le maire par intérim. Il pense que, comme nous occupons tous les deux nos fonctions de façon temporaire, il est bon que nous soyons constamment en contact à propos de tout ce qui touche la ville.

Ce fut au tour de Brutus de soupirer cette fois.

— Ce type aurait de quoi faire sombrer la plus placide des nonnes dans la boisson, je t'assure.

Foster rit et adopta le ton qu'avait utilisé le shérif un moment plus tôt.

— Voyons, voyons, shérif… Vous oubliez vos bonnes manières du Sud.

— Oui, oui, c'est ça. À demain matin, Love.

Foster passa le reste de la soirée à vider ses cartons. La maison qu'il avait louée avait deux chambres mais elle était assez petite – du moins, pour la ville. Mais, comparativement à son ancien studio de Seattle, c'était un château. Et lorsqu'il eut tout déballé, il s'avisa que l'endroit paraissait encore bien dépouillé.

Ce qui ne le dérangeait pas plus que ça ; il n'avait jamais été très casanier.

Foster passa sous la douche puis se mit au lit, l'esprit déjà tourné vers les dossiers qui l'attendaient, le lendemain matin. Plusieurs heures s'étaient écoulées lorsqu'il se leva pour aller chercher un verre d'eau. Ce fut en se désaltérant dans la cuisine qu'il constata que sa voisine n'était pas revenue.

Il se demanda de nouveau qui était cette femme.

— Perte de temps, grommela-t-il pour lui-même à voix haute, son verre vide à la main. Tu es là pour travailler, pas pour nouer des liens d'amitié avec tes voisins.

Ce petit rappel lui suffit. Il retourna se coucher et, cette fois, s'endormit rapidement.

Son alarme le réveilla. Il mangea, s'habilla, puis sauta dans le Tacoma rouge d'occasion qu'il avait acheté quelques semaines plus tôt avant de prendre le chemin du bureau du shérif.

Il salua Libby à l'accueil, échangea quelques mots avec un adjoint qu'il n'avait pas encore rencontré et passa devant la porte fermée du bureau de Brutus avant de continuer dans le couloir et de tourner à gauche.

À côté de l'une des deux portes du petit corridor, une plaque flambant neuve indiquait « Détective Lovett ».

Sa porte était ouverte.

Et non seulement elle était ouverte, mais quelqu'un était assis sur le siège, face à son bureau.

Les boucles brunes de la femme qui lui tournait le dos ne lui évoquaient rien mais, en contournant l'inconnue pour aller s'asseoir, il reconnut son visage soucieux.

C'était la femme de la veille. Celle qui était si pressée.

Sa voisine.

— Bonjour, dit-il. Puis-je vous demander qui vous êtes et pourquoi vous vous trouvez dans mon bureau ?

Tout en s'installant face à elle, Foster put constater à quel point l'inconnue était belle. Des cheveux noirs comme la nuit, un teint caramel qui faisait paraître ses yeux d'ambre plus brillants encore tandis qu'ils l'évaluaient, une physionomie tout en angles harmonieux qui lui évoqua l'aristocratie – le terme « patricien » lui vint en tête avant que son cerveau ne coupe court à cet examen. Il nota malgré tout ses longs cils qui ombraient le haut de ses pommettes mates comme elle le suivait du regard.

La femme lui adressa un bref sourire de simple politesse.

Mais celui-ci s'effaça très vite de ses lèvres, remplacé par une anxiété si vive que l'attention de Foster s'aiguisa instantanément.

— Je m'appelle Millie Dean et j'ai besoin de votre aide.

2

Millie avait soudoyé Libby et l'adjoint Park en leur apportant des biscuits au chocolat pour qu'ils lui permettent de franchir le barrage de l'accueil et d'accéder au bureau du nouvel enquêteur. Libby avait été toute disposée à la laisser passer, mais l'adjoint Carlos Park s'était fait tirer l'oreille. Il l'avait toisée de ce regard qui lui était beaucoup trop familier avant de finir par emporter une belle quantité de biscuits. Prendre la peine de confectionner ces alléchants gâteaux avait payé, en fin de compte.

Après une longue soirée passée à tenter de découvrir des indices dans l'obscurité, elle était rentrée chez elle bredouille et abattue, quelques minutes à peine avant l'arrivée de Larissa. Mais, contre toute attente, son amie lui avait redonné un peu d'espoir.

Le poste laissé vacant par le détective Gordon avait enfin été pourvu.

Pour Millie, cela représentait une nouvelle chance et cela signifiait qu'elle devait rencontrer sans délai le nouveau détective.

Seulement, maintenant qu'elle était face à lui et s'était présentée, la nervosité la rattrapait… pour plusieurs raisons.

La première étant que le bureau du shérif du comté de Dawn n'était plus exactement en odeur de sainteté auprès de la population depuis qu'une violente tempête doublée d'une inondation avait envoyé la voiture de l'ancien maire finir sa course dans un fossé. De là, tout s'était enchaîné… L'agent du FBI qui était intervenu sur les lieux de l'accident avait découvert quelque chose qui, de fil en aiguille, avait conduit à la révélation d'une conspiration générale ourdie par les autorités de la petite ville. La corruption qui avait gangrené Kelby Creek avait abouti à l'inculpation puis à l'arrestation de la plupart des hauts fonctionnaires et employés de la municipalité – le shérif et le maire de l'époque y compris.

Les conséquences de l'événement climatique avaient été telles que la ville tout entière avait surnommé l'affaire « la Tempête ». Une dénomination toujours énoncée avec la même rancœur et la même colère que le jour où la nouvelle s'était répandue dans la petite localité.

Les membres du bureau du shérif qui y avaient été mêlés n'avaient pas seulement enfreint la loi, ils l'avaient piétinée. Leurs méfaits avaient sali la réputation de Kelby Creek aux yeux du pays tout entier et discrédité l'organisme aux yeux des résidents, qui avaient bien du mal aujourd'hui à lui accorder de nouveau leur confiance – même après les nouvelles embauches et les mutations destinées à réhabiliter l'image du bureau.

C'était là néanmoins ce qui donnait à Millie des raisons d'espérer. Mais elle ne savait rien de ce nouvel enquêteur, ce qui en soi la mettait mal à l'aise.

La deuxième, songea Millie, assise, le dos raide, tout au bord de sa chaise, c'était que cette date anniversaire résonnait cruellement aujourd'hui. Six mois. C'était long. Beaucoup trop long pour que la disparition de Fallon soit ignorée, traitée par-dessus la jambe comme cela avait été le cas jusqu'à présent. Tous ces jours qui s'étaient écoulés depuis qu'elle l'avait vu partir de chez elle s'étaient douloureusement additionnés les uns aux autres sans qu'une seule fois elle ait reçu de nouvelles, bonnes ou mauvaises, de la part des autorités. Et voilà qu'elle s'apprêtait de nouveau à soumettre le problème à un homme qui portait un badge étoilé. Espoir ou pas, il y avait de quoi se sentir nerveuse.

La troisième, de nature nettement moins grave que les deux précédentes, c'était qu'elle venait de se rendre compte que l'enquêteur qui était en face d'elle était l'homme au carton de la veille. Ce devait donc être son nouveau voisin. Un voisin avec des cheveux longs, blond foncé, des yeux vert forêt et une mâchoire décidée qu'elle vit se crisper comme elle commençait à expliquer la raison de sa présence.

— Personne n'a revu mon frère, Fallon Dean, depuis le début du mois de décembre dernier, déclara-t-elle. Cela a fait six mois hier qu'il a disparu.

Le détective Lovett posa son café et attrapa un stylo.

— Quel âge a-t-il ?

— Vingt-trois ans. Il en aura vingt-quatre en septembre.

— Et pourquoi avez-vous attendu tout ce temps pour nous prévenir ?

Son expression n'avait pas changé depuis qu'il était entré dans son bureau, et Millie aurait bien voulu savoir ce qu'il pensait. Elle aurait bien voulu également ne pas le trouver aussi séduisant. Mais, en dépit de la situation et bien malgré elle, il l'intriguait.

— Ce n'est pas la première fois que je viens ici…

Elle hésita, cherchant les mots magiques qui feraient qu'il ne balaierait pas sa requête d'un revers de manche, comme l'avaient fait les autres avant lui.

— J'ai signalé sa disparition dès le lendemain.

— Donc, l'enquête est toujours en cours ?

Millie secoua la tête.

— Il n'a pas été retrouvé, mais l'affaire a été classée sans suite il y a quatre mois.

Elle le vit hausser les sourcils. Et porter le regard sur les dossiers qui étaient empilés sur son bureau.

— Une affaire classée signifie une affaire résolue.

Millie se mordit la langue pour ne pas dérouler son réquisitoire.

— Le détective en charge de l'affaire a abouti à une impasse et… il a renoncé, avança-t-elle prudemment. Fallon est toujours dans la nature et…

Un coup frappé sur le montant de la porte, derrière elle, détourna l'attention du détective Lovett.

Millie se retourna et fronça les sourcils en voyant apparaître l'adjoint Carlos Park.

Avec ses cheveux sombres coupés en brosse et sa musculature saillante travaillée de façon obsessionnelle en salle de sport, l'adjoint l'ignora et centra son regard droit sur le détective.

— Lovett… Pourrais-je vous parler une seconde ?

— Je suis occupé, répondit la douce voix de baryton. Ça ne peut pas attendre ?

Les yeux de l'adjoint Park se plantèrent sur elle, et Millie regretta instantanément de lui avoir apporté des biscuits.

— Non, je ne crois pas.

Le détective repoussa son siège à roulettes en arrière et se leva. Millie se tourna délibérément sur le côté, la colère montant en elle. Les sourcils de Lovett s'arquèrent de nouveau mais il ne lui posa aucune question.

Ce qui valait mieux car elle était déjà en train de préparer les arguments qu'elle brandirait pour sa défense à son retour. Une fois que l'adjoint Park aurait porté atteinte à l'image de son frère. Comme toute la ville était prête à le faire à la première occasion. C'était en partie pourquoi elle était venue tout de suite, ce matin, espérant être la première à donner sa version au détective.

C'était bien la peine d'avoir pris cette précaution !

— Je reviens dans une minute.

Millie hocha la tête avec raideur. Ce ne fut que lorsqu'il fut sorti de la pièce qu'elle s'aperçut que ses mains s'étaient refermées, poings serrés, sur ses genoux. Qu'il soit séduisant ou pas, singulier ou pas, Millie imaginait sans peine ce qui allait suivre.

Mais elle s'accrocha à l'espoir ténu que le détective Lovett réagirait différemment.

Qu'il n'écouterait pas ceux qui avaient fait partie du bureau du shérif cinq ans plus tôt. Qu'il lui accorderait le bénéfice du doute.

Les gens changeaient et Fallon ne faisait pas exception – il avait même changé plus que la moyenne.

Pourquoi les gens de Kelby Creek se refusaient-ils à le croire ? Et plus spécifiquement ceux du bureau du shérif qui étaient encore là ?

Ils étaient bien placés pour savoir à quel point c'était vrai.

Après la Tempête, c'était un peu l'hôpital se moquant de la charité.

— Désolé de vous avoir fait attendre.

Le détective se matérialisa à côté d'elle et elle nota tout de suite son changement de ton. Apparemment, il n'était pas différent des collègues qui venaient de lui parler de Fallon.

Millie décida d'en finir avec les banalités et les politesses. Elle n'allait pas recommencer à justifier le passé familial dans l'espoir d'être prise au sérieux par cette nouvelle recrue.

— Vous allez me dire que mon frère a un passé de fugueur, que c'est un adulte, qu'il n'a pas disparu mais est parti de son plein gré… Je me trompe ?

Lovett croisa les doigts sur son bureau.

— Je me fonde sur les faits, mademoiselle Dean, déclara-t-il d'une voix égale. Fallon a en effet fugué par le passé, et pas seulement ici. Ça s'était déjà produit à plusieurs reprises avant votre arrivée à Kelby Creek.

Il regarda le carnet qu'il avait emporté en quittant son bureau. Elle entrevit des notes rédigées d'une petite écriture serrée et régulière.

— Quatre fois entre seize et dix-huit ans. Puis de nouveau une fois, ici. Alors qu'il le recherchait, un adjoint a été percuté par une voiture et forcé de cesser le travail à la suite de ses blessures.

Il releva la tête, arrêtant sur elle un regard de menthe glacée.

— Le détective qui était précédemment chargé de l'affaire n'a découvert aucun signe inquiétant pouvant indiquer qu'il y ait eu enlèvement, sans compter que vous avez dissimulé le fait que Fallon vous avait laissé un mot. Un mot qui disait qu'il s'en allait et qu'il allait bien.

Le mot. Le maudit mot.

C'était la principale raison pour laquelle personne ne la croyait.

Millie s'efforça de ne pas hausser la voix, de ne pas *hurler* dans l'espoir de se faire entendre.

Dans l'espoir de faire voir à cet homme ce qu'*elle* voyait.

Mais, le temps qu'elle trouve les mots, il la prit de vitesse.

— Vous devez comprendre ma réticence : entre « s'en aller » et « disparaître », il y a un monde.

Millie se leva et le détective en fit autant. Elle lisait clairement en lui maintenant. Il ouvrit la bouche pour poursuivre, mais Millie éleva une main.

— Vous savez quoi ? J'ai été bien bête de venir ici en pensant que vous pourriez m'aider… Surtout après ce qui s'est passé dans ce service ! Je me demande bien qui aurait encore l'idée de s'adresser à vous pour trouver des réponses !

À la façon dont l'expression du détective se durcit, elle vit qu'elle avait touché une corde sensible.

— Ce qui est fait est fait, on ne peut pas changer le passé, répliqua-t-il sèchement. Le bureau du shérif d'aujourd'hui n'a plus rien à voir avec ce qu'il a pu être. Nous nous escrimons tous les jours à le prouver à la communauté.

— Exactement comme Fallon s'est escrimé ces quatre dernières années à prouver qu'il n'était plus le même. Ce n'est *pas* un fugueur irréfléchi. Comme vous dites, ce qui est fait est fait, mais mon frère n'est plus l'adolescent à problèmes qu'il a été.

Sur ce, Millie empoigna son sac à main et se tourna vers la sortie. Elle était folle de rage, oui, mais elle était meurtrie aussi. Et elle en avait plus qu'assez de cette conversation.

Elle allait retrouver Fallon par ses propres moyens.

Elle n'avait pas besoin du bureau du shérif, ni de cet enquêteur qui les avait d'entrée de jeu jugés, elle et son frère.

Elle s'arrêta sur le pas de la porte et se retourna pour lancer une dernière pique :

— Vous connaissez Fallon depuis moins d'une heure ; moi, depuis vingt-trois ans. Ce mot n'était *pas* écrit de sa main et il n'est *pas* parti de sa propre volonté.

Elle faillit s'en aller à ce moment-là, mais les six mois d'incertitude qu'elle venait de vivre la poussèrent à continuer.

— Et, pour votre gouverne – bien que personne n'ait semblé y attacher la moindre importance –, chaque fois que Fallon a fugué quand il était plus jeune, c'était pour fuir notre beau-père. Mais celui-ci est mort à présent. C'est pour ça que je m'inquiète et que je suis venue vous voir en espérant rencontrer un enquêteur impartial, dépourvu de préjugés. Si Fallon s'est enfui volontairement, que fuyait-il cette fois-ci ?

Le détective Lovett ne répondit pas pour la bonne et simple raison qu'il en était incapable.

Elle avait raison : il ne connaissait pas Fallon.

Il ne la connaissait pas, *elle*.

Et, maintenant, il ne la connaîtrait vraisemblablement jamais.

Les affaires classées empilées sur son bureau en étaient exactement au même point que le matin lorsque Foster quitta le bureau du shérif, sa journée terminée. Certaines dataient de six ans, d'autres, de la fin des années 1990. Il était tout à fait prêt à relever le défi.

Mais ne pas admettre qu'il avait eu du mal à se concentrer depuis que Millie Dean était sortie en trombe de son bureau aurait été se mentir.

— Occupez-vous-en si le cœur vous en dit, avait déclaré l'adjoint Park. Mais la dernière fois que le bureau du shérif s'est mobilisé pour rechercher Fallon, on l'a retrouvé dans les bois en train de fumer de l'herbe et de s'empiffrer de bonbons gélifiés. À cause de lui, l'adjoint William Reiner a été renversé par une voiture alors qu'il explorait les abords d'une route du comté. Croyez-moi, où que soit Fallon Dean, il se moque probablement comme de sa première chaussette que des gens perdent leur temps à le rechercher.

Foster attendit quelques minutes après le départ de Park puis il sortit le dossier de Fallon. Il le plaça sur le dessus de la pile des affaires classées et en lut le contenu de la première à la dernière page pendant sa pause déjeuner.

Ce que Park avait résumé dans le couloir correspondait à ce qui se trouvait dans le dossier.

Millie Dean était venu au bureau du shérif lorsqu'elle avait constaté l'absence de son frère pendant le week-end. Tout ce qu'elle savait, c'était que sa voiture n'était plus là et que le mot qu'elle avait trouvé sur le porche, devant sa porte, n'était pas de lui. C'était le détective Lee Gordon qui s'était chargé de l'affaire et, à en juger par les termes qu'il employait dans son rapport, il s'était surtout concentré sur la recherche du véhicule.

Il ne l'avait pas trouvé, et n'avait pas trouvé Fallon non plus. Pas la moindre trace de lui ni de sa voiture.

Foster plaça le dossier sur le côté pour le reste de la journée, mais il se surprit à penser à la sœur du présumé disparu et à lorgner sur le dossier qui, en trois pages et une photo, probablement fournie par ladite sœur, résumait la vie de Fallon Dean.

Foster était un enfant unique mais cela ne signifiait pas qu'il n'éprouvait pas d'empathie pour Millie. Au cours de sa carrière, il avait côtoyé des monstres, des victimes, des survivants. Il avait dû annoncer de terribles nouvelles à des familles, avait aussi veillé à ce que justice soit rendue à ces victimes.

Il ne lui était jamais arrivé de ne pas résoudre une affaire, quelle qu'en soit l'issue, bonne ou mauvaise.

C'était l'argument qu'avait mis en avant son supérieur, à Seattle, pour le dissuader de partir. « Tu fais du bon travail ici. Dans cette petite ville où tu veux retourner, tout le monde aura un a priori contre toi. C'est comme t'aventurer sur des sables mouvants. Tu ne préfères pas rester ici où tu sais que tu peux réellement te rendre utile plutôt que lancer les dés et croiser les doigts pour que tout se passe bien ? »

Foster avait répondu ce qu'il croyait encore aujourd'hui être la vérité.

Il avait besoin de changer de décor et quelle meilleure façon que de le faire en apportant son aide à une petite ville en difficulté ?

Une petite ville dans laquelle vivait Millie Dean.

Avec ses yeux de la couleur des rayons du soleil se reflétant sur du miel.

Ces yeux qui l'avaient contemplé d'un regard implorant avant d'étinceler de colère.

Des heures plus tard, alors qu'il se tenait dans son allée, Foster pensait encore à ce regard.

Le fait qu'il voyait Millie Dean de là où il se trouvait, s'affairer derrière sa fenêtre, ne l'aida en rien à se changer les idées.

Malgré lui, Foster la regarda aller et venir dans sa maison tout en se repassant leur conversation dans sa tête. Puis il fit quelque chose qu'il avait rarement fait au cours de sa carrière. Il chassa le souvenir de leur entretien de sa mémoire pour se concentrer uniquement sur son langage corporel.

Elle était anxieuse. Soucieuse. Sincère.

Elle croyait véritablement que la disparition de son frère n'était pas normale. Elle y croyait si fort qu'elle s'était rendue dans un endroit qui ne lui inspirait aucune confiance en ayant conscience qu'elle risquait de se voir opposer une fin de non-recevoir. Le regret d'avoir fait ce choix avait raidi tout son être avant qu'elle ne se hérisse de colère de voir sa requête dédaignée. Puis, avant même qu'elle se soit levée, Foster avait compris que c'était *lui* qui était dédaigné.

Et ça ne lui avait pas plu. Pas du tout.

Foster soupira, verrouilla sa camionnette et entra chez lui. Un peu plus tard, il s'aperçut qu'il voyait l'une des pièces de sa voisine depuis la petite fenêtre de sa cuisine. Il décida d'éviter de regarder par cette fenêtre tout en troquant sa chemise et son pantalon contre une tenue plus confortable. Lorsqu'il eut consulté ses mails, il réfléchit aux affaires classées dont il avait la charge puis finit par s'autoriser à oublier le travail le temps de prendre son repas.

La corruption et les conspirations mises à part, ce n'était pas comme si une petite ville comme Kelby Creek était si passionnante que ça. Rien de commun avec Seattle.

Foster attrapa une bière, réchauffa un plat surgelé et se laissa tomber dans l'unique fauteuil qui meublait le séjour avec l'intention bien arrêtée d'oublier le monde extérieur pendant un moment.

Mais il entendit alors la porte d'entrée de sa voisine claquer, et la curiosité le poussa à se diriger vers la fenêtre de la cuisine, sa canette à la main. Millie Dean descendait précipitamment son allée dans l'obscurité pour rejoindre sa voiture.

La lampe à détecteur de mouvement installée à l'angle de son allée se déclencha.

— Oh ! bon sang, murmura Foster.

Millie avait une lampe torche dans une main et une batte de base-ball dans l'autre. Foster posa sa bière.

— Ça, ça ne peut pas être bon signe.

3

La chaleur, à Kelby Creek, pouvait être accablante.

Du printemps à l'été et de l'été à Noël, un taux d'humidité à la limite du supportable embuait les verres de lunettes et vous faisait abondamment transpirer.

Et c'était pareil la nuit.

Millie sentait son T-shirt lui coller à la peau et les jambes de son jean adhérer à ses cuisses de façon très inconfortable. Ses boucles formaient un halo de frisottis autour de sa tête bien qu'elle ait tenté de les discipliner en les ramassant en un chignon serré pour dégager sa nuque. Même le manche de la batte glissait entre ses doigts.

Ce n'était vraiment pas agréable.

Non plus que l'obscurité qui l'enveloppait.

Les bois de Kintucket constituaient une sorte de barrière naturelle entre Kelby Creek et le reste du monde. Des conifères, des chênes et un sous-bois touffu peuplaient cette longue zone-frontière, mais Millie connaissait une clairière qui ouvrait une brèche dans cette dense couverture végétale.

Une trouée pas très grande mais suffisante pour avoir abrité une tente, un feu de camp et un jeune garçon déboussolé.

Millie avait laissé sa voiture à l'entrée du sentier, en bordure de route, et se frayait maintenant un chemin à la lueur de sa torche parmi les racines et les cailloux. Mais le faisceau de lumière ne révélait aucune empreinte de pas.

La voûte de branchages et de feuilles, au-dessus de sa tête, cachait presque si totalement la lune qu'on aurait dit qu'une main invisible avait actionné un interrupteur et plongé le monde autour d'elle dans les ténèbres, ce qui conférait une inquiétante étrangeté au son, habituellement rassurant, des cigales et des grenouilles.

Millie réprima un frisson de peur mêlée d'excitation et continua sa progression, espérant qu'à la seconde où elle arriverait à destination, toutes ses inquiétudes se dissiperaient à la vue du visage souriant de Fallon.

Même si, en son for intérieur, elle n'y croyait pas. Elle n'était là que parce qu'elle ne voyait pas quoi faire d'autre. Et que ce lieu avait été le refuge de son frère.

Mais, en atteignant la clairière, ses espoirs, si minces qu'ils aient été, s'écroulèrent instantanément.

Elle appela quand même :

— Fallon ?

Seul le silence lui répondit.

Pas de Fallon, pas de tente. Aucun signe de feu de camp.

Bien sûr… ç'aurait été trop beau.

Comme pour le bureau du shérif… Ça ne s'était pas passé non plus selon ses espérances.

L'attitude du détective Lovett avait été exactement telle que Millie l'avait craint : il ne l'avait *pas écoutée*.

Poussant un profond soupir, elle avança jusqu'au centre de la clairière. Elle promena son regard sur les bois alentour, tournant sur elle-même. Si Fallon n'était pas là, où était-il ?

Au moment où elle s'immobilisait, un léger bruissement la fit sursauter.

Elle fit volte-face, élevant la batte au-dessus de sa tête et éclairant les bois avec sa torche. L'espace d'un instant, elle s'attendit à voir la haute silhouette de son souriant, adorable et problématique petit frère mais, pour la deuxième fois en quelques minutes, son espoir retomba.

Remplacé par la peur.

L'homme était grand et svelte, il portait une combinaison vert kaki et des chaussures de travail en cuir. Ses cheveux sombres étaient coupés ras. Millie lui donna environ trente-cinq ans. Que faisait-il ici, de nuit ?

Il la regardait comme s'il n'était pas surpris de la voir ici.

Millie recula d'un pas mais garda la lampe braquée sur lui.

Il sourit.

— Ne vous inquiétez pas, je ne vais pas vous faire de mal, dit-il d'une voix plus forte que son physique ne le laissait présager. Vous travaillez chez Dobb's, n'est-ce pas ?

Millie hocha la tête par réflexe.

— Je vous ai vue la semaine dernière, continua-t-il. Vous aviez une barrette orange dans les cheveux ; ça m'a rappelé ma mère.

Elle ne se souvenait pas l'avoir vu à l'épicerie. Un sourire souleva un coin de la bouche de l'inconnu. Millie agrippa sa batte, hésitant à poser sa lampe pour la tenir des deux mains. Il faisait relativement clair dans la clairière, mais elle en aurait besoin si elle devait prendre la fuite.

— Qui êtes-vous ? demanda-t-elle d'une voix qui ne tremblait pas et ne laissait transparaître aucune émotion.

L'homme haussa les sourcils.

— J'essaie juste de retrouver un ami, c'est tout, répondit-il en même temps que son sourire s'effaçait. Je cherche Fallon. Mais on dirait bien qu'il n'y a que vous ici.

Elle en oublia ses craintes pendant quelques instants.

— Vous connaissez Fallon ?

L'homme hocha lentement la tête.

— Ça fait un bail. Je me suis dit qu'il était grand

temps que je participe aux recherches, moi aussi. Parce que j'aimerais vraiment savoir où il est, ajouta-t-il en s'avançant.

Sa peur revint d'un seul coup, aussi brusquement que si Millie avait été frappée par la foudre. Chacune de ses terminaisons nerveuses se chargea d'énergie et les pensées défilèrent à toute vitesse dans sa tête.

Personne ne savait qu'elle était seule, ici. Ni Larissa ni Zach… Personne.

Tout à coup, elle se rendit compte de ce qu'était cette équipée nocturne dans les bois : l'initiative folle, désespérée d'un cœur broyé par l'angoisse.

Le visage souriant d'Annie McHale passa devant ses yeux, suivi de celui de Fallon.

Elle ne serait qu'une mystérieuse disparition de plus à Kelby Creek.

Millie fit donc la seule chose rationnelle possible face à cette situation irrationnelle dans laquelle elle s'était fourrée.

Elle balança de toutes ses forces sa batte sur l'inconnu, tourna les talons et prit la fuite.

Foster perdit la trace de Millie à la sortie de leur quartier. Il avait réussi à la suivre dans sa camionnette, mais elle roulait vite et avait de l'avance sur lui.

S'arrêtant à l'angle de Melrose Street et de Lively Drive, il essaya d'imaginer où elle avait pu se rendre, armée d'une batte de base-ball.

Il regarda à droite, retraçant mentalement l'itinéraire jusqu'au centre du bourg, puis à gauche, où l'extrémité de la rue disparaissait dans l'obscurité.

Les bois.

Si un endroit pouvait sembler dangereux à la nuit

tombée et nécessiter une lampe de poche et une batte, c'était bien la forêt.

Si Kelby Creek ne possédait pas les avantages et les distractions d'une grande ville, elle regorgeait en revanche de routes de campagne semblant tout droit sorties d'un film d'horreur. Depuis la rue sur laquelle il roulait, tout un réseau de petites routes s'étoilait, tels des doigts tendus, en direction des limites de la ville. Certaines d'entre elles étaient dotées de vieux réverbères diffusant une chiche lumière, mais, pour la plupart, elles n'étaient éclairées que par la lune et pas même goudronnées.

Adolescents, Foster et ses copains avaient adoré cette obscurité et ce maillage de chemins de campagne à demi oubliés. Ils leur permettaient d'organiser en toute discrétion – du moins le croyaient-ils – des fêtes clandestines dans les bois ou au bord de la rivière et de faciliter leur retraite quand, inévitablement, les forces de l'ordre – ou les parents de l'un ou de l'autre – venaient mettre le holà aux réjouissances. C'était presque comique de voir ces voitures remplies d'adolescents s'éparpiller dans toutes les directions tandis que les adultes essayaient de convoquer leurs souvenirs de jeunesse pour se rappeler quelles routes menaient où. Mais, étant lui-même adulte aujourd'hui – *et* membre des forces de l'ordre –, Foster voyait bien l'épineux problème que représentait la partie la plus rurale du territoire de Kelby Creek.

Il lui fallut près d'un quart d'heure pour localiser la route qui, au dire de l'adjoint Park, conduisait à la clairière où avait été retrouvé Fallon des années plus tôt. Celle où un véhicule avait heurté William Reiner, mettant un terme à sa carrière.

Il ralentit en voyant la voiture de Millie garée dans l'herbe, sur le bas-côté, espérant que son arrivée tardive ne tirerait pas à conséquence. Foster avait beau penser que Fallon allait bien, il ne pouvait nier que sa curiosité s'était peu à peu muée en un sentiment d'urgence.

Un sentiment si pressant qu'il le poussa à mettre son arme de service dans son holster et à se munir de son badge et de son portable. Il ne savait pas ce qui se passait mais il entendait bien exiger de Millie des explications.

Quand il l'aurait retrouvée. Saine et sauve.

Mais à peine l'idée qu'elle puisse lui reprocher de l'avoir suivie l'avait-elle traversé qu'un cri perçant déchira la nuit.

Un cri de femme.

Il s'élança instantanément dans le noir.

L'écorce rugueuse lui égratignait les paumes tandis qu'il se retenait aux arbres pour ne pas trébucher. Quel imbécile il avait été de ne pas emporter sa torche, restée sur le sol de sa voiture.

Le pistolet battait à chaque pas contre sa hanche.

Foster continua sur sa trajectoire pendant encore quelques secondes avant de s'arrêter pour tendre l'oreille. Tout était de nouveau parfaitement silencieux. Il se risqua à appeler :

— Millie ?

Aussitôt après, il y eut un bruit de course dans le sous-bois, mais il aurait été incapable de déterminer si on venait vers lui ou si on se déplaçait dans la direction opposée.

— C'est le détective Lovett ! lança-t-il de nouveau. Du bureau du shérif !

La personne qui se déplaçait, quelque part, devant lui, maintenait la distance entre eux malgré ses appels. Foster essaya d'imaginer dans quelle direction Millie, ou la personne qui avait provoqué son cri, courait. Mais il y avait trop de variables et, de toute façon, il n'avait pas la moindre idée de ce qui se tramait au fond de ces bois.

Comme pour souligner ce point, quelque chose, tout à coup, déboula d'entre les arbres, fonçant sur lui.

Foster stoppa juste à temps pour l'éviter et pivota, les muscles déjà bandés, prêt à se battre.

Mais, dans la pénombre, il réussit à distinguer les yeux sombres et brillants de Millie Dean balayant, écarquillés, la forêt alentour. Un clic résonna dans le noir et, l'instant suivant, les environs immédiats s'animèrent à la lumière d'une torche.

Millie, en nage, le dévisageait, avec l'expression hantée de quelqu'un qui venait d'avoir une belle frayeur. La batte n'était plus là.

— Que… Qu'est-ce que vous faites là ? murmura-t-elle.

Foster n'avait pas le temps de le lui expliquer. Il entendait encore le bruit étouffé de quelqu'un qui s'enfuyait.

— Pourquoi avez-vous crié ? Qui vous a agressée ?

Les sourcils de Millie se rejoignirent au-dessus de ses yeux et son expression paniquée se mua en perplexité.

Il la regarda secouer la tête, un filet de sueur ruisselant le long de sa joue, comprenant, avant même qu'elle n'ait répondu, que sa première semaine de retour à Kelby Creek était sur le point de sérieusement se compliquer.

— Ce n'est pas moi qui ai crié. Il y a quelqu'un d'autre dans ces bois… Quelqu'un qui est en danger.

4

— Eh bien ! Toi qui te disais impatient de te mettre au travail… Te voilà servi.

Le shérif Chamblin avait son badge fixé à sa ceinture et le regard ensommeillé. Il avait chaussé une paire de bottes de cow-boy, ce que Foster ne l'avait jamais vu faire depuis l'époque où, adolescent, il le voyait partir à la pêche avec son père.

L'image et le fait de penser à son père éveillèrent en lui un sentiment de réconfort. Puis le badge lui rappela que l'eau avait coulé sous les ponts et que les choses avaient changé depuis lors. Chamblin était aux commandes et Foster n'était plus un adolescent rebelle. Le shérif intérimaire avait besoin de son expertise.

Même si, pour l'heure, cette expertise n'avait pas exactement permis de faire la lumière sur la situation.

— Je t'ai dit, en arrivant, que je serais aussi transparent qu'une pochette en plastique, répondit Foster. Donc, voilà… La transparence personnifiée.

Il ouvrit grand les bras, la lisière de la forêt en arrière-plan derrière lui. Sa camionnette était toujours à la même place que deux heures plus tôt, de même que la Nissan de Millie. Les seuls changements de décor consistaient en l'ajout du véhicule du shérif et d'une voiture de patrouille avec deux adjoints dont le moins que Foster puisse en dire était qu'ils ne manifestaient pas un enthousiasme débordant.

Apparemment, Park n'était pas le seul adjoint à se méfier de la famille Dean comme de la peste.

Le shérif regarda la forêt et poussa un profond soupir. Que ce soit dû à l'éclairage des phares de sa voiture ou au fait que Foster l'avait tiré du sommeil, Chamblin paraissait beaucoup plus âgé que ce matin.

— Donc, la femme qui a crié n'a pas été retrouvée.

À son grand dam, Foster ne put que le lui confirmer.

— Non. Et je n'ai pas non plus pu rattraper l'homme que Millie Dean a rencontré. Mais j'ai trouvé une empreinte de pas assez nette dans la clairière. J'ai pris quelques photos pendant que l'adjoint Park et l'adjointe Juliet jetaient un coup d'œil alentour. Mais tu connais les bois de Kintucket… Il nous faut des renforts pour organiser une vraie battue.

Chamblin secoua la tête.

— Tu crois que la femme qui a crié est toujours là, quelque part ?

— Je voudrais bien le savoir, répondit Foster. Mais, si elle n'y est pas, il y a de grandes chances que l'homme l'ait emmenée. Ce qui est une raison de plus de chercher des indices, quelque chose qui nous mette sur la piste de l'un ou de l'autre.

Puis, si bas que Chamblin dut se pencher pour entendre ce qu'il disait, il ajouta :

— La population va forcément faire le rapprochement avec l'affaire Annie McHale. Une femme qui disparaît, après avoir rencontré des problèmes dans les bois ? Si nous ne réagissons pas très vite, c'est ce qu'ils penseront tous.

Cette hypothèse n'eut pas l'heur de plaire au shérif.

— Ce serait une affaire à la Annie McHale si c'était *moi* qui avais kidnappé la gamine et que tout le monde s'était ligué pour dissimuler la vérité. Et s'il y a bien une chose de sûre, c'est que je n'ai rien fait de tel ! assena-t-il en secouant de nouveau la tête avec dégoût.

Le même dégoût qui s'était lu sur son visage lorsqu'il avait annoncé en conférence de presse qu'il acceptait de jouer le rôle de shérif par intérim. Quiconque respectait la loi et le devoir qui incombait à un shérif de protéger les citoyens ne pouvait qu'éprouver de la colère et de l'incrédulité face à ceux qui avaient attiré les projecteurs sur Kelby Creek pour les pires raisons qui soient.

Pour le shérif Chamblin, le sujet demeurait sensible, encore maintenant.

Il y eut un mouvement du côté de la voiture de Millie. Cette dernière avait fouillé avec Foster les alentours immédiats de la clairière et de l'endroit où ils étaient tombés nez à nez tout en lui relatant l'échange qu'elle avait eu avec l'homme à la combinaison. Foster avait aussitôt transmis la description de l'inconnu au bureau du shérif mais, comme cela avait été le cas des adjoints avec lesquels il s'était entretenu en personne, il avait senti une hésitation sitôt qu'il avait prononcé le nom de Millie. Après l'arrivée de la voiture de patrouille, celle-ci était retournée attendre dans sa voiture.

Présentement, elle ouvrait la portière. Foster la regarda sortir, notant qu'elle gardait ses distances.

Chamblin lui adressa un sourire mais continua à l'intention de Foster :

— Nous n'avons aucune preuve qu'un crime ait été commis et notre seul témoin n'est pas considéré comme fiable, déclara-t-il sur le ton de la conversation. Et si c'était bien Millie Dean qui avait crié ? Si elle t'avait menti, Love ?

Il y avait songé. Il n'aurait pas été le policier qu'il était s'il n'avait pas envisagé cette éventualité.

Si c'était elle, pourquoi avait-elle poussé ce cri ?

Pour l'empêcher de poursuivre la personne qui s'enfuyait ?

Ou parce qu'elle ne voulait pas révéler ce qui avait provoqué ce cri ?

Espérer que tout le monde était franc du collier et sincère, c'était bien beau mais tout le monde avait des raisons de mentir à propos d'une chose ou d'une autre.

D'où la question : Millie mentait-elle sur ce point ?

À cette interrogation, Foster pouvait apporter la réponse qu'il escomptait être la vraie, mais il préféra jouer l'avocat du diable.

— Et si elle n'avait *pas* menti ? rétorqua-t-il.

Chamblin hocha la tête.

— Même si on le voulait, on ne pourrait pas ignorer cette hypothèse après l'affaire Annie McHale.

Le shérif tira son portable de sa poche.

— Dis à Juliet et Park de continuer les recherches. Moi, j'appelle Rudy ; il connaît le secteur comme sa poche. J'aurais bien sollicité notre unité K-9 pour aller plus vite mais… il n'y en a plus. On est privés de brigade canine.

— Encore un effet de la chute en disgrâce de Kelby Creek, maugréa Foster, ce à quoi Chamblin acquiesça d'un morose hochement de tête.

— Renvoie Millie chez elle, mais dis-lui de venir demain faire une déposition. Inutile de nous attarder davantage ce soir.

— Je peux me joindre à Rudy quand il arrivera, offrit Foster.

Rudy Clayborn était le plus ancien adjoint du bureau du shérif du comté de Dawn et c'était un excellent pisteur. C'était un vieil ami de Patricia Stillwater, championne en titre de tout ce qui touchait à la nature à Kelby Creek.

Du moins l'avait-elle été. Avant la Tempête.

Elle reposait aujourd'hui au cimetière et c'était vers

Rudy que tout le monde se tournait lorsqu'il était question de ratisser les bois.

— Ça marche, répondit le shérif, le regard s'abaissant vers son téléphone.

L'excitation familière que Foster ressentait lorsqu'un plan s'esquissait dans sa tête se fit jour en lui. Néanmoins, il hésita à le mettre à exécution.

— Au fait, que penses-tu d'elle et de son frère ? questionna-t-il. Tout le bureau semble avoir une opinion bien tranchée à leur sujet.

Et il n'était pas difficile de voir qu'elle ne plaidait pas en leur faveur. Mais Chamblin avait toujours été un homme réfléchi et conscient de ses responsabilités. Il n'était pas du genre à se forger un avis à l'emporte-pièce sans preuves à l'appui.

Le shérif soupira. Une expression de sympathie se peignit sur ses traits.

— Quoi que Fallon Dean ait fait ou n'ait pas fait, une personne en a chaque fois subi directement les conséquences, répondit-il, dirigeant son regard vers Millie. Mais elle est toujours debout, elle tient bon. Et ce n'est sûrement pas moi qui tenterai de la démolir. Donc, je vais faire mon travail comme il se doit. Il faut qu'on tire tout ça au clair au plus vite.

C'était une bonne réponse. Qui sonnait du même coup la fin de leur conversation.

Foster rejoignit la femme « qui tenait bon ».

Une paire d'yeux sombres le regarda approcher.

— On va poursuivre les recherches. Vous pouvez rentrer chez vous, lui dit-il. Il faudra juste que vous passiez au bureau du shérif demain pour faire une déposition officielle.

— Je travaille à l'épicerie demain après-midi. Je viendrai dans la matinée.

— Entendu.

Le silence retomba entre eux, mais elle avait l'air hésitante. Foster l'aurait bien interrogée plus avant sur-le-champ mais elle paraissait épuisée, effrayée et soucieuse, donc il décida de patienter jusqu'au lendemain.

Il ne connaissait pas Millie Dean, évidemment, mais quelque chose lui soufflait que, même si elle était synonyme de problèmes avec un *p* majuscule, elle n'était pas malintentionnée.

Il lui décocha un bref sourire.

— À demain, dit-il.

Il s'apprêtait à tourner les talons lorsqu'une main se posa sur son coude.

— J'ai pensé que Fallon serait peut-être ici…, murmura Millie en le fixant droit dans les yeux. Qu'il était peut-être parti volontairement, comme tout le monde le croit, il y a six mois et qu'il avait finalement décidé de revenir. C'est un artiste, donc je me suis dit qu'il avait pu vouloir s'y prendre de façon… poétique. Mais, au fond de moi, je savais bien que je ne le trouverais pas ici. Seulement, comme on dit, l'espoir fait vivre…

Millie se tendit. Elle contempla la ligne des arbres, puis reporta son regard sur lui.

— Je ne comprends pas pourquoi cet homme cherchait Fallon ici ce soir mais, ce dont je suis sûre, c'est que ce n'était pas l'espoir qui l'animait, lui.

Un sourire fugace passa sur ses lèvres puis elle se détourna et remonta dans sa voiture.

— À demain matin, mademoiselle Dean, lança-t-il.

Elle hocha la tête derrière la vitre.

Foster ne s'attarda pas à la regarder partir, mais un poids inattendu lui comprima la poitrine comme il entendait les pneus crisser sur le gravier.

Son travail ne consistait pas à retrouver Fallon Dean.

Ni à aider Millie.

Ce sur quoi il devait se concentrer, c'était ce nouveau mystère qui avait pour cadre Kelby Creek : la femme qui avait crié dans les bois et l'homme qui avait tenté d'agresser une femme dans le noir.

Réconforter Millie Dean ne relevait pas de ses attributions.

Le tonnerre gronda au loin. Pas assez fort pour la réveiller si elle avait été endormie, mais suffisamment pour faire vibrer la vieille fenêtre, près de son lit.

Millie se tourna sur le côté et regarda la vitre.

Qui avait bien besoin d'être nettoyée. Comme, d'ailleurs, le reste de la maison.

Plus la date anniversaire des six mois de la disparition de Fallon s'était rapprochée, plus elle avait fait l'impasse sur ses tâches quotidiennes.

La fenêtre avait peut-être besoin d'être lavée, mais elle avait besoin, *elle,* d'avoir l'assurance que son frère allait bien.

Elle soupira contre son oreiller. L'affichage digital de son réveil indiquait que, si elle restait là, elle verrait les premiers rayons du soleil se refléter sur ses murs vert d'eau dans moins de trois heures.

Un nouveau roulement de tonnerre la fit rectifier cette conclusion.

Une tempête s'annonçait.

Et Millie n'allait pas rester au lit, à espérer en vain que le sommeil vienne la cueillir.

S'avouant vaincue, elle s'assit sur son lit. Le contact froid du parquet sous ses pieds nus fit naître la chair de poule sur ses avant-bras.

Sa mère détestait avoir froid aux pieds au point qu'elle avait toujours une paire de chaussettes dans pratiquement chaque pièce de la maison. C'était devenu un sujet de plaisanterie pour le père de Millie. Il la taquinait, disant que, si les gens n'aimaient pas recevoir des chaussettes à Noël, c'était, aux yeux de Maryellen Dean, le plus précieux des cadeaux.

Millie recroquevilla frileusement ses orteils.

Elle se leva malgré le poids de la fatigue et attrapa sa robe de chambre, au pied du lit, décidant d'aller se préparer un café tout en grignotant un des biscuits restants de la fournée qu'elle avait confectionnée spécialement en prévision de sa visite au bureau du shérif.

En pure perte. Elle regretta d'en avoir offert à l'adjoint Park.

Millie n'avait jamais eu particulièrement peur du noir mais, étant maladroite dans l'obscurité, elle avait disposé des veilleuses à détecteur de mouvement dans plusieurs prises électriques de la maison. Celle du couloir s'alluma à son passage. Normalement, Millie se serait laissé guider par sa lueur vers la cuisine, mais quelque chose la poussa à traverser le couloir.

La porte de la chambre d'amis restait toujours ouverte. Tout ce que possédait Fallon se trouvait là, emballé dans des cartons et des boîtes en plastique. Elle aurait pu fermer cette porte pour mettre une barrière symbolique entre elle et tout ce qui lui rappelait la disparition de son frère.

Mais elle n'avait pas pu s'y résoudre.

Elle connaissait désormais par cœur tout ce que contenait cette pièce. La seule chose qui ne lui était pas familière, c'était la vue depuis la fenêtre.

Elle donnait droit sur la maison de son voisin.

Foster Lovett. Le détective.

Elle s'avança dans sa direction et regarda la nuit, au-dehors. Elle apercevait la lumière du porche, sur l'avant de la bâtisse. Le garage se trouvait de l'autre côté et elle ne voyait pas sa camionnette dans l'allée.

Cela signifiait-il qu'il était encore en train de travailler ?

Dans les bois ?

Derrière elle, la veilleuse du couloir s'éteignit.

Millie resserra les pans de son peignoir autour d'elle, le pénible sentiment que quelque chose n'allait pas l'incitant à chercher du réconfort.

Elle s'était rendue dans ces bois mue par l'espoir insensé d'y trouver son frère et en était repartie la tête pleine de questions concernant non plus une mais trois personnes.

L'homme à la combinaison, la femme qui avait crié et le détective Lovett.

Un éclair zébra le ciel, immédiatement suivi d'un coup de tonnerre plus retentissant que les précédents.

Millie se prit à espérer que l'équipe de recherche trouverait la femme avant que l'orage n'éclate.

Elle ouvrit la bouche pour prendre une profonde inspiration mais son souffle se bloqua dans sa gorge.

L'adrénaline se diffusa dans ses veines plus vite que l'éclair n'avait illuminé le ciel.

La veilleuse du couloir venait de se rallumer.

Alors qu'elle n'avait pas fait un mouvement.

5

Jette-lui n'importe quoi.

Ce fut la première pensée qui lui traversa l'esprit lorsqu'elle le vit dans l'encadrement de la porte.

L'homme des bois.

Il souriait.

Attrape tout ce qui est à ta portée et lance-le-lui à la figure.

Ses réflexes se mirent en pilotage automatique.

Ce n'était pas comme dans les bois… Il s'était introduit *chez elle*. En pleine nuit.

Et il était tout près. Beaucoup trop près.

La chambre d'amis lui parut soudain aussi exiguë qu'une cellule de prison.

Millie n'avait que deux échappatoires possibles. La porte, qu'il bloquait, et la fenêtre fermée, derrière elle, qu'elle n'aurait jamais le temps d'ouvrir. Autant dire aucune chance de s'enfuir.

Elle empoigna la lampe de chevet, sur la table de nuit, arrachant le fil qui la raccordait à la prise, et la projeta de toutes ses forces en direction de l'intrus.

L'homme grogna de douleur, pris au dépourvu, mais Millie n'avait pas attendu de voir le résultat de sa tentative. À peine la lampe volait-elle dans les airs qu'elle s'empara d'un gros livre et le lança à son tour vers sa cible.

L'homme jura à haute voix. Il tituba et se rattrapa en projetant un pied en avant, mais sans pour autant libérer le passage. Millie roula par-dessus le lit pour mettre autant de distance que possible entre elle et lui, cherchant déjà autre chose pouvant tenir lieu de projectile.

— Espèce de garce ! proféra-t-il d'une voix sourde. Je veux seulement savoir où il est !

Tout ce qu'elle avait à sa portée, c'était un sac en plastique rempli de vêtements qui n'avaient pas trouvé leur place dans la penderie. C'était loin d'être idéal mais, vu la situation, tout ce qui pouvait faire office d'arme était bienvenu.

Mais l'homme appuya sur l'interrupteur.

Millie plissa les yeux, éblouie. Lorsqu'elle les rouvrit, son cœur manqua s'arrêter. L'individu tenait un pistolet.

Cette fois, elle se figea. Si la peur ne l'avait pas paralysée, elle aurait pu éprouver tout le ridicule qu'il y avait à avoir voulu lutter contre une arme à feu avec une lampe de chevet.

— Ah, je vois que j'ai capté votre attention, hein ? gronda l'homme.

Un filet de sang coulait au coin de sa lèvre. Peut-être avait-elle disqualifié la lampe un peu vite, en fin de compte.

— Je… je ne sais pas où est Fallon, répondit-elle, la voix mal assurée maintenant que la vue de l'arme faisait de nouveau courir l'adrénaline dans ses veines. Vous pouvez fouiller la maison… vous verrez bien qu'il n'est pas là.

L'homme grogna. Il lui faisait penser à un méchant de dessin animé. Pas à quelqu'un de réel. Un étranger dans sa maison, pointant un pistolet sur elle… c'était surréaliste !

Comme s'il avait deviné ses pensées, il agita son arme. Elle ne pouvait rien tenter sans risquer de recevoir une balle.

— Je me suis renseigné sur votre compte et sur celui de Fallon… enfin, surtout sur le sien. Les gens du coin n'ont pas l'air de vous porter dans leur cœur. Mais ils m'ont tous dit que vous étiez inséparables…

Il secoua la tête et grimaça de douleur. Peut-être le livre avait-il produit son petit effet, lui aussi.

— Alors, même s'il n'est pas là, je ne crois pas une seconde que vous ne sachiez pas où il est.

Il avança d'un pas. Millie serra le sac de vêtements contre sa poitrine. Il était lourd, mais que pouvait-il face à une balle ?

— Je n'ai pas cessé de le chercher depuis qu'il a disparu. Je n'ai aucune idée de l'endroit où il se trouve.

L'homme soupira, l'air excédé. Sa réponse l'agaçait.

— Au début, j'ai vraiment cru que vous ne saviez rien. J'attendais que vous vous trahissiez par un comportement suspect mais non, rien. Vous avez simplement continué votre ennuyeux petit train-train quotidien…

Le sourire reparut sur ses lèvres meurtries. Un sourire vindicatif, qui n'exprimait aucune satisfaction. Celui d'un homme qui avait gagné un pari et s'apprêtait à réclamer son dû.

— Puis, tout à coup, voilà que vous allez au bureau du shérif. Et, le soir même, vous vous précipitez dans les bois.

Un sentiment d'effroi enserra l'estomac de Millie.

Il l'avait surveillée. Et pas seulement ce soir…

— J'y suis allée pour chercher Fallon, répondit-elle. J'espérais qu'il serait là-bas, mais il n'y était pas. Vous l'avez vu comme moi !

Mais l'homme secouait déjà la tête. Son irritation allait croissant. Et son doigt était si proche de la détente…

— Ce que je pense, c'est que vous aviez rendez-vous avec lui et que je suis intervenu trop tôt. Donc, maintenant, je vais répéter ma question.

Il redressa le canon de son pistolet, visant sa tête.

— Où est votre frère et comment peut-on mettre la main sur lui ?

Ce n'aurait jamais dû arriver dans un moment pareil mais, alors qu'elle était là, face à cet homme armé, étreignant le sac de vêtements de Fallon contre elle, elle éprouva un soudain accès de colère.

Une colère noire, irrépressible, que rien n'aurait pu endiguer.

Personne ne la croirait jamais. Ni ce type, ni les instances municipales, ni le bureau du shérif… Même le nouvel enquêteur n'avait pas pris la peine de l'écouter.

À croire que c'était sa destinée.

Condamnée à demeurer à perpétuité la femme en qui personne n'avait confiance.

En un clin d'œil, la rage se mua en rébellion.

Puisque personne ne croyait ce qu'elle disait, alors peut-être était-il temps qu'elle renverse la vapeur et se mette à mentir.

— OK, OK, proféra-t-elle à voix basse, prenant l'air résigné. Je vais vous dire ce que je sais mais à condition que vous baissiez cette arme. Elle me rend nerveuse.

L'homme ne broncha pas, se bornant à ricaner.

— Écoutez, je suis à votre merci, vous le voyez bien… Je n'ai qu'un sac de linge dans les mains. *S'il vous plaît.*

À sa grande surprise, elle le vit replier le bras et ranger l'arme dans la poche de sa combinaison.

Il devait *vraiment* vouloir savoir où était Fallon.

Mais elle aussi.

Millie avança lentement d'un pas jusqu'à l'extrémité du lit. Jusqu'à se retrouver directement face à lui.

— Alors ? Où est-il ?

Elle sentit ses paumes devenir moites. Son cœur s'emballa. Elle avait un plan. Sans doute pas très fameux mais…

— Pas ici.

Là-dessus, elle fondit sur le type si brusquement qu'il n'eut que le temps d'élever les mains. Défense bien inutile puisqu'elle le percuta à toute force, le sac de linge formant tampon entre eux deux. La vigueur de son attaque et son élan les envoyèrent buter contre la porte ouverte. Millie entendit un crac, mais elle n'essaya pas de savoir s'il provenait de la porte ou de l'homme.

À la seconde où elle le vit plaqué contre le bois, elle lâcha le sac et se rua vers la gauche, en direction de l'entrée.

La veilleuse s'alluma et, cinq pas plus loin, au moment où elle tournait dans le séjour, une détonation retentit derrière elle.

Millie aurait été incapable de dire si elle avait crié mais, comme elle atteignait la porte d'entrée, sans trop savoir comment ses jambes flageolantes l'avaient portée jusque-là, les espoirs qu'elle avait fondés dans son plan l'abandonnèrent d'un coup.

Son portable était dans la chambre, ses clés de voiture, dans la cuisine.

Elle tira le battant de la porte d'entrée à toute volée… et se trouva face à deux yeux vert émeraude. L'espace d'une seconde, le temps s'arrêta puis tout s'accéléra. Le détective Lovett la poussa sur le côté, comme s'il était l'homme le plus fort de la terre, et elle atterrit durement à genoux sur le bois du porche en même temps qu'un vacarme d'enfer se déchaînait.

Des coups de feu. Deux.

Millie ferma les yeux. Bien que le détective ait tenté de l'écarter de la trajectoire des tirs, elle avait dû être touchée.

Mais elle n'éprouvait pas de douleur fulgurante. Ne perdait pas connaissance.

En revanche, elle entendit le bruit sourd d'un corps qui tombait à terre – non… de *deux* corps.

Millie ouvrit les yeux et se retourna.

Elle réprima un cri.

Le détective Lovett était à terre. Il ne bougeait pas.

Avant de débarquer sur le porche de Millie Dean, Foster s'était reproché son manque de réactivité, l'imputant à un accès de sentimentalisme et de nostalgie. Il avait essayé de se représenter Kelby Creek non pas telle qu'elle était aujourd'hui, après la disparition d'Annie McHale, après la Tempête, mais telle qu'il l'avait connue, enfant. Puis Rudy était arrivé et il s'était remis à explorer le terrain avec lui. Ils n'avaient trouvé qu'une nouvelle empreinte de pas. Ce n'était pas grand-chose et il aurait bien voulu continuer.

Mais Rudy était fatigué. Pas simplement parce qu'il avait été tiré du sommeil, comme le shérif…

Il était accablé – *terrassé* - par une immense fatigue qui tirait vers le bas les coins de sa bouche, tous les traits de son visage. Cet abattement, Foster l'avait déjà vu chez des collègues, l'avait lui-même vécu à une ou deux reprises. Quand le spectacle du monde et de ses turpitudes finissait par entamer votre résistance et creuser un vide en vous qui, parfois, se laissait coloniser par tout le mal auquel vous étiez confronté.

Et Dieu sait que le mal, Rudy l'avait côtoyé. Il avait perdu un être cher à cause de lui.

Et, au fond de ces bois, ce soir, la lassitude le rattrapait au point qu'il souhaitait s'en aller alors qu'ils n'avaient pas encore recueilli beaucoup d'indices.

Foster éprouvait de l'empathie pour lui, mais pas pour les deux adjoints qui avaient été appelés sur les lieux.

Ni l'un ni l'autre n'avaient l'air de tenir à retrouver la femme ni l'homme. Après un rapide petit tour dans les bois, ils avaient annoncé leur intention de rentrer chez eux.

— Peut-être devriez-vous demander à Mlle Dean pourquoi elle est venue en forêt armée d'une batte, avait suggéré avant de partir l'adjointe Kathryn Juliet avec un petit sourire qu'il avait trouvé très déplacé.

Cela l'avait mis en colère. Pas seulement à cause de cette attaque supplémentaire contre Millie, mais parce que ce genre d'attitude n'était pas digne du bureau du shérif qu'il avait connu. Ceux qui restaient de l'ancienne équipe ne mettaient plus de cœur à l'ouvrage. Ils se comportaient comme s'ils avaient déjà un pied dehors.

Si une affaire n'était pas limpide, à quoi bon chercher la petite bête ?

Annie McHale et la Tempête les avaient abîmés.

Mais c'est justement pour ça que tu es là, avait-il tenté de se persuader. *Pour les aider. Pour réparer les dégâts.*

Foster avait voulu croire que sa réaction était excessive, mais il était reparti de ces bois chagriné et perdu dans ses pensées, comparant ce qui avait été et ce qui était.

Ne désirant rien d'autre que quitter la ville qui l'avait vu grandir – après avoir quitté la vie d'adulte qu'il s'était construite ailleurs pour revenir au bercail.

Ce n'avait été qu'en arrivant dans son quartier que son instinct et son cerveau s'étaient finalement réconciliés et qu'il avait pu de nouveau se concentrer sur les faits.

L'homme à la combinaison était allé dans les bois pour demander à Millie où était son frère.

Mais, si Millie disait vrai en affirmant que ce type lui était inconnu, comment avait-il su qu'il la trouverait là ?

Ses doigts s'étaient crispés autour du volant comme la réponse lui apparaissait dans toute son évidence.

— Il l'a suivie, grommela-t-il. Exactement comme toi, Foster.

Jurant à voix basse, il avait éteint ses phares, mû par un

mauvais pressentiment, et s'était garé le long du trottoir au lieu d'entrer dans son allée.

Tout semblait tranquille.

Puis un éclair avait illuminé le ciel nocturne.

Et il avait vu la porte de Millie Dean. Ouverte.

Il ne lui en avait pas fallu davantage.

Il avait pris son arme dans la boîte à gants et attrapé ce que son ex-coéquipier de Seattle appelait « Assurancetourix » sur la banquette arrière avant de se précipiter vers l'entrée de la maison voisine.

C'était le coup de feu qui avait déclenché en lui une sensation qu'il n'avait pas connue depuis longtemps.

Il s'était senti envahi par un grand calme.

Un calme absolu, olympien.

De l'instant où il avait empoigné son arme jusqu'au moment où Millie avait surgi, paniquée, devant lui, Foster s'était défait du sentiment d'urgence qui le tenaillait pour puiser en lui la seule ressource qui leur serait utile.

La concentration.

Donc, même si son instinct lui serinait qu'il aurait dû comprendre plus tôt que Millie était toujours en danger, c'était son cerveau qui avait pris les commandes.

Il avait poussé Millie et pressé la détente pour empêcher le type de tirer de nouveau.

Mais ce dernier l'avait fait quand même.

La concentration, l'instinct, la raison… Tout, alors, s'était effiloché tandis que le monde basculait dans le noir.

6

La pluie se mit finalement à tomber, martelant le toit de tôle aussi fort que des grêlons. Il entendit le ruissellement de l'eau sur l'herbe, derrière lui, et ce son lui parut apaisant.

Et puis il perçut une autre sensation, olfactive celle-là.

Des fraises ?

Foster ouvrit les yeux.

Une femme était penchée sur lui, sa crinière sombre se découpant dans la lumière. L'espace d'un instant, Foster se demanda où il était, perdu dans la contemplation des yeux d'ambre qui le dévisageaient avec anxiété.

Puis la douleur au niveau de ses côtes se rappela à son bon souvenir et tout lui revint en mémoire. La porte de sa voisine ouverte, l'homme armé…

— Est-ce qu'il est HS ? marmonna Foster en tentant de se redresser. Il… il était seul ?

Millie avait le téléphone à l'oreille et, malgré sa carnation foncée, elle semblait pâle. Et soulagée.

— Il est mort, dit-elle avant d'ajouter, dans le combiné : Non ! Pas le détective Lovett ! Attendez… Il vient juste de reprendre connaissance.

Millie l'aida à s'asseoir tandis qu'il prenait l'appareil pour donner son nom et signaler sa position à l'opératrice.

Il avait tiré et mortellement touché l'intrus qui avait pénétré, armé, au domicile de Millie Dean.

Devinant que le shérif Chamblin l'enverrait à l'hôpital à la seconde où il serait mis au courant, Foster décida de profiter de ce qu'il était encore seul avec Millie. Il coupa la communication après avoir remercié l'opératrice et promis d'attendre sagement sur place l'arrivée des secours.

Millie le contemplait d'un air réprobateur. Il avait vu toute une palette d'expressions se peindre sur son visage tandis qu'il parlait au téléphone. L'anxiété d'abord, la perplexité ensuite, puis, enfin, une impassibilité qui lissait ses traits et pinçait ses lèvres. Elle reprit son téléphone, qu'elle avait couru récupérer à l'intérieur après avoir constaté que son assaillant n'avait pas survécu.

— J'ai cru que vous étiez mort, vous aussi, déclara-t-elle.

Elle tendit la main vers son torse mais, heureusement, ne le toucha pas car il lui faisait un mal de chien.

Il devait avoir des côtes fêlées – ou cassées. Sans parler de la pulsation lancinante qui battait à l'arrière de son crâne. Il avait dû tomber à la renverse sous l'impact du projectile et se cogner la tête par terre.

Mais il avait eu de la chance. Avec précaution, il tapota son gilet pare-balles, content de l'avoir enfilé.

— Voilà pourquoi je garde toujours Assurancetourix dans mon véhicule.

Ce qui ne parut nullement rassurer Millie. Elle considéra les pans du gilet qui bâillaient de part et d'autre de son torse.

— Vous ne l'aviez pas mis correctement. Vous auriez pu vous faire tuer.

Foster prit appui des deux mains sur le sol du porche pour se relever. Millie l'imita, prête à le retenir s'il perdait l'équilibre.

— Je n'ai pas eu le temps.

Comme la réponse ne paraissait pas à son goût, il ajouta plus doucement :

— Et la balle m'a atteint pile-poil où il fallait. Ne vous

inquiétez pas. J'en serai quitte pour un bel hématome, voilà tout. Et vous ? Ça va ? Il ne vous a pas blessée ?

Elle secoua la tête.

— Non. Mais *moi*, je l'ai blessé.

Millie lui relata ce qui s'était passé entre le moment où elle s'était levée et celui où elle avait couru à la porte. Pendant qu'elle déroulait son récit, Foster prit soin de se placer entre elle et le corps sans vie de l'homme pour lui éviter d'avoir ce spectacle sous les yeux plus longtemps.

Comme le projectile qui avait atteint Foster, la balle qu'il avait tirée avait touché son adversaire au torse – à la différence près que ce dernier ne portait pas de gilet pare-balles.

Autour de son corps, une large flaque de sang s'élargissait sur le parquet et le tapis bleu et rose de Millie Dean, aussi déplacée dans cet intérieur gai et chaleureux que le pistolet qui lui avait échappé des mains.

Ce ne fut que lorsqu'ils furent ressortis sur le porche que Millie acheva son récit.

— Il cherchait Fallon… C'est tout ce qui l'intéressait. Fallon.

Elle parlait si bas maintenant qu'il saisit à peine ses paroles, perdues dans le bruit de la pluie. Foster s'en voulut presque d'éprouver encore de la colère à l'encontre de son assaillant.

— Est-ce la première fois que quelqu'un vient vous voir parce qu'il cherche Fallon ? Je ne sais pas… Votre frère avait-il des amis ? Des ennemis ? De la famille ?

Il s'aperçut que Millie s'efforçait de ne pas tourner le regard vers la maison. Vers le corps inerte étendu sur son parquet.

— Il avait quelques amis ici, avant la disparition d'Annie McHale. Ensuite, ils ont fini par déménager. Je les ai appelés quand il a disparu, mais aucun ne m'a répondu. Quant aux ennemis… Ma foi, la ville entière est persuadée qu'il ne cherche qu'à attirer l'attention, que c'est un égoïste qui n'a rien de mieux à faire que faire perdre du temps à tout le monde.

Sa voix avait pris un accent dur. Se ressaisissant, elle acheva, d'un ton plus modéré :

— Pour ce qui est de la famille, c'est simple. Il n'a que moi.

Pour la première fois depuis qu'il avait rencontré Millie Dean, Foster se rendit compte qu'il ne savait pas si *elle* avait d'autres proches. Peut-être y avait-il quelque part dans cette maison des photographies de mariage qu'il n'avait pas vues ? Une bague de fiançailles sur sa table de chevet ? Un petit ami qu'elle appellerait sitôt qu'elle le pourrait ?

Une femme aussi belle que Millie avait sûrement quelqu'un qui se souciait de son sort.

Foster s'éclaircit la gorge.

— Avez-vous quelqu'un à prévenir ? À qui faire savoir que vous allez bien avant que la nouvelle ne se répande en ville ?

Millie secoua la tête d'un mouvement aussi imperceptible que le ton de sa voix quelques instants plus tôt.

— En temps normal, j'aurais appelé Fallon.

Foster tendit la main et lui pressa doucement l'épaule. Un élancement douloureux fusa le long de son flanc, mais il serra les dents, ne laissant rien transparaître sur son visage.

— Je suis là, dit-il. Et on va s'occuper de cette affaire, d'accord ?

Deux yeux sombres le fouillèrent longuement. Ce que Millie Dean y vit, Foster n'en savait rien, mais elle hocha la tête.

— D'accord.

Quelques heures plus tard, le soleil se leva sur le petit bâtiment du Haven Hospital. L'établissement était niché entre un parc doté de quelques bancs et un restaurant grill flanqué d'un vieux panneau indiquant l'entrée de Kelby Creek.

L'hôpital avait été fondé par la famille McHale dans les années 1980 et avait constitué l'un des joyaux de la ville sur lesquels ils étaient fiers de voir apposée une plaque à leur nom. Mais, après que leur fille avait disparu et que Kelby Creek avait sombré dans le chaos, les McHale avaient vendu leurs parts.

Foster n'était pas revenu dans cet établissement depuis son adolescence si bien qu'il n'était pas en mesure de déterminer si le changement d'actionnaire principal s'était accompagné d'une restructuration interne.

Ce qui était sûr, en revanche, c'était que, à l'heure où le soleil s'élevait lentement au-dessus de l'hôpital, la morgue, au sous-sol, ressemblait à n'importe laquelle de celles qu'il avait pu voir au cours de sa carrière.

Des murs en béton, une ambiance froide, le tout baigné d'une lumière crue.

Et puis, il y avait la coroner ⊠ moins classique, elle, avec sa chevelure noire striée de mèches bleues, sa blouse de laboratoire ornée de bijoux et le chewing-gum qu'elle continua de mâcher tandis qu'elle se présentait comme étant Amanda Alvarez.

Elle montra l'homme étendu sur la table en métal qui les séparait. Dépouillé de ses vêtements, il était désormais recouvert d'un drap blanc qui exhalait une forte odeur de désinfectant. La légiste, dont Foster ne savait pas grand-chose sinon qu'elle avait été embauchée après la Tempête et qu'elle avait trente-cinq ans, désigna du menton le cadavre.

— Le shérif Chamblin m'a dit de vous appeler si je découvrais quelque chose de bizarre en examinant ce client.

— Oui, c'est moi qui suis en charge de l'affaire, répondit Foster. Mais j'avoue que je ne m'attendais pas à ce que vous me demandiez de venir aussi vite, d'autant que nous connaissons la cause de sa mort.

Le Dr Alvarez haussa les sourcils.

— Je ne m'attendais pas à vous voir rappliquer si vite non plus. Vous vous teniez prêt à bondir, dans le parc à côté ?

Foster soupira, ce qui ne manqua pas de réveiller ses douleurs costales.

— Je consultais un médecin, en haut. J'allais partir quand j'ai reçu votre appel.

Alvarez continuait à le regarder, l'air interrogateur. Foster désigna l'homme du menton.

— Il m'a tiré dessus.

La légiste le toisa de haut en bas.

— Des victimes de blessures par balle, j'en ai vu beaucoup… Je dois dire que vous avez bien supporté le choc.

Foster grimaça.

— Je portais un gilet pare-balles.

Elle arqua les sourcils et hocha brièvement la tête avant de reporter son regard sur le cadavre.

— Eh bien, pas notre monsieur X. Je suppose que c'est vous qui avez tiré sur lui ?

Foster hocha la tête.

Il n'éprouvait aucune fierté à avoir pris une vie humaine, mais il avait eu le bon réflexe, il le savait. Il en était d'autant plus certain qu'ils avaient trouvé dans les poches de l'individu des attaches en plastique, un couteau et un sachet contenant des pilules blanches. Les pilules étaient en cours d'analyse, mais les liens en plastique à eux seuls étaient suffisamment éloquents quant à ses intentions vis-à-vis de Millie.

— Et vous n'avez rien fait d'autre ? Je veux dire, à part l'avoir tué. Vous n'avez pas touché le corps ?

Foster secoua la tête.

— Non. Mais la femme chez qui il s'était introduit s'est défendue en lui lançant une lampe, puis un livre à la tête avant de le projeter contre un mur avec, pour toute arme, un sac de linge.

Le Dr Alvarez pencha la tête sur le côté, visiblement non satisfaite de son explication.

— J'aimerais bien que vous me racontiez tout ça en détail. Ça peut expliquer sa lèvre fendue, mais ce n'est pas un sac de linge qui a pu faire *ça*.

Elle abaissa le drap, découvrant le torse nu de X. Il avait été nettoyé, mais le trou rouge causé par la balle se détachait toujours nettement sur sa peau pâle.

Et ce n'était pas tout.

Foster se rapprocha et secoua la tête.

— Ce n'est pas une lampe ni un livre qui ont provoqué ça.

Le torse de X était couvert de contusions noires, bleuâtres et violacées, comme s'il avait servi de punching-ball personnel à quelqu'un. Foster montra le haut de son bras, là où Millie disait l'avoir touché avec la batte, dans les bois.

— Il a été frappé par une batte de base-ball hier soir, quelques heures avant qu'il ne passe une seconde fois à l'attaque. C'était un cas de légitime défense. Mais il n'a été touché qu'une seule fois, et au bras. Je n'ai aucune idée de l'origine de toutes ces autres marques.

Alvarez promena ses mains gantées de latex au-dessus de la zone du thorax la plus atteinte.

— D'accord. Donc, pour l'ecchymose du bras et la lèvre fendue, ça cadre. Mais *ces contusions-là* sont plus anciennes.

— Ce qui veut dire que Millie n'a rien à voir avec elles.

— C'est peu probable. C'est pour ça que je vous ai appelé, dit-elle en haussant les épaules. Je ne peux pas encore déterminer ce qui les a provoquées mais, ce que je peux vous dire, c'est que cet homme a été passé à tabac il y a environ deux jours.

Le soleil de la mi-journée lui chauffait le dos de son T-shirt et de son legging alors qu'elle se tenait debout devant la porte de sa maison, fatiguée, nerveuse et affamée tout à la fois.

D'un côté, elle était tentée de rentrer et, de l'autre, c'était la dernière chose qu'elle avait envie de faire.

Si le détective Lovett n'avait pas été là, Millie serait peut-être allée travailler bien que son patron lui ait dit qu'elle pouvait prendre sa journée. Elle aurait peut-être aussi accepté la proposition de Larissa de venir se réfugier chez elle. Ou elle aurait pu rester plantée là, immobile, à regarder dans le vide, debout sur son porche.

Mais le détective était là et il avait promis de ne pas partir tout de suite.

— Je sais que vous avez sûrement envie d'aller vous reposer mais je me sentirais plus tranquille si je faisais le tour de la maison avant de rentrer chez moi, déclara-t-il. Si vous n'y voyez pas d'inconvénient.

Elle n'en voyait aucun, bien au contraire, mais elle ne le formula pas ainsi. Elle ne voulait pas reconnaître que la seule idée de se retrouver seule chez elle lui faisait peur.

Elle ouvrit la porte et s'effaça pour le laisser entrer.

— C'est gentil, dit-elle comme il passait devant elle. Merci.

Il balaya ses paroles d'un geste qui fit osciller le badge suspendu à son cou.

— C'est normal, entre voisins.

Millie attendit dans l'entrée pendant que Foster passait d'une pièce à l'autre, vérifiait toutes les portes et les fenêtres. Il avait l'air étonnamment en forme pour un homme qui n'avait pas dormi et qui avait essuyé un coup de feu quelques heures plus tôt.

Il l'avait déjà sauvée deux fois.

Et ce, le jour même où elle l'avait envoyé sur les roses.

Millie se passa la main dans la nuque, submergée par une lassitude telle qu'elle avait l'impression de s'enfoncer dans le sol.

Un homme était mort ici même, chez elle.

Il s'était vidé de son sang dans son séjour.

Le corps avait été évacué, mais le sang qui avait imprégné les fibres du tapis était toujours là, lui, et cette large tache sombre s'étalant sur le tissu et le parquet accentuait encore sa nervosité.

Son malaise devait être apparent car, lorsque le détective revint pour lui signaler que tout était en ordre, ses yeux se dirigèrent aussitôt vers l'endroit qu'elle avait soigneusement évité de regarder.

— Je suis désolé mais votre tapis est irrécupérable. Aucun détergent ne pourra réparer les dégâts, à mon avis. Mais on peut toujours essayer si vous voulez.

Son offre la surprit. Elle ne s'était pas attendue à ce qu'il lui propose son aide.

Elle secoua la tête.

— Même si nous parvenions à le remettre à neuf, je ne pourrais plus le regarder sans revoir le corps gisant dessus.

Au lieu de lui reprocher de trop s'appesantir sur l'aspect sanglant et horrible de ce qui s'était passé, le détective la surprit une nouvelle fois.

Retirant son holster puis son badge, il roula ses manches et souleva la table basse comme si c'était un cure-dents pour la déposer sur le parquet nu, à côté, avant de se tourner vers le canapé.

— Vous n'êtes pas obligé de faire ça, intervint Millie. Je m'en occuperai moi-même.

Il fit la grimace mais secoua la tête.

— Vous en avez déjà vu plus que vous n'auriez dû alors que, moi, j'ai l'habitude de ce genre de choses.

Le canapé n'était pas extrêmement massif, mais elle fut tout de même impressionnée de le voir le déplacer comme s'il ne pesait rien.

Le détective avait beau ne pas avoir des muscles qui saillaient sous ses vêtements, il était fort, incontestablement.

— L'enlèvement des encombrants a lieu le vendredi, mais je peux vous en débarrasser avant.

Millie regarda l'homme à qui le médecin urgentiste avait diagnostiqué des côtes contusionnées et une légère commotion cérébrale réagencer à lui tout seul son séjour, rouler le tapis souillé, puis le transporter jusqu'à sa camionnette, garée dans l'allée voisine. Tout ça sans se plaindre une seule fois.

Sa générosité, plus encore que le fait qu'il avait reçu une balle qui lui était destinée, à elle, la toucha.

Lorsqu'il reparut et demanda où se trouvait l'aspirateur avant de la chasser tandis qu'il retournait nettoyer le séjour, cela fit un peu plus que la toucher.

Malgré tout, elle ne put retenir *la* question qui tournait dans sa tête depuis que l'homme à la combinaison avait fait irruption dans son hall d'entrée.

— Pensez-vous que la disparition de Fallon est liée à cet homme ? Ou pensez-vous toujours que je mens, pour mon frère ?

Ils étaient de nouveau sur le porche, le soleil scintillant sur l'herbe mouillée sous leurs yeux, la maison fleurant le produit ménager derrière eux.

Les yeux verts du détective Lovett s'arrêtèrent sur elle.

— Je ne crois pas que vous mentiez, mademoiselle Dean. Et je ne crois pas non plus que votre frère ait quitté la ville pour attirer l'attention sur sa personne.

Il sourit.

— Et je vais faire de mon mieux pour en apporter la preuve.

Voilà. C'était suffisant.

C'était tout ce qu'elle attendait.

Spontanément, Millie combla l'espace qui les séparait et le serra dans ses bras.

— Merci, détective, souffla-t-elle avec effusion contre son épaule. Merci.

Elle ne put voir son expression lorsqu'il répondit, mais le ton de sa voix était différent.

Elle ne savait pas pourquoi.

Et elle s'en moquait.

Enfin, quelqu'un la croyait !

La réponse du détective résonna directement du fond de sa poitrine contre la sienne, chassant l'anxiété qui s'y était logée depuis la veille.

— Appelez-moi Foster.

7

Rosewater Inn avait été une jolie petite auberge avant la tragique tentative de transformation en maison d'hôtes qu'elle avait subie dans les années 2000. Les travaux de modernisation avaient visé à faire d'elle un établissement plus chic, original et unique, mais ils n'avaient réussi qu'à priver l'endroit de son charme. L'auberge avait fait faillite plus rapidement que Foster et Regina, lorsqu'ils étaient arrivés à Seattle.

Quoi qu'il en soit, après leur départ de Kelby Creek, cette bâtisse avait fait l'objet d'un nouveau réaménagement, lequel avait achevé de lui conférer un style franchement hétéroclite.

Ou, comme aurait dit sa mère, *éclectique*.

L'aile ouest, abritant par le passé des chambres desservies par le hall d'entrée, avait été transformée en bar ; les murs des chambres situées côté est avaient été conservés et les pièces, converties en petits espaces de bureau. Un seul d'entre eux était présentement loué à une Mme Zamboni, chiromancienne dont le vrai nom était Helen Mercer. C'était toujours mieux que le sous-sol de ses parents dans lequel elle avait précédemment officié. Les autres chambres, situées au centre, juste en face du long parking, contenaient encore des vestiges de la mutation précédente.

En jetant un coup d'œil par la fenêtre de la chambre 4A, Foster aperçut, dans l'interstice qui séparait les rideaux, un lit-coffre et deux tables de chevet en bois couvertes de poussière. Il se retourna brusquement en entendant une femme s'éclaircir la gorge, tout près de lui.

Mme Zamboni en personne le contemplait en souriant. Foster dut veiller à ne pas laisser son regard s'attarder trop longtemps sur la couronne de fleurs fixée dans ses cheveux teints couleur argent ni sur le volumineux renflement de son ventre de femme très, très enceinte. Il savait d'expérience que commenter l'un ou l'autre ne lui vaudrait que des ennuis.

Il opta donc pour la prudence. Se redressant, il lui adressa un large sourire. Même si sourire à son ex-belle-sœur ne l'avait jamais fait remonter dans son estime.

— Salut, Helen, comment vas-tu ?

Du haut de son mètre cinquante-deux, Helen lui décocha un regard excédé et passa la main sur son abdomen rebondi.

— Je suis enceinte de *huit mois*, c'est le début de l'été en Alabama et mon dernier client m'a demandé si je pouvais communiquer avec les morts car il voulait s'excuser auprès de son ex-voisin de n'avoir pas été sympa avec son chien…

Elle agita la main dans sa direction.

— Et au moment où je sors m'acheter un en-cas pour me remonter le moral – en-cas dont je n'ai nul besoin, je précise ! –, je tombe sur le salaud qui a arraché ma sœur à sa famille et n'a même pas eu la décence de la ramener ici quand il en a eu fini avec elle. Alors, non, ça ne va pas !

De deux ans la cadette de Regina, Helen, sans conteste la plus directe du clan Becker, avait toujours eu son franc-parler, et la tête près du bonnet.

Ce qui signifiait qu'elle ne s'était pas gênée pour commenter chaque étape de sa relation avec Regina, celle du divorce ayant évidemment suscité les réflexions les plus venimeuses.

Foster soupira, sachant qu'il n'avait aucun moyen d'échapper à la semonce qui allait suivre.

À la seconde où il avait vu la plaque proclamant « Madame Zamboni, voyante », il aurait dû battre en retraite.

— Je n'allais quand même pas dicter sa conduite à Regina une fois le divorce prononcé. C'est *elle* qui a décidé de rester à Seattle avec son nouveau petit ami.

Helen émit un ricanement qui lui rappela l'adjoint Park. Ces trois derniers jours, celui-ci s'était comporté comme un employé mécontent. Et, présentement, Helen avait tout d'une salariée en colère résolue à aller se plaindre au patron.

— Tu sais, quand elle nous a annoncé ton retour, nous n'y avons pas cru. Papa disait toujours que tu n'aurais jamais l'aplomb de refranchir un jour la frontière de ce comté…

Elle promena de nouveau sa main sur son abdomen et lui adressa un petit sourire sarcastique.

— Eh bien, j'aurai un scoop à raconter au dîner de famille, ce soir.

Foster n'était pas stupide. Il avait bien eu conscience qu'un des inconvénients liés à son retour serait son ancienne belle-famille, mais il avait espéré les éviter… Au moins au début.

Le temps de s'installer et de reprendre ses marques.

— On n'a qu'une ville natale et je me suis dit que c'était le moment de rentrer aider la mienne. C'est aussi simple que ça.

L'agacement de Helen se mua en authentique intérêt tandis que son regard s'arrêtait sur son badge. Apparemment, elle avait oublié jusqu'à sa profession.

Et maintenant, la curiosité la poussait à découvrir la raison de sa présence ici pendant ses heures de travail.

— Tu cherches quelqu'un ?

Foster haussa les épaules.

— Disons plutôt que je me refamiliarise avec les lieux que j'ai connus.

Ce qui était une demi-vérité, car il cherchait par ailleurs à entendre ce qui se racontait concernant une personne spécifique.

William Reiner. Celui dont la carrière avait pris brutalement fin à cause de Fallon Dean et qui avait une bonne raison d'en vouloir au jeune homme.

Foster déporta le poids de son corps sur l'autre jambe, s'efforçant d'adopter une attitude nonchalante.

L'air soupçonneux, Helen haussa les sourcils.

— Est-ce que ça a un lien avec ce qui est arrivé sur Lively Drive lundi soir ?

Ses yeux s'agrandirent brusquement.

— Attends un peu… C'est toi qui as abattu ce type qui s'est introduit dans une maison ?

Foster ne put résister à la tentation de lui décocher une pique.

— Tu es censée être voyante… tu devrais le savoir, non ?

Elle leva les yeux au ciel de façon si marquée qu'elle frôla le dommage permanent.

— Je ne suis pas un guichet unique de parapsychologie. Je lis dans les *lignes de la main*, donc tu peux rengainer ta remarque dans ton holster. Mais je présume que c'était toi puisque tu ne m'as pas répondu.

— Je ne peux pas parler d'une enquête en cours.

Helen ne parut nullement impressionnée.

— Tout se sait dans cette ville, répondit-elle en haussant les épaules. Ça viendra à mes oreilles, que tu le dises ou non.

Foster ne le savait que trop.

C'était précisément pour cette raison qu'il avait mis les choses au point avec la moitié du bureau du shérif, soucieux de s'assurer que tout le monde était bien sur la même longueur d'onde, s'agissant de la confidentialité des informations.

— À ce propos, puisque tout le monde connaît tout le monde ici, William Steiner… ça te parle ?

Helen répondit si vite qu'elle en oublia de dissimuler ses pensées :

— On ne se fréquente pas mais je sais qui c'est. Il travaillait au bureau du shérif. Il a perdu son jeune frère à cause de la Tempête.

Tiens, ça, c'était nouveau.

— Oh ! De quelle façon son frère était-il impliqué ?

— Officiellement, il ne l'était pas. Mais, d'après ce qui se dit en ville… il devait bien être coupable de quelque chose puisqu'il a brusquement pris le large en pleine enquête du FBI. Il a laissé son badge et son arme sur son bureau et, pfft ! il est parti.

Foster sortit sa tablette et son stylet de sa poche.

— Comment s'appelle-t-il ?

— Cole. Mais aucune charge n'a été retenue contre lui, comme je viens de te le dire…

Helen dodelina de la tête d'un air entendu.

— Même s'il a préféré déguerpir quand même. Reiner a-t-il jamais expliqué son départ précipité ? ajouta-t-il.

— Non, dit Helen dans un soupir. Mais, étant donné qu'il est venu me bombarder de questions comme si j'étais une boule de cristal, j'imagine qu'il n'en savait rien.

Foster ne s'était pas attendu à ça. Ce qu'il avait appris de l'adjoint Reiner, principalement en compulsant les dossiers, c'était qu'il semblait s'agir de quelqu'un d'avisé et de pragmatique. Pas du genre à aller voir une chiromancienne.

— Et que t'a-t-il demandé, exactement ?

Helen secoua la tête.

— Ton charme a peut-être agi sur ma sœur, mais tu ne tireras rien de moi concernant mes clients, détective. Je respecte leur vie privée.

Elle recula en direction du parking, la main de nouveau sur le ventre.

— Si tu as des questions à poser à Reiner, tu es au bon endroit. C'est un habitué du Rosewater.

Foster la regarda s'éloigner, sentant décroître l'irritation que la rencontre avec son ex-belle-sœur avait d'abord fait naître en lui. Apparemment, les habitants de Kelby Creek avaient tous un rapport compliqué avec le passé, pour une raison ou pour une autre.

Son téléphone se mit à vibrer dans sa poche au moment où il s'apprêtait à retourner à sa voiture.

C'était l'adjoint Park. Il alla droit au but.

— On a trouvé quelque chose.

Millie alla ouvrir la porte, la tête auréolée de boucles, vêtue d'une jupe en jean et d'un chemisier moulant au décolleté plongeant. Elle portait des sandales plates, et les ongles de ses orteils étaient assortis à la manucure que lui avait faite Larissa en quittant le magasin en fin de matinée, leur service terminé. Elle avait également opté pour un maquillage audacieux : un rouge à lèvres grenat foncé, tirant presque sur le violet sous certaines lumières, rappelait l'ombre à paupières qu'elle avait appliquée généreusement, l'ensemble indiquant sans ambiguïté qu'il s'agissait d'un choix délibéré, et non d'une lubie passagère.

Mais elle déchanta en voyant la haute silhouette aux cheveux blonds sur le seuil de sa porte.

— Détective ?

Foster, son badge suspendu à son cou, ne fit preuve d'aucune subtilité en la toisant des pieds à la tête.

Mais il se reprit rapidement.

— Bonjour, Millie. Euh, désolé, j'arrive au mauvais moment ?

Une bouffée de chaleur l'envahit immédiatement.

Gênée d'avoir été surprise dans cette tenue, elle laissa échapper un petit rire pour gagner du temps.

Si elle lui faisait part de son plan, il chercherait à l'en dissuader, arguant que ce serait au mieux inutile et, au pire, une source d'ennuis supplémentaires.

Si, en revanche, elle ne disait rien de son plan tordu, personne ne pourrait reprocher à l'enquêteur de n'avoir rien fait pour l'empêcher de le mettre à exécution.

Le diable qui était perché sur son épaule gauche se frotta les mains à l'idée qu'elle envisage de passer la vérité sous silence par égard pour son visiteur, mais l'ange qui veillait au grain sur son épaule droite lui souffla de le regarder dans les yeux.

Des yeux au regard… vibrant, pénétrant. Des fenêtres ouvrant sur l'âme de celui qui avait pris la vie d'un homme pour sauver la sienne.

Millie ne résista pas plus de deux secondes.

— En fait, je m'apprêtais à sortir. Je vais au bar ce soir.

— Oh.

Sans trop savoir pourquoi, Millie éprouva le besoin de révéler qu'il ne s'agissait pas d'une sortie banale.

— Seule, précisa-t-elle, sentant cette fois ses joues s'échauffer.

Elle s'efforça de mieux masquer son embarras mais, au bout d'un instant, elle y renonça et avoua en soupirant :

— À vrai dire, j'espère rencontrer William Reiner et l'amener à me parler.

Au cours des trois derniers jours, Millie avait vu Foster en tout et pour tout deux fois. La première, c'était le lendemain du jour où il avait enlevé le tapis ensanglanté de chez elle et promis de s'occuper de son affaire. Il était revenu, le bloc-notes à la main, très professionnel, s'exprimant d'un ton bref, pour lui communiquer ce qu'il avait appris sur l'intrus qui était entré chez elle.

L'homme s'appelait Jason Talbot, d'après ses données dentaires. Ils étaient encore en train de tenter de recueillir d'autres informations à son sujet. Quant aux pilules trouvées dans sa poche, il s'agissait d'une sous-marque de l'antidépresseur Paxil, disponible sur le marché noir.

— J'ai rencontré ce médicament dans une affaire dont je me suis occupé à Seattle il y a quelques années, avait-il dit. Ce n'est pas un produit d'usage très courant, donc on pourra peut-être remonter jusqu'au vendeur et en tirer d'autres renseignements sur Talbot.

C'était l'une des pistes qu'ils étudiaient, avait-il précisé.

— Si on parvient à savoir pourquoi Jason voulait retrouver Fallon, cela pourrait nous aider à découvrir ce qui est arrivé à votre frère, avait-il ajouté. Et nous renseigner sur l'identité de la femme qui a crié dans les bois. Jusque-là, aucune disparition n'a été signalée dans ce comté ni dans le comté voisin. Donc, pour l'instant, on se concentre sur Jason.

La deuxième fois que Foster était venu, c'était le jour suivant – pour s'assurer cette fois que tout allait bien pour elle.

— Avoir subi une agression, c'est traumatisant, avait-il déclaré sur le pas de sa porte, arborant de nouveau son badge. Avoir vu un homme se faire tuer aussi. Je voulais juste vous dire que vous pouvez m'appeler si vous avez besoin de quoi que ce soit.

Si Millie n'avait été déjà en retard pour le travail, elle l'aurait peut-être invité à entrer ce jour-là. Dans quel but, elle n'aurait su le dire, mais l'envie avait bel et bien été là.

Et l'envie de l'inviter était encore là aujourd'hui alors qu'il se tenait sur son porche pour la troisième fois.

Si Foster avait été difficile à déchiffrer lors de ses deux visites précédentes, elle vit tout de suite que son annonce l'avait surpris. Il pencha la tête légèrement sur le côté, fronçant les sourcils.

— Pourquoi voulez-vous parler à Reiner ?

— Ce n'est pas que je le veuille, mais… J'ai réfléchi et, s'il y a en ville quelqu'un qui a des raisons d'en vouloir à Fallon, c'est Reiner. Donc, je me suis dit que… j'allais tenter de l'aborder. Voir s'il accepterait de me parler de ce qu'il faisait il y a six mois…

Tout à coup, Millie jugea son idée puérile et ridicule.

Si Foster pensa de même, il n'en montra rien. Son front se barra d'un pli songeur.

— Vous ne l'avez jamais questionné à propos de la disparition de Fallon ?

Elle secoua la tête.

— Le détective Gordon l'a interrogé, mais je n'ai jamais eu d'explication autre que « Il n'a rien à voir avec ça ». Ni Fallon ni moi n'avons parlé avec William Reiner ou sa famille depuis son départ forcé à la retraite. Et, même à ce moment-là, c'était surtout sa femme qui fulminait et tempêtait. Reiner se contentait de nous regarder de travers.

Elle soupira.

— Depuis, la règle s'est implicitement imposée dans cette ville que les Dean se tiendraient à l'écart des Reiner.

— Mais, maintenant, vous pensez qu'il pourrait être mêlé à la disparition de Fallon.

— Honnêtement, c'est comme mon expédition nocturne dans les bois… Je cherche à l'aveugle, je tâtonne, dans l'espoir fou de découvrir quelque chose. Je ne sais pas du tout si Reiner a quelque chose à voir avec la disparition de Fallon, mais c'est une pierre que je n'ai pas encore retournée. Alors, je me suis dit : « Pourquoi ne pas tenter ma chance ? »

Foster ne répondit pas tout de suite.

Était-il en train de réfléchir ? De trouver les bons arguments pour la dissuader ?

Ou regrettait-il d'être revenu à Kelby Creek et d'avoir emménagé dans la maison voisine de la sienne ?

Millie espéra que ce n'était pas ce dernier point qui motivait son silence.

Encore qu'elle n'aurait pas pu l'en blâmer…

En moins d'une semaine, il avait volé deux fois à sa rescousse, s'était fait tirer dessus et avait dû abattre un homme.

C'était plus qu'il n'en fallait pour éprouver des regrets.

Mais, après un temps de réflexion, Foster s'anima soudain.

— Ce n'est pas une mauvaise idée, dit-il en jetant un coup d'œil à sa montre – une montre de prix mais dont le bracelet de cuir était usé. Il est 17 heures passées, donc je ne suis plus censé être en service. Sauf en cas d'urgence, bien sûr. Ça vous ennuierait d'attendre quelques minutes, le temps que je me change ?

Millie arqua involontairement les sourcils. Une étrange sensation lui noua l'estomac.

— Vous changer ?

— Oui, pour venir avec vous. D'ailleurs, je vous emmène, si vous voulez, ça ne me dérange pas.

— Euh… oui. D'accord.

Elle n'avait pas eu le temps de se raviser, les mots étaient sortis tout seuls.

Le détective lui décocha un bref sourire avant de tourner les talons et de dévaler les marches du porche, se dépêchant de retourner chez lui.

8

Si Millie avait su comment se terminerait la soirée, elle se serait abstenue. En fait, non seulement elle serait restée à la maison, mais elle aurait invité Foster à se joindre à elle.

Pour passer un moment ensemble, toutes portes fermées, isolés du reste du monde.

Seulement, Millie ne se doutait pas que son plan, si bancal soit-il, marquerait le début d'une soirée aussi désastreuse.

Et, les choses devenant toujours claires rétrospectivement, tout ce qui lui traversa l'esprit lorsqu'elle vit Foster sauter à bas de sa camionnette, repoussant d'une main ses cheveux dorés, insolent de beauté dans son T-shirt noir et son jean Wrangler, fut de faire taire la petite voix qui lui susurrait lascivement : *Moi, en tout cas… je ne serais pas contre.*

Car, oui, c'était un fait, Foster Lovett était bel homme même lorsqu'il n'était pas en train de lui sauver la vie.

— Vous n'avez pas mis votre badge ?

Mentalement, Millie fit la grimace en entendant le son de sa voix, perchée une octave plus haut que la normale, pareille à celle d'une adolescente attardée qui aurait eu le béguin pour un camarade. Le détective la troublait. Elle s'éclaircit la gorge.

— Je veux dire, si vous voulez poser des questions de façon officielle…

Foster déplaça le blazer drapé sur son avant-bras, révélant le holster avec son arme à l'intérieur et le badge accroché à une chaîne.

— Je les ai pris, juste au cas où, mais je sais d'expérience que les gens se montrent plus loquaces quand on ne leur brandit pas un badge sous le nez.

Il ouvrit la portière passager et tendit la main pour l'aider à monter. Le contact de sa peau ne contribua en rien à apaiser sa nervosité. Elle n'avait pas eu l'intention de se rendre au bar accompagnée.

— Donc, vous pensez que Reiner est mêlé à la disparition de Fallon ? demanda-t-elle lorsqu'il prit place au volant, à côté d'elle. C'est pour ça que vous avez souhaité vous joindre à moi ?

Foster se tourna à demi pour déposer sa veste et son arme sur le siège arrière, et une fragrance aromatique profonde et boisée emplit les narines de Millie.

Elle essaya de faire taire ses sens et de se concentrer sur sa réponse.

— Beaucoup d'anciens dossiers du bureau ne sont pas exactement à la hauteur de mes attentes, dit-il, choisissant soigneusement ses mots. Ça vaut pour l'accident de l'adjoint Reiner qu'a indirectement provoqué Fallon voilà cinq ans. Donc, je poserais bien quelques questions moi-même. Sans compter que j'ai quitté Kelby Creek il y a longtemps… Je ne suis jamais allé au Rosewater depuis que c'est devenu un bar et j'avoue que je suis curieux de voir à quoi ça ressemble aujourd'hui.

Il la gratifia d'un sourire étincelant et mit le moteur en marche. Celui-ci se fit quelque peu prier, trahissant son âge, mais ses toussotements plurent à Millie. Son père avait été féru de vieilles camionnettes, ce qui expliquait sans doute pourquoi Fallon roulait dans un pick-up Chevy de 1979 aux pare-chocs rouillés au lieu d'un véhicule plus moderne. C'était sans doute sa façon de maintenir un lien avec un père qu'il avait sincèrement aimé.

— Vous savez, je n'avais pas tout de suite saisi que vous aviez vécu à Kelby Creek, indiqua-t-elle. C'est mon amie Larissa qui m'a dit que vous étiez né ici.

Foster rit tandis qu'il opérait une marche arrière et prenait la direction du centre-ville. Pour un enquêteur chevronné, il était singulièrement décontracté, pas du tout austère comme Millie s'y serait attendue. Il avait tout d'un homme avec qui vous iriez volontiers boire une bière, rien d'un policier traquant de dangereux criminels.

— C'est vrai. J'ai grandi à dix minutes d'ici.

— Oh. Alors, vous avez de la famille dans le coin ?

Il secoua la tête.

— J'en avais mais, après le décès de mon père il y a quelques années, ma mère a déménagé à Huntsville pour cohabiter avec sa meilleure amie.

Il rit de nouveau. Même de profil, son sourire était plaisant à regarder.

— Je me suis *presque* habitué à recevoir des appels plus ou moins avinés quand elles ont bu un verre de trop en regardant une émission de téléréalité. Ça peut être assez gênant quand vous êtes sur une scène de crime et que votre mère vous appelle, dans tous ses états, parce que Mark le Célibataire, ou Tom ou Brad, n'a pas choisi la bonne partenaire.

Millie ne put s'empêcher de joindre son rire au sien. Ni de se le représenter sur une scène de crime, le carnet ou la tablette à la main, les sourcils froncés par la concentration. Pour plus de réalisme, elle imagina ses longs cheveux bien lissés en arrière, avec en toile de fond le ciel plombé de Seattle.

— Quitter Kelby Creek pour Seattle… le contraste a dû être saisissant.

Foster s'arrêta à un feu rouge. La nuit tombait et l'odeur de la pluie les avait suivis dans l'habitacle de la camionnette. L'été, dans le sud de l'Alabama, ne connaissait que deux modes : soit le temps était chaud et humide, soit il était humide et orageux. Millie espéra qu'une averse n'allait pas s'abattre sur eux juste à leur arrivée. En partant, elle n'avait pris que son sac à main. Elle visualisa son parapluie, bien rangé dans le porte-parapluies, près de la porte d'entrée.

— J'avais dix-huit ans quand nous sommes partis pour Seattle. Tout allait vite, très vite, là-bas, pour deux adolescents du fin fond de l'Alabama qui n'avaient jamais quitté leur ville natale. On s'est laissés emporter dans ce tourbillon effréné pendant quelques années. L'école. Le travail. Toujours plus de travail… J'ai beaucoup appris, beaucoup changé et, une fois que nous avons été véritablement accoutumés au rythme de la ville, je me suis rendu compte de deux choses : un, que j'adorais mon métier d'enquêteur en dépit de toutes les choses terribles que j'avais pu voir et que je choisirais le même si c'était à refaire.

Millie sentit son humeur changer comme il marquait une infime pause avant de poursuivre :

— Et, deux, que même si j'avais laissé sans hésitation Kelby Creek derrière moi, j'éprouvais toujours pour ma ville natale le même attachement et le même sentiment protecteur.

— La Tempête, devina-t-elle.

Il hocha la tête.

— Je venais juste de boucler une enquête pour homicide particulièrement sordide… quand j'ai lu dans le journal un long article traitant de mon affaire. Le journaliste retraçait les faits et évoquait le calvaire vécu par la malheureuse famille de la victime qui allait « enfin pouvoir faire son deuil maintenant que l'affaire était résolue ». Il concluait en soulignant combien il était miraculeux qu'un natif de Kelby Creek, en Alabama, puisse appartenir aux forces de l'ordre et ne pas être corrompu.

— Aïe.

— Oui. Ça a été le déclic pour moi. J'ai appelé le shérif Chamblin, expliqué que j'entendais prendre part à la reconstruction. Une semaine plus tard, j'avais le poste.

Millie eut envie de lui dire combien c'était noble de sa part, mais quelque chose, dans ses propos, l'avait interpellée.

— Vous avez dit « *nous* sommes partis pour Seattle », fit-elle, sentant de nouveau ses joues se colorer.

Pour avoir un peu moins l'air d'une lycéenne trop curieuse et un peu plus celui d'une voisine attentionnée, elle se hâta d'ajouter :

— Je n'ai vu personne d'autre que vous entrer et sortir de la maison.

Foster laissa échapper un petit ricanement tout en s'engageant dans la rue du Rosewater.

— Ma petite amie de l'époque et moi… Nous avons quitté Kelby Creek sitôt que nous avons eu tous deux dix-huit ans. Il nous a fallu atteindre l'âge de vingt-huit ans pour admettre que nous avions commis une erreur. Nous nous entendons beaucoup mieux maintenant que nous sommes simplement amis. Mon seul regret est que nous ne nous en soyons pas rendu compte plus tôt.

Dans son champ de vision périphérique, Millie le vit tourner la tête vers elle. Elle ne sut comment réagir. D'une part, elle ressentait une jalousie parfaitement disproportionnée à l'idée qu'il ait été marié pendant dix ans et, de l'autre, elle se réjouissait qu'il ne le soit plus.

Puis Fallon, Jason Talbot et William Reiner lui revinrent en mémoire.

Cela suffit à lui remettre les idées en place.

Elle croisa son regard. Il lui adressa un petit sourire, mais ni l'un ni l'autre ne parlèrent jusqu'à ce qu'il ait garé la camionnette dans le parking du Rosewater.

Très concentré, Foster balayait déjà les véhicules du regard, cherchant sans doute à mémoriser tous les détails.

Millie aurait dû en faire autant mais la phrase suivante de Foster acheva de lui mettre les nerfs en pelote.

— Si Reiner est ici, pas question de fondre sur lui sitôt la porte franchie. Comportons-nous comme si nous avions simplement rendez-vous tous les deux. On prend une table, on boit tranquillement nos verres en bavardant... On avisera ensuite. Je ne veux surtout pas effaroucher qui que ce soit.

L'attention de Millie se bloqua sur le mot « rendez-vous ».

— D'accord, pas de problème, acquiesça-t-elle à haute voix.

Mais, intérieurement, elle se sentit flageoler.

Fais comme si c'était vraiment un rendez-vous galant, Millie, souffla l'ange. *N'en fais pas toute une histoire.*

Quant à ce que lui conseilla le diable, elle refusa de l'écouter.

Le Rosewater Bar était désormais constitué d'une salle tout en longueur. Le bar, formant un décrochement, longeait l'un des murs. Les toilettes se trouvaient à l'extrémité de la salle. Au-delà des toilettes, il y avait la cuisine et la chambre froide, situées droit en face de ce qui avait été la porte d'entrée de l'ancien hall d'accueil de l'auberge. La plupart des gens du coin savaient que, derrière la cuisine, se trouvait le bureau où Gavin junior, actuel propriétaire de la totalité de Rosewater, s'occupait de la partie administrative du bar et où la barmaid venait occasionnellement fumer un joint.

Mais seule une poignée de personnes avaient connaissance de la communication secrète entre ces trois salles.

Il avança le long des poutrelles de plancher des combles, au-dessus du bar, avec une précision née d'une longue pratique. C'était loin d'être la première fois qu'il montait là pour écouter les conversations, au rez-de-chaussée, et ce ne serait pas la dernière.

Ce qui ne signifiait pas qu'il n'était pas un peu tendu à l'idée de marcher au-dessus de la tête des clients.

Une fois, son pied avait dérapé, et il avait eu le temps de se représenter mentalement, comme dans un film d'horreur au ralenti, ce qui aurait pu arriver. Un pas de travers, et il aurait pu passer à travers les plaques de plâtre et atterrir sur les genoux des personnes qu'il espionnait. Ce qui l'aurait conduit à atterrir autre part…

En prison. Ou pis encore.

Ce n'était pas comme si Kelby Creek observait toujours scrupuleusement les préceptes de la loi.

Une autre fois, il avait marché sur les poutres avec un peu trop d'enthousiasme, délogeant des particules de poussière qui avaient voleté jusqu'à une tablée, au-dessous. Il avait dû rester figé comme une statue pendant près d'une demi-heure pour ne pas risquer d'attirer l'attention des clients au cas où d'autres débris tomberaient.

N'aurait-ce pas été rageant ? Avoir travaillé si dur pour atteindre son but, et voir son secret éventé à cause de quelques grains de poussière !

Donc, ce soir, redoublant de prudence, il progressait sur les poutres de bois tel un funambule, méthodiquement, attentif au moindre de ses mouvements.

Rien ne sert de courir, il faut partir à point.

Il se répéta ce mantra jusqu'à ce qu'il ait atteint l'une des deux trappes qui n'avaient pas encore été rebouchées depuis la rénovation. Elles n'avaient d'autre usage que celui de lui permettre d'observer ce qui se passait en bas à travers les grilles à maillage serré qui les obturaient.

Lentement, il s'agenouilla et balaya du regard la clientèle de la soirée, espérant que ce serait enfin son jour.

Dire que ce qu'il vit le surprit aurait été en dessous de la vérité. Ou plutôt… *qui*.

Millie était assise à la table la plus populaire contre le mur de droite, sous un éclairage au néon dont les volutes dessinaient en rose fluorescent les mots « Danger », « Haute Tension », en face d'un homme qu'il ne reconnut pas. Elle s'était habillée pour sortir et tenait à la main l'un des emblématiques cocktails roses du Rosewater. De là où il se trouvait, il la voyait en diagonale, mais discernait clairement le sourire qu'elle destinait à son compagnon.

Il resta là quelques minutes, essayant de saisir ce qu'ils se disaient, mais Millie et l'inconnu avaient le bon sens de parler bas. Le plus souvent, le soir, il avait de la chance : de nombreux clients parlaient fort et, l'alcool aidant, devenaient plus bruyants encore.

Va voir l'autre trappe.

Il se leva précautionneusement, surveillant ses gestes, et se déplaça jusqu'à l'autre ouverture.

Celle-ci lui offrirait une meilleure vue sur l'entrée et le centre de la salle.

Ainsi que sur la place habituelle de William Reiner.

Depuis que sa femme l'avait quitté, William était un habitué du Rosewater. Toujours seul à la même table, avec la même bière et la même mine chagrine. Jamais rien d'intéressant à voir de son côté.

Apparemment, ce n'était pas ce soir que ça allait changer.

En revanche… la présence de Millie, ça, c'était nouveau.

Elle n'était jamais venue ici auparavant. Ça devait bien vouloir dire quelque chose, non ?

Abandonnant son poste de guet, il retourna à la première trappe, décidant de centrer son attention sur elle ce soir, mais il eut la surprise de trouver la table vide. Il se pencha davantage pour tenter de voir le reste de la salle.

Où étaient-ils passés ?

Comme une souris coincée dans un labyrinthe, il revint vers la deuxième trappe grillagée. Millie et son compagnon devaient être en train de partir – si oui, ils n'étaient vraiment pas restés très longtemps. Millie Dean n'avait jamais été du genre à passer beaucoup de temps dans les bars.

Peut-être avaient-ils prévu d'aller au cinéma ou…

— Ça alors…

Millie et l'homme ne se dirigeaient pas vers la sortie. Ils étaient allés droit à une autre table.

Celle de Reiner.

Ce ne pouvait pas être bon signe.

Surtout après la mort de Jason.

Il tira son téléphone de sa poche, vérifia à plusieurs reprises que le flash de l'appareil-photo n'était pas activé et approcha l'objectif de l'ouverture pour prendre la meilleure photo possible à travers la grille. L'angle de vue n'était pas aussi flatteur pour Millie, mais on les voyait bien, elle et son compagnon, côte à côte, et il savait que le cliché intéresserait son patron.

Il essaya de tendre l'oreille pendant quelques minutes mais, malgré l'adjonction de William, le petit groupe continua à parler bas. Trop bas pour être entendu.

Ce qui le rendit nerveux. Et il aurait parié qu'il n'était pas le seul dans ce cas.

9

Millie ouvrit les yeux. Aussitôt, la douleur se fit sentir alors même qu'aucune clarté ne venait frapper sa rétine. Un gémissement rauque monta dans sa gorge. Instinctivement, elle roula sur le côté et se pencha juste à temps pour rendre son cocktail rose dans la cuvette qui, par chance, se trouvait là.

Si elle n'avait été aussi désorientée *et* occupée à vider le contenu de son estomac, la sensation d'une main se posant sur son dos l'aurait fait sursauter de frayeur. Mais elle n'éprouva que du soulagement car le doux et profond baryton d'une voix familière lui murmura :

— Ça va aller, ça va aller.

Foster.

Quoi qu'il ait pu se passer, elle était rassurée de le savoir là avec elle.

Mais où était ce *là* ?

Il se déplaça légèrement derrière elle, mais sa main ne quitta pas son dos jusqu'à ce qu'elle ait fini de vomir. En temps normal, Millie aurait été mortifiée de se donner ainsi en spectacle, mais la confusion, la douleur et la peur avaient mis toutes ses réactions normales en pause.

Elle repoussa ses cheveux en arrière et secoua lentement la tête. Le martèlement sourd, dans sa tête, s'étendit de l'arrière de son crâne à ses orbites.

Bon sang, que s'était-il passé ?

Pourquoi se réveillait-elle alors qu'elle n'avait pas le souvenir de s'être endormie ?

Elle n'opposa pas de résistance quand Foster l'aida à se redresser. Elle avait les idées embrouillées, l'esprit vaseux. Tout tanguait autour d'elle, et rien de ce qu'elle voyait ne faisait sens. Une pâle lumière provenant d'une lampe de poche, à ses pieds, éclairait le sol d'une pièce exiguë. Qui ne lui évoquait strictement rien.

— Que se passe-t-il ? Où sommes-nous ?

La pièce avait la taille d'une salle de bains, voire d'un grand placard, avec des murs en métal à la peinture cloquée et écaillée, un sol froid et dans le même piteux état. Les vieilles dalles de linoléum se décollaient par endroits, d'autres manquaient. Une boîte ouverte gisait, vide, renversée, juste à côté de la lampe. Un balai-serpillière était calé contre une petite fenêtre peinte en noir. Et il y avait la bassine, posée à côté d'elle.

Et c'était tout.

À part eux, il n'y avait rien d'autre dans la pièce.

— Ça va mieux ?

Foster avait du sang sur la joue et son T-shirt était déchiré. Il prit son visage entre ses mains. Délicatement, ce qu'elle apprécia étant donné son état.

— Je… je ne sais pas. J'ai la tête comme dans du coton. Et elle me fait mal.

— Avez-vous mal autre part ?

Millie passa mentalement en revue le reste de son corps.

— Non, ça a l'air d'aller. Et vous ? Vous saignez.

Il ne lâcha pas son visage tandis qu'elle élevait la main pour toucher sa joue.

— Je suis dans le cirage, moi aussi, mais sinon, ça va, répondit-il en promenant son pouce sur sa joue avant de s'interrompre, la main suspendue en l'air.

— Visiblement, je me suis battu.

Il abaissa la main pour lui montrer ses phalanges. Elles étaient rouges et contusionnées.

— Je ne comprends pas. *Qu'est-ce qui a bien pu nous arriver ?* Tout ce que je me rappelle, c'est que nous étions au Rosewater.

Elle avait l'impression que sa mémoire avait été effacée. Elle était en train de déguster son cocktail spécial, se préparant à aborder William Reiner, et, la seconde suivante… pfft, plus rien.

— Je crois que nous avons été drogués, dit Foster en se mettant péniblement debout. Moi non plus, je ne me souviens de rien à partir du moment où nous nous sommes dirigés vers la table de Reiner, dans le bar.

— *Drogués* ? Comme dans les films ?

Hochant la tête, Foster s'écarta de deux pas pour attraper le balai puis revint vers elle et tendit la main pour l'aider à se lever.

— Ça expliquerait nos trous de mémoire et nos esprits embrumés. Quelqu'un a dû mettre quelque chose dans nos boissons, dit-il en ramassant la lampe de poche, les sourcils froncés.

Millie chancela une fois debout. Foster enroula fermement un bras autour de sa taille et se tourna vers la seule porte de la pièce, l'entraînant dans son mouvement.

Étroite et rouillée, celle-ci était perchée en haut de deux marches. Des marches… *en plastique ?* Rien dans cet endroit n'avait de sens. Rien, d'ailleurs, n'avait de sens tout court. Sauf cette sensation de malaise qui lui tordait l'estomac. *Ça*, c'était familier.

Elle n'en comprit la nature que quand Foster l'eut positionnée derrière lui, armée du balai, tandis qu'il braquait le rayon de la torche sur la porte, s'apprêtant à tenter de l'ouvrir.

— Foster… je crois bien qu'on est sur un bateau.

À peine eut-elle prononcé ces mots qu'elle sut avec certitude qu'elle avait vu juste. Ce n'était pas une *pièce ;* c'était une *cabine.* Et cette nausée qui persistait à lui soulever le cœur… c'était le mal de mer. Non seulement ils se trouvaient sur un bateau, mais ce dernier était *à flot.*

Foster accueillit sa remarque par un froncement de sourcils plus marqué encore.

— Il n'y a qu'en trois endroits que la rivière est assez large pour un bateau de cette taille. Et ils sont tous les trois à trente ou quarante kilomètres de Kelby Creek.

Il secoua la tête, perplexe.

— C'est bizarre qu'on nous ait déposés ici en nous laissant libres de nos mouvements et sans gardien pour nous avoir à l'œil.

Pour la première fois depuis qu'elle avait repris conscience, Millie s'aperçut que la veste, le pistolet et le badge de Foster avaient disparu. Ce qui voulait dire que quiconque les avait amenés ici était maintenant en possession de l'arme censée les protéger.

Foster dut se rendre compte qu'une nouvelle source d'inquiétude lui était apparue car il combla l'espace qui les séparait et pencha la tête vers elle. Son front se posa contre le sien. Chaud, rassurant. Elle sentit même encore un reste d'effluve de son eau de toilette. D'une main, il la tint par le bras tandis que l'autre venait couvrir celle qui était refermée autour du manche du balai. Sa voix résonna, claire et limpide :

— Si vous devez vous en servir contre quelqu'un, ne pensez pas à porter un coup à l'adversaire ; imaginez que vous voulez *passer à travers.*

Millie hocha la tête, ce qui réveilla la douleur.

L'expression de Foster s'adoucit mais il n'ajouta rien. Il se tourna de nouveau vers la porte tandis que Millie se préparait, le balai-serpillière levé telle une batte de base-ball.

Elle retint son souffle comme il testait la poignée.

La porte n'était pas verrouillée. Il l'ouvrit avec précaution.

Millie resserra sa prise autour du balai, certaine que quelqu'un, au-dehors, les attendait.

Mais la seule chose qui leur apparut fut l'obscurité ambiante.

Et le clapotis de l'eau.

Millie ne s'était pas trompée. Ils étaient bien sur une embarcation.

Une embarcation sur laquelle il n'y avait personne d'autre qu'eux et qui flottait au milieu de l'eau. Foster dirigea le faisceau de la lampe vers le rivage et sa ligne d'arbres sombres, sur la droite, puis de l'autre côté, sur la gauche, où ils ne virent que des arbres également. Devant eux comme derrière, rien d'autre qu'une étendue noire et liquide.

— Le bateau est à l'ancre, observa-t-il en tournant son attention vers une chaîne qui disparaissait dans l'eau sur le côté du bateau.

Millie s'avança jusqu'au poste de pilotage et regarda le moteur.

Comme il lui fallait avoir ingurgité de la Dramamine pour ne serait-ce que *songer* à embarquer sur un navire, elle n'était guère familiarisée avec les particularités de leur mécanique. Mais il n'était pas besoin d'être un marin aguerri pour voir qu'il n'y avait pas de clé de contact. Foster inspecta chaque recoin du bateau tandis que Millie s'efforçait de ne pas se laisser de nouveau submerger par la nausée.

Lorsqu'il sembla avoir terminé, elle posa l'une des nombreuses questions qui lui trottaient dans la tête :

— Pourquoi nous avoir plantés là, tout seuls, au beau milieu de la rivière, de nuit ? Ça ne rime à rien !

Foster secoua la tête puis éleva le faisceau de la lampe vers les arbres, à leur gauche. Le rivage y était plus sablonneux que sur la rive opposée.

— Une fois, j'ai été appelé sur une scène d'homicide alors que je n'étais pas en service. Il tombait des cordes et j'ai été trempé en quelques minutes, déclara-t-il avant de baisser les yeux. Je portais ces mêmes chaussures et il leur a fallu une journée entière pour sécher.

Il laissa courir sa main sur la rambarde, et Millie s'aperçut, avec un temps de retard sur lui, que celle-ci était mouillée. C'était donc qu'il avait plu.

— Mais, là, elles sont sèches, continua Foster, ce qui veut dire que nous étions à l'intérieur quand il a plu. Ça pourra nous aider à reconstituer la chronologie des faits par la suite.

— Ça veut dire aussi que nous ne nous sommes jamais trouvés *dans* l'eau et qu'on a dû nous amener ici à bord d'un autre bateau, ajouta Millie. Qu'est-ce qu'on fait, maintenant ?

Foster dirigea de nouveau le rayon de lumière vers la rive.

— On va nager jusqu'à la berge et chercher de l'aide. Ensuite, on reviendra en force avec tout le bureau du shérif pour passer ce bateau au peigne fin jusqu'à ce qu'on ait trouvé un indice matériel. On le démontera pièce par pièce s'il le faut.

Millie contempla l'eau sombre et opaque.

La part d'elle-même qui était sujette au mal des transports se réjouit de ce plan.

Mais celle qui était terrifiée par l'élément liquide dès lors qu'il n'était pas parfaitement translucide se sentit faiblir. Se plonger là-dedans… et *de nuit,* pour tout couronner !

Foster dut se rendre compte de son désarroi, car il s'empressa d'ajouter en saisissant sa main :

— Je serai tout le temps à côté de vous, n'ayez crainte.

Millie aurait menti si elle avait répondu que cela lui était d'un grand réconfort.

Elle hocha la tête, grimaçant aussitôt de douleur.

— S'il y avait une échelle, elle n'existe plus, reprit Foster. Même avec la lampe de poche, je ne vois pas le fond. Je vais descendre le premier pour évaluer la profondeur de l'eau.

— Est-ce qu'on peut espérer… avoir pied ?

L'eau noire – son pire cauchemar – la narguait de sa surface lugubre, lisse… menaçante.

— Comme le bateau est à l'ancre, j'imagine qu'il y a au moins deux mètres. Mais mieux vaut ne pas prendre le risque de sauter.

Millie en convint volontiers. Il imprima une dernière pression à sa main puis la lâcha.

— D'ici à la rive, il n'y a qu'une trentaine de secondes de nage. On y arrivera facilement.

C'était pour l'encourager, *elle,* qu'il disait ça, donc elle lui sourit pour lui faire plaisir. Dans la pénombre, elle parvenait encore à voir les yeux verts de Foster. Une pointe de déception l'assaillit comme ils se détachaient d'elle tandis qu'il s'apprêtait à mettre son plan à exécution.

Il lui tendit la lampe de poche, se percha sur le côté du bateau, balança les jambes par-dessus bord puis, dans une impressionnante démonstration de puissance musculaire, il se laissa lentement descendre à la force des biceps. Millie, accrochée à la rambarde, le regardait, retenant son souffle.

— Vous avez pied ? demanda-t-elle, pleine d'espoir.

Il prit son souffle et disparut sous l'eau, avant de resurgir quelques secondes plus tard.

— Non. Celui qui nous a amenés ici n'a pas choisi cet endroit par hasard.

La peur de l'eau de Millie ne s'en trouva en rien atténuée mais son estomac lui rappela qu'il lui fallait au plus tôt rejoindre la terre ferme. Elle tendit la lampe à Foster et, à regret, se délesta de son balai.

S'armant de courage, elle s'assit à son tour sur le bord, manœuvra comme elle put pour se retourner et se laisser glisser, beaucoup moins élégamment que le détective, le long de la coque.

Elle ferma les yeux, prit son souffle et lâcha la rambarde.

Foster se tenait prêt à la réceptionner si bien que sa tête ne fut sous l'eau, étonnamment tiède, que l'espace d'une seconde, mais cette unique seconde suffit à faire basculer un peu plus son monde sur son axe.

La chance, Foster n'y croyait pas. C'était un sujet sur lequel il avait toujours été en désaccord avec son ex-femme, Regina – de l'âge de quinze ans, quand elle clamait qu'il avait « de la chance d'avoir une petite amie comme elle », jusqu'au jour de la signature des papiers de divorce, quand elle avait fait remarquer que ce n'était « pas de chance que leur union n'ait pas tenu la distance ».

Bonne ou mauvaise, la chance n'était à ses yeux qu'une façon de qualifier un événement, de l'inscrire dans sa temporalité en fonction de son issue, heureuse ou malheureuse.

L'effet domino d'un enchaînement d'actions, qu'elles aient été accidentelles ou intentionnelles.

Ce n'était pas de la *chance* si Jason Talbot avait trouvé Millie seule chez elle, de même que ce n'était pas de la *malchance* s'il était arrivé quelques minutes avant Foster.

Mais, alors qu'il barbotait dans l'eau sombre de la

rivière avec la belle femme qui venait de refaire surface à côté de lui, sa foi en la chance coula définitivement par le fond lorsqu'il s'avisa que les ondes qui ridaient la surface autour de Millie ne venaient pas d'*elle* mais *vers* elle et qu'un grondement sourd se rapprochait.

Prestement, Foster éteignit la lampe de poche et souffla à Millie de l'attendre.

Se propulsant en arrière d'un battement de jambes, il longea la coque du bateau au lieu de se diriger vers la rive. Parvenu à la proue, il scruta la rivière du côté où elle serpentait avant de disparaître derrière une courbe, masquée par un rideau d'arbres.

Toujours agité par le dilemme existentiel concernant la chance, il revint vers Millie en veillant à brasser l'eau le moins possible.

Elle le regardait, les yeux agrandis par la peur.

Elle aussi avait entendu.

Pour le coup, c'était une chance qu'elle n'ait pas fait de bruit en sautant directement dans l'eau.

— Un bateau approche, souffla-t-il, l'eau clapotant au niveau de ses lèvres tandis qu'il l'attirait à lui pour les plaquer tous les deux contre la coque. Il ne faut pas qu'on nous voie.

10

Il y avait au moins deux passagers à bord de cette embarcation, songea Foster en écoutant les nouveaux arrivants monter sur le pont, au-dessus de leurs têtes, après avoir rangé leur bateau le long de celui sur lequel Millie et lui s'étaient réveillés.

Étaient-ils revenus les chercher ?

Mais alors, pourquoi les avoir laissés là, sans surveillance ?

Cette histoire comportait décidément trop d'inconnues.

Il aimait relever les défis, il n'en avait jamais fait mystère, mais tout de même…

Des pas se rapprochèrent du côté du bateau où ils se trouvaient. Foster sentit Millie se crisper. Il n'en menait pas beaucoup plus large. Il banda ses muscles, d'une part pour maintenir Millie le plus près possible de la coque et, d'autre part, pour se tenir prêt au cas où ils seraient découverts.

Ce qui, il l'espérait, n'arriverait pas. Il aurait bien voulu pouvoir la réconforter, l'assurer que tout irait bien.

Mais rien n'était moins sûr. La situation était pour l'heure incompréhensible, donc hautement imprévisible.

S'il ne pouvait lui promettre un heureux dénouement, il allait du moins faire en sorte qu'elle soit certaine qu'il était bien décidé à se battre – et à la protéger.

D'une main, il la pressa fermement contre lui pour qu'elle n'ait pas à bouger les jambes tandis que, de l'autre, il s'accrochait à une petite lumière cassée qui dépassait du flanc du bateau.

Si les nouveaux venus scrutaient la berge que Foster et Millie avaient eu l'intention de rejoindre, ils ne verraient que de l'eau, du sable et des arbres.

En revanche, s'ils se penchaient pour regarder en bas…

Foster ne pouvait que tabler sur le fait qu'ils ne seraient pas si zélés. Et que leur bateau resterait du côté opposé à celui où ils se trouvaient.

— Fais attention !

C'était une voix d'homme, grave, avec un fort accent du Sud. Elle émanait de celui qui était le plus proche d'eux. Heureusement, il ne semblait pas enclin à pousser plus avant son inspection.

Un autre pas se fit moins audible, assourdi.

Celui de quelqu'un descendant dans la cabine.

Trois secondes plus tard, une deuxième voix, masculine elle aussi mais à l'accent moins prononcé, claironnait :

— Il n'y a personne en bas.

— Comment ça ? Tu es sûr que tu as bien regardé ?

L'accent du Sud était maintenant teinté d'irritation. Les pas de son propriétaire s'éloignèrent à leur tour comme il descendait vérifier les dires de son comparse. Il resta dans la cabine un peu plus longtemps.

— Tu te fiches de moi ? Quelqu'un a vomi tripes et boyaux là en bas. Donc, il y a bien eu *quelqu'un* sur ce rafiot.

— Oui, eh ben, en tout cas, il n'y est plus, ça, c'est sûr.

Foster plongea son regard dans celui de Millie comme le son d'un coup de poing résonnait dans la nuit. Celui qui le reçut – de l'avis de Foster, celui qui avait le moins d'accent – poussa un grognement.

— Non mais tu te crois dans un jeu vidéo ? gronda Accent-du-Sud suffisamment fort pour que Foster n'ait pas à tendre l'oreille. Tu crois que tous les petits obstacles auxquels on s'est heurtés ne sont que des inconvénients mineurs ? Qu'on n'a qu'à s'arrêter là pour aujourd'hui et rentrer tranquillement se coucher avec un joli petit lot en se disant que, demain, il fera jour ?

Il y eut de nouveau du mouvement en haut.

Foster n'en était pas sûr mais il aurait parié qu'un autre coup avait volé.

— C'est pas un jeu, fiston. Si c'en était un, on se ferait battre par un adversaire d'un bien meilleur niveau que nous.

Il marmonna quelque chose d'autre qui se perdit entre lui et l'eau. Mais, sans s'avancer beaucoup, Foster présuma que ce ne devait pas être de la poésie.

Le savon se termina par un soupir qui parut aider Accent- du-Sud à se calmer suffisamment pour ne pas frapper de nouveau son partenaire.

— Cette femme a dit qu'elle les avait vus tous les deux être chargés dans une camionnette, continua-t-il. C'est ici qu'il a amené Fallon, donc ce doit être ici qu'il les a amenés aussi.

Foster avait souvent navigué aux frontières de la mort et de la surprise au cours de ses années d'exercice à Seattle. Il avait notamment eu à informer le membre d'une famille du décès de ses proches. Il avait recueilli la confession d'un tueur en série en salle d'interrogatoire. Toutes les affaires n'étaient pas aussi claires et nettes et toutes ne concernaient pas des homicides mais, en entendant prononcer le nom de Fallon, l'aptitude qu'il avait affûtée à force de côtoyer le crime se réactiva instantanément.

Et il comprit ce que signifiait cette gravité soudaine dans le regard de Millie.

Elle avait saisi que quelque chose de capital venait

d'être dit. Quelque chose qui lui ouvrait de nouvelles perspectives.

Et elle brûlait d'envie d'en savoir plus, de poser des questions… au risque de se mettre en danger.

Foster approcha sa tête de la sienne jusqu'à toucher son front.

— Non, dit-il de façon visible mais non audible.

Qu'elle ait ou non lu la mise en garde sur ses lèvres, Millie garda le silence.

— Oui, cette bassine, en bas, prouve que quelqu'un est venu ici, reprit le deuxième homme – le plus jeune, selon Foster –, sans doute lassé d'encaisser des coups. Soit il sera revenu les chercher, soit un poivrot qui ne sait pas tenir l'alcool se sera réfugié là. Qu'est-ce qu'on fait, maintenant ?

Nouveau soupir.

À peine se fut-il éteint que Foster entendit un ronronnement. Un *troisième* bateau.

Dont le moteur ne devait pas être de première jeunesse car son crachotement laborieux retentissait de façon très sonore dans la nuit.

Les hommes, en haut, l'avaient entendu également. La voix du plus jeune s'éleva, teintée d'excitation et de crainte :

— Oh ! bonté divine, tu crois que c'est lui ?

Le plus âgé se montra moins enthousiaste. Et plus discret. Foster ne réussit pas à capter ce qu'il marmonna en retour.

Millie lui donna un petit coup de tête pour attirer son attention, puis haussa les épaules pour signifier son incompréhension.

Même s'ils avaient pu parler, de toute façon il n'aurait pas su quoi lui répondre.

Ils attendirent que les hommes se soient tus, en haut. Foster n'était pas très calé en matière de bateaux, mais il n'était pas difficile de comprendre que celui qui approchait était plus petit que les deux embarcations vers lesquelles il se dirigeait.

Le moteur se tut et la surface de l'eau se mit à onduler.

Millie posa une main sur son torse et le regarda.

Foster n'eut pas besoin de mots pour comprendre ce qu'elle était en train de se demander.

Était-ce Fallon qui arrivait ?

Ou l'homme qui avait amené son frère ici avant eux ?

— Bien le bonsoir, les gars.

Instantanément, Foster reconnut la voix.

C'était celle de l'adjoint Carlos Park.

— Je cherche un ami à moi… En vous voyant là, je me suis dit que vous l'auriez peut-être vu dans le coin ?

Sa voix résonna clairement dans le silence de la nuit. De même que celle d'Accent-du-Sud lorsqu'il répondit :

— Bien le bonsoir, adjoint. Je ne crois pas qu'on puisse vous aider. On est juste venus pêcher. On n'a vu personne.

Ils connaissaient l'adjoint Park ?

L'instant suivant, Park formula tout haut la question que Foster venait de se poser.

— Désolé, les gars, mais… on se connaît ? interrogea-t-il. Comment vous appelez-vous ? Je ne vous vois pas bien, avec la lumière de votre bateau.

— Tout le monde sait reconnaître un représentant de la loi par ici, répondit Accent-du-Sud. Surtout avec tout ce qui s'est passé.

Ce qui provoqua un blanc dans la conversation. L'adjoint Park devait se demander quelle attitude adopter. Foster aurait bien voulu pouvoir jeter un coup d'œil aux hommes qui se trouvaient en haut, notamment pour voir s'ils étaient armés.

Peut-être n'appréciait-il pas particulièrement Park, mais celui-ci n'en restait pas moins un collègue. Un collègue qui n'avait *pas* été inculpé et n'avait *pas* détalé ventre à terre quand la Tempête avait éclaté.

Ce qui, dans cette ville, était lourd de sens. Cela ne l'était pas moins aux yeux de Foster.

Tandis que le silence se prolongeait au-dessus d'eux, Foster prit rapidement sa décision.

Il risquait de faire un peu de bruit, mais quelque chose lui disait que le groupe, là-haut, serait plus focalisé sur leur conversation que sur ce qui se passait dans l'eau. Retenant son souffle, il pressa doucement Millie contre la coque puis guida sa main jusqu'à la petite lumière à laquelle il se tenait tout en lui montrant le pont du bateau d'un mouvement du menton. Dans la faible lueur nocturne, il discerna le scintillement de ses yeux et son bref hochement de tête. Elle avait compris. Il la maintint jusqu'à ce qu'elle ait assuré sa prise.

Les hommes, en haut, continuaient à mentir à propos de leur partie de pêche tandis que Park s'efforçait, lui, d'aller à la pêche aux informations. Ou de gagner du temps.

Peut-être qu'il attendait des renforts.

À moins qu'il n'ait vu que les types étaient armés.

Dans un cas comme dans l'autre, personne ne parut remarquer le clapotis de l'eau provoqué par les mouvements de Foster.

Ce qui était une bonne chose car il avait besoin de créer la surprise.

— Restez là, formula-t-il silencieusement à l'adresse de Millie.

Elle hocha de nouveau la tête.

Sans plus attendre, Foster se propulsa vers l'arrière du bateau, prenant soin de garder les bras et les jambes sous la surface pour éviter d'être entendu. Grâce à la faible lumière du bateau des deux hommes, il réussit à situer la position de Park sur le sien.

Et à interpréter son langage corporel. Il était évident que, seul ou pas, il se tenait prêt à dégainer son arme. Sa main était toute proche de son holster.

C'était maintenant ou jamais.

Foster se déplaça sans bruit jusqu'au moteur cassé. Le capot était fendu et rouillé de même que la plupart des pièces de fixation au tableau arrière. Le plat-bord était en mauvais état lui aussi. L'embarcation abandonnée était vraiment une épave. Foster espéra qu'il ne céderait pas sous son poids lorsqu'il se hisserait à bord.

Mais y arriverait-il sans attirer leur attention ?

Impossible.

Et sa soudaine apparition ne risquait-elle pas de se retourner contre lui si Park, sous l'effet de la surprise, le prenait pour cible ?

Si.

Mais Foster décida de passer malgré tout à l'action.

Le plat-bord craqua quand il s'y accrocha et, l'instant suivant, il se retrouva sur le pont, dégoulinant d'eau, criant qu'il était du bureau du shérif.

Les passagers du deuxième bateau, à environ un mètre l'un de l'autre, étaient armés tous les deux. Le plus âgé, à en juger par la couronne de cheveux gris encerclant sa calvitie, portait un holster de ceinture tandis que son partenaire, un jeune type grassouillet aux cheveux noirs et vêtu de ce qui ressemblait à une tenue de golf, tenait un fusil, canon pointé vers le bas, le long de sa jambe.

Sur le troisième bateau, l'adjoint Park devait bel et bien attendre des renforts car il fut le premier à réagir en voyant Foster. Ce qui était une bonne chose car le plus jeune des deux types portait la main à son fusil.

Optant pour faire entièrement confiance à son collègue, Foster y alla à l'instinct.

Au lieu de rouler sur lui-même pour sortir de la ligne de

tir du fusil, il chargea l'homme aux cheveux gris comme Millie l'avait fait avec son sac de linge pour contrer Talbot. Mais ses semelles trempées glissèrent sur le pont, si bien qu'au lieu d'entraîner son adversaire dans son mouvement et de renverser le plus jeune dans la foulée, il s'affala lourdement contre lui. Tous deux s'étalèrent sur le pont.

Un coup de feu éclata, mais Foster n'éprouva aucune douleur, signe qu'il avait fait le bon choix en faisant confiance à Park.

Dans sa chute, le jeune avait laissé échapper son fusil, mais Foster ne pouvait pas encore s'en emparer. Il agrippait la crosse du pistolet d'Accent-du-Sud tout en le bourrant de coups de poing. L'homme était robuste, Foster devait le reconnaître. Il encaissait les coups avec un grognement mais ripostait chaque fois.

Un bruit d'eau remuée détourna son attention un quart de seconde, ce qui suffit au poing d'Accent-du-Sud pour l'atteindre en plein sur ses côtes contusionnées. Si elles ne lui faisaient plus mal lors des mouvements courants, le coup brutal assené par un homme cherchant désespérément à ne pas se laisser déposséder de son arme lui fit voir trente-six chandelles.

Ce fut probablement pourquoi il ne se rendit pas tout de suite compte que ce n'était *pas* l'adjoint Park qui venait de monter à bord.

Comme venu de nulle part, le poing de Millie s'abattit avec une telle promptitude et une telle adresse que ni Foster ni son adversaire ne le virent venir. Foster n'oublierait pas de sitôt une frappe aussi ajustée, aussi bien portée.

Accent-du-Sud se recroquevilla sous la force du choc et, à la surprise générale, retomba mollement contre le pont, inerte.

Millie Dean venait de mettre K-O l'un de leurs assaillants d'un unique et impeccable coup de poing.

Foster l'aurait bien félicitée sur-le-champ mais il y avait encore deux armes à sécuriser.

— Le fusil, haleta-t-il, la douleur irradiant dans son côté.

Se frictionnant la main, Millie hocha la tête et se pencha pour ramasser l'arme abandonnée sur le pont tandis que Foster tirait du holster le pistolet de l'homme évanoui. Elle bondit en arrière avec un petit cri de frayeur comme le jeune homme gémissait.

— Tenez-le en joue mais ne tirez pas, lui intima Foster.

Il se releva avec précaution et vint se poster à son côté, le pistolet braqué sur Accent-du-Sud.

— Ça va ? demanda Millie, la voix un peu chevrotante.

L'afflux soudain d'adrénaline, songea Foster.

Il acquiesça de la tête.

— Et vous ?

— J'ai mal à la main mais, à part ça, ça va.

Foster accueillit sa remarque d'une mimique approbatrice.

— Sacré coup que vous lui avez donné là… Surtout quand on pense que je vous avais recommandé de ne pas bouger.

Millie laissa échapper un petit rire, mal assuré lui aussi.

Quelqu'un s'éclaircit la gorge derrière eux. Foster se retourna et vit l'adjoint Park qui les contemplait, bouche bée, l'arme pendant au bout de son bras.

Il secoua la tête, ébahi.

— Bon sang… Mais qu'est-ce que c'est que ce *bazar* ?

11

Millie avait eu beau faire des pieds et des mains pour quitter l'hôpital, le médecin n'était pas d'accord.

— Je vous garde en observation jusqu'à nouvel ordre, avait-il décrété, l'air très sévère.

Pour être honnête, c'était mérité. Depuis leur arrivée à Haven Hospital, elle n'avait cessé de le harceler tant elle était pressée de se rendre au bureau du shérif pour interroger l'homme qui avait mentionné Fallon. Tout le reste – le fait qu'ils aient été drogués et se soient réveillés sans aucun souvenir huit heures plus tard, mal en point, sur un bateau, au milieu de la rivière, à quarante kilomètres du bar où ils avaient bu un verre – lui importait peu.

Tout ce qui comptait à ses yeux, c'était de faire parler ces hommes.

Millie avait espéré que le shérif abonderait dans son sens et accepterait de les conduire directement du ponton où l'adjoint Park avait amarré le petit bateau au bureau du shérif. Mais il lui avait opposé une fin de non-recevoir. Et Foster était tombé d'accord avec lui.

Même si, elle le voyait bien, lui aussi était impatient de reprendre son investigation.

Ce qu'elle voyait aussi, c'était qu'il souffrait.

Il s'était assis à côté d'elle, à l'arrière de la voiture du shérif, prétendument pour ne pas détremper le siège passager, mais Millie le soupçonnait de toujours chercher à la protéger.

Non qu'elle y voie un quelconque inconvénient.

Beaucoup de questions restaient encore en suspens, mais il était une chose dont elle était désormais sûre.

Elle avait confiance en Foster.

Ce qui ne l'empêcha pas, une fois à l'hôpital, de tout tenter pour écourter le processus de l'examen médical en dépit des assurances du détective qu'ils ne tarderaient pas à obtenir la vérité des deux prévenus.

En attendant qu'ils soient autorisés à partir, le shérif l'avait prise à part pour la rassurer.

— Vous savez, je le connais depuis qu'il est tout petit, avait dit le shérif Chamblin, faisant référence à Foster. Il ne lâche jamais rien. La plupart du temps, c'est une grande qualité chez un détective mais, en une semaine, il s'est fait tirer dessus, s'est battu et a été drogué…

Le shérif Chamblin avait ôté son chapeau, la mine soucieuse.

— Je sais que vous avez une dent contre le bureau du shérif et contre pas mal de gens dans cette ville, mais… lui ? Il ne vous a jamais laissé tomber depuis que vous l'avez rencontré. Je suis à peu près sûr que, si vous demandiez maintenant à Lovett d'aller affronter tout un régiment, il le ferait. Alors, je compte sur vous pour lui renvoyer l'ascenseur et faire en sorte qu'il se fasse soigner correctement et prenne un peu de repos avant de sortir. D'ici là, je vous promets que nous ferons tout ce qui est en notre pouvoir pour élucider cette affaire.

Millie aurait pu interpréter ses paroles comme une attaque personnelle sous-entendant que c'était elle qui faisait obstacle au bien-être de Foster, mais les paroles du shérif étaient sincères, authentiques. Elle avait donc opté pour prendre son mal en patience.

— D'accord. Je veillerai à ce qu'il écoute le médecin, avait-elle promis. Mais, quand nous sortirons, vous feriez bien de ne pas essayer de m'écarter de l'enquête.

Le shérif Chamblin avait revissé son chapeau de cow-boy sur sa tête, pour le soulever brièvement dans sa direction.

— Oui, m'dame.

Après cela, Millie avait joué les patientes exemplaires, même si, intérieurement, elle rongeait son frein. Elle avait sagement quitté la chambre de Foster pour rejoindre la sienne pendant que le docteur s'occupait de lui.

Seulement, maintenant, plusieurs heures s'étaient écoulées et sa patience commençait à s'effriter.

Elle entrouvrit la porte de sa chambre et jeta un coup d'œil dans le couloir du premier étage. Un adjoint du nom de Lawrence était posté un peu plus loin, assis sur une chaise. Foster l'avait informée qu'un garde avait été affecté à leur surveillance pour prévenir l'éventualité d'une nouvelle attaque. L'homme, présentement, avait les yeux rivés sur son téléphone. Elle en profita pour se faufiler incognito dans la chambre de Foster, voisine de la sienne.

Ce ne fut qu'après avoir fermé doucement le battant et, se retournant, le vit debout au pied du lit, vêtu seulement de son jean, qu'elle se rendit compte qu'elle n'avait pas pris le temps de s'annoncer.

— Je… Désolée. Je n'ai pas frappé, bredouilla-t-elle.

Millie voulut détourner le regard de son torse nu, mais… ce ne fut pas ce qui se produisit. Pas du tout.

Que le détective soit séduisant, cela, ce n'était pas une nouveauté. Elle s'était même autorisé certaines pensées licencieuses quelque peu inappropriées, mais le voir là, surpris dans l'intimité de sa chambre alors qu'il se croyait seul… Bref, Millie ne put s'empêcher de laisser son regard s'attarder.

À leur arrivée à l'hôpital, on les avait conduits chacun

dans une chambre afin qu'ils puissent se doucher. Tout son maquillage était maintenant parti, ses cheveux lâchés n'étaient plus qu'une masse informe de frisottis et sa main droite était bandée.

Foster, en revanche, était splendide.

Ses cheveux avaient séché et tombaient sur ses épaules en vagues dorées. De la même couleur que la barbe d'un jour qui ombrait sa mâchoire et que la toison qui disparaissait en V sous la ceinture de son pantalon. Et ce torse ! Millie en avait senti la puissance tandis qu'il la maintenait contre lui, dans l'eau.

Mais la vue de la musculature de ses biceps et de ses abdos lui fit si forte impression que, l'espace d'un moment, elle eut la sensation d'être mentalement happée par des sables mouvants. De s'enfoncer toujours plus bas, au risque de se perdre totalement.

Étrangement, ce fut cette même étendue de peau nue si ensorcelante qui la tira de sa fascination.

— Oh ! mon Dieu.

Millie combla la distance qui les séparait, l'inquiétude se substituant instantanément à l'admiration comme son regard s'arrêtait sur son flanc.

— C'est là que la balle vous a touché ?

Elle n'avait jamais vu d'hématome d'une telle ampleur. Tout le côté de sa cage thoracique était bleu violacé.

Ce devait être terriblement douloureux.

Foster partit d'un petit rire. Un rire léger, qui ne cadrait pas avec cette énorme ecchymose.

— Oui. Et, comme un fait exprès, c'est aussi là que notre ami Accent-du-Sud m'a frappé pendant notre petit bras de fer. Si on avait été à un stand de fête foraine, il aurait remporté le panda grandeur nature pour avoir tapé droit dans le mille.

Il essayait de minimiser la situation en faisant de

l'humour, mais le spectacle de cette vilaine marque donnait une idée de ce qui se serait passé s'il n'avait pas porté de gilet pare-balles.

Elle tendit la main et sentit sa peau tiède sous ses doigts. Elle la toucha précautionneusement.

— Vous auriez pu mourir à cause de moi, observa-t-elle d'une voix sans timbre. Et pas seulement une fois : il y a eu l'épisode dans les bois, Jason Talbot, Rosewater, la rivière…

Sa grande main chaude se referma autour de la sienne, la gardant contre son flanc. Lorsqu'il parla, la vibration de sa voix se répercuta dans tout son corps.

— Millie, ce n'est pas vous qui avez appuyé sur la détente et ce n'est pas vous qui m'avez attaqué ni drogué. Rien de tout ça n'est votre faute.

— Mais je suis le dénominateur commun. Et je suis vraiment désolée.

Comme Foster, de son autre main, lui soulevait le menton pour la regarder en face, elle s'avisa qu'il tenait un T-shirt. Mais aurait-il tenu un lance-flammes qu'elle n'aurait pas bronché et aurait continué de se perdre dans l'eau verte de son regard.

— Vous n'avez rien à vous reprocher, Millie…

Le petit sourire qui accompagnait ses paroles attira brièvement l'attention de Millie vers sa bouche puis son regard remonta jusqu'à ses yeux, captivé.

— Je trouve, moi, que vous n'avez pas ménagé vos efforts pour m'aider. Peu de gens, hommes ou femmes, auraient pris le risque de sortir de l'eau pour fondre, trempée des pieds à la tête, sur deux hommes armés et en mettre un K-O d'un coup de poing parfait. Qui vous a appris ça, d'ailleurs ?

Millie essaya de ne pas sourire.

— Vous, dit-elle, suscitant un haussement de sourcils

chez le beau détective. J'ai appliqué le conseil que vous m'avez donné pour le balai… Cette histoire de passer au travers de l'adversaire.

Elle haussa les épaules.

— Je me suis dit que, si ça fonctionnait avec un balai, cela marcherait aussi à mains nues.

Foster lâcha son menton. Son rire illumina tous ses traits. Millie ne put s'empêcher de sourire à son tour.

— Millie Dean, avec vous, je vais de surprise en surprise. Dieu a dû casser le moule après vous avoir créée. Il n'y en a pas deux comme vous.

Une bouffée de chaleur envahit ses joues.

— Je ne sais pas, mais merci du compliment.

Elle s'éclaircit la gorge tout en dégageant sa main. Puis elle recula d'un pas. Finalement, elle baissa les yeux et désigna le T-shirt qu'il avait à la main.

— Et désolée encore d'avoir fait irruption dans votre chambre pendant que vous vous habilliez. C'est juste que… je commençais à tourner en rond et à m'impatienter.

Foster balaya ses excuses d'un geste puis il soupira.

— Pour être tout à fait franc, vous n'êtes pas la seule. Comme j'ai suivi les recommandations du médecin et que je me suis reposé, je me disais qu'il accepterait peut-être de me laisser partir, maintenant.

— Oh ?

Millie en oublia de ne pas le regarder pour lui laisser un peu d'intimité. Elle tourna la tête vers lui si rapidement que ses cheveux volèrent sur ses épaules.

— Vous avez eu du nouveau ?

— J'ai appris qu'ils avaient recueilli d'autres informations mais je ne sais pas lesquelles. Pas encore.

Il éleva le T-shirt et se mit en devoir de l'enfiler.

— Ce sera plus difficile de me tenir à l'écart une fois que je me trouverai devant eux.

Millie le regarda passer la tête dans l'encolure du T-shirt puis s'immobiliser subitement, un bras en l'air.

La douleur le gênait.

Millie tendit de nouveau la main, un peu hésitante cette fois.

— Vous voulez que je…

— C'est bon, coupa-t-il de cet air buté que prennent les hommes quand ils se sentent atteints dans leur fierté.

Il réussit à passer un bras puis il grimaça de nouveau.

— Vous êtes sûr ?

Il hocha la tête.

— J'ai pris une balle dans mon gilet antibalistique et je me suis battu deux jours plus tard. Je devrais pouvoir enfiler un T-shirt, assura-t-il en continuant à batailler tout seul dans son coin.

Millie réprima un sourire.

Mais son humeur espiègle s'évanouit comme on frappait à la porte.

Elle attrapa le T-shirt et le tira vers le bas des deux mains.

— Entrez, lança Foster lorsque son abdomen fut couvert.

Millie s'éloigna légèrement de lui mais sans doute pas suffisamment car la nouvelle venue promena un regard inquisiteur de l'un à l'autre sitôt entrée dans la chambre.

— L'adjoint Lawrence m'a autorisée à entrer.

L'inconnue était un bouquet de couleurs à elle toute seule. Avec sa blouse à l'imprimé patchwork, son pantalon rouge, ses mèches bleues et son rouge à lèvres violet, elle égayait de sa seule présence la terne chambre d'hôpital. Millie ne s'en sentit que plus fade et insignifiante dans son informe chemise d'hôpital.

— Pas de problème, dit Foster. Millie, je vous présente le Dr Amanda Alvarez. Docteur Alvarez, Millie Dean.

Compte tenu de sa taille, la nouvelle venue n'eut que trois pas à faire pour s'avancer et lui serrer la main.

— Bonjour. Vous pouvez m'appeler Amanda, dit-elle, tout sourire. Je suis la nouvelle coroner du comté de Dawn.

— Oh ! Oui, j'ai lu l'article qu'ils ont écrit sur vous à votre arrivée, répondit Millie. Vous êtes la plus jeune coroner de toute l'histoire de Kelby Creek.

Amanda rit.

— Ce n'était pas bien difficile… Je suis à peu près certaine que mon prédécesseur avait personnellement connu les dinosaures !

Millie n'avait jamais rencontré l'ancien coroner, mais il faisait partie de ceux qui avaient perdu leur emploi lors de la Tempête. Il avait été soupçonné d'avoir falsifié des rapports pour favoriser certains de ses amis notables. C'était tout ce dont elle se souvenait pour l'instant. Mais la boutade d'Amanda la fit rire. La première vague de personnes remerciées ou incarcérées avait principalement touché les membres les plus âgés et les plus en vue de la communauté.

— Alors, qu'est-ce qui vous a fait sorti de votre sous-sol ? questionna Foster en invitant Amanda à s'asseoir dans le fauteuil, à côté du lit.

Amanda déclina l'offre d'un simple geste.

— En fait, je suis ici parce que votre médecin en pince pour moi.

Foster échangea un regard perplexe avec Millie.

Imperturbablement, Amanda poursuivit :

— Quand il a eu confirmation que vous aviez été drogués tous les deux avec le produit qu'on a retrouvé dans les poches de Jason Talbot le soir de sa mort, il est descendu au sous-sol pour me demander si on en avait également retrouvé dans l'organisme de Jason. Contrairement à mon prédécesseur, je lui ai rétorqué que je ne pouvais pas discuter d'une enquête en cours. Apparemment, ça a suffi pour qu'il se mette, *lui*, à me raconter dans le détail tout ce qu'il savait.

Amanda s'avança d'un pas. Machinalement, Millie et Foster firent de même. L'œil pétillant d'excitation, elle reprit d'un ton uni mais avec de l'urgence dans la voix :

— La majeure partie de ce qu'il m'a rapporté était déjà venue à mes oreilles par les infirmiers et les adjoints qui étaient de service quand on vous a amenés ici, *mais* il y a une chose qu'il a dite… Bref, j'ai préféré venir m'assurer que vous étiez au courant. Mais d'abord, pouvez-vous me montrer vos mains ?

La question s'adressait à Foster. De nouveau, il regarda Millie puis il tendit les mains. Amanda s'en saisit pour les inspecter.

— J'ai entendu dire que vous ne vous souveniez de rien entre votre arrivée au bar et le moment où vous avez repris conscience sur le bateau, c'est ça ?

— C'est ça.

— Et vos mains étaient dans cet état à votre réveil alors qu'elles étaient intactes à votre arrivée au Rosewater ?

Foster confirma d'un hochement de tête.

— En effet. Mais je me suis aussi battu sur le bateau.

Amanda examina ses phalanges. Certaines présentaient des croûtes, d'autres des lésions non encore cicatrisées dues à son récent combat. Elle parut s'absorber dans ses réflexions pendant un moment, puis elle hocha la tête comme pour elle-même et relâcha ses mains.

— Je ne suis pas enquêtrice et je ne connais pas tous les tenants et aboutissants de cette affaire…

— *Mais ?*

En un instant, l'attitude de Foster changea. D'amicale, elle devint subitement toute professionnelle. Ce qui était bien légitime, d'après Millie. Le fin limier avait flairé une piste.

Une nouvelle pièce du puzzle.

Un élément susceptible de les mettre sur la voie.

— De toute évidence, vous avez frappé quelqu'un, reprit Amanda. Suffisamment fort pour abîmer vos phalanges, ce qui suggère soit que vous avez assené un unique coup assez violent pour que la peau éclate, soit, ce qui est plus probable, que vous en avez porté plusieurs.

— Oui, j'imagine que c'est ce qui a dû se passer. Mais… pourquoi cela présente-t-il de l'intérêt ?

— D'après ce qu'on m'a rapporté, aucun des hommes qui ont été amenés ici en même temps que vous ne présentait de contusions autres que les marques de coups récents.

Millie vit le visage de Foster s'éclairer.

— Qu'est-ce que ça signifie ? s'enquit-elle.

Amanda ouvrit la bouche mais Foster la devança.

— Ça signifie que ce n'est pas avec l'un des types du bateau que je me suis battu pendant le laps de temps dont nous ne nous souvenons pas.

— Si vous avez un suspect dans le viseur, vous devriez aller voir s'il n'arbore pas un beau coquard, ajouta Amanda. Parce que je suis sûre qu'un gaillard de votre stature a dû laisser une trace.

L'estomac de Millie se contracta comme elle croisait le regard de Foster.

— En nous amenant ici, le shérif a dit qu'il avait interrogé Reiner à la suite de notre disparition, déclara-t-elle. Mais je ne crois pas qu'il ait parlé de traces de coup.

Foster se détacha du groupe et se dirigea vers le poste téléphonique de l'hôpital sur la table de chevet, leurs portables n'ayant toujours pas été retrouvés.

— Moi non plus. Mais on va très vite être fixés.

12

— Et, là, elle a surgi de l'eau telle la Créature des marais !

Mimant l'action qu'il décrivait, l'adjoint Park se dressa d'un coup derrière son bureau, ouvrant les bras face à son auditoire dans la salle principale du bureau du shérif.

Sur le seuil, Foster s'éclaircit la gorge. À son côté, Millie s'agita, embarrassée.

L'adjoint Park, lui, ne parut nullement gêné d'avoir été surpris en train de parler de Millie. Au contraire, il semblait même tout content de les voir, ce qui constituait un changement radical par rapport à son attitude passée.

— Honnêtement, c'était prodigieux !

Un large sourire aux lèvres, il s'adressa cette fois directement à Millie :

— Je veux dire, j'étais déjà sidéré d'avoir vu le détective bondir hors de l'eau comme un saumon remontant le courant, mais alors, vous, vous m'avez épaté ! Tout d'un coup, c'était comme être catapulté en plein tournage d'un *James Bond*.

Foster sourit à Millie. Il était bien d'accord, même s'il n'avait pas vu l'action se dérouler, étant aux prises avec les types qu'il s'efforçait de désarmer.

— J'ai juste essayé de me rendre utile, répondit humblement Millie.

L'adjoint Park ne cacha pas son admiration.

— Vous n'avez pas fait qu'*essayer.* Vous savez, votre intervention a probablement sauvé une vie.

Un profond soulagement passa dans l'expression de l'adjoint. Ce que signifiaient en filigrane ses paroles, Foster le savait, c'était que, sans l'aide de Millie, Park aurait sans doute dû abattre un des deux types si l'un ou l'autre avait tenté de récupérer son arme. L'intervention de Millie lui avait évité de tuer un homme pour la première fois.

Park lui en était donc reconnaissant, à juste raison.

— Et sans vous, on aurait été en fâcheuse posture, observa à son tour Foster.

Park haussa les épaules.

— Sans l'appel du bon Samaritain – ou plutôt, de la bonne Samaritaine – qui nous a signalé qu'elle vous avait vus vous faire enlever, on ne se serait aperçu de votre disparition que bien plus tard, répondit l'adjoint.

— Mais vous avez réagi tout de suite. Vous êtes allé sur place et, en trouvant les traces de pneus sur la berge, vous avez décidé d'explorer la rivière. C'est du bon travail, quoi que vous en disiez.

Park accueillit le compliment d'un sourire, et Foster posa la question qui lui brûlait les lèvres depuis leur arrivée :

— Est-ce que le shérif est dans son bureau ?

Ces dernières vingt-quatre heures, la liste des questions s'était encore allongée – un peu trop à son goût. L'appel qu'il avait passé à Chamblin depuis l'hôpital concernant William Reiner ne lui avait pas apporté les éclaircissements attendus.

— On a des questions et on a des réponses, avait répondu le shérif de façon quelque peu sibylline. Si le bon docteur est d'accord pour te laisser sortir, j'avoue que je ne serai pas mécontent de pouvoir mettre tes cellules grises à contribution.

Le médecin n'avait pas été enthousiasmé par leur requête, mais Amanda les avait aidés à le convaincre.

— Ils vont au *bureau du shérif*, docteur, pas à une rave-party ! Que risquent-ils ? Dans le pire des cas, de s'évanouir au milieu de professionnels entraînés au secourisme. Dans le meilleur, de découvrir qui leur a fait ça et pourquoi. Mais, si vous voulez, j'irai personnellement m'assurer qu'ils vont bien en quittant le travail.

Le médecin s'était laissé fléchir, complimentant au passage Amanda sur sa tenue, et avait ajouté à titre officieux qu'il pensait lui aussi qu'il n'y aurait pas de problème.

— L'effet de la drogue s'est dissipé et vos blessures physiques étaient superficielles, avait-il déclaré. Cela dit, si j'ai un conseil à vous donner… la prochaine fois que vous chercherez une piste dans un bar, commandez une bière et décapsulez-la vous-mêmes.

Foster n'avait pas répondu, mais cela avait fait bouillir le sang dans ses veines. Il enrageait d'avoir dû rester sur la touche pendant que le bureau du shérif enquêtait à sa place, passait le Rosewater et le bateau au crible, interrogeait les clients et le personnel – la barmaid en particulier.

Foster et Millie avaient été drogués pratiquement en même temps et, comme ils ne présentaient aucune trace de piqûre, tous les soupçons convergeaient vers leurs boissons.

Leurs deux cocktails trafiqués en pleine heure d'affluence, dans un lieu public… Il y avait de quoi alarmer n'importe qui, Millie y compris, même si elle n'avait pas froid aux yeux, aussi Foster se sentit-il obligé de lui offrir une porte de sortie.

— L'adjoint Lawrence est très bavard, mais je sais de source sûre que c'est un excellent garde, lui avait-il dit une fois dans le couloir. Il peut vous ramener chez vous et ouvrir l'œil pendant que j'essaie de démêler tout ça au bureau.

Mais la réponse de Millie avait été sans appel :

— C'est hors de question. Nous sommes partenaires maintenant, que vous le vouliez ou non.

Foster avait déjà travaillé en équipe à Seattle, mais la déclaration de Millie l'avait interpellé, sur un tout autre plan. Il avait écarté cette idée, se disant qu'il y réfléchirait plus tard.

Il y repensa lorsque l'adjoint Park hocha la tête, en réponse à sa question.

— Oui, le shérif est dans son bureau. Il en est à sa cinquième tasse de café, déclara Park. Entre nous soit dit, ce serait peut-être bien d'ajouter en douce un trait de whisky dans sa tasse.

Il n'avait pas tort, songea Foster.

Chamblin avait quitté sa semi-retraite pour devenir shérif par intérim pour aider ses concitoyens. Sa ville natale. Pour reconstruire un bureau du shérif digne de ce nom avant de passer le relais à celui qui lui succéderait. Et, maintenant, il se retrouvait noyé dans un océan de questions sans réponse.

— Je vais déposer mes affaires dans mon bureau, dit Foster en se dirigeant vers sa porte, fermée.

Comme ils étaient censés passer la nuit à l'hôpital, Chamblin avait pris le temps de lui préparer rapidement un sac, et Larissa avait fait de même pour Millie. Chacun d'eux avait utilisé le double des clés qui leur avait été confié, Foster et Millie ayant été dépouillés de leurs clés, téléphones et portefeuilles au bar. La perte de son sac à main avait presque plus chagriné Millie que son propre enlèvement, ce que Foster avait compris lorsqu'elle avait expliqué :

— Il y avait une photo de Fallon en classe de sixième dans mon portefeuille. Je ne l'avais qu'en un seul exemplaire.

Présentement, elle ne disait rien mais son silence semblait plus songeur que soucieux.

— Je n'arrive pas à croire que je me trouvais ici même il y a une semaine, déclara-t-elle finalement en posant son sac sur le petit sofa au cuir usé et fendillé qui occupait un coin de la pièce.

C'était Chamblin qui le lui avait offert en cadeau de bienvenue, sachant que Foster dormait parfois au bureau lorsqu'il était plongé dans une affaire.

— J'ai l'impression que ça fait beaucoup plus longtemps.

Il laissa échapper un petit rire parce qu'il éprouvait la même chose.

— Quand je pense que la vie à Kelby Creek me semblait atrocement monotone et ennuyeuse quand j'étais enfant… Et là, je viens à peine de poser mes valises qu'en moins de huit jours il s'y est passé plus de choses qu'en une année à Seattle.

Il ouvrit le premier tiroir de son bureau pour vérifier que le dossier de Fallon s'y trouvait toujours.

— Ça prouve que les petites villes rurales ne sont pas aussi endormies que les films veulent nous le faire croire. J'avoue qu'un peu moins de mouvement serait plutôt pour me plaire aujourd'hui.

Un sourire effleura fugitivement les lèvres de Millie tandis qu'elle lui emboîtait le pas pour aller voir le shérif, la tension tirant ses traits.

— Ah, vous voilà, tous les deux, s'exclama Chamblin à leur entrée, sa cinquième tasse de café à la main.

Il repoussa son siège et éleva la tasse en direction de la porte qu'ils venaient de franchir.

— Venez, on va s'installer dans la salle d'interrogatoire pour mettre tout ça à plat et tenter d'y voir plus clair.

La salle d'interrogatoire ?

Foster arqua les sourcils, mais il s'exécuta sans mot dire. Parvenu le premier devant la porte, il s'effaça pour laisser passer Millie. Au moment où il allait entrer dans la pièce à sa suite, Chamblin le retint par la manche.

— Attends une seconde, Love. Je voudrais que tu me dises une chose avant qu'on commence, déclara-t-il à voix basse pour que Millie ne puisse pas l'entendre.

Devinant qu'il n'allait pas aimer ce qui allait suivre, Foster jeta un coup d'œil dans la pièce où Millie s'installait sur l'un des deux sièges situés de part et d'autre de la table. La voir ainsi assise à la place habituellement réservée aux suspects menottés lui déplut souverainement. Chassant cette idée, il regarda son chef en face.

— Laquelle ?

— Mlle Dean t'a-t-elle déjà dit pourquoi elle croyait que le mot laissé par son frère était un faux ?

La question sortait tellement de nulle part que Foster ne répondit pas tout de suite. Le shérif interpréta mal son hésitation.

— Écoute, Love, je sais toutes les épreuves que vous avez traversées, mais je ne peux pas laisser une civile participer à une enquête. À plus forte raison alors que j'ignore certains faits importants comme la raison pour laquelle, alors qu'elle court après un fugitif depuis six mois, tout semble subitement s'emballer précisément le jour où un nouvel enquêteur prend ses fonctions. Après tout, elle pourrait être de mèche avec son frère.

Cette fois, Foster ne montra aucune hésitation.

— Aucune chance, shérif. Je ne comprends peut-être pas encore ce qui se passe, mais je sais que je peux avoir confiance en elle.

Chamblin se frotta pensivement le menton.

— Donne-moi du concret et du sûr, alors. Demande-lui

d'expliquer pourquoi elle est la seule à penser que Fallon Dean est dans le pétrin depuis six mois. Et, ensuite, je te dirai pourquoi tu ferais peut-être bien de ne pas la croire sur parole.

Le temps, comme toujours, était humide et lourd au-dehors mais, dans la salle d'interrogatoire, il faisait si froid que Millie sentit ses bras se couvrir de chair de poule. Elle songea à dénouer son chignon pour réchauffer un peu sa nuque, mais l'air conditionné n'était sans doute pas seul en cause.

Foster avait pris place quelques instants plus tôt sur la chaise en métal située en face d'elle, le visage fermé.

Et le shérif ne s'était pas joint à eux.

Quelque chose avait changé.

Foster avait changé.

Il la regardait, impassible, l'expression indéchiffrable – comme le jour où ils s'étaient rencontrés, elle assise face à lui comme maintenant, frustrée et furieuse que personne ne veuille la croire.

Elle commençait à éprouver la même chose, mais elle refoula ce sentiment.

Après tout ce qu'ils avaient vécu ensemble, elle ne pouvait imaginer qu'il ne la croie pas.

Sauf si…

Quelque chose s'était-il passé pendant qu'ils étaient à l'hôpital ?

— Mademoiselle Dean, il faut que je vous pose une question pour m'aider à clarifier un peu les choses.

Si Millie n'avait pas vu ses lèvres bouger, elle n'aurait pas cru que cette voix froide et monocorde était celle du détective.

Elle jeta un coup d'œil au miroir, derrière lui.

Le shérif devait se trouver derrière.

Elle se sentit stupide de ne pas avoir compris plus tôt.

Ils n'étaient pas là simplement pour discuter, ils la soumettaient à un interrogatoire.

Millie essaya de dissimuler à quel point elle se sentait blessée.

— Que voulez-vous savoir que je n'ai pas déjà dit ?

Peut-être était-ce un effet de son imagination, mais elle aurait juré que la mâchoire de Foster s'était durcie.

— Pourquoi pensez-vous que le mot que votre frère vous a laissé il y a six mois était un faux ?

Millie ne put retenir un soupir. Elle avait déjà eu cette conversation avec le détective Gordon. Donc, le bureau du shérif n'avait pas ajouté foi à ce qu'elle lui avait répondu.

Mais Foster ?

Si lui ne la croyait pas non plus, alors il était comme tous les autres.

C'était une possibilité qu'elle devait prendre en compte, malgré tous les dangers qu'il avait affrontés avec elle.

— Millie ?

Ses cheveux dorés et ses yeux verts brillaient d'un éclat froid sous les lumières crues de la salle.

— Oui. Alors, je vais vous le répéter, *une fois de plus*, répondit-elle sèchement, elle aussi.

Mais Foster demeura imperturbable.

Elle s'efforça de se radoucir un peu. L'histoire qu'elle s'apprêtait à raconter était longue et émouvante.

Mais c'était la seule façon d'expliquer ses raisons.

Les raisons pour lesquelles elle pensait son frère en danger.

— Mon père disait que, lorsqu'il a connu ma mère, le monde entier lui est apparu sous un jour nouveau, commença-t-elle. Ma mère était plus explicite. Quand elle parlait d'eux, elle disait qu'en rencontrant mon père c'était comme si elle avait trouvé la moitié qui la complétait. Ils étaient comme deux âmes sœurs. Et c'est effectivement le souvenir que j'en ai.

Millie marqua une pause, le temps de voir si Foster n'allait pas l'exhorter à aller droit à l'essentiel. C'était ce qu'avait immédiatement fait le détective Gordon. Mais Foster hocha la tête, attendant la suite.

— Notre père, surtout, était très investi dans notre vie, notre éducation. Même lorsque le travail l'empêchait d'être présent, il veillait à toujours nous rappeler qu'il était là si nous avions besoin de lui. Il était professeur auxiliaire de biologie à l'université de l'État. Il avait la conviction que l'intelligence et la connaissance étaient des biens précieux qu'il était important de développer tout au long de la vie. Sa devise était que « l'on ne doit jamais cesser d'apprendre ». C'était un leitmotiv chez lui.

La douleur, ancienne et profonde, commença à se réveiller au fond de sa poitrine. Un monstre revenant à la vie après sa longue hibernation. Millie remua la tête et les épaules pour tenter de la tenir à distance.

Mais elle savait bien que c'était peine perdue.

Rien ne parvenait à la lui faire oublier.

— Quand Fallon est entré au CP, il est revenu à la maison très déçu, après son premier jour de classe. Il venait d'apprendre que l'enseignement de l'écriture cursive n'était plus au programme. Moi, du haut de mes treize ans, je ne comprenais pas qu'il en soit si contrarié, mais mon père… Il a compati avec Fallon et lui a solennellement promis – parole de Dean – qu'il la lui enseignerait lui-même, parce qu'il était important de toujours s'améliorer, toujours avoir soif d'apprendre, vous comprenez ?

Cette fois, Millie ne put s'empêcher de s'agiter sur sa chaise. Le froid se faisait de plus en plus pénétrant, lui semblait-il. Elle avait l'impression d'être glacée jusqu'aux os.

— Papa a décidé de faire classe à Fallon avant le cours qu'il donnait le mercredi soir. Comme c'était un petit campus et que tout le monde connaissait et appréciait mon père, personne ne voyait d'inconvénient à ce que, de temps en temps, il vienne nous chercher à l'école et nous fasse asseoir au fond de la salle pendant qu'il faisait cours à ses étudiants. Il adorait passer du temps avec nous, même si c'était juste pour qu'on soit dans la même salle que lui, en train de faire nos devoirs.

Un morne sourire étira fugacement sa bouche.

— Un après-midi que je n'étais pas là parce que j'avais une sortie scolaire, Jim Mallory a pénétré avec un fusil d'assaut dans le campus.

Les larmes lui piquaient déjà les yeux. La gorge se mit à la brûler mais, vaillamment, Millie continua face à Foster, toujours impassible.

— Il était fou furieux, déchaîné, et il a réussi à entrer dans la moitié des classes de la faculté de sciences avant d'être abattu par un policier qui n'était pas en service. Papa a reçu trois balles en se mettant devant Fallon pour le protéger… Il est mort avant l'arrivée de l'ambulance.

Sa vision se brouilla irrémédiablement, sa poitrine se comprima. Certains souvenirs avaient le pouvoir de vous détruire même s'ils ne vous appartenaient pas directement.

Elle s'éclaircit la gorge, secoua la tête et reprit :

— Grâce à mon père, Fallon n'a pas été blessé mais, pendant les vingt minutes qu'il a fallu aux autorités pour boucler et évacuer le campus, il est resté auprès de lui tandis qu'il se vidait de son sang. À l'arrivée des secours, un collègue de mon père a dû l'arracher au corps de papa pour qu'ils puissent approcher et faire leur travail.

Millie s'interrompit une nouvelle fois, soulagée d'en avoir terminé avec cette partie du récit. Le plus dur était fait, maintenant. Le reste serait moins difficile.

— Ma mère… ne s'est jamais remise de ce drame. Bien sûr, on était tous dévastés par le chagrin, mais, *elle*, elle s'est véritablement écroulée. Elle a continué à se comporter comme un parent… mais ce n'était qu'en apparence. Elle était devenue une coquille vide, un fantôme qui hantait la maison en accomplissant les gestes du quotidien sans y mettre de cœur, sans y prêter attention. Un écho de la mère qui nous avait aimés et qui, jour après jour, se faisait plus lointain. S'il n'y avait eu Fallon, je n'aurais pas commencé à lui en vouloir. Mais il était petit. C'était un gamin traumatisé, angoissé, qui essayait de faire comme si tout allait bien, et sa mère ne s'en souciait même pas. Moi, je n'avais que treize ans. Je voyais que rien n'allait plus, seulement je n'étais pas une mère – c'était à peine si je savais être une ado ! Alors… j'ai fait la seule chose qui me venait à l'esprit pour lui changer les idées : j'ai décidé de poursuivre la mission que s'était fixée mon père et de continuer à lui apprendre l'écriture cursive.

À ce stade de son récit, Foster montra à tout le moins plus d'intérêt que ne l'avait fait Gordon.

— Et alors ? Votre idée lui a-t-elle plu ?

Elle partit d'un petit rire, le cœur soudain plus léger au souvenir de la réaction de son frère.

— Plus que ça. Il était aux anges ! Chaque soir, avant de nous coucher, nous noircissions des lignes et des lignes d'écriture dans sa chambre – jusqu'à ce qu'il parvienne à un résultat satisfaisant. Il a la fibre artistique, donc je pense que, pour lui, c'était un peu comme dessiner. Une fois qu'il a pris le coup, c'est devenu un féru d'écriture. On ne l'arrêtait plus. Il m'écrivait des mots en cursive tous les jours. Et quand, à dix-huit ans, je suis partie pour l'université, il a continué. J'avais beau lui dire que ce n'était pas une obligation, il me répondait que, si j'avais pris le temps de lui apprendre quelque chose, c'était pour qu'il s'en serve. Donc, pendant deux ans, chaque semaine, j'ai trouvé dans mon courrier une lettre manuscrite à la belle écriture régulière… Jusqu'au jour où je n'en ai plus reçu.

Elle regarda le miroir sans tain par-dessus l'épaule de Foster, derrière laquelle devait se tenir le shérif.

— Concernant ce qui est arrivé ensuite, vous n'aurez qu'à lire les rapports de police. J'ai déjà tout raconté au détective Gordon.

Foster haussa les sourcils.

— Ce qui est arrivé ensuite ? répéta-t-il. C'est-à-dire ?

Un nouveau soupir gonfla la poitrine de Millie.

— L'année de mes dix-huit ans, ma mère a tenté de combler le vide de son cœur en se mariant avec un dénommé Steve Conway. Deux ans plus tard, plus de courriers de Fallon. Et puis… un jour que je l'avais eu au téléphone, il m'a paru… bizarre. Le lendemain, ma mère m'appelait pour m'annoncer qu'il avait fugué. Comme ce n'était jamais arrivé, je suis rentrée précipitamment à la maison… et j'ai fini par le retrouver dans l'un de ses endroits préférés en ville. Il était couvert de bleus. Pas besoin d'être détective pour comprendre ce que ce bon vieux Steve faisait.

— Il battait votre frère.

Millie acquiesça.

— Et il s'est avéré que non seulement ce n'était pas la première fois que Fallon fuguait, mais qu'il était déjà allé *trois* fois aux urgences pour de mystérieuses blessures.

La voix de Millie tremblait maintenant de colère.

— J'ai porté plainte, mais personne n'a voulu écouter Fallon. Ils pensaient que c'était juste un ado perturbé qui affabulait parce qu'il détestait son beau-père et lui en voulait d'avoir pris la place de son vrai père.

— Et votre mère ? Comment a-t-elle réagi ?

Millie eut un ricanement amer.

— Guère mieux. Elle a déclaré publiquement qu'elle n'était pas sûre de pouvoir encore supporter Fallon. Elle a même envisagé de faire intervenir les services sociaux afin d'obtenir qu'il soit placé en centre ou en famille d'accueil pour pouvoir « respirer ».

Millie secoua la tête.

— Je ne pouvais pas laisser faire ça. Donc, j'ai arrêté mes études et proposé un marché à ma mère : je promettais de ne pas lui demander d'aide financière si elle laissait Fallon venir vivre avec moi jusqu'à ses dix-huit ans. Elle a accepté. C'est ce soir-là que nous nous sommes approchés pour la dernière fois de la maison dans laquelle nous avions vécu heureux jusqu'à la mort de mon père. Le soir de l'anniversaire de Fallon. On s'est installés tous les deux dans ma voiture avec un gâteau, il a soufflé ses bougies, on l'a mangé et, ensuite, on a pris la route. Je me suis arrêtée au premier panneau « On recrute » que j'ai vu. On a vécu à Kelby Creek depuis ce temps-là.

Foster ouvrit la bouche pour parler, mais Millie tenait à aller jusqu'au bout – une dernière fois. Elle éleva la main.

— Et, avant que vous ne me fassiez remarquer que Fallon a fugué *après* notre installation ici, voici la suite de l'histoire – galement racontée au détective Gordon. Maman a débarqué un jour à la maison pendant que j'étais au travail. Elle a dit à Fallon qu'elle voulait s'assurer que je n'avais pas gâché ma vie à cause de lui. Je suis rentrée au moment où elle s'en allait et j'ai découvert que Fallon n'était plus là. Mon patron de l'époque, à l'épicerie, m'a entendue paniquer et il a signalé sa disparition. Mais, cette fois-là, Fallon avait juste besoin d'un peu de temps pour digérer les accusations de notre mère. Pour décompresser. La suite, vous la connaissez… William Reiner se fait renverser par une voiture pendant que Fallon fume de l'herbe dans les bois. Depuis ce jour-là, personne n'aime Fallon à Kelby Creek.

Le silence retomba dans la petite salle.

L'adrénaline devait circuler en quantité dans son corps, s'avisa Millie. Parce qu'elle n'avait plus du tout froid.

Et le masque d'impassibilité de Foster était tombé.

Il se pencha en avant, les mains jointes sur la table.

— Et pourquoi pensez-vous que le mot laissé par Fallon n'était pas de lui ?

Millie rejeta les épaules en arrière. Relevant le menton d'un air de défi, elle articula à haute et intelligible voix :

— Parce qu'il n'était pas rédigé en lettres cursives.

13

— Steve Conway a été accusé par trois fois de violences domestiques, mais il n'a jamais fait l'objet d'une condamnation.

Le shérif Chamblin lança son chapeau sur une chaise, à côté de l'endroit où se tenait Foster. Le ton de sa voix trahissait tout le dégoût que lui inspirait l'individu.

— Il semblerait que Millie Dean ait dit vrai à ce sujet.

Foster eut du mal à garder son calme lorsqu'il répondit :

— Je la croyais déjà avant même qu'elle n'ait prononcé un mot.

Chamblin se rapprocha de lui et le contempla longuement. Leur reflet, dans le miroir sans tain, venait se superposer à Millie, qui triturait nerveusement l'étiquette de sa petite bouteille d'eau dans la salle d'interrogatoire.

Ce qui ennuyait Foster.

Il regrettait de l'avoir traitée comme il l'avait fait.

— Tu sais, dit Chamblin. Je n'aurais jamais cru avoir à te rappeler, à *toi*, notre devoir d'objectivité, mais voilà… tu es en charge de cette enquête ; ça signifie que tu dois poser certaines questions, même si c'est inconfortable.

— Ce n'est pas le fait de poser des questions qui me met mal à l'aise, c'est le fait qu'elles ont déjà été posées par le passé et que les réponses ont été superbement ignorées, contra Foster. Quant à l'objectivité, j'y suis aussi attaché que toi… sauf lorsqu'elle se transforme en inaction, ce qui semble bien avoir été le cas s'agissant des enfants Dean.

— Tu penses au détective Gordon ?

— Exactement, confirma Foster. Millie a clairement indiqué qu'elle lui avait dit mot pour mot la même chose qu'à moi. Si c'était moi qui avais reçu Millie quand elle est venue déclarer la disparition de Fallon, j'aurais creusé sans relâche jusqu'à ce que je trouve quelque chose.

— Donc, tu penses que Fallon n'est effectivement pas l'auteur de ce mot ?

Foster croisa les bras, adoptant cette posture rigide que son ex-femme qualifiait de passage en « mode détective intégral ». Sur la réserve mais prêt à sortir les griffes. Bouclier levé, totalement concentré.

— Je ne peux pas en être certain mais, si c'est lui, c'est peut-être à dessein qu'il n'a pas écrit en cursive… pour signaler à Millie que quelque chose n'allait pas. Apparemment, c'est en grande partie elle qui l'a élevé, donc il devait bien se douter qu'elle le rechercherait. Mais, quoi qu'il en soit, à mon avis, la disparition de Fallon cache *quelque chose.* Je ne sais pas encore quoi. Mais je crois qu'il est temps que j'aille parler à Gordon en personne.

— Tu penses qu'il sait quelque chose ?

— Soit il est incompétent, soit il avait une bonne raison de bâcler ainsi le travail dans cette affaire. Dans un cas comme dans l'autre, je veux l'entendre de sa bouche. Il en sait plus qu'il n'en a indiqué dans son rapport, c'est évident.

Le shérif Chamblin laissa échapper un soupir si profond que Foster se demanda s'il allait reprendre son souffle un jour.

— Gordon va devoir attendre. On a des affaires plus pressantes.

Le shérif planta les poings sur les hanches, l'air contrarié.

— On a enfin identifié les deux types du bateau.

Foster dressa instantanément l'oreille. Depuis son passage à l'hôpital, il n'avait été tenu au courant que de l'évolution de leur état de santé. Le plus jeune, qui avait été blessé à la jambe par l'adjoint Park, avait été opéré. Le plus âgé s'était remis de sa commotion et serait prochainement transféré en détention.

À part ça, Foster avait l'impression d'avoir été isolé sur une île ces dernières heures, tandis que tout le monde s'activait sur la terre ferme.

— Le jeune s'appelle Wyatt Cline et l'autre, Donni Marsden.

Foster pencha la tête, fouillant dans sa mémoire.

— Je ne crois pas avoir jamais entendu ces noms-là.

Le shérif Chamblin secoua la tête.

— Ça ne m'évoquait rien, à moi non plus. Mais le nom de Wyatt sonnait familier aux oreilles de Park et il a fait une recherche sur les réseaux sociaux. Il a trouvé un compte à son nom sur Facebook. Inactif depuis sept mois, mais on a pu y voir qu'il aimait l'équipe de football d'Auburn, pensait que Bill Gates nous espionnait tous, et qu'il fréquentait un bar à Mobile avant de cesser d'utiliser le compte.

Foster sentit ses sourcils s'arquer machinalement.

— D'après ce qu'on a entendu de leur conversation sur le bateau, il semblait ne pas prendre son travail très au sérieux. Et Donni ne l'appréciait pas beaucoup. Est-ce qu'on a autre chose ? Mobile est assez loin d'ici et je doute que Bill Gates nous soit d'une grande aide dans cette affaire.

Le shérif s'esclaffa avant de reprendre son sérieux.

— Ils ont tous les deux des casiers. Donni Marsden a purgé une longue peine de prison pour homicide involontaire dans les années 1990 à Kipsy et a vu sa peine prolongée après avoir provoqué un incident dans la cafétéria de l'établissement pénitentiaire – un échange de coups de couteau, d'après un des gardiens, qui a laissé des cicatrices à chacun des adversaires. Sa fille est venue le chercher à sa sortie de prison. Ensuite, on perd sa trace. On n'a rien trouvé d'autre si ce n'est l'adresse de sa fille, qui vit maintenant en Géorgie. On a tenté de la joindre mais, jusqu'ici, ça n'a rien donné.

En Géorgie, songea Foster. Dans l'État voisin. Et la ville de Kipsy se situait dans un autre comté. Assez loin d'ici, elle aussi, comme Mobile.

Et lui qui avait cru que Donni était un type du coin !

— Et, laisse-moi deviner, le casier de Wyatt comporte de nombreuses fois les mots « mineur » et « petit » ?

Chamblin lui lança un regard interrogateur.

— Délits mineurs, voies de fait simples, ébriété et troubles à l'ordre public, bref, des actes de petite délinquance en cascade de ses dix-sept ans jusqu'à ses vingt-cinq, l'an dernier. Comment le savais-tu ?

Foster soupira.

— Juste une impression que j'ai eue, sur le bateau. Et puis, c'est logique : un jeune n'ayant fait que de courts séjours en prison – s'il y est jamais allé – ne pouvait pas inspirer grand respect à un dur comme Donni Marsden qui a été condamné à une lourde peine.

Cela lui donna une idée.

— On pourrait peut-être se servir de ça. Si Donni refuse de parler, je parie qu'il croira que Wyatt s'est mis à table, lui. C'est peut-être un bon moyen de lui délier la langue. Est-ce que tu leur as déjà parlé ?

— Donni est resté fermé comme une huître. Quant à Wyatt…

La frustration se peignit sur les traits de Chamblin.

— Apparemment, il a mal réagi à l'anesthésie et est tombé dans le coma après l'intervention chirurgicale.

— *Quoi ?*

— Il paraît que ça arrive. Le médecin dit que tout ce qu'on peut faire, c'est attendre qu'il se réveille. *S'il* se réveille.

— Ce qui nous laisse face à un homme qui préférera sans doute retourner en prison plutôt que de répondre à nos questions.

— En gros, c'est ça. Sauf si on trouve le moyen de toucher une corde sensible.

Foster se tourna de nouveau vers Millie. Elle avait renoncé à décoller l'étiquette de sa bouteille et traçait maintenant des cercles sur la table du bout du doigt.

Les détails. Il avait toujours eu le don de relever les moindres détails. Et aussi de savoir s'en détacher.

Mentalement, il se représenta Donni assis à la place de Millie, avec son crâne dégarni et sa couronne de cheveux gris, la mine renfrognée.

Il grognerait, râlerait, jurerait qu'il ne dirait rien. Puis il se murerait dans le mutisme, les bras croisés sur la poitrine, renversé contre le dossier de sa chaise, l'air buté.

Il ne montrerait pas de signes de nervosité ni de peur.

Ce ne serait pas la première fois que Foster se trouverait confronté à ce genre d'attitude, dans une salle insonorisée, meublée d'une table et de deux chaises métalliques.

Ce qui ne voulait pas dire que ce serait plus simple pour autant. Mais c'était le genre de défi qu'il avait l'habitude de relever.

Contrairement à l'épisode du bateau.

Foster laissa l'image de Donni s'effacer de son esprit.

Millie enroulait une longue boucle de cheveux autour de son doigt.

— Quand pourrai-je interroger Donni ? s'enquit-il.

Le shérif le regarda et lui assena une tape sur l'épaule.

— Je te l'ai mis au frais, au sous-sol, dit-il, un sourire dans la voix.

Foster hocha la tête et sourit lui aussi.

— Tant mieux parce que j'ai un tas de questions à lui poser. Et cette femme, là-bas ? ajouta-t-il en désignant du pouce Millie. Elle aussi attend de pied ferme des réponses.

Chamblin se tourna face au miroir. Tout comme Foster passant en mode détective, il rentra d'un coup dans son rôle de shérif.

— Des affaires comportant autant d'intrications, on n'en voit pas tous les jours. Je crois qu'il va falloir que tu délègues une partie du travail si tu ne veux pas te disperser.

— Oh ? ! Et par où voulez-vous que je commence, patron ?

Il s'aperçut qu'il avait involontairement teinté ses paroles d'une pointe d'ironie, mais Chamblin ne lui en tint pas rigueur.

— Si j'étais toi, je me concentrerais en priorité sur celui qui a eu le culot de droguer et enlever un membre des forces de l'ordre et la personne qui l'accompagnait dans un lieu public. Tire ce fil et suis-le. Il te conduira peut-être à découvrir le fond de l'affaire. Essaie de comprendre aussi ce que vient faire Fallon dans tout ça, puisqu'ils ont mentionné son nom sur le bateau.

C'était un point sur lequel Foster avait eu le temps de réfléchir à l'hôpital.

Qui pouvait être ce gros joueur « d'un bien meilleur niveau » contre lequel Donni avait mis Wyatt en garde ?

Et était-ce ce tiers qui avait amené Fallon au bateau avant Foster et Millie ?

— Ce qui revient à dire qu'il faut vraiment que j'aie une conversation avec William Reiner. De préférence, une dont je parvienne à me souvenir.

Chamblin accueillit sa remarque d'un nouveau long soupir.

— Quoi ? Ne me dis pas que tu as une autre bonne

nouvelle à m'annoncer ? souligna Foster, non sans un soupçon de sarcasme dans la voix.

Le shérif ne s'en offusqua pas, mais il était clairement ennuyé.

— Je n'ai pas voulu te le dire tant que tu étais à l'hôpital, mais on n'a pas réussi à le trouver.

— Reiner ? Comment ça ? Je croyais que le témoin qui avait donné l'alerte avait dit que la camionnette de Reiner était déjà partie quand elle nous a vus être embarqués dans le véhicule qui nous a emmenés au bateau ? Tu as envoyé quelqu'un chez lui ?

Chamblin croisa les bras.

— Je vais faire comme si je n'avais pas entendu que tu me prends pour un imbécile qui n'a pas pensé à aller vérifier immédiatement s'il était chez lui et à lancer dans la foulée un avis de recherche.

Foster se tourna pour faire face au shérif. Comme le soir où celui-ci l'avait rejoint dans les bois, il lui trouva l'air soudain vieilli de dix ans.

— Love, tu as confiance en elle, reprit Chamblin en désignant le miroir sans tain du menton. Je voudrais comprendre pourquoi. Tu la connais à peine.

Sans que Foster puisse s'expliquer pourquoi, la réponse lui monta spontanément aux lèvres.

— Je ne sais pas, mais c'est comme ça. Appelle ça de l'instinct. Pourquoi ?

Foster voyait bien que Chamblin lui dissimulait quelque chose. Depuis un bon moment, il tergiversait et tournait autour du pot sans oser le lui révéler.

Quelque chose s'était passé pendant qu'ils étaient à l'hôpital – quelque chose qui avait modifié l'attitude du shérif vis-à-vis de Millie.

Chamblin récupéra son chapeau, l'air de nouveau chagriné.

— Parce que, fiston, si tu n'avais pas toute confiance en elle, ce que je m'apprête à te dire pourrait te paraître éminemment suspect.

Il baissa le ton comme si Millie pouvait l'entendre depuis la salle insonorisée où elle attendait.

— Le véhicule qui vous a emmenés, Millie et toi, était celui de Fallon Dean.

Quand Foster lui avait rapporté les noms des deux types du bateau, Millie avait indiqué qu'elle ne les connaissait pas. Ce qui était vrai mais, apparemment, la réponse n'avait pas eu l'heur de satisfaire le détective puisqu'elle lui avait valu un aller simple jusqu'à son bureau.

Où elle faisait le pied de grue depuis sa sortie de la salle d'interrogatoire. Il l'évitait, de toute évidence. Même si une petite voix lui soufflait qu'il devait en réalité être occupé à faire son travail.

Mais elle était déçue. Ou, peut-être, encore contrariée d'avoir dû répéter une nouvelle fois toute son histoire. Ou les deux.

Quoi qu'il en soit, elle garda le silence lorsqu'il fut de retour, une demi-heure plus tard.

— Comme prévu, Donni Marsden n'a pas desserré les dents, annonça-t-il en allant s'installer derrière son bureau, repoussant d'une main ses cheveux blonds en arrière, les traits tendus.

Il ouvrit un tiroir, se mit à fourrager dedans, cherchant quelque chose qu'il ne trouva manifestement pas, puis finit par le refermer.

Enfin, il leva les yeux vers elle.

L'estomac de Millie se contracta tandis qu'elle soutenait le regard de l'homme qui avait risqué sa vie pour elle, qui en portait encore les stigmates physiques. Mais ce qu'elle voyait aussi, c'était l'enquêteur qui l'avait appelée « mademoiselle Dean » avant de la soumettre à un interrogatoire.

Foster constituait désormais un problème pour elle. Il accaparait trop son attention, et elle n'avait pas besoin de ça.

Elle se leva pour instaurer une certaine distance entre eux.

— Et l'autre, Wyatt ? Il ne s'est pas réveillé pendant *tout* le temps que j'ai attendu ici ? questionna-t-elle d'un ton plus mordant qu'elle ne l'avait voulu.

Foster ne réagit pas.

— Non. Le shérif me préviendra dès qu'il aura repris conscience. *S'il* reprend conscience.

— Est-ce que je pourrais parler à Donni ? demanda Millie.

— Je ne crois pas que ce soit une bonne idée.

— Pourquoi ? Parce que je ne suis pas flic ? Ou parce que je suis une femme ?

Un coup frappé à la porte dispensa Foster de répondre. Millie se retourna et vit Park passer la tête dans l'entrebâillement de la porte.

Depuis ce qui s'était passé sur le bateau, l'hostilité qu'il avait pu montrer à son endroit s'était évaporée.

— Je suis prêt, si vous l'êtes aussi, tous les deux. L'adjoint Lawrence est déjà là-bas.

Millie lança un regard interrogateur à Foster.

— Où ça, là-bas ?

— Au Rosewater, répondit-il.

— Ah bon ? Pourquoi ? Ils ont trouvé quelque chose ?

Enfin ! L'excitation qui s'empara d'elle lui fit l'effet d'un baume apaisant après les turbulences émotionnelles qu'elle venait de vivre au bureau du shérif.

La tension qui crispait les épaules de Foster parut s'atténuer. Il sourit.

— Oui.

14

— Je sais que je n'ai pas votre expérience, mais je pensais que notre ravisseur se serait débarrassé de nos affaires, observa Millie, debout au milieu du Rosewater Bar, son portable dans une main et son sac dans l'autre.

Le front barré d'un pli, Foster examinait son téléphone, ses clés de voiture également à la main. Il avait déjà remis le badge autour de son cou et le holster à sa ceinture. Sa veste était drapée sur le dossier d'une chaise, en parfait état, pas même froissée.

— Tout ça n'a pas de sens, dit-il lorsqu'il parut satisfait, concernant son appareil.

Il retourna s'asseoir à la table qu'ils avaient occupée la veille.

— Voyons… On était tombés d'accord sur la façon d'aborder Reiner. Vous deviez me présenter en disant que j'étais votre nouveau voisin, le détective qui reprenait l'enquête au bureau du shérif, continua-t-il. On s'est levés et on s'est dirigés vers sa table, nos verres à la main.

Il mima l'action, se déplaçant jusqu'à l'endroit où avait été attablé Reiner.

Des particules de poussière dansaient dans le rayon de soleil qui filtrait par la porte d'entrée. La lumière du jour privait le Rosewater Bar du vernis glamour dont le parait la nuit. Il n'y avait plus d'éclairages colorés, plus de discussions animées des clients. Plus de barmaid ni de serveurs. Et l'odeur du détergent s'était substituée à celle des frites et de l'alcool.

De jour, l'établissement perdait tout son charme.

— Je ne me rappelle pas lui avoir parlé, ajouta Millie, venant se poster à côté de lui, son sac serré contre elle. Je me souviens juste m'être levée pour aller le voir. Vous croyez que la drogue avait déjà eu le temps de faire effet ? On n'est restés assis qu'une dizaine de minutes, environ, non ?

Foster examinait les alentours de la table.

— D'après le médecin, ces produits peuvent parfois faire perdre la notion du temps dès leur ingestion, répondit-il en se penchant pour regarder sous la table.

Millie en fit autant, intriguée.

— Vous voyez quelque chose ?

Foster secoua la tête, puis il se retourna pour contempler la porte de la cuisine derrière eux.

— Après l'appel de la personne qui a été témoin de notre enlèvement, deux adjoints sont venus interroger tous ceux qui se rappelaient nous avoir vus…

Il s'était accroupi – tel un arbitre examinant une marque sur le terrain avant de rappeler un joueur à l'ordre, songea Millie. Elle fronça les sourcils, s'efforçant de se remémorer le plus précisément possible la salle du bar, la veille au soir.

— Un couple a affirmé que ni vous ni moi n'étions allés aux toilettes puisqu'ils étaient assis à côté de la porte, continua Foster en montrant de la main la table en question mais sans quitter des yeux la porte de la cuisine. Deux autres clients ont vu William Reiner s'en aller alors que nous étions toujours là. Mais, de toutes les personnes présentes, personnel compris, pas une ne nous a vus, *nous,* franchir la porte d'entrée.

Millie recula d'un pas comme Foster se relevait et se déplaçait, sans plus d'explication, semblant suivre le fil invisible de sa pensée. Elle lui emboîta le pas en direction de la porte de la cuisine, devant laquelle il s'arrêta si brutalement qu'elle le télescopa.

Ses joues s'enflammèrent.

— Oh ! Pardon.

Mais Foster ne s'en aperçut même pas. Il regardait le bar.

— D'après l'adjoint Lawrence, tout le monde a confirmé que personne d'autre que Reiner n'avait quitté le bar.

— Oui, enfin, drogués ou pas, nous ne nous sommes pas volatilisés dans les airs, souligna Millie tout en l'observant.

Foster Lovett était dans son élément.

Et, visiblement, il était en train d'échafauder une théorie.

— Non, en effet, proféra-t-il d'une voix songeuse. Pourtant, tous les témoignages vont dans le même sens – et ils sont trop nombreux pour qu'on puisse les mettre en doute : nous ne sommes pas sortis par la porte principale. Donc…

Il indiqua la porte de la cuisine tout en continuant à regarder fixement le bar.

— La seule autre issue par laquelle nous avons pu partir est la porte de la cuisine. Et il n'y a qu'une personne qui ait en permanence vue sur elle…

— June Meeks, la barmaid, acheva Millie. Mais n'a-t-elle pas été longuement interrogée, elle aussi, pendant qu'on était à l'hôpital ?

Il hocha la tête.

— Si. Quand ils ont su que nous avions été drogués, elle a été immédiatement convoquée. C'est le shérif en personne qui l'a interrogée. Il pense qu'elle n'a rien à voir avec ça, mais je n'ai pas encore pu la voir moi-même. D'ici là, je m'en remets à l'avis du shérif.

Millie s'abstint de tout commentaire, mais elle songea que c'était absurde. Foster pensait que June les avait vus partir par la porte de derrière, il était établi que leurs boissons avaient été droguées, mais la barmaid n'était pas suspectée parce que le shérif la *supposait* innocente ?

Mais pourquoi June Meeks aurait-elle menti à leur sujet ? Et pourquoi les aurait-elle drogués ?

Ça n'avait pas de sens. Comme toute cette histoire, du reste.

— Donc, vous pensez que June nous aurait vus sortir par-derrière. Et le cuisinier ?

Foster secoua la tête comme il entrait dans la cuisine.

— Le cuisinier est parti juste après notre arrivée ici. Je me rappelle l'avoir vu de notre table. Apparemment, il serait allé aider sa femme qui avait eu un problème de voiture. Il n'est revenu qu'après l'arrivée des adjoints.

Millie n'était jamais entrée dans la cuisine du Rosewater – en étant consciente, du moins. La pièce, bien que de dimensions modestes, avait trois portes. Sur l'une d'elles, une plaque annonçait « Bureau », une autre portait un panonceau « Sortie » et, entre les deux, une troisième ouvrait sur la chambre froide.

— Donc, OK. Partons du principe que nous sommes bien passés par là, à l'insu ou non de June, décréta Millie avant de montrer les portes de la main. Pourquoi ? Vous m'avez dit tout à l'heure que le propriétaire du bar n'était pas là de la soirée et, maintenant, vous dites que le cuisinier n'y était pas non plus. Quelle raison aurions-nous eue d'y venir, *nous* ?

Pour la première fois depuis que l'adjoint Park les avait déposés, un regard qui n'était pas uniquement professionnel passa sur le visage de Foster.

Il abaissa les yeux jusqu'à ses lèvres.

D'un seul coup, la cuisine lui parut aussi exiguë qu'une

boîte à chaussures. Et à l'intérieur de cette boîte, l'espace entre elle et le détective se réduisit quasiment à néant. Elle était si proche de lui qu'elle sentait la chaleur de son bras se communiquer au sien.

Proche… Tellement proche.

Et elle brûlait d'envie de se rapprocher davantage encore.

Il n'était plus possible de nier l'attirance qui existait entre eux. Plus maintenant. Plus pour elle.

Oui, cet homme l'attirait.

Même si elle s'en était défendue après qu'il l'avait laissée seule dans son bureau. Même si elle lui en avait voulu.

Mais était-ce réciproque ou était-il tout simplement absorbé dans ses pensées à propos de la veille ? Ce regard qu'il avait eu, pourtant…

Elle se représenta mentalement la situation. Foster et elle, seuls dans cette cuisine, submergés par une attraction tacite…

Le rouge de l'embarras empourpra de nouveau ses joues mais tant pis… Millie estima qu'il était temps de remettre les pendules à l'heure.

— Écoutez, si j'avais voulu *m'isoler* avec vous, il y aurait eu des tas d'autres façons de procéder et de bien meilleurs endroits pour le faire.

Elle s'interrompit puis se reprit en bredouillant.

— Je… Enfin, je veux dire, pas « le faire » dans le sens où vous l'entendez, mais… euh… *chercher à me trouver seule avec vous*. J'aurais choisi… je ne sais pas, votre voiture, par exemple – n'importe quel endroit plutôt que la cuisine du Rosewater. Et encore, il aurait fallu que vous me baratiniez suffisamment pour que je ne me soucie pas des commérages que ça susciterait si on était surpris…

Les coins des lèvres de Foster se soulevèrent irrépressiblement. Il se retenait de rire. Ce qui aurait pu être attendrissant si elle ne s'était sentie aussi gênée. Finalement, il n'y tint plus et éclata de rire. Un beau rire, grave et sonore.

Il éleva les deux mains devant lui et secoua la tête, riant encore tandis qu'il déclarait :

— D'accord, d'accord… C'est noté. Alors, reprenons… Donc, si nous ne sommes pas venus ici pour des raisons *personnelles*, la seule explication qui me vienne à l'esprit serait que Reiner nous aurait dit quelque chose avant de s'en aller. À moins que nous ne soyons entrés ici pour chercher quelque chose ?

Le silence retomba entre eux tandis qu'ils se séparaient pour fouiller les lieux. Pendant que Foster jetait un coup d'œil dans le bureau, Millie poussa la porte de la chambre froide. Tout ce qu'il y avait là, c'était de la nourriture, stockée dans divers récipients. Elle rebroussa chemin, refermant la porte derrière elle. Elle laissa Foster continuer ses recherches en solo et porta son attention sur la porte de sortie. Ne voyant pas d'alarme incendie, elle se risqua à pousser le battant.

Aucune sirène ne se déclencha, mais une bouffée de chaleur humide lui sauta au visage, presque aussi agressive que l'aurait été pour ses tympans la stridence d'une alarme. Millie pesta sous cape et sortit sur la dalle de béton. La benne à ordures du bar était rangée contre le mur, d'un côté. De l'autre, les arbres du terrain envahi par la végétation qui bordait l'ancienne auberge cachaient l'allée arrière à la vue des clients et du parking.

Millie s'avança jusqu'au bord de la dalle de béton et examina le sol du terrain qui se prolongeait jusqu'à l'arrière de la partie médiane du bâtiment. Elle y vit des empreintes de pas et des mégots de cigarettes à demi enfoncés dans la terre encore humide – assez récents, lui sembla-t-il. Sans doute avaient-ils été laissés par les adjoints venus inspecter le bar et ses alentours.

Néanmoins, Millie suivit deux empreintes de pas différentes jusqu'à ce qu'elle se retrouve à l'arrière des chambres qui servaient de débarras depuis la fermeture de la maison d'hôtes. Toutes les portes d'accès aux chambres se situant sur l'avant du bâtiment, elle s'intéressa aux fenêtres. Elles dataient de la rénovation mais paraissaient aussi usées, sales et défraîchies que les anciennes chambres l'avaient été. L'une d'elles n'avait même plus de moustiquaire. La personne à qui appartenait la partie médiane de la bâtisse n'avait pas dû venir nettoyer ni s'occuper de l'entretien de son bien depuis pas mal de temps, se dit Millie.

Elle se retourna et regarda l'étroite allée menant à la porte arrière du bar et, au-delà, une bande d'herbe puis la rue.

— Qu'avons-nous bien pu venir faire ici ? se demanda-t-elle tout haut.

D'après le témoin, et Foster tenait l'information du shérif lui-même, elle et Foster avaient été chargés à bord d'une camionnette dans le parking situé devant la partie du bâtiment divisée en bureaux.

Mille questions se pressaient dans sa tête.

Qu'était-il arrivé entre le moment où ils étaient entrés dans la cuisine et celui où ils étaient montés dans ce véhicule ?

Pourquoi les avait-on enlevés ?

Et laissés sur un bateau à quarante kilomètres de là ?

Contre qui Foster s'était-il battu ?

Agacée, frustrée, Millie ne put que convenir qu'elle n'avait aucune réponse. Cette histoire de fous se résumait à un unique, un énorme point d'interrogation.

— Millie ?

La voix de Foster porta jusqu'à elle, soucieuse.

C'était touchant.

Elle revint sur ses pas. Lorsqu'il la vit, tout son visage se détendit.

— Vous avez trouvé quelque chose ? demanda-t-elle.

— Rien qui m'ait paru bizarre ou digne d'intérêt. Et vous ?

Millie indiqua du pouce la fenêtre la plus proche d'eux.

— Rien si ce n'est que le propriétaire de cette partie de l'ancienne auberge ferait bien d'investir dans de l'Ajax vitre.

Ils longèrent le reste du bâtiment et tournèrent le coin pour rejoindre le parking, devant les bureaux.

Pas le moindre indice apparent ici non plus.

C'était sans doute pourquoi Foster semblait plus tendu qu'à leur arrivée dans le bar.

— Au moins avons-nous récupéré nos affaires, déclara Millie comme ils s'arrêtaient entre deux lignes peintes en jaunes, Foster examinant le parking, Millie examinant Foster.

Même de profil, il était superbe.

Un muscle joua sous la ligne parfaite de sa mâchoire. Et, subitement, elle se retrouva noyée dans l'eau verte de ses iris.

— Millie, il faut que je vous dise quelque chose à propos de quand nous…

— *Foster Lovett ! Par tous les saints !*

Surprise par le hurlement qui avait déchiré l'air derrière eux, Millie sursauta et attrapa instinctivement le bras de Foster. Le détective ne semblait pas autrement ému, lui.

— Pourquoi Mme Zamboni nous fond-elle dessus comme une furie ?

Foster émit un vague grommellement qui aurait pu vouloir dire n'importe quoi.

— Parce que c'est mon ex-belle-sœur et qu'elle adore embêter le monde… moi, particulièrement.

Baissant le ton, il ajouta très vite :

— Et qu'elle est comme Hulk : perpétuellement furieuse.

— J'ai passé seize ans de ma vie à me moquer comme de ma première chaussette de ce qui pouvait bien t'arriver, Foster Lovett. Et ça m'allait très bien. Donc, si tu pouvais faire en sorte que ça continue, ça m'arrangerait.

Helen n'arborait pas de couronne de fleurs comme la veille mais, avec sa robe à motif Liberty, son abdomen semblait encore plus proéminent. Ses yeux lançaient littéralement des éclairs. Foster ne l'avait pas vue aussi remontée depuis la fois où, à l'âge de seize ans, elle avait raté son permis de conduire. À *deux reprises*.

— Salut, Helen. J'espère que ça va, toi aussi ? rétorqua-t-il.

Millie lâcha son bras. Foster se demanda si les deux femmes se connaissaient. Dans l'Alabama rural, être voyante, c'était presque comme être une célébrité.

Mais ne voulant pas s'exposer à un nouvel assaut d'agressivité en se faisant par-dessus le marché taxer d'impolitesse, Foster opta pour procéder aux présentations avant de découvrir ce qui avait mis Helen Mercer dans cet état.

— Millie, voici Helen Mercer. Helen… Millie Dean.

Helen marqua une pause, le temps de saluer Millie d'un signe de tête, puis elle revint immédiatement à la charge.

— Je n'ai aucune envie d'éprouver autre chose pour toi qu'un bon vieux dégoût, donc je te conseille de surveiller un peu plus tes arrières parce que, je te préviens, je ne m'amuserai pas à ça tous les jours !

Foster haussa les sourcils.

Helen était fâchée mais… ce n'était pas comme d'habitude.

— Désolé, Helen, mais… de quoi parles-tu ?

— Je parle du fait que je suis enceinte de huit mois et

que j'ai dû me lancer dans une course-poursuite quand j'ai compris que vous aviez été enlevés tous les deux ! Philip a failli avoir une crise d'apoplexie quand il a vu que j'avais embouti la voiture en prenant un virage un peu trop serré pour tenter de vous rattraper !

Foster éleva une main pour juguler le flot de paroles qui se déversaient de sa bouche.

— Attends, attends…

Puis, soudainement, la lumière se fit dans son esprit.

— C'est *toi* qui as vu la scène et qui as prévenu les autorités ?

Helen lui jeta un regard excédé, l'air de dire « Évidemment que c'est moi ! ».

— Non seulement j'ai assisté à l'enlèvement et averti le bureau du shérif, mais j'ai pourchassé cette fichue camionnette jusqu'à ce qu'elle finisse par me semer sur les petites routes ! J'ai bien failli accoucher prématurément tellement c'était stressant.

Foster n'en croyait pas ses oreilles.

Helen les avait sauvés. Et elle était bouleversée parce que…

Elle se souciait de lui. Son sort ne lui était pas indifférent.

— Helen, sans toi, personne n'aurait su que nous avions disparu avant le lendemain. C'est grâce à ton appel qu'on a été si vite retrouvés.

Pour un peu, Foster lui aurait donné l'accolade, mais il s'abstint, préférant ne pas se montrer envahissant ni l'embarrasser, d'autant qu'elle était enceinte et qu'ils n'avaient jamais eu ce genre de rapport.

Mais Millie s'en chargea à sa place.

En un clin d'œil, elle passa les bras autour des épaules de Helen.

— Merci, dit-elle avec chaleur dans les cheveux argent

de Helen. Je me demande comment ça se serait terminé si l'adjoint n'était pas venu nous chercher.

Foster acquiesça d'un hochement de tête.

L'expression maussade de Helen s'adoucit. Exception faite de sa relation houleuse avec lui, c'était une femme courtoise et appréciée en ville. Elle tapota gauchement le dos de Millie et hocha la tête lorsque celle-ci s'écarta.

— Je ne pourrais plus continuer à détester Foster s'il n'était pas là pour me mettre hors de moi, répliqua-t-elle d'un ton radouci, lui aussi. Et puis, il m'a bien semblé qu'il s'était lui-même chargé d'une partie du travail…

Foster vit les yeux de son ex-belle-sœur s'abaisser vers ses mains aux phalanges encore enflées et marquées par les coups.

— Tu m'as vu me battre ?

Elle hocha la tête.

— Plus ou moins. L'ampoule du réverbère, là-bas, est grillée depuis des mois ; il faisait sombre et vous étiez derrière le véhicule. Comme je l'ai dit au shérif, je n'ai pas vu qui c'était. Je t'ai juste vaguement vu porter des coups, te défendre mais mollement… comme au ralenti. Le type n'a pas eu à forcer beaucoup pour te charger dans la camionnette.

Foster échangea un regard avec Millie.

— Voilà, dit-elle. On sait maintenant que c'est contre notre ravisseur que vous vous êtes battu.

Le ravisseur qui était peut-être Fallon.

C'était cela qu'il s'était apprêté à dire quand Helen l'avait interrompu.

Et aussi que le pick-up était celui de Fallon.

Ce qui pouvait signifier deux choses, aucune d'entre elles n'étant de bon augure pour Millie.

Il se garda donc de répondre. Il développerait ces deux théories plus tard, lorsqu'il serait seul avec Millie.

Helen s'éclaircit la gorge et promena la main sur son ventre en mouvements circulaires, probablement destinés à apaiser le bébé. Elle arrêta un regard sévère sur lui.

— Tu ne fais peut-être plus partie de ma famille mais il y a si longtemps que j'ai une dent contre toi que je m'y suis habituée. Si tu allais te faire tuer, je ne pourrais plus me plaindre de toi. Alors, quoi qu'il se passe, règle cette histoire mais débrouille-toi pour ne plus te faire kidnapper. D'accord ? J'aimerais vraiment que les choses reviennent à la normale dans cette ville.

Si la semaine qui venait de s'écouler avait été étrange, elle venait de prendre un tour plus surprenant encore.

En gros, Helen attendait qu'il lui promette de faire attention à lui. Si ça, ce n'était pas le monde à l'envers… !

— J'essaierai.

Helen hocha la tête, puis elle retourna dans son cabinet.

Ils la regardèrent partir, debout, côte à côte, sans rien dire. Ce fut Millie qui reprit la parole la première.

— Rien n'est normal dans cette ville depuis qu'Annie McHale a disparu.

15

L'eau tiède l'enveloppait de sa douce caresse. Une caresse apaisante. Ses paupières papillotèrent. Dieu sait qu'elle avait bien besoin de se détendre. De réfléchir. De laisser son organisme se remettre des effets de la drogue.

D'essayer de ressentir une émotion simple – contrairement au sentiment que lui laissait le fait d'avoir repoussé le seul homme qui ait accepté de l'aider.

Millie s'enfonça plus profondément dans la baignoire avec un soupir. L'eau clapota contre sa nuque, effleurant le bonnet de douche en plastique qui protégeait ses cheveux. Les bulles commençaient à se désagréger, mais le parfum de vanille et de lavande avait déjà imprégné sa peau.

En fermant les yeux et en y mettant du sien, elle aurait presque pu oublier les sept derniers jours. Les six derniers mois.

Presque.

Mais ça aurait été en demander un peu trop à un bain moussant.

Elle rouvrit les yeux et contempla le mur carrelé devant elle. Malgré elle, elle imagina la maison qui se trouvait derrière.

Elle soupira de nouveau.

Après la rencontre de Helen, Foster l'avait déposée devant chez elle. Il était resté silencieux pendant tout le trajet. Millie avait senti qu'il se préparait à lui dire quelque chose, quelque chose qu'elle n'allait pas aimer. Mais ce n'était qu'après avoir fait le tour de sa maison pour s'assurer qu'il n'y avait personne qu'il s'était finalement décidé à parler.

— Quand elle a appelé le shérif, Helen a décrit le véhicule qui nous a emmenés du Rosewater. Elle a même pu relever en partie le numéro de la plaque minéralogique.

L'espoir l'avait envahie. Une piste concrète ! Enfin !

Mais, en cinq mots, il l'avait aussitôt anéanti.

— C'était le véhicule de Fallon.

Un mélange d'excitation et d'angoisse l'avait submergée.

— Il se peut que celui qui nous a enlevés soit Fallon, ou que ce soit quelqu'un qui travaillait pour lui, auquel cas cela voudrait dire qu'il est mêlé à quelque chose et qu'il évite délibérément de se montrer, avait-il continué.

Puis il l'avait regardée, radouci, l'expression remplie de commisération, ce qui n'avait fait qu'accroître son inquiétude.

— Il se peut aussi qu'il soit arrivé quelque chose à Fallon et que sa camionnette ait été volée.

Millie n'avait pas pu rester là à écouter Foster échafauder des théories. Après tout ce qu'elle avait traversé ces derniers jours, ces dernières vingt-quatre heures, *toute* sa vie d'adulte… Apprendre que c'était dans la camionnette de Fallon – la voiture bien-aimée dont il ne se serait pour rien au monde séparé – qu'ils avaient été enlevés, c'était tout simplement plus qu'elle ne pouvait en supporter.

Elle s'était donc concentrée sur un point tout à fait secondaire.

— Pourquoi ne me l'avez-vous pas dit plus tôt ? Dès que vous l'avez su ?

Foster était alors entré dans son personnage de détective – comme il l'avait fait en salle d'interrogatoire. En un clin d'œil, l'homme qui la contemplait avec compassion s'était changé en policier au regard froid. Comme si elle constituait une menace potentielle. Sa bouche s'était amincie, sa posture, rigidifiée, même sa voix avait pris une intonation impersonnelle.

— Je voulais attendre d'en savoir un peu plus.

Le cœur de Millie s'était serré, ses yeux s'étaient voilés de larmes. Mais elle n'en avait pas moins haussé le ton pour rétorquer :

— Vous vouliez savoir si j'avais quelque chose à voir avec ça, je me trompe ? Voir si Millie Dean était aussi problématique que son frère.

Foster avait secoué la tête.

— Millie, ce n'est pas ça. Je voulais juste…

Mais elle avait atteint le point de non-retour. Elle avait élevé la main, coupant court à ses explications.

— Nous ne sommes pas partenaires. Nous ne formons pas une équipe. Je suis juste une suspecte qui se trouve être votre voisine. Maintenant je suis fatiguée, alors nous nous verrons plus tard.

Les mots s'étaient bousculés dans sa bouche, mais elle avait martelé chacun d'eux avec force. Peut-être était-ce la raison pour laquelle le détective limita sa réponse à un simple « OK » accompagné d'un hochement de tête.

Puis il était parti.

Et, alors que la nuit tombait, Millie était plongée dans son bain à se demander s'il était chez lui.

Avant l'arrivée de Foster en ville, avant que Fallon ne disparaisse, elle avait mené une vie faite de routine et de normalité. Et, maintenant, il lui semblait anormal de ne pas être au côté du détective, en train de chercher des indices avec lui… et d'attendre que son regard d'émeraude se pose sur elle.

Millie refusait de penser à ce que signifiait le fait que

c'était la camionnette de Fallon qui les avait transportés, elle et Foster. Son frère était, avait toujours été, un bon garçon. Un garçon super. Avec du cœur et une force intérieure dont il n'avait probablement pas conscience.

Jamais il n'aurait participé à une quelconque entreprise malveillante.

Mais si ce n'était pas le cas, quelle conclusion fallait-il en tirer ?

Les larmes, de nouveau, lui brouillèrent la vue.

Millie se passa une main sur le visage, l'eau mousseuse entrant dans ses yeux. Elle cligna des paupières et secoua la tête, décidant de rester optimiste et de s'accrocher à l'idée que son frère était vivant.

Mue par une résolution nouvelle, elle sortit de son bain. Elle s'enroulait dans son peignoir de bain quand on sonna à la porte.

La peur et l'adrénaline se propagèrent en un instant dans tout son organisme, annihilant tous les bienfaits du bain. Elle consulta son téléphone pour s'assurer qu'elle n'avait pas manqué un appel ou un texto. Mais non.

Serrant le peignoir autour d'elle, elle se dirigea vers la fenêtre du séjour et jeta un coup d'œil à l'extérieur en prenant soin de ne pas faire bouger le rideau. Des images de Jason Talbot, armé, suivies du visage souriant de Foster lui vinrent à l'esprit.

Mais la personne qui attendait devant la porte n'était bien sûr ni l'un ni l'autre.

— Amanda ?

Amanda Alvarez portait toujours sa tenue multicolore. Elle éleva le sachet en papier qu'elle tenait à la main.

— J'ai promis au Dr Cœur-d'artichaut de venir m'assurer que vous et le détective alliez bien, vous vous souvenez ? Alors, me voilà ! *Avec* des burgers et des frites parce que, un, je n'ai pas eu le temps de manger et, deux, je crois fermement que s'accorder un petit écart de temps en temps, avec des burgers bien gras et bien garnis, est excellent pour le moral.

Elle agita le sac sous son nez. L'estomac de Millie se mit à gargouiller.

Amanda rit.

— Je peux entrer ?

Machinalement, Millie jeta un coup d'œil dans la rue pour vérifier que l'adjoint montait bien toujours la garde dans sa voiture. Non qu'elle doutât de la coroner, mais c'était rassurant de savoir que son ange gardien était bien fidèle au poste.

— Bien sûr. Entrez. Ne faites pas attention au désordre.

Amanda la suivit à l'intérieur. Tandis qu'elles se dirigeaient vers la cuisine, elle laissa échapper un petit rire.

— Si c'est *ça* que vous appelez du désordre, vos cheveux se dresseraient sur la tête si vous veniez chez moi, répondit-elle. J'ai accepté cet emploi avant d'avoir trouvé un logement, donc j'occupe provisoirement un appartement au-dessus de la pharmacie, sur la grand-rue. Il est grand comme une boîte à chaussures et il est rempli de cartons de babioles qui ne me servent à rien, mais dont je n'arrive pas à me séparer.

Elle prit le siège que Millie lui indiquait et commença à sortir le contenu du sac.

— Je ne savais pas que cet appartement était habitable, fit observer Millie. Je croyais qu'il servait de local de rangement. Je travaille juste en face, à l'épicerie, et je n'ai jamais remarqué d'allées et venues…

Amanda sourit.

— Le parking se trouve dans la ruelle, à l'arrière, mais je pense qu'il a dû rester longtemps inhabité avant mon arrivée. J'ai passé ma première semaine à Kelby Creek à frotter et à nettoyer. J'ai bien cru m'arracher les cheveux.

Millie sortit des assiettes et des serviettes puis, juste au moment où elle allait s'asseoir, elle entendit un froissement de plastique près de son oreille. Elle porta une main à sa tête.

— Oh ! J'ai encore mon bonnet de douche. Si vous voulez m'excuser, le temps que je me change… J'en ai pour une minute.

Elle s'éloigna, riant de son étourderie, et troqua rapidement son peignoir contre une tenue d'intérieur confortable. Elle ne ressortirait pas ce soir. Ni peut-être même demain, d'ailleurs.

Lorsqu'elle revint dans la cuisine, Amanda avait installé leurs assiettes face à face et elle mâchait une frite.

— Désolée… je mourais de faim, lança-t-elle en agitant une frite en l'air. Je sais que c'est gras et bourré de calories, mais c'est mon péché mignon.

— Ce n'est pas moi qui vous jugerai. Mon faible à moi, c'est la tourte à la viande. Je suis capable d'en engloutir une à moi toute seule. D'ailleurs, au moment où je vous parle, j'en ai une au congélateur.

— Tout ce que j'aime !

Millie prit place en face d'elle et mordit dans son hamburger avec un enthousiasme qu'elle n'avait pas éprouvé depuis longtemps.

— Et, à part votre passion pour les tourtes, comment vous sentez-vous ? Pas de douleurs, pas de sensations bizarres ? Vous ne vous êtes pas tout à coup découvert un super pouvoir ou l'envie de manger de la chair humaine ?

Millie étouffa un petit rire. Elle voyait bien que, sous couvert de plaisanterie, la coroner s'inquiétait de sa santé. Elle lui fut reconnaissante de ne pas tourner autour du pot.

— Aucun super pouvoir en vue, sauf si vous comptez mon inaltérable optimisme, plaisanta-t-elle en retour avant de reprendre son sérieux. Je suis encore un peu groggy, comme si j'avais pris de la Nautamine, mais je n'ai presque plus mal à la tête. J'ai veillé à boire beaucoup d'eau, comme on me l'avait recommandé, et je me repose.

— Rien d'autre ? Pas de paranoïa ? Vous ne vous sentez pas anxieuse ni déprimée ?

— Eh bien… cette semaine, un inconnu m'a prise en chasse dans les bois, après quoi il s'est introduit chez moi et a tenté de me tuer et, pour finir, j'ai été droguée et me suis réveillée sur un bateau avec un trou de mémoire de presque huit heures, alors…

Millie croqua dans sa frite et fit la moue.

— Rien d'autre, non, à part la paranoïa, l'anxiété et la dépression dues à ces menus tracas, conclut-elle.

Amanda prit une frite et pointa l'une de ses extrémités vers dans sa direction.

— Bien répondu.

Elles continuèrent à manger et, sans même que Millie s'en rende compte, son regard s'égara derrière Amanda. Une fois de plus, elle pensa à la maison, derrière elle.

Et à l'homme qui s'y trouvait. Peut-être.

— Vous allez chez Foster ensuite, ou vous y êtes déjà passée ? s'enquit-elle, s'efforçant de ne pas rougir mais sans trop savoir si elle y était parvenue.

Elle avait l'impression d'être une lycéenne cherchant à se renseigner sur le garçon dont elle s'était entichée.

Amanda ne remarqua rien ou, du moins, interpréta sa question dans un sens différent.

— Je l'ai déjà vu. Je me suis d'abord arrêtée au bureau du shérif étant donné que c'était à côté de mon adresse préférée pour les frites et les hamburgers.

Donc, Foster n'était pas chez lui. Millie en conçut une pointe d'anxiété… et quelque chose d'autre aussi, à quoi elle ne prit pas le temps de réfléchir.

— Et alors ? Pas de super pouvoirs ni de signes qu'il se soit transformé en zombie chez lui non plus ?

Et voilà. Elle se remettait à tenter de lui soutirer des informations.

— Non. Il m'a répondu à peu près la même chose que vous : que l'anxiété et le stress allaient de pair avec son métier. Tout ça avec une posture très macho, le pistolet à la ceinture, la mine grave, et une pile de dossiers devant lui, sur son bureau. Quand il a su que je venais vous voir ensuite, il m'a dit qu'il allait appeler le type en faction devant chez vous pour le prévenir. Je suis partie en lui conseillant de ne pas tarder à rentrer chez lui, mais…

— Laissez-moi deviner, coupa Millie. Il a opiné comme s'il en prenait bonne note mais sans dire oui, c'est ça ?

— À peu près, convint Amanda en riant. En fait, il a assuré qu'il s'était bien reposé à l'hôpital mais qu'il rentrerait sitôt qu'il buterait sur un obstacle.

— Je ne connais Foster que depuis une semaine, mais ça a l'air d'être sa façon de fonctionner. Il est très impliqué dans son travail. C'est vraiment ce dont Kelby Creek avait besoin après la Tempête.

Millie n'avait pas eu l'intention d'évoquer le passé de la ville, mais la Tempête avait tellement marqué les esprits qu'il était difficile de ne pas y faire allusion à un moment ou à un autre.

Amanda dut percevoir son changement d'humeur car elle se garda de plaisanter ni de tourner la chose en dérision.

— Quand j'ai entendu pour la première fois quelqu'un employer les mots « la Tempête », j'ai cru qu'il dramatisait. Mais je me suis rendu compte ensuite que tout le monde, ici, parlait de l'affaire dans ces termes.

Millie acheva de mâcher sa bouchée avant de répondre.

— Je ne sais pas d'où est venue cette expression, mais c'est effectivement ainsi que tout le monde l'appelle. La Tempête a été un vrai bouleversement pour toute la région.

Les sourcils d'Amanda s'arquèrent.

— À ce point ?

Millie secoua la tête et se resservit en frites.

— Vous savez sûrement ce qui s'est passé ? Vous avez remplacé quelqu'un qui a été renvoyé à cause de ça.

— Seulement dans les grandes lignes. Je sais que mon prédécesseur a été licencié pour avoir trafiqué des rapports, mais je n'ai jamais eu connaissance des détails, répondit Amanda, l'air interrogateur.

Comme Millie avait déjà décidé qu'Amanda lui était sympathique, elle céda à sa demande implicite et se lança dans le récit de la Tempête.

Non sans avoir *d'abord* sorti la tourte du congélateur.

— Il y a deux grandes familles dans le comté de Dawn. Les McHale étaient l'une d'elles. Ils vivaient à Kelby Creek depuis des générations. Ils disposaient d'une grande fortune familiale et se sont encore enrichis en investissant dans la moitié des entreprises de la ville, et ils étaient très appréciés ici, ainsi que leur fille unique, Annie. Jamais on n'aurait deviné qu'ils roulaient à ce point sur l'or si on n'avait su qu'ils possédaient un véritable manoir dans les bois.

Millie marqua une pause, se remémorant la chronologie des faits.

— Tout le monde situe le commencement de la fin, c'est-à-dire la fin de la normalité pour Kelby Creek, quand Annie a disparu, continua-t-elle. En réalité, elle avait été kidnappée mais on ne l'a su qu'au bout de plusieurs jours. Annie a disparu un dimanche et, le mercredi, une rançon a été demandée à la famille. Les ravisseurs réclamaient cinq cent mille dollars sous vingt-quatre heures, sinon ils la tueraient.

— C'est le genre de chose qu'on voit à la télévision.

Millie dut en convenir.

— À partir de là, tout s'est enchaîné. Les McHale étaient très amis avec le shérif de l'époque. C'était le parrain de leurs enfants. Donc, il a demandé à la famille de le laisser s'occuper de tout. Quand un lieu de rendez-vous a été fixé pour la remise de l'argent, il a pris plusieurs adjoints avec lui et les a conduits, ainsi que M. McHale, droit dans un piège.

Millie se souvenait avoir entendu les tirs de l'épicerie ce jour-là. Semblables à des salves de feux d'artifice se succédant rapidement jusqu'à ce qu'il n'y ait plus que le silence.

— Au total, il y a eu cinq morts, adjoints et civils, et plusieurs blessés. M. Mc Hale lui-même a reçu une balle dans la jambe.

— Et les ravisseurs ?

— Il s'est dit à l'époque qu'ils étaient restés à couvert. Mais, après ça, ils se sont vengés en montant le coup qui a propulsé Kelby Creek à la une des journaux et a fait que le FBI s'est emparé de l'affaire.

— Cette partie-là de l'histoire, je la connais, commenta Amanda avec excitation. Le site web de la commune a été piraté.

Millie hocha la tête.

— Une vidéo d'Annie McHale a été postée sur le site et est restée visible pendant une demi-heure avant que quelqu'un ne parvienne à la supprimer. Elle s'est répandue de façon virale sur Internet.

— Je l'ai vue. Elle était assise, en sang, ligotée sur une chaise, et un type, à côté, parlait face à la caméra. Ils ont réclamé plus d'argent, c'est bien ça ?

— Un million de dollars, répondit Millie. Sous trois jours.

— Laissez-moi deviner… Choqués par la vidéo, les parents ont cédé ?

— Ils s'apprêtaient à le faire, mais ils n'en ont pas eu l'occasion.

Millie ne put s'empêcher de se pencher en avant, comme si elle conspirait avec Amanda, tant cette partie de l'histoire semblait irréelle.

— Deux agents du FBI venaient d'être dépêchés sur place pour prêter main-forte et, le lendemain du jour où la vidéo a été diffusée, l'un d'eux, l'agent spécial Jaqueline Ortega, a laissé un message sur le téléphone de son partenaire, l'informant qu'elle suivait une piste. Mais, ensuite, elle a disparu, elle aussi.

— Quoi ? Je n'avais pas entendu parler de ça.

Millie haussa les épaules.

— Les journaux n'ont jamais mentionné son nom, pour autant que je me souvienne. En revanche, ils ont beaucoup parlé de son partenaire, poursuivit-elle. Et pour cause… Le lendemain, alors qu'il ratissait les routes de campagne alentour, à la recherche de Jaqueline, un violent orage a éclaté. Les pluies diluviennes ont provoqué une inondation éclair. La circulation devenant trop dangereuse, il a rebroussé chemin pour rentrer à l'hôtel mais, ce faisant, il a vu une voiture dans le fossé. Il s'est arrêté pour porter secours à ses occupants. C'était le maire. Qui était ami avec le shérif et les McHale. Il était inconscient mais vivant et, comme l'agent du FBI s'occupait de lui, il a vu quelque chose briller sur le plancher du véhicule. C'était un collier. Une pièce unique qui avait été créée spécialement pour Annie McHale.

Amanda poussa une exclamation.

— Bon sang ! Une histoire pareille mériterait du popcorn, pas des frites ! Et c'est comme ça que le pot aux roses a été découvert ? À cause de l'accident du maire pendant l'inondation ?

Millie hocha la tête.

— Oui, ça a été l'élément révélateur. Apparemment, la boîte à gants où était rangé le collier s'était ouverte sous le choc. À partir de là, l'agent du FBI a mené sa propre enquête et toutes les pièces du puzzle ont commencé à se mettre en place. C'étaient le shérif et le maire qui avaient tout manigancé – le kidnapping, la rançon, la prétendue embuscade, la vidéo. Et ils n'étaient pas tout seuls.

Cette partie de l'histoire avait été largement médiatisée, mais Millie la résuma en quelques mots par souci d'exhaustivité.

— Le FBI a envoyé une nouvelle équipe et ouvert une vaste enquête portant sur les acteurs locaux – instances judiciaires, administration municipale et fédérale – qui, à terme, a fait apparaître l'étendue de la corruption. La disparition d'Annie McHale n'était que la partie émergée de l'iceberg. Plusieurs personnes ont été limogées, d'autres écrouées, certaines ont même pris la fuite. Il a fallu près d'un an pour démêler l'écheveau et puis, l'enquête close, le FBI est reparti. Mais, depuis, tout le monde, ici, se méfie des autorités.

— Et c'est ce qui explique notre arrivée, à Foster et moi, ajouta Amanda.

— Oui. La municipalité devait absolument restaurer son image – le bureau du shérif, en particulier.

Amanda poussa un long soupir, puis planta sa fourchette dans le morceau de tourte que Millie venait de lui servir.

— Réinstaurer la confiance après une affaire pareille, c'est un sacré défi, commenta-t-elle.

— Oui, acquiesça gravement Millie. Et le fait qu'Annie

McHale et Jaqueline Ortega n'ont jamais été retrouvées n'aide en rien.

Après cette dernière réflexion, les deux femmes mangèrent leurs portions de tourte en silence.

16

Foster lâcha ses clés sur le comptoir de la cuisine et retint un juron.

Encore que la précaution soit inutile… Ce n'était pas comme s'il y avait eu quelqu'un dans la maison. Quand il franchissait le seuil, il n'y avait guère que le ronronnement de l'air conditionné et une canette de bière dans le réfrigérateur pour l'accueillir.

Ôtant son badge et son holster, il alla chercher cette bière et en fit sauter la capsule avec un peu trop d'énergie et une bonne dose de frustration.

Il avait fallu qu'il revienne dans sa petite ville natale pour se colleter avec l'affaire la plus compliquée de sa carrière. Il avait beau se creuser la cervelle, il n'y voyait toujours pas plus clair. Sans même s'en rendre compte, Foster s'avança vers la fenêtre du séjour et regarda l'obscurité, au-dehors.

De son allée, en arrivant, il avait constaté que la lumière du séjour de Millie était allumée mais il n'avait vu personne. Il n'avait aucune idée de ce qu'elle faisait ni de comment elle allait.

Ce qui le contrariait.

Et ça le contrariait d'en être contrarié.

« Nous ne sommes pas partenaires. Nous ne formons pas une équipe. »

Millie n'avait pas tort. Elle était sa voisine. Elle était aussi soit une victime soit une suspecte – selon la personne avec qui vous parliez. Mais pour lui ? Millie était innocente. Elle n'avait rien à voir avec ce qui leur était arrivé, Foster en avait l'intime conviction. Il ne lui restait donc plus qu'à poursuivre ses investigations pour rendre justice à cette femme et lui apporter enfin un peu de la sérénité qu'elle méritait.

Voilà ce qu'il aurait dû lui dire, sur le porche. Marteler que *lui* ne la croyait pas suspecte. Lever toute ambiguïté. Mais le regard qu'elle lui avait lancé… C'était comme s'il avait vu une partie d'elle-même se briser en mille morceaux à ses pieds, à l'endroit même où Jason Talbot lui avait tiré dessus quelques jours plus tôt. Il n'avait pas su comment réagir parce qu'il n'avait pas compris ce qui lui arrivait. Et que faisait-on quand on ne savait pas quoi faire ?

Rien. Il n'avait rien fait du tout.

Donc, il n'aurait pas dû avoir envie, maintenant, de lui communiquer de ce qu'il avait découvert. De discuter de tout ce qu'elle avait vécu. Et encore moins d'aller chez elle et de tout oublier de cette affaire pendant un moment.

Et pourtant, c'était précisément ce qu'il était tenté de faire.

— Tu as oublié, Foster ? se rappela-t-il à haute voix. Les femmes sont synonymes de problèmes. Avec une majuscule au mot « problèmes » dans son cas. Alors, reprends-toi.

Tout en parlant, il s'était dirigé vers la salle de bains. Il ouvrit le robinet de la douche et posa sa bière sur le plan de toilette. Le miroir lui renvoya l'image d'un homme fatigué, mais nullement disposé à aller dormir tant qu'il n'aurait pas obtenu de réponses aux questions qu'il se posait.

Une, au moins.

C'était pour ça qu'il était revenu. Pour aider le bureau du shérif, aider sa ville à remonter la pente. Pas pour patauger misérablement à la première affaire qu'il prenait en main.

Nom d'un chien, en une semaine, tu as pris une balle et tu as été drogué !

Foster secoua la tête de dépit. Cette fois, il jura.

Retour à la case départ, songea-t-il. Il allait tout reprendre depuis le début.

C'était ça qu'il fallait faire.

Foster hocha la tête pour affermir sa décision et commença à soulever le bas de son T-shirt pour se déshabiller. Mais il se vit grimacer dans le miroir. Sans antalgique, la douleur de ses côtes se rappelait à lui. Donni Marsden n'y était pas allé de main morte. Il était peut-être plus âgé que lui, mais il était costaud. Et le fait que Chamblin ait apporté un T-shirt à l'hôpital et non une chemise ne l'aidait pas.

— Pas fichu d'enlever un T-shirt, pas fichu de résoudre cette affaire, maugréa-t-il.

Il essaya de s'y prendre autrement, mais le résultat ne fut pas plus brillant.

Il en était à envisager d'employer une paire de ciseaux quand la sonnette tinta.

— J'arrive ! lança-t-il.

Il jeta un coup d'œil à son téléphone en se dirigeant vers l'entrée. Pas de message.

Il alla à la porte et colla son œil au judas, s'attendant à voir le shérif, venu partager une bière et discuter de l'affaire.

Mais ce ne fut pas Chamblin et son chapeau de cow-boy qu'il vit dans l'œilleton.

Immédiatement, tous les sens en alerte, il tira le battant.

— Millie ? Tout va bien ?

Elle ne semblait pas souffrante ni inquiète – en fait, elle était vêtue d'un grand T-shirt en coton et d'un pantalon de survêtement comme si elle avait été sur le point de se mettre au lit –, mais elle avait l'air profondément ennuyée.

Foster regarda par-dessus son épaule. La voiture de l'adjoint Calloway était toujours là. Tout semblait calme.

— Quelque chose ne va pas ? demanda-t-il tout en visualisant son pistolet rangé dans sa table de chevet – trop loin s'il avait besoin d'agir rapidement.

— Non, non ça va, se hâta-t-elle de le rassurer. Je venais juste vous parler… Désolée. Je peux entrer ?

— Bien sûr.

Une senteur de lavande mélangée à quelque chose d'autre l'enveloppa comme elle passait devant lui. Foster commençait à s'habituer à ce parfum, mais il s'interdit résolument de le trouver agréable et décida de centrer son attention sur ce qu'elle avait à lui dire.

Ce ne fut pas difficile car elle s'arrêta net au milieu de la pièce et fit volte-face, les yeux écarquillés, l'air tellement confus que Foster s'alarma de nouveau.

— C'est la douche que j'entends ? fit-elle, la voix étrangement haut perchée, tandis que son regard s'abaissait vers la bière qu'il avait machinalement attrapée en sortant de la salle de bains. Oh ! vous n'êtes pas seul. Je suis navrée de vous avoir interrompu…

La façon dont elle avait dit ça donnait l'impression qu'une femme l'attendait. Il partit d'un petit rire.

— Non, il n'y a personne. Vous n'avez interrompu que moi qui m'apprêtais à prendre une douche en finissant ma bière, ce qui n'était pas une très bonne idée.

Millie se détendit un peu, mais elle ne paraissait toujours pas pleinement soulagée.

— Qu'y a-t-il, Millie ?

L'air conditionné se déclencha et les glaçons tombèrent dans le bac à glace du réfrigérateur. Foster entendit même une grenouille coasser au-dehors, tout cela avant que Millie ne trouve le courage de dire ce qu'elle était venue lui dire. Elle ouvrit la bouche puis la referma, une fois puis deux.

Lorsqu'elle se décida enfin, elle avait des larmes dans la voix.

— Annie McHale n'avait pas disparu depuis deux heures que tout Kelby Creek était déjà en émoi. Quelques jours plus tard, le pays tout entier voulait savoir ce qui lui était arrivé et espérait qu'elle serait retrouvée.

Les larmes retenues altéraient sa voix.

— Trois jours après la disparition de Fallon, il a fallu que je *supplie* pour que quelqu'un accepte de m'écouter. Maintenant, six mois ont passé et personne ne se soucie de savoir ce qu'il est advenu de lui. Du moins, personne à part vous. Mais, franchement, si je n'étais pas allée dans les bois et si Jason Talbot n'était pas venu me traquer jusque chez moi, je ne suis pas sûre que vous vous en seriez inquiété.

Foster voulut l'interrompre, mais elle poursuivit en se tordant nerveusement les mains.

— Je ne vous reproche rien et je ne minimise pas du tout ce que vous avez fait. C'est seulement que… quand vous m'avez parlé de la camionnette de Fallon, je n'ai pas su quoi penser.

Elle s'avança d'un pas.

— Depuis l'assassinat de mon père, la vie n'a cessé de me mettre des bâtons dans les roues, de tuer dans l'œuf tous mes projets. Mes études, l'université, mon avenir professionnel, des relations sérieuses, ma mère… J'ai appris à faire le dos rond et à encaisser pour pouvoir survivre. Et, petit à petit, Fallon est devenu la seule constante dans ma vie. En fait, il n'a cessé de l'être depuis ses sept ans… quand il était ce petit garçon appliqué à qui j'enseignais l'écriture cursive.

Elle reprit son souffle. Lorsqu'elle parla de nouveau, sa voix s'était un peu raffermie.

— J'ai fait beaucoup d'efforts pour lui offrir la stabilité qui nous a fait défaut après le décès de notre père. J'ai essayé de faire de Kelby Creek notre chez-nous, le point d'ancrage où il pourrait toujours revenir quand il le désirerait. Et puis… d'un seul coup, plus rien. Le vide. Comme si rien de ce que j'avais bâti n'avait compté.

Elle marqua une pause. Foster vit l'une de ses mains se crisper, ses jointures blanchir.

— Je me suis évertuée pendant ces six derniers mois à essayer de le retrouver parce que je l'aime, que je veux le savoir en sécurité… D'une certaine façon, je ne sais plus qui je suis sans lui. Toutes mes décisions, pendant toutes ces années, c'est en fonction de lui que je les ai prises. Parce que j'étais sa sœur – sa mère de substitution, sa boussole morale. Tous les choix que j'ai faits, je les ai faits pour lui, pour notre famille.

Millie se redressa. Comme si elle avait été touchée par une soudaine décharge électrique. Il vit son poing se desserrer mais son regard, lui, s'aiguisa.

Elle n'était plus en terrain glissant.

Elle était déterminée.

— Mais ce n'est qu'aujourd'hui, quand je me suis retrouvée en position de suspecte face à vous, que j'ai compris à quel point votre opinion m'importait. Même si vous doutez de moi, vous êtes la première personne à qui je tiens vraiment à prouver qu'elle s'est trompée sur mon compte. Non pas pour me venger, mais parce que je vous apprécie. Moi, *Millie*… pas la sœur, pas la tutrice ni l'éducatrice. Je sais que ça doit vous paraître un peu bizarre, d'autant que je vous connais à peine, mais c'est la vérité.

Elle planta les poings sur les hanches, son assurance reprenant le dessus.

— Bref… tout ça pour dire que je suis désolée de vous avoir rembarré tout à l'heure. Vous ne faisiez que votre travail. Je… enfin, pour des tas de raisons, je n'avais pas du tout envie de vous envoyer sur les roses comme je l'ai fait. Je suis navrée.

Sa tirade terminée, Millie poussa un grand soupir, et il eut l'impression de voir son corps tout entier se détendre. Elle ne paraissait ni troublée ni embarrassée, seulement soulagée.

Et, maintenant, elle attendait sa réponse… loin de se douter de la conclusion à laquelle Foster était parvenu la concernant, et ce avant même sa visite.

Il sourit, espérant qu'elle saurait discerner sa sincérité.

— Millie Dean, vous êtes une femme hors du commun, je n'en ai jamais douté, commença-t-il. Vous valez mieux que bien des gens dans cette ville, mieux que moi et que tous ceux qui ont l'aplomb de prétendre le contraire ou de vous regarder de haut. Enquête ou pas, je n'aurais pas gardé longtemps mes distances avec vous – sauf si vous me l'aviez explicitement demandé.

Voilà, c'était dit. La vérité… enfin. Il n'avait pas été aussi éloquent ni expansif que Millie, mais cela reflétait bien le fond de sa pensée.

Il ne la connaissait peut-être que depuis une poignée de jours, mais il ne lui en avait pas fallu davantage pour se rendre compte que c'était quelqu'un avec qui compter. C'était une battante. Une guerrière avec un cœur d'or. Quelqu'un qu'il faisait bon avoir à son côté en cas de coup dur – qu'il faisait bon avoir à son côté tout court.

Il en était à se dire qu'il aurait dû exprimer ces pensées à voix haute quand Millie le prit totalement par surprise. Sans qu'il ait rien venu venir, elle combla l'espace entre eux et pressa ses lèvres contre les siennes. Oubliant ses côtes endolories, Foster ne fit pas un mouvement lorsqu'elle se serra contre lui.

Puis ce fut de nouveau comme si elle avait reçu un choc électrique. Elle se détacha vivement de lui et recula, l'air paniqué.

— Je… je… Désolée. Ça m'est venu spontanément. Mais je… Enfin, je sais que vous vouliez juste être gentil avec moi. Je n'avais pas à me jeter à votre tête comme ça, surtout après m'être déjà invitée chez vous.

Foster aurait pu réagir de bien des façons à cet instant-là.

Il aurait pu adopter une attitude professionnelle et lui dire que ce n'était pas grave, mais que, oui, mieux valait se concentrer exclusivement sur l'affaire pour l'instant.

Il aurait pu se montrer amical et l'assurer que ce n'était qu'un baiser, que le contexte anxiogène expliquait son geste, qu'elle ne devait pas se mettre martel en tête.

Il aurait pu mentir et répondre qu'elle avait mal interprété ses compliments, qu'il ne fallait pas y lire un sens caché.

Il aurait pu lui dire la vérité et avouer que son admiration n'était pas que platonique, qu'il éprouvait lui aussi de l'attirance pour elle. Qu'il était même un peu vexé de ne pas l'avoir embrassée le premier.

Pourtant, Foster ne fit rien de tout ça.

Il préféra une simple question à un long discours.

Un large sourire étira ses lèvres. Mais, lorsqu'il parla, ce fut d'une voix sourde, chargée de plus d'empressement qu'il n'en avait eu l'intention.

— Millie Dean, vous ne voudriez pas m'aider à ôter ce T-shirt, que je puisse vous montrer ce que je ressens vraiment ?

Millie – bénie soit-elle – ne mit pas longtemps à saisir ce qu'il peinait à exprimer.

Loin de se troubler, elle lui décocha un sourire narquois qui faillit lui faire perdre sur-le-champ son sang-froid.

— Je vous ai aidé à l'enfiler ce matin… J'aurais mauvaise grâce à vous refuser mon assistance ce soir.

Et, sans plus attendre, elle joignit le geste à la parole.

17

Le son de l'eau qui coulait reflua à l'arrière-plan.

Millie ne l'entendait même plus. Bien sûr, elle n'avait pas réellement *prévu* qu'aider le détective à ôter son T-shirt à cause de sa blessure les conduirait directement sous le jet d'eau chaude.

Même si elle avait envisagé ce scénario jusque dans ses aspects pratiques, comme le fait qu'il y avait une nette différence de taille entre eux deux et que ses boucles seraient mouillées.

Mais, dans sa tête, les connexions neuronales s'efforçant d'assembler tous les éléments pour former une pensée cohérente décidèrent que, quelle que soit la tournure que prendraient les choses avec Foster, elle y souscrirait – que ce soit par terre, dans la chambre ou bien sur le toit.

Elle le désirait.

Follement. Plus qu'elle n'avait jamais désiré personne.

Dieu merci, ses sentiments semblaient partagés.

À la seconde où Millie le débarrassa de son T-shirt, Foster prit son visage entre ses mains, l'attira à lui et pressa ses lèvres sur les siennes. Elle répondit à son étreinte en nouant les bras autour de sa taille, le désir embrasant déjà ses sens.

De cajoleur, le baiser se fit plus intense, plus ardent. Il se fraya un chemin entre ses lèvres, et la langue de Foster rencontra la sienne. Comme un gémissement de plaisir s'échappait de ses lèvres, il enroula un bras autour de sa taille tandis que l'autre venait s'arrimer à sa hanche.

Pendant quelques instants de pur bonheur, gagnés par la fièvre, ils se laissèrent emporter par le tourbillon de la passion.

Puis Foster poussa une exclamation étouffée.

Millie s'immobilisa instantanément.

Les yeux à demi clos, les lèvres congestionnées, elle sonda son regard.

— Foster ? Qu'est-ce qui se passe ? Il y a un problème ?

Foster avait encore un bras autour de ses épaules mais son autre main avait déserté sa taille.

— Aucun problème. Je vais bien. Tout va bien.

Millie secoua la tête.

— Quand tout va bien, on ne se sent pas obligé de souligner que c'est le cas.

Foster soupira. Puis il fit la grimace.

— Si je vous le dis, vous allez vouloir qu'on s'interrompe, et je n'en ai aucune envie.

Millie se dégagea doucement de son bras. Comprenant ce qui se passait, elle fut envahie par la culpabilité.

— Foster ! Je vous ai fait mal…

Elle fouilla son expression, notant au passage sa capacité à avoir l'air penaud et diaboliquement sexy tout à la fois. Son torse était mince mais athlétique. Elle l'avait déjà constaté à l'hôpital mais, maintenant qu'elle en avait éprouvé physiquement toute la puissance, elle appréciait d'autant plus cette œuvre d'art qu'était son corps… Une œuvre d'art toujours entachée d'une large meurtrissure bleue au niveau des côtes.

— Je vais bien, répéta-t-il. Je me suis juste laissé surprendre un instant par la douleur.

Millie baissa la tête.

C'est alors qu'elle avisa la cicatrice, plus bas, juste au-dessus de la ceinture de son jean. Son patron en avait une similaire à celle-ci, et c'était un coup de couteau qui l'avait provoquée. Elle laissa courir son index le long du trait irrégulier.

Ce qui lui rappela qu'elle ne savait presque rien de cet homme – mais qu'elle avait envie de tout découvrir.

— Ça date d'il y a longtemps, commenta Foster, la voix de nouveau assourdie.

Millie se demanda si c'était parce qu'elle l'avait effleuré. Son intonation à elle aussi s'altéra lorsqu'elle répondit :

— De Seattle ?

Elle l'imagina aux prises avec des malabars en costume sombre sur fond de brume et de ciel gris et pluvieux. Foster, le ténébreux détective prêt à tout pour faire appliquer la loi… Une image sortie droit d'une série télévisée.

— En fait, non, d'ici, à Kelby Creek, rectifia Foster avant de faire la grimace. Je la dois à notre Mme Zamboni locale. Avant de devenir Mme Je-sais-tout, elle a été une adolescente très…

Foster s'interrompit. Tout son corps se rigidifia et ses yeux s'agrandirent, soudain plus verts encore, plus brillants.

Millie était à peu près dans le même état.

La pensée qui s'était esquissée dans sa tête se clarifia.

— Quand Jason était chez moi, il a laissé entendre qu'il m'avait surveillée pendant des semaines et, dans les bois, il m'a dit qu'il m'avait vue au magasin, s'écria-t-elle.

Un sourire souleva les coins de ses lèvres comme l'excitation la gagnait.

— Ça veut dire qu'on pourrait peut-être le voir sur la vidéo de la caméra de surveillance ? Ça pourrait peut-être nous aider, non ?

Foster se mit à rire. À gorge déployée.

Millie aurait pu s'en offenser s'il ne s'était empressé d'ajouter :

— Oui, ça pourrait nous mettre sur une piste. Tout comme ce dont je viens de m'aviser.

— Oh ? Vous aussi, vous avez pensé à quelque chose ?

Foster posa les mains sur les siennes, toujours sur la cicatrice.

— Il faut croire que votre main fait des miracles.

Elle rit à son tour.

— C'est la première fois que j'entends ça mais, peut-être, après tout. Quelle est cette idée que vous avez eue ?

Il avait l'air aussi excité qu'un petit garçon devant un stand de bonbons.

— Helen, l'omnisciente Mme Zamboni.

Elle le regarda sans comprendre.

— Eh bien, quoi, Helen ? Vous voulez faire appel à ses dons de voyance ?

Foster partit d'un petit rire.

— Non, mais *William Reiner* l'a fait, lui.

Millie haussa les sourcils.

— Vous pensez qu'il recherche son frère ?

— Il le cherchait quand il est allé lui poser des questions. Peut-être que si on savait exactement ce qu'il lui a demandé, ça nous aiderait à découvrir ce qu'il a fait ensuite, quand il a vu qu'il n'obtiendrait rien d'elle. Et peut-être aussi ce qu'il a fait depuis, et où il se trouve maintenant.

Millie acquiesça d'un vigoureux hochement de tête.

— Oui… C'est peut-être bien ça, l'élément qui va débloquer la situation, souligna-t-elle, pleine d'espoir.

Ils se turent, songeurs. Un observateur extérieur aurait pu s'interroger en les voyant là tous deux, au milieu du séjour, face à face, les lèvres congestionnées, Foster, torse nu, et Millie, la main encore posée sur sa cicatrice.

Mais après tout ce qui s'était passé, ce que la perspective

de deux nouvelles pistes représentait aux yeux de Millie, c'était l'équivalent d'un stand de bonbons *et* d'un magasin de jouets s'offrant au regard de deux enfants.

Elle avait envie de s'y atteler séance tenante et elle n'imaginait pas qu'il puisse en aller différemment pour Foster. D'un autre côté, il était près de 23 heures.

L'heure tardive n'avait pas échappé à Foster non plus, puisqu'il déclara :

— Je passerai quelques appels à la première heure, demain matin. Il n'y a rien que nous puissions faire maintenant.

Millie inclina la tête.

— D'accord. Alors, qu'est-ce qu'on fait maintenant ?

La réponse, elle la connaissait déjà, bien sûr, mais le fait de la poser fit courir en elle un délicieux frisson.

Un sourire étira lentement les lèvres de Foster comme il prenait sa main et l'entraînait dans le couloir. Un millier de papillons se mirent à voleter dans l'estomac de Millie.

— J'ai bien une idée.

La douleur ? Quelle douleur ?

Foster ne paraissait plus rien sentir d'autre que le corps de Millie contre lui lorsqu'ils atteignirent son lit.

Sous le regard curieux et appréciateur du détective, elle arracha à son tour son T-shirt. Puis, gagnée par l'excitation, elle poursuivit son déshabillage jusqu'à se retrouver en sous-vêtements de soie noire – par chance, son plus bel ensemble de lingerie. Ne voulant pas être en reste, Foster entreprit aussitôt de retirer son pantalon, dansant comiquement d'un pied sur l'autre, ce qui permit à Millie de découvrir que c'était un adepte du boxer.

S'ensuivit une démonstration de pure force de sa part.

Il la souleva dans ses bras et l'étendit sur les draps avant de s'allonger à son côté. Ses mains furent aussi promptes à la couvrir de caresses que ses lèvres à s'emparer de sa bouche.

Mais, déjà, Millie voulait davantage.

Comme en réponse à sa sollicitation muette, la paume tiède de Foster vint couvrir couvrit un sein, ses doigts en agaçant la pointe. Millie s'abandonna sans retenue à la pluie d'attentions, de baisers et de caresses qu'il lui dispensait, et la chambre tout entière ne tarda pas à résonner de ses gémissements de plaisir. Ce qui, manifestement, trouva un écho immédiat chez Foster.

Les choses, dès lors, s'accélérèrent d'un côté comme de l'autre.

Tandis que les mains de Foster repartaient à l'assaut de son corps, poursuivant leur fébrile exploration, Millie décida qu'elle était prête à aller plus loin. Emprisonnant les hanches de Foster entre ses jambes, elle bascula sur le côté, l'entraînant avec lui dans son mouvement, ce qui rompit leur baiser mais arracha un petit rire surpris au détective.

Ses cheveux tombant en une cascade de boucles de part et d'autre de son visage, elle planta les yeux dans ceux de Foster, qu'elle chevauchait désormais. Ses hanches se mirent à onduler, voluptueusement d'abord, puis de plus en plus rapidement jusqu'à ce que la fièvre s'empare d'elle – d'eux -pour les propulser vers les cimes.

Il l'immobilisa un instant, ses prunelles vertes fouillant son regard, le temps de poser sa main en coupe contre sa joue, son pouce caressant la ligne de sa mâchoire.

— Tu vois ? souffla-t-il. C'est extraordinaire.

Ce fut le mot magique.

Millie sourit et s'abaissa vers lui pour souder de nouveau ses lèvres aux siennes.

Elle était entrée dans la maison voisine pour n'en ressortir qu'au petit matin.

Il le savait parce qu'il était chez elle, à attendre dans sa cuisine. Depuis des heures.

Tu pourrais te rendre dans cette maison, songea-t-il. *Si tu l'enlèves, le détective finira par suivre de toute façon.*

Mais, en définitive, il se ravisa.

S'introduire chez Millie sans être vu avait été un jeu d'enfant. Mais pénétrer chez le détective serait une autre paire de manches.

Ne pouvant rien y changer – du moins pour l'instant –, il se résigna donc à attendre.

Quand les oiseaux commencèrent à gazouiller et que le soleil barbouilla le ciel de traînées roses et orangées, il s'avoua vaincu. Ce ne fut qu'au moment où il repartait, en passant devant la maison et la voiture de patrouille stationnée devant, qu'il les aperçut tous les deux en train de se diriger vers le porche de Millie.

Il avait bien fait de ne pas s'attarder plus longtemps.

Le détective n'aurait jamais laissé Millie partir sans se battre.

Il l'avait déjà prouvé en abattant Jason Talbot.

Maintenant, les plans allaient devoir être modifiés.

Et, ça, ça n'allait pas plaire au patron. Pas du tout.

— Donc, maintenant, l'adjoint Calloway doit être au courant de ce qui s'est passé entre nous hier soir, non ?

Millie plaça le thermos que Foster avait apporté de chez lui sous la buse du percolateur et appuya sur le bouton. Le délicieux arôme de café suffit à lui redonner un semblant d'énergie. Mais, après avoir passé la majeure partie de la nuit à ne *pas* dormir, elle aurait sans doute besoin d'un peu plus que cela pour tenir toute la journée.

Foster, désormais vêtu d'une chemise ouverte sur un maillot de corps noir, d'un jean Levi's moulant et d'une paire de baskets Converse noir et blanc qui lui donnaient des airs de membre d'un groupe de rock, partit d'un petit rire.

Elle s'était rendue chez lui tard dans la soirée et elle portait maintenant un T-shirt à lui et non celui avec lequel elle était arrivée – autant de signes qui ne trompaient pas.

— Calloway est un type bien, d'après le shérif, répondit-il. Très pro. Je ne pense pas qu'il ira colporter des rumeurs à notre sujet.

Millie secoua la tête. Ses boucles n'étaient plus qu'un méli-mélo de frisottis après leurs ébats au lit, puis le passage sous la douche, puis le retour au lit. Les cheveux de Foster, en revanche, étaient dignes d'une gravure de mode. Ses longues mèches blondes, ondulées, lisses et brillantes mettaient en valeur son beau visage viril et décidé d'homme prêt à en découdre – même s'il n'était pas encore 7 heures du matin.

— Je vais essayer de me rendre un peu plus présentable, annonça Millie.

Ce qui lui valut un sourire malicieux de Foster.

— Tu es déjà plus que présentable telle que tu es.

Millie leva les yeux au ciel.

En quelques heures, le degré d'intimité entre elle et le détective s'était considérablement accru. Pas seulement sur le plan physique. Le fait d'avoir admis qu'elle n'avait pas vécu pour elle ces cinq dernières années avait ouvert les vannes à toutes les émotions qu'elle avait gardées enfouies en elle. Des émotions dont Foster, elle s'en rendait maintenant compte, faisait lui-même partie.

De son côté, il ne s'était pas livré à de grandes révélations, mais ça n'avait pas d'importance pour le moment.

S'il avait besoin de temps pour faire tomber les remparts derrière lesquels il s'abritait, elle l'acceptait.

Millie avait peut-être envie de penser à elle, mais elle n'avait pas perdu de vue son objectif, qui était, encore et toujours, de retrouver Fallon.

Elle était même plus déterminée que jamais.

Pendant la nuit, entre les moments où elle avait parlé avec Foster et ceux où elle avait dormi, Millie avait décidé d'une chose. Une bonne fois pour toutes.

Fallon ne *pouvait pas* être complice de tout ce qui arrivait.

Son frère était un type bien.

Ce qui n'avait fait que renforcer sa motivation à aller au fond des choses et découvrir la vérité.

Et son meilleur allié pour ce faire était Foster.

En sortant de la cuisine, elle jeta un coup d'œil dans sa direction et le vit passer « en mode détective ».

Leur nuit d'amour avait été merveilleuse mais, maintenant, l'heure était venue de se remettre au travail.

Et qu'arrivera-t-il quand ce sera terminé ? Cette pensée résonna haut et clair dans son esprit. *Une fois que le danger et le mystère seront levés, Foster disparaîtra-t-il avec eux ?*

18

La journée avait commencé assez calmement.

L'adjoint Park et Millie s'étaient rendus à l'épicerie pour demander les vidéosurveillances des quinze jours précédant sa rencontre avec Jason Talbot dans les bois de Kintucket, puis ils étaient rentrés au bureau du shérif pour les examiner. Pendant ce temps, Foster était allé voir sa belle-sœur à propos de William Reiner. Malgré le ressentiment que Helen avait de longue date nourri à son encontre, elle s'était montrée plus que disposée à l'aider.

— Si ça peut t'aider à découvrir qui vous a drogués et kidnappés, Millie et toi, je vais tout te raconter, avait-elle déclaré, la main posée, comme les fois précédentes, sur son ventre, plus rebondi que jamais.

Helen l'avait conduit jusqu'à son bureau et, au milieu des tapisseries colorées et des prismes en cristal de roche suspendus un peu partout, lui avait révélé les quatre questions que lui avait soumises Reiner.

Adossé au mur de la salle de repos, le détective les rapporta à Park et à Millie.

— « Où Cole Reiner était-il allé la veille du jour de sa disparition ? », « Où était-il maintenant ? », « Avait-il trouvé ce qu'il cherchait ? » et « Était-il en danger ? ».

Il sirota son café, attendant leur réaction. Millie et Park étaient assis côte à côte, muni chacun d'un bloc-notes, un ordinateur entre eux. Millie n'appartenait peut-être pas aux forces de l'ordre, mais elle mettait tout autant de cœur à l'ouvrage que les officiers de métier et trouvait le travail nettement plus captivant que son emploi à l'épicerie. Pour lui permettre de se consacrer à l'enquête, Larissa avait gentiment accepté de la remplacer au magasin.

— On dirait presque que Reiner considère son frère comme un suspect, nota-t-elle, la tête penchée sur le côté, les sourcils froncés. Pourtant, il n'a pas été inculpé lors de la Tempête.

— On n'a trouvé aucune preuve contre lui, rectifia Foster. Il a été soupçonné à cause de sa subite disparition au moment des faits.

L'adjoint Park secoua la tête.

— Cole Reiner n'était pas mêlé à tout ça, c'est certain, reprit-il. Je suis entré au bureau du shérif en même temps que lui, c'était un type très droit. Comme son frère, William, d'ailleurs, avant qu'il ne doive interrompre sa carrière.

Millie remua sur son siège, mais l'adjoint continua :

— Je suis sûr que même vous, Lovett, vous l'auriez apprécié. Il voulait devenir détective quand il a disparu.

Foster se détacha du mur.

— Ah bon ? Première nouvelle.

— Je l'ai surpris un jour le nez plongé dans les affaires classées et, quand je lui ai demandé ce qu'il faisait, il m'a dit qu'il s'efforçait de faire preuve d'initiative parce qu'il entendait suivre la formation pour devenir détective.

Foster avait jusque-là pensé, comme Millie, que le frère de William Reiner avait été d'une façon ou d'une autre mêlé à la Tempête, mais ce qu'il apprenait là changeait la donne.

— Et si nous avions pris cette affaire sous le mauvais angle ? suggéra-t-il d'un ton pensif. Si *Cole* n'avait pas été un suspect durant l'épisode de la Tempête mais qu'il avait au contraire joué au détective ?

La réaction de Millie ne se fit pas attendre.

— Tu crois qu'il aurait pu enquêter sur une affaire non résolue ?

Foster haussa les épaules.

— Peut-être qu'il a découvert quelque chose en étudiant un vieux dossier, qu'il a tiré le fil… et qu'il a été forcé de disparaître. Ça pourrait expliquer qu'il soit parti si soudainement.

— Comme Fallon, observa Millie d'une petite voix.

Sous le regard de Park qui allait de l'un à l'autre, Foster poursuivit son raisonnement :

— Livrons-nous à quelques conjectures, histoire de voir où ça nous mène, suggéra-t-il en s'asseyant en face d'eux, ses mains s'agitant déjà avec enthousiasme tandis qu'il esquissait les grandes lignes de sa nouvelle hypothèse. William Reiner a demandé à Helen où Cole était allé la veille de sa disparition. Ça suppose qu'il savait – ou, du moins, se doutait – que son frère travaillait sur quelque chose, d'où ses autres questions. Depuis que je suis ici, rien de ce qui est arrivé n'a jamais cadré avec le reste pour composer un ensemble cohérent. Les obstacles se multiplient, chaque avancée semble nous orienter vers une fausse piste ou nous mener dans le mur…

Foster s'interrompit, le temps d'un bref sourire, conscient que ce qu'il allait dire n'était qu'une supposition mais une supposition encourageante.

— Et si c'était *nous* qui interférions dans l'enquête de *quelqu'un d'autre* ?

Intriguée, Millie l'écoutait avec attention, en silence. L'adjoint Park, lui, formula à haute voix le fil de sa pensée :

— Vous pensez que quelqu'un d'autre enquête sur la disparition de Fallon ?

Foster secoua la tête.

— J'ai plutôt l'impression qu'en enquêtant sur Fallon nous sommes tombés sur *autre chose*. C'est pour ça que rien ne cadre. Ce n'est pas qu'il nous manque des pièces, c'est que nous ne jouons pas sur le même échiquier.

À ces mots, Millie se redressa brusquement.

— Ça me rappelle ce qu'a dit Donni à Wyatt sur le bateau. « C'est pas un jeu. Si c'en était un, on se ferait battre par un adversaire bien meilleur que nous. » Tu as peut-être raison. Peut-être que nous sommes entrés en jeu *après* quelqu'un d'autre…

L'adjoint Park croisa les bras et se renfonça contre le dossier de sa chaise en secouant la tête.

— Vous étiez tout de même en première ligne puisqu'on vous a drogués et kidnappés. Pourquoi avoir pris cette peine, sinon ?

— Pour gagner du temps ? suggéra Millie. Nous n'étions pas blessés. Quand on s'est réveillés, on était seuls, sans personne pour nous surveiller. Et nos affaires nous attendaient, intactes, au Rosewater. Dans cette histoire, tout ce que nous avons perdu, c'est du temps – le temps qu'il vous a fallu pour nous retrouver.

Cette fois, l'excitation s'empara de Foster.

Il se pencha en avant, les avant-bras appuyés sur la table.

— C'est comme si on avait voulu nous mettre… en attente. Sur la touche.

Millie l'imita. Son mouvement aurait pu suffire à déconcentrer Foster maintenant qu'il connaissait la saveur de sa peau, de ses lèvres, mais le fait de travailler main dans la main avec elle – d'unir ses forces aux siennes, de tendre ensemble vers un but commun – était presque aussi excitant.

— Ce qui veut dire qu'on ne voulait pas nous faire de mal. Simplement nous mettre temporairement hors jeu.

— OK. Mais ça ne nous dit pas qui est ce mystérieux « on », souligna Park en se propulsant lui aussi vers l'avant, les coudes calés sur le plateau de la table. William ? Cole ? Fallon ? Et quel était le rôle de Jason Talbot dans tout ça ?

Sa remarque refroidit en partie l'enthousiasme de Foster – mais en partie seulement.

— Il faut qu'on continue à creuser, décréta-t-il. Et vous ? Vous avez trouvé quelque chose sur les enregistrements vidéo ?

Park soupira et ce fut Millie qui répondit.

— Non. Jason a dit qu'il m'avait vue au magasin un jour que j'avais les cheveux retenus par une barrette orange, donc on s'est d'abord attachés à regarder les bandes de ce jour-là. Mais, s'il est bien venu, il a dû s'introduire dans le magasin par la porte de service. Or il n'apparaît pas sur les vidéos, ni à l'arrière du magasin ni devant. Cela dit, il nous reste encore à visionner les deux journées précédentes.

Foster se leva, la liste de ce qu'il devait faire s'organisant déjà dans sa tête.

— Prévenez-moi si vous trouvez quelque chose et, sinon, rejoignez-moi quand vous aurez fini.

Millie ôta le capuchon de son stylo. Foster regarda Park.

— Est-ce que vous vous rappelez quelle affaire classée Cole Reiner consultait quand vous l'avez surpris ?

Les archives du bureau du shérif comportaient un nombre impressionnant de dossiers non résolus au cours de la période qui avait précédé la Tempête. Depuis, plusieurs de ces dossiers avaient été rouverts puis de nouveau classés. Réduire leur volume était l'une des tâches qui incombaient à Foster.

— Je n'ai pas vu le nom du dossier en lui-même, seulement la boîte d'archives de laquelle il provenait : « Automne 2012 ». La raison pour laquelle j'ai mémorisé ça, c'est que nous trouvions tous les deux idiot d'étiqueter les boîtes simplement par saison et non par date.

Un sillon creusa le front de Foster. Retrouver le dossier qui avait – ou non – suscité l'intérêt de Cole ne serait pas chose aisée. Mais c'était néanmoins une piste à explorer puisque les autres n'avaient rien donné.

Donni s'entêtait dans son refus de parler, Wyatt était toujours dans le coma, Jason était mort, le bateau avait été fouillé de fond en comble sans succès ; quant à Fallon, William Reiner et leurs deux véhicules, ils demeuraient introuvables. Tout comme Cole Reiner.

— Je vais aller jeter un coup d'œil aux affaires non élucidées pour voir si quelque chose me saute aux yeux, déclara Foster. Sait-on jamais… Peut-être que je trouverai celle qui intéressait Cole – s'il n'a pas emporté le dossier. Sinon… eh bien, il ne me restera plus qu'à découvrir ce qu'il est advenu de Cole lui-même.

Aux archives, Foster n'avait pas réussi à trouver d'affaires non résolues susceptibles d'avoir retenu l'attention de Cole. Et, d'après la liste du contenu de la boîte, aucun dossier ne manquait. Il avait donc décidé de s'employer à découvrir ce qu'avait bien pu fabriquer Cole depuis sa disparition.

Mais, à en juger par le nombre de jurons qui avait émaillé ses recherches – lorsqu'il se pensait hors de portée d'oreille de Millie –, le résultat n'avait pas été probant. Il avait passé de multiples appels téléphoniques, avait consulté Internet, s'était renseigné auprès du personnel actuel comme auprès des anciens employés du bureau du shérif pour voir si l'un d'eux, à l'instar de l'adjoint Park, n'avait pas vu ou entendu quelque chose.

Les efforts de Millie n'avaient pas été plus fructueux.

Jason Talbot n'était pas visible sur les vidéos. Les seuls

visages familiers que Park et elle avaient vu apparaître étaient ceux de June Meeks, la barmaid du Rosewater, du détective Gordon, du shérif et de Larissa. Ce qui, dans une petite ville comme Kelby Creek, où il n'était pas rare de croiser des visages connus, n'était en rien significatif.

Carlos Park avait depuis été réaffecté à la recherche de Cole afin d'aider Foster, et Millie avait été officiellement autorisée par le shérif à rester dans les locaux. Forte de cette légitimation, elle avait décidé de procéder selon la méthode qu'elle avait mise au point au cours des six mois précédents.

Elle s'était donc mise à griffonner des notes et à établir des chronologies comme sur le tableau blanc de sa cuisine.

Si Foster avait vu juste et s'ils avaient accidentellement empiété sur une enquête qui n'avait rien à voir avec la leur, partir du principe que tout était lié ne valait pas mieux que présumer que rien ne l'était.

Millie contempla le nom de Fallon, inscrit au milieu de la feuille, entouré de flèches pointant dans diverses directions.

À supposer que Foster et elle aient réellement entravé l'enquête de quelqu'un d'autre, quelle incidence cela avait-il pu avoir sur Fallon ?

Où entrait-il en jeu ? Et, s'il était mêlé à quelque chose, pourquoi ne lui avait-il rien dit ? Et, par-dessus tout, pourquoi demeurait-il introuvable ?

Rejetant résolument l'alarmante pensée qu'il lui était peut-être arrivé quelque chose de pire que des ennuis, Millie se répéta le leitmotiv qui lui avait permis de tenir bon pendant six mois.

Ne te mets pas martel en tête. Il y a sûrement une explication. Quelque chose a dû t'échapper.

Millie pencha la tête sur le côté, une idée germant dans son esprit.

Si Fallon était en cheville avec quelqu'un, qui cela pouvait-il être ? Talbot ? Donni ou Wyatt ? William ou Cole Reiner ?

Millie attrapa son sac à main et quitta le bureau de Foster pour aller le rejoindre en salle d'interrogatoire.

À l'expression de son visage, elle vit tout de suite qu'il était énervé.

Mais la préoccupation se peignit sur ses traits sitôt qu'il l'aperçut.

— Qu'y a-t-il ? demanda-t-il sans préambule. Tu as trouvé quelque chose ?

Elle alla droit au but, elle aussi.

— Ce n'est peut-être rien, mais… j'ai repensé à cette moustiquaire manquante sur l'une des fenêtres arrière du Rosewater. Peut-être que ce n'est pas juste de la négligence.

Elle baissa le ton.

— On sait que ce n'est pas Reiner qui nous a enlevés puisqu'il a été vu quittant le bar alors que nous y étions encore, mais celui qui nous a drogués et enlevés se trouvait forcément à proximité. Est-ce qu'un adjoint a fouillé la partie centrale de l'auberge ? Les anciennes chambres ? Et, si ce n'est pas le cas, est-ce qu'on pourrait aller y jeter un coup d'œil ?

Foster secoua la tête, la frustration se nuançant de quelque chose d'autre.

— Non. Mais, Millie… Il y a du nouveau. Wyatt Cline vient de sortir du coma.

19

L'hôpital était silencieux. Ce qui rendait les lieux plus inquiétants encore.

Ce que lui fit remarquer Millie tandis qu'ils marchaient épaule contre épaule, en direction de l'ascenseur. Depuis qu'ils avaient passé la nuit ensemble, s'avisa Foster, ils avaient tendance à se tenir toujours près l'un de l'autre.

À partager de petits moments d'intimité. Il se penchait vers elle, la main dans son dos ou sur son coude, pour la guider dans la direction dans laquelle ils devaient se rendre, il coulait en permanence des regards vers elle quand elle était occupée ailleurs.

C'était assez étrange. Et pas vraiment logique.

Après tout, Foster ne la connaissait que depuis un peu plus d'une semaine, maintenant. Mais, en quelques jours, ils avaient connu des situations extrêmes – extraordinaires au sens littéral du terme. Le danger, la peur, la violence avaient créé un lien entre eux. Une entente tacite, une connexion invisible.

Mais qu'en serait-il une fois qu'ils auraient retrouvé Fallon ? Qu'ils sauraient le fin mot de l'histoire concernant Cole et William Reiner ?

Il faudrait qu'ils aient une discussion de fond, songea Foster. Pour savoir où ils en étaient l'un par rapport à l'autre.

Quelle que soit la position de Millie, Foster ne se mettrait pas en colère.

Il avait vécu avec Regina pendant dix ans, la connaissait depuis vingt ans. C'était quelqu'un de bien et ils avaient eu tout ce qui leur aurait permis d'avoir une vie de couple merveilleuse.

Mais ça ne s'était pas passé ainsi.

Et, si Foster savait aujourd'hui que tous les torts n'avaient pas été de son côté, qu'ils s'étaient mariés trop jeunes et avaient persisté dans leur erreur par fierté, pour prouver à tous ceux qui avaient tenté de les dissuader qu'ils avaient eu tort, il avait également conscience qu'un autre facteur avait pesé lourd dans la balance.

Foster adorait son travail et, lorsqu'il s'agissait de résoudre une affaire, d'obtenir justice pour des victimes, il était prêt à tous les sacrifices et allait toujours jusqu'au bout.

Avec Millie, pour l'instant, ce n'était pas un problème. Elle tenait à savoir ce qui était arrivé à son frère et voulait voir leur ravisseur condamné. Mais après Fallon, Foster se plongerait dans une autre affaire, et encore une autre ensuite.

Millie serait-elle aussi conciliante quand cela arriverait ? Concernant son travail ? Le concernant, lui et son incapacité à lâcher prise ?

Peut-être bien que c'est toi le problème, Love, songea-t-il en s'engouffrant dans l'ascenseur. *Une piste se présente et tu en es à te demander si Millie voudra encore de toi une fois qu'elle aura été explorée.*

Ladite Millie, ignorant les questionnements qui le taraudaient la concernant, promenait un regard méfiant autour d'elle.

— S'il y a une chose que j'aime encore moins qu'un hôpital où règne un silence angoissant, fit-elle, c'est une cage de métal susceptible de chuter à tout moment pour aller s'écraser en bas avec moi à l'intérieur.

Foster en retrouva le sourire.

— Imagine que c'est une voiture qui gravit une côte, conseilla-t-il en appuyant sur le bouton du troisième étage.

Millie lui lança un bref regard. D'ambre chaud.

— Attention, détective, riposta-t-elle avec un sourire en coin. Voilà exactement la chose à dire pour que je développe *en plus* une phobie de l'automobile.

Foster lui rendit son sourire mais garda le silence. Quand la cabine s'arrêta au troisième étage, le badinage prit fin avec l'ouverture de la porte, aussi subitement que si un commutateur avait été actionné.

— Et si Wyatt ne savait rien ? dit Millie d'une voix vacillante.

Une appréhension d'un autre ordre la gagnait, maintenant, devina Foster.

Jusque-là, ignorant ce qui était arrivé à Fallon, elle avait pu tenir à distance le scénario du pire. Mais elle commençait à redouter que l'entretien avec Wyatt ne révèle une réalité beaucoup plus sinistre.

Et Foster ne pouvait lui apporter aucun réconfort sur ce plan.

— Millie, tu n'es pas obligée d'entrer, rappela-t-il avec douceur. Je te rapporterai tout ce qui se dira dans cette chambre.

Mais elle secoua la tête.

— On fait équipe, assena-t-elle avec force. Je veux venir. Je tiens à être présente.

Devant eux, au bout du couloir, le shérif les attendait.

— Je croyais qu'on n'était pas partenaires, la taquina Foster pour désamorcer la tension qu'il sentait croître en elle.

Jouant le jeu, Millie répliqua :

— On ne le restera pas longtemps si tu persistes à tenter de me convaincre qu'un ascenseur est comparable à une voiture. Encore un peu, et tu me diras d'imaginer un clown la prochaine fois que je vais chez le dentiste.

— Qu'est-ce à dire ? Que tu as peur des clowns ? Ou des dentistes ?

Elle rit.

— Si tu tiens à notre partenariat, évite les deux sujets.

— Bon, d'accord, mais c'est bien parce que c'est toi.

Les plaisanteries moururent d'elles-mêmes sur leurs lèvres comme ils rejoignaient le shérif devant la porte de la chambre.

— Tu l'as déjà interrogé ? questionna Foster.

Chamblin secoua la tête.

— C'est toi qui es en charge de cette enquête, donc j'ai préféré attendre ton arrivée et te laisser la main.

Il jeta un regard à Millie.

— On y va ?

L'agent de sécurité de l'hôpital les salua d'un signe de tête comme Foster, Millie et le shérif franchissaient le seuil.

— Wyatt Cline, annonça Foster. Je suis le détective Lovett, du bureau du shérif, et j'ai quelques questions à vous poser.

Millie avait beau connaître désormais intimement Foster, avoir senti son corps nu contre sa peau, le voir capter d'une phrase l'entière attention de celui qui avait voulu le tuer quelques jours plus tôt fit naître en elle un attrait d'un genre différent – fait de respect et d'admiration mêlés, auxquels venait s'ajouter une bonne pincée de passion.

Elle resta en retrait pour le regarder à l'œuvre. Le shérif

lui-même garda le silence tandis que Foster, sans autre préambule, entrait dans le vif du sujet.

— Que faisiez-vous sur ce bateau ?

Sous les lumières fluorescentes de l'hôpital, Wyatt semblait inoffensif. Jeune et rondouillard, avec de profonds cernes noirs sous les yeux, il donnait l'impression d'un employé s'étant tué au travail pour satisfaire quelque superviseur dans l'espoir de décrocher une promotion qu'il n'obtiendrait probablement jamais. Et à qui cela avait valu de se retrouver cloué dans un lit d'hôpital, face à un policier qui s'apprêtait à lui faire passer un mauvais quart d'heure.

Il semblait si peu intimidant qu'on l'imaginait mal être le comparse de Donni Marsden.

Wyatt leva les yeux au ciel, ce qui accentua encore son aspect juvénile.

— Ça faisait longtemps que je voulais m'essayer à la pêche de nuit, répondit-il mollement, la voix un peu râpeuse.

Foster l'interrompit en élevant une main.

— Je vous arrête tout de suite. Nous avons entendu tout ce que vous avez dit avant l'arrivée de l'adjoint Park. Vous nous cherchiez, Mlle Dean et moi. Comment avez-vous su où aller ?

Wyatt ne répondit pas cette fois.

Foster se pencha en avant, appuyé à la barrière du lit.

— Wyatt, vous étiez armé et vous avez braqué votre fusil sur un représentant de la loi. C'est une tentative de meurtre, mon vieux. Inutile de nier, il y a des preuves. La scène a été filmée par la caméra-piéton de l'adjoint Park.

Foster marqua une pause pour lui laisser le temps de digérer l'information.

— Votre réponse ne vous empêchera pas d'aller en prison, mais elle peut permettre de réduire votre peine.

Donc, si j'étais vous, je coopérerais tant que ma patience est encore intacte. Mais je vous préviens : elle n'est pas inépuisable, surtout après la semaine que j'ai eue.

La lueur de défi et d'arrogance s'éteignit dans l'œil du jeune homme. Son regard se porta brièvement sur Millie et sur le shérif avant de revenir s'arrêter sur Foster.

Il ne mit pas longtemps à prendre sa décision.

— Je veux l'immunité, déclara-t-il. Sinon, je ne dirai rien.

— Vous n'êtes pas en position de transiger, contra le shérif avec autorité.

— Wyatt, je vous ai mis le marché entre les mains, renchérit Foster. Ce n'est pas négociable. Seules votre collaboration et votre bonne conduite pourront vous permettre d'obtenir la clémence du juge.

Millie ne savait pas si Foster disait vrai – les policiers, dans les séries télévisées, faisaient souvent ce genre de promesse dans le seul but de décrocher des aveux –, mais elle n'en avait cure. Ce type savait quelque chose.

Le regard de Wyatt passa de nouveau sur eux trois.

— D'accord. Je vais vous dire ce que je sais.

Le shérif sortit son carnet et son stylo tandis que Foster, toujours dans son rôle de directeur d'enquête, demeurait aussi impassible qu'une statue.

— Que faisiez-vous sur ce bateau ? répéta-t-il.

Wyatt soupira, et Millie eut la surprise de le voir la désigner du menton.

— Donni m'a appelé ; il avait appris qu'elle et un flic avaient été enlevés. Il a dit qu'on pourrait se servir de ça pour avoir ce que nous voulions.

— Que vouliez-vous ? rétorqua du tac au tac Foster. Et en quoi Millie pouvait-elle vous aider à l'obtenir ?

Wyatt hésita.

— On s'est dit que, comme il s'était enfin décidé à

passer à l'action, on allait utiliser ça pour le forcer à procéder à un échange.

— Et qui est ce « il » auquel vous faites référence ?

Cette fois, ce fut au tour de Wyatt de paraître surpris.

— William Reiner, répondit-il comme si cela allait de soi. Si quelqu'un vous a emmenés au bateau, c'était pour que vous lui soyez remis. Dans cette histoire, c'est lui le méchant, vous voyez bien.

Pour la première fois, Foster parut déstabilisé.

Sans encore trop savoir pourquoi, Millie sentit son sang se figer dans ses veines.

— Savez-vous qui nous a drogués et kidnappés pour nous emmener au bateau ? interrogea-t-il lorsqu'il se fut ressaisi.

Wyatt esquissa un haussement d'épaules, mais il interrompit son mouvement avec une grimace de douleur.

Millie en avait presque oublié qu'ils se trouvaient dans un hôpital et que le suspect récupérait d'une blessure par balle et venait de sortir du coma, comme l'attestaient les moniteurs et la perfusion auxquels il était relié.

— Je ne l'ai jamais vu, mais je suppose que c'est Cole, vous savez… son frère.

— Si Cole Reiner avait été dans le bar, nous l'aurions remarqué, souligna Foster d'une voix totalement dénuée d'expression.

Wyatt tenta un nouveau haussement d'épaules.

— C'est là que June entre en jeu, je dirais.

— Comment ? June Meeks ? s'exclama le shérif.

— Ben oui. Elle était dingue de Cole avant sa disparition.

La mâchoire crispée, le shérif échangea un regard avec Foster. Il était en colère.

Il s'était porté garant de June et, de l'avis de Millie, il n'avait pas dû être au courant de sa relation avec Cole.

Foster, lui, restait totalement concentré.

— Donc, selon vous, June nous aurait drogués pour que Cole nous conduise jusqu'à un bateau abandonné. Sur la rivière. Où William devait venir chercher Millie. C'est un peu alambiqué, votre histoire. Pourquoi Reiner voulait-il tant Millie ?

Un moniteur bipa. Il y eut du mouvement dans le couloir. Dans la chambre silencieuse, Millie entendit battre son cœur.

— D'après Donni, c'est parce qu'elle persistait à vouloir savoir ce qui était arrivé à son frère. Il disait qu'elle avait même trouvé un super flic venu de la ville – vous – pour relancer l'enquête et l'aider dans ses recherches.

Ce fut à cet instant précis que Millie sentit que Foster en avait fini avec son interrogatoire. Qu'il était parvenu à une conclusion.

Qu'il savait déjà que Fallon n'était jamais parti d'ici.

Pour la forme, il demanda quand même :

— William ne voulait pas que Millie retrouve Fallon ?

Millie entendit Wyatt ricaner. Ricaner *vraiment.*

— Évidemment que non… vu que c'est lui qui l'a tué.

Voilà, songea Millie avec la sensation que le sol s'ouvrait sous ses pieds.

C'était la fin. Ce type aux yeux cernés venait de sonner le glas de tout ce qui avait constitué son univers. Elle n'entendait plus battre son cœur mais c'était normal : il venait de se briser irrémédiablement.

20

Millie passa un long moment la tête enfouie contre l'épaule de Foster.

Elle n'aurait su dire combien de temps elle resta ainsi et elle se moquait qu'il y eût des témoins. L'espace d'un instant, il n'y eut plus qu'eux deux, le cœur de Foster battant contre sa joue, son bras l'enveloppant de sa chaleur.

Puis il dut se dégager.

Il avait un méchant à interpeller, un mystère à résoudre.

Il devait faire son travail. Obtenir justice pour la vie qui avait été injustement volée.

Celle de Fallon.

Chaque fois que son nom résonnait dans sa tête, elle avait l'impression de sombrer dans un gouffre sans fond. Elle revoyait l'homme qu'il avait été, le petit frère qu'elle avait chéri, protégé, et la personne qu'elle avait espéré le voir devenir.

Une personne heureuse et en bonne santé, qui ne portait plus comme un fardeau le poids de son douloureux passé.

Et puis l'horrible sentiment de désespoir la terrassait de nouveau.

Une demi-heure plus tard, Foster la conduisit dans une chambre vide de l'hôpital. Elle se laissa emmener à travers les couloirs tel un automate. Lorsqu'ils furent de nouveau seuls, elle leva ses yeux rougis et gonflés vers l'homme qui l'avait rattrapée au moment où Wyatt Cline avait détruit son monde.

Ses yeux verts – dont Millie était désormais sûre qu'ils étaient de la couleur de l'herbe haute au printemps – la contemplaient, chargés d'empathie. Il caressa sa joue, puis sa main descendit jusqu'à son épaule. Sa douce pression la réconforta… l'espace de quelques secondes.

Puis elle quitta son épaule et Foster déclara :

— Il faut que j'aille travailler, donc Amanda va te ramener. Elle restera avec toi jusqu'à ce que j'aie terminé, si ça te va.

— Wyatt a-t-il dit autre chose ? s'enquit Millie d'une voix encore voilée par les pleurs.

Foster parut tergiverser mais il finit par répondre.

— Il a dit qu'il travaillait pour Donni, mais que Donni était aux ordres de quelqu'un d'autre. Il jure qu'il ne sait pas qui c'est, mais il affirme que les frères Reiner ont quelque chose qui appartient à ce tiers, que ce dernier veut absolument récupérer.

— Quelque chose qui lui appartient ? Comme quoi ?

Foster se frotta le menton, attirant l'attention de Millie sur sa mâchoire hérissée de barbe naissante.

— Je n'en sais rien. Je serais tenté de penser à de la drogue ou de l'argent. Je ne vois pas quoi d'autre pourrait pousser quelqu'un à droguer et à enlever une civile et un policier.

— Donc, Donni et Wyatt voulaient traiter avec William Reiner et m'échanger contre ce quelque chose.

— C'est ce que prétend Wyatt, en tout cas.

Millie secoua la tête avec incrédulité.

— Tant de tours et détours pour finir par me tuer… Je ne comprends pas…

Avoir tué Fallon pour… pour quoi ? Par vengeance ?

Et, ensuite, tenter de mettre la main sur elle afin de l'empêcher de découvrir la vérité ?

Les derniers dominos de la tragédie familiale étaient en train de tomber, le tout premier ayant été la mort de son père.

Les mains de Foster, de nouveau, remontèrent le long de ses bras, pour s'arrimer fermement à ses épaules.

— Je vais interroger toutes les personnes mêlées à l'affaire et je vais les faire parler, je te le promets.

Millie hocha la tête. Il était sincère, elle le savait.

Ce qui était précisément pourquoi elle voulait qu'il s'en aille.

— Et tu ne peux pas le faire en restant ici, auprès de moi, acheva-t-elle. Vas-y… Je vais rentrer avec Amanda.

Foster hocha la tête.

— L'adjoint Calloway est déjà devant chez toi. Lui ou son équipier viendra s'assurer que tout va bien toutes les demi-heures. On a lancé un nouvel avis de recherche pour localiser Cole. Et June – que le shérif tient particulièrement à retrouver étant donné ce qu'a dit Cline concernant son implication dans notre enlèvement.

Il lui souleva doucement le menton du bout du doigt.

— Je rentre aussi vite que possible, murmura-t-il.

Son baiser fut bref, contrairement au sentiment qu'il fit naître en elle. Lorsqu'il recula et la guida jusque dans le couloir, Millie s'avisa qu'il lui faudrait à un moment ou à un autre démêler l'écheveau d'émotions complexes qui se bousculaient en elle.

Mais ce n'était pas le moment.

Amanda la retrouva devant l'ascenseur, ses mèches bleues scintillant sous les lumières blanches de l'hôpital, l'air grave. Elle ne parla pas, se bornant à passer le bras autour de ses épaules pendant que la cabine descendait.

Millie repensa au conseil de Foster… Il n'était plus

d'actualité. À quoi bon imaginer que l'ascenseur était une voiture désormais puisque le pire était déjà arrivé ?

Le détective Lee Gordon vivait dans un secteur de Kelby Creek que Foster ne connaissait pas bien, ce qui en soi était surprenant compte tenu de la taille de la localité et des innombrables fois où, enfant, il avait exploré les environs avec ses amis. Il lui fallut se réorienter à plusieurs reprises avant de trouver son chemin et de s'engager sur la longue et sinueuse route de terre qui l'amena jusqu'à une maison de plain-pied étonnamment grande, avec un champ sur l'arrière et des bois sur ses deux côtés. Il savait approximativement où il était mais, en mettant pied à terre, il eut l'impression de se retrouver sur une île tant l'endroit était isolé.

Pour vivre tellement à l'écart du monde, l'homme devait être un misanthrope. Foster espéra qu'il se montrerait néanmoins plus coopératif qu'il ne l'avait été avec Millie, quand elle lui avait demandé de rechercher Fallon.

Fallon.

Foster s'était douté que l'entretien avec Wyatt risquait fort de ne pas se dérouler selon leurs vœux. Mais quand il l'avait entendu déclarer que Reiner avait tué Fallon… le coup avait été rude.

Et Millie l'avait vu venir… comme lui. Au fur et à mesure que Wyatt parlait, il l'avait vue ériger ses défenses, tant mentales que physiques, mais ça n'avait pas suffi.

Et Foster n'avait pu que la prendre dans ses bras lorsqu'elle s'était effondrée.

Quand les larmes étaient venues, elles avaient été la traduction physique de six mois d'inquiétude. D'années et d'années d'amour, de soins, de protection.

De par sa profession, Foster avait déjà assisté à des

scènes similaires. L'espoir cédant le pas au cours d'une même conversation à la consternation et à la douleur. Mais, là, c'était différent. C'était de *Millie* qu'il s'agissait. C'était *son* corps qui avait tremblé contre le sien, secoué de sanglots.

La rage, l'angoisse et l'instinct protecteur s'étaient livrés bataille en lui, se disputant la première place au palmarès de ses émotions.

Il ne voulait pas se contenter de la consoler, il voulait… Il voulait tout changer pour elle.

Chose que le shérif n'avait pas mis longtemps à percevoir.

— Tu te souviens quand tu m'as parlé de Regina et de la raison pour laquelle votre mariage a échoué ? avait-il demandé après le départ de Millie et d'Amanda.

Foster avait été surpris par sa remarque mais il avait acquiescé.

— Redis-le-moi, lui avait enjoint le shérif.

Foster s'était exécuté.

— On était jeunes, avides de découverte et d'aventure et on s'est mariés pour quitter Kelby Creek. Ensuite, on a tellement voulu prouver à tous ceux qui nous avaient mis en garde qu'ils avaient eu tort qu'on a fini par détester le fait d'être mariés l'un à l'autre – même si on s'appréciait toujours en tant que personnes.

L'image de Millie lui était un instant venue à l'esprit.

— Regina n'a jamais compris pourquoi j'aimais tant mon métier et pourquoi je ne pouvais pas y renoncer.

— Et pourquoi ne peux-tu pas y renoncer ?

— Parce que, derrière chaque affaire, il y a une vie humaine, répondit-il. On ne renonce pas à sauver une vie.

Le shérif lui avait tapoté l'épaule et avait souri. Oh ! ça n'avait pas duré longtemps, mais cela lui avait rappelé son père.

— *Voilà* pourquoi tu es le meilleur policier que je

connaisse, avait-il dit. Et voilà pourquoi nous allons aider Millie en allant jusqu'au fond de cette affaire et en lui apportant l'apaisement auquel elle a droit concernant la mort de Fallon Dean.

C'était un discours d'encouragement mais ses propos étaient sincères et vrais et ils produisirent leur effet. Le fait que Millie l'ait elle-même poussé à continuer à chercher, sans relâche, renforça encore sa motivation. Sa détermination.

C'est animé de cette détermination que, muni de son badge et de son arme, il gravit deux à deux les marches du porche de Lee Gordon.

Le rapport du détective Gordon sur William Reiner avait été succinct. En moins de deux paragraphes, il concluait que William était innocent et que c'était un professionnel irréprochable. Aucune référence à un alibi, aucune mention des raisons justifiant cette conclusion ni du passé de Millie et de Fallon Dean, pas plus que de la raison pour laquelle Millie avait affirmé que le mot laissé par Fallon n'avait pas été écrit de la main de son frère.

Le détective retraité avait bel et bien été incompétent.

Et il allait maintenant devoir s'expliquer – et indiquer où se trouvait William Reiner.

Foster frappa, le visage déjà fermé à la perspective de rencontrer l'homme qu'il imaginait inamical et récalcitrant. D'après Park, Gordon passait le plus clair de son temps à jouer au golf, à chasser et à amener des conquêtes à son club, en ville. Être interrogé par le nouveau détective du bureau du shérif ne serait probablement pas pour lui plaire.

Mais peut-être son jugement était-il biaisé en raison des sentiments qu'il portait à Millie, songea Foster.

Au bout d'un moment, comme personne ne répondait, il marcha jusqu'à l'extrémité du porche et jeta un coup d'œil au garage attenant, en contrebas. La porte, ouverte, révéla une petite voiture de sport rouge vif. Apparemment, l'homme vivait bien son statut de retraité.

Foster revint sur ses pas, et se pencha pour tenter de regarder par l'une des fenêtres de la façade, mais un rideau l'en empêcha. Il s'immobilisa et tendit l'oreille. Comme aucun bruit n'indiquait une présence, il décida d'aller voir à l'arrière. Il redescendit les marches et fit le tour de la maison. Il avait la main sur la crosse de son arme quand il atteignit la porte de derrière.

Inutile de frapper, cette fois.

On avait fait sauter la serrure.

En un quart de seconde, son pistolet quitta le holster.

Il aurait dû attendre, ou appeler des renforts, mais une seule idée le guida : incompétent ou non, le détective Gordon était peut-être en danger.

Foster poussa précautionneusement la porte. Elle donnait sur une cuisine linéaire, longue et étroite. De style contemporain, dépouillée mais haut de gamme. Une crédence en métal et des plans de travail en granit. Un four double et un énorme réfrigérateur en acier brossé. Foster arqua les sourcils, son instinct commençant à se réveiller.

Il s'avança dans la pièce et passa dans le séjour, son cerveau se mettant à fonctionner en multitâche.

Les détails, d'une part. Il enregistra tout : les canapés en cuir, l'immense téléviseur à écran plat, la grande cheminée de brique au manteau orné de souvenirs de carrière, la chaîne stéréo dernier cri et même, incroyable mais vrai, un portrait en pied du maître des lieux en uniforme.

La sécurité, de l'autre. Dans le même temps, il s'assura en un éclair qu'il était seul et repéra les trois issues de la pièce : celle par où il était arrivé, une autre sur la gauche qui menait à un couloir et la dernière, en face de lui, qui donnait sur le porche de devant.

Foster poursuivit sa visite.

Le couloir était doté de quatre portes donnant sur des pièces situées sur le côté droit de la maison. La première était ouverte ; c'était la salle de bains.

Elle avait l'air de sortir tout droit d'un magazine de décoration, elle aussi. Quand Foster poussa la porte suivante, il dut se retenir de siffler entre ses dents. C'était un bureau mais qui ne ressemblait pas à ceux qu'on voyait dans la vie réelle. Un mur entier servait de bibliothèque, dont la moitié était occupée par des livres, le reste, par des bibelots divers et variés. Le bureau qui trônait devant était en verre et métal, l'ordinateur portable posé dessus, ultra-mince et coûteux. Deux fauteuils étaient positionnés de l'autre côté, un peu comme dans le bureau du shérif, à la différence près qu'ils étaient séparés par une petite table basse sur laquelle étaient posés un cendrier, un coupe-cigares et les extrémités sectionnées de deux cigares.

Foster se figea de nouveau pour tendre l'oreille. Toujours aucun bruit. Il fit donc ce que lui soufflait son instinct : il se dirigea vers le bureau et en ouvrit le premier tiroir.

Des papiers, des stylos, des trombones, un bloc de notes repositionnables. Rien que de très ordinaire.

Il ouvrit le deuxième. Vide.

Le troisième ne l'était pas, lui.

Il contenait d'autres fournitures de bureau, mais un paquet de liens en plastique noir attira le regard de Foster.

Ce n'était pas inhabituel qu'un membre des forces de l'ordre, même retraité, en garde chez lui, mais tout de même…

Foster s'apprêtait à examiner le contenu du quatrième tiroir quand le grincement d'une porte le stoppa net, suivi d'un bruit de pas. Qui semblaient venir de la chambre.

Il n'eut que le temps d'aller se cacher derrière la porte, sur la pointe des pieds.

Qui était le nouvel arrivant ? Gordon ?

Si c'était bien lui, Foster aurait dû l'informer de sa présence. Il était entré chez lui sans autorisation.

Mais tous ses signaux d'alarme étaient maintenant passés au rouge et il opta pour ne pas se manifester.

Judicieuse initiative, songea-t-il quand il se rendit compte que l'arrivant n'était pas le propriétaire des lieux.

Foster éleva son arme et il s'avança pour la pointer sur le nouveau venu lorsqu'il passa derrière le bureau.

— Un geste et je tire, l'avertit Foster.

À sa décharge, William Reiner garda son calme.

— Il me semblait bien avoir entendu quelqu'un, déclara-t-il. Mais il a dit que ce n'était pas possible, que personne n'avait jamais pris la peine de venir jusqu'ici. Seulement, j'ai lu votre CV, Lovett. Et je connais votre valeur.

Le pas, derrière lui, sembla venir de nulle part.

Foster fit volte-face.

Pour la première fois de sa carrière, il fut pris totalement au dépourvu.

Le visage du jeune homme était contusionné.

Foster abaissa lentement son arme.

— Qu'est-ce que ça signifie ?

La vue du tableau blanc l'aurait de nouveau fait fondre en larmes si Millie ne s'était sentie dans un état second – l'esprit et les sens anesthésiés. Comme si, en franchissant les portes de l'hôpital, elle avait mis à distance l'affreuse réalité de la mort de son frère, comme si la terrible nouvelle appartenait à ce monde clos qu'elle venait de quitter, pas au monde réel.

Elle était dans le déni. Purement et simplement.

Amanda était là. Elle avait trouvé le juste équilibre entre soutien silencieux et appui plus actif, lorsqu'elle venait lui demander si elle avait besoin de quelque chose sans jamais imposer sa présence. Le reste du temps, elle s'occupait, allait échanger quelques mots avec l'adjoint Waller, l'un des deux officiers chargés de la garde de Millie tant que les Reiner et June n'auraient pas été interpellés.

Ce fut pendant l'une de ses conversations avec lui, sur le porche, que Millie s'aventura dans la cuisine pour chercher une douceur à manger dans l'espoir d'atténuer sa peine… et tomba en arrêt devant le tableau blanc couvert d'inscriptions qui l'avait aidée à organiser ses pensées après la disparition de Fallon. Cela lui avait semblé être une bonne idée à l'époque mais, maintenant… l'histoire de la vie de Fallon s'étalait là, sous ses yeux, rédigée de la main de la sœur qui s'était battue pour lui offrir un avenir.

Pourtant, Millie ne parvenait pas à détacher les yeux des mots tracés au marqueur noir sur le fond blanc. Refermant les bras autour d'elle, elle relia du regard la date à laquelle Fallon avait disparu et les noms qu'elle avait dressés des amis de Fallon, de ses relations de travail et des personnes qui auraient pu lui en vouloir.

Kelby Creek était inscrit en premier en grosses capitales.

Juste au-dessous se trouvait le nom de William Reiner.

Ou du moins… *s'était trouvé.*

Plissant le front, Millie se rapprocha du tableau, perplexe.

Non seulement le nom avait été effacé, mais d'autres mots s'y étaient substitués :

Le local de stockage de Dobb's. Viens seule.

Trop abasourdie pour s'alarmer que ces mots aient été écrits par quelqu'un d'autre qu'elle, Millie porta une main à sa bouche et effleura le marqueur fixé au bas du tableau.

Le message était rédigé en cursive. De l'écriture de Fallon. Elle ne pouvait pas s'y tromper, elle l'aurait reconnue entre mille.

— Millie ?

L'appel d'Amanda résonna depuis le séjour.

En un quart de seconde, sa décision fut prise.

— Je suis là, lança-t-elle en retour.

Elle réussit à se propulser jusqu'au plan de travail, contre lequel elle s'appuya, juste avant que les cheveux bleus d'Amanda n'apparaissent dans l'embrasure de la porte.

— L'adjoint Waller m'a proposé de partager avec nous de quoi manger. On vient de les ravitailler, son collègue et lui. J'ai pensé que vous auriez peut-être faim ?

Millie fut touchée par cette attention, mais elle était tout entière focalisée sur le plan qu'elle venait en toute hâte d'échafauder.

— Franchement, je crois que je vais plutôt aller m'allonger, prétentit-elle. Je n'ai pas beaucoup dormi ces derniers jours et la journée a été difficile, donc…

— Je comprends, répondit Amanda, compatissante. Je vais dire à Waller de nous laisser de quoi grignoter. Nous mangerons plus tard.

— Bonne idée. Merci, Amanda, dit Millie en s'éloignant.

Elle marqua une pause avant de quitter la cuisine.

— C'est sincère, Amanda, insista-t-elle, reconnaissante. Merci de votre gentillesse, vraiment.

Amanda haussa les épaules.

— C'est facile d'être gentille avec les gens qui le méritent.

Millie lui adressa un petit sourire et se dirigea vers sa chambre. Amanda penserait-elle toujours de même quand elle s'apercevrait que Millie lui avait faussé compagnie ?

Parce que c'était exactement ce qu'elle s'apprêtait à faire.

21

Comme toujours, l'épicerie Dobb's sentait la cannelle.

Millie l'avait remarqué dès le jour où elle était entrée pour la première fois dans le magasin après avoir vu le panonceau « On recrute » sur la devanture, et ce fut ce qu'elle nota d'emblée en s'introduisant par la porte de service à l'aide de sa clé après avoir calé le vélo « emprunté » à un voisin contre le mur de brique, juste en face. Main Street n'était qu'à quelques mètres, juste de l'autre côté des bâtiments, mais la rue principale semblait à des années-lumière de cette allée sombre qui longeait l'arrière du magasin.

Il en allait de même du local de stockage de l'épicerie.

Pour une localité de la taille de Kelby Creek, la supérette Dobb's était relativement grande, avec des rayons bien fournis et, présents en permanence dans le magasin, le directeur et deux caissières. Une fois à l'intérieur, la première porte était celle du local des stocks, espace étroit courant sur toute la longueur du magasin et rempli à ras bord de cartons et de cagettes. La suivante donnait sur la chambre froide où étaient conservés les produits périssables, celle d'après, sur la salle de repos et les toilettes des employés. La dernière, tout au fond, ouvrait sur le magasin proprement dit.

L'entrepôt plein à craquer était l'endroit qui se prêtait le mieux à une rencontre clandestine.

Millie demeura un instant la main suspendue au-dessus de la poignée, le cœur battant.

Ce matin, Fallon était mort. Et, maintenant, il était là, à l'attendre, caché, dans ce local ?

Était-il naïf d'y croire ou était-elle bêtement en train de donner tête baissée dans un piège ?

Elle était sûre d'avoir identifié son écriture sur le tableau blanc, mais l'inscription pouvait dater d'un jour ou deux. Arrivait-elle trop tard ?

Ce n'est pas en restant plantée là que tu auras la réponse, lui souffla sa voix intérieure. *Entre.*

Il y avait peu de chances que Robert, le patron, ou l'une des deux caissières viennent dans la remise. Elle ne savait pas qui était de service aujourd'hui, mais une chose était certaine, ce n'était pas Larissa, qui ne travaillait ce jour-là.

Prenant son courage à deux mains, elle ouvrit la porte et se faufila à l'intérieur. Les tubes fluorescents s'allumèrent en bourdonnant. Personne. Rien d'inhabituel. Seulement des rayonnages métalliques du sol au plafond, remplis de stocks. Au fond du local, rangés contre le mur, deux transpalettes et des chariots de manutention voisinaient avec les cartons vides empilés sur des palettes, attendant d'être envoyés au recyclage quand leur nombre deviendrait trop encombrant.

Millie s'avança, le cœur battant.

Derrière l'amas de cartons, elle savait trouver deux chaises et un pouf sur lequel le jeune homme chargé de la mise en rayon venait parfois, à l'insu de Robert, jouer sur son téléphone pendant ses heures de travail. Mais, aujourd'hui, c'était autre chose qu'elle espérait y découvrir… *Quelqu'un* d'autre.

Retenant son souffle, elle contourna les palettes.

Personne.

L'avait-elle manqué ?

Ou alors, tu te berces d'illusions.

Pourtant, ces mots écrits noir sur blanc en cursive… Secouant la tête, elle regarda autour d'elle, puis tira résolument à elle la caisse à outils, rangée sous l'une des deux chaises, qui contenait le matériel servant au déballage des marchandises – cutters, ciseaux, marteau – et, parfois, un sachet de bonbons. Elle souleva le couvercle. La première chose qu'elle vit fut un feuillet plié en deux, avec son nom inscrit dessus. En cursive. De l'écriture de Fallon ?

Le message, à l'intérieur, était bref :

Je vais bien, ne t'inquiète pas.

Cette fois, une vraie lueur d'espoir naquit en elle, dissipant le poids qui l'écrasait depuis l'annonce de Wyatt. Une étincelle dans la nuit.

Elle glissa promptement le mot dans sa poche, soudain animée d'une détermination nouvelle. Elle devait prévenir Foster, maintenant. Tirant son téléphone de sa poche, elle pivota sur elle-même et stoppa net dans son mouvement.

— Où est-il ? gronda une voix grave.

Ce n'était pas Fallon. Ni Foster.

Ni même Aaron, le jeune manutentionnaire.

Comme dans les bois, Millie eut tout à coup l'impression d'avoir commis une grosse imprudence en venant ici. Et une grossière erreur – peut-être celle de trop.

Personne ne savait qu'elle était là. Sauf l'homme qui se dressait présentement en face d'elle.

Fallon se tenait devant Foster comme si c'était la chose la plus naturelle du monde. Comme si William Reiner, Foster et lui étaient tranquillement en train de bavarder au frais, dans un bureau, par une chaude après-midi ensoleillée.

Dire qu'ils l'avaient cru mort, tué par un des frères Reiner.

— On vous expliquera tout, déclara William Reiner.

— Il vaudrait mieux, répliqua Foster, les sourcils froncés. Parce que ce jeune homme, ici présent, fait vivre un enfer à sa sœur depuis six mois.

Fallon grimaça, mais peut-être était-ce davantage lié à sa lèvre éclatée et à son œil au beurre noir. Il coula en direction de Reiner un regard à mi-chemin entre culpabilité et colère.

Cela marqua un net changement de ton chez l'ancien policier. Lorsqu'il reprit la parole, ce fut avec une inflexion de voix différente, étrangement affectueuse.

— Il ne le sait que trop, plaida William. Mais je ne peux pas vous en dire plus pour l'instant ; le temps manque. Nous allons devoir prendre des décisions.

Encore sur la défensive, Foster recula d'un pas pour avoir les deux hommes dans son champ de vision, mais il garda le canon de son arme pointé vers le bas. Les deux hommes ne semblaient pas constituer une menace et, qui plus est, il savait qu'il n'aurait jamais fait feu sur le frère que Millie avait en grande partie élevé seule.

La ressemblance entre les enfants Dean était frappante. Fallon avait le même teint qu'elle, la même crinière sombre et bouclée. Ses yeux, d'une nuance de brun différente, fouillaient l'expression de Foster avec une curiosité dont il devina sans peine qu'elle était un trait de caractère du jeune homme. Un trait qui lui venait de son enfance – de son père et de la soif d'apprendre qu'il lui avait transmise.

— C'était *vous*, proféra Foster comme s'il réfléchissait à voix haute. C'est avec vous que je me suis battu. C'est vous qui nous avez enlevés au Rosewater et conduits au bateau.

— Oui, c'est lui, intervint William. Mais…

— Attendez, coupa Foster. On fera plus ample connaissance dans une seconde, mon vieux. J'aimerais que Fallon me réponde lui-même.

Le jeune homme poussa un long soupir.

— William vous a demandé de le rejoindre dans la cuisine – après son départ du bar, pour détourner les soupçons de sa personne. Tout s'est bien passé, vous avez rapidement perdu conscience… Mais au moment où nous chargions Millie dans la camionnette, vous êtes revenu à vous. Ça n'a pas duré longtemps mais… bien assez, acheva-t-il en portant une main à sa joue. Notre plan n'était peut-être pas très abouti, mais vous nous aviez pris de court. On n'avait pas prévu que vous vous associeriez pour résoudre tous ces mystères.

— Donc, vous avez décidé de nous mettre hors circuit.

— Oui, mais pour un temps seulement. Je voulais protéger Millie. Comme Talbot lui avait déjà cherché des noises…

— Avait tenté de la tuer, vous voulez dire, corrigea Foster.

Fallon se raidit.

— C'est bien ce qui nous a poussés à improviser dans l'urgence et à simuler cet enlèvement, intervint William.

— Droguer deux personnes et les fourrer à l'arrière d'une camionnette pour les abandonner sur un bateau, à la merci de deux criminels, c'est un peu plus que de la simulation, souligna sèchement Foster.

— On ne savait pas qu'on nous avait vus, se défendit Fallon. On…

— On n'a pas le temps d'entrer dans les détails, le

coupa William, de plus en plus nerveux, avant d'ajouter, à l'adresse de Foster : Au fait, qu'êtes-vous venu faire ici ?

Foster faillit lui retourner la question, mais l'ancien policier s'inquiétait visiblement de voir l'heure tourner. Il opta donc pour répondre en se promettant de le lui demander plus tard.

— Je voulais entendre Lee Gordon à propos de *votre* déposition, répondit-il en pointant l'index vers William.

Puis, du pouce, il désigna Fallon.

— Concernant *sa* disparition. Car figurez-vous que Wyatt Cline nous a dit que *vous* ⊠ l'index se tendit de nouveau vers William – l'aviez tué, *lui,* il y a six mois, pour vous venger, acheva-t-il en répétant ses gestes de façon appuyée.

Les deux hommes parurent tomber des nues.

— Quoi ? Il a dit ça devant Millie ? se récria Fallon.

— Oui.

Les deux hommes jurèrent d'une seule voix, puis Reiner fit vivement le tour du bureau pour les rejoindre.

— Si Cline commence à parler, Gordon va prendre la tangente. S'il n'est pas déjà parti, il va revenir ici pour faire ses bagages.

— Peut-être, mais je veux savoir ce que Fallon a fabriqué pendant ces six mois. Et ce qui vous a réunis, tous les deux.

De nouveau, Reiner coupa l'herbe sous le pied de Fallon, qui ouvrait la bouche pour répondre.

— Le temps presse, je vous le répète. Mais sachez qu'il m'a aidé à rechercher mon frère. Ce qui n'a rien donné… jusqu'au cafouillage de la semaine dernière.

Une expression réprobatrice passa sur les traits de l'ancien policier comme il arrêtait son regard sur Fallon.

— Quand Fallon et sa sœur ont, chacun de leur côté, agi sur une impulsion – sans réfléchir.

— Ça vous ennuierait d'être un peu plus clairs ?

Fallon regarda Foster et soupira.

— J'ai volé quelque chose à quelqu'un. Et, apparemment, Millie est allée dans les bois pour me chercher, mais elle est tombée sur Jason Talbot.

Les pièces du puzzle commencèrent à vibrer dans l'esprit de Foster, tels des aimants percevant la proximité d'un semblable, se préparant à se connecter.

— C'est pour ça que Jason en avait après Millie, nota-t-il pensivement. Il voulait récupérer ce que vous aviez pris. Et, quand il a été tué, Wyatt et Donni ont pris le relais ?

Il regarda William, qui ne confirma pas mais n'infirma pas non plus.

— D'après Wyatt, vous vous en preniez à Millie par désir de vengeance, à cause de votre accident, et parce que vous vouliez l'échanger contre ce qui avait été volé.

William dodelina de la tête, toujours sans rien dire.

— Mais Wyatt croyait que vous aviez tué Fallon et que Cole et June Meeks étaient de mèche avec vous, ajouta Foster.

— En effet, June nous a aidés parce qu'elle aimait mon frère, mais… mais Cole… Non, il n'a rien à voir là-dedans, reprit William.

Sa mine sombre ne laissait présager rien de bon.

Foster pianota sur la crosse de son pistolet.

S'il avait mal interprété les intentions des deux hommes qui se tenaient désormais près de lui, il devrait réagir vite.

— Qu'est-il arrivé à Cole ?

Les deux hommes échangèrent un regard, puis Reiner inclina brièvement la tête à l'adresse de Fallon.

Fallon poussa un soupir teinté de regret.

— Après la Tempête, Cole a eu des soupçons. Il pensait que quelqu'un, au bureau du shérif, avait échappé à la purge et s'en était tiré sans être inquiété. Quelqu'un qui s'était fait grassement payer pour trafiquer des dossiers et couvrir certains actes répréhensibles. Mais il ne savait pas qui c'était. Alors, il s'est mis en tête de le débusquer tout seul.

Foster lança un nouveau regard à William.

— Et il ne s'est pas tourné vers vous ?

L'expression de Reiner se rembrunit encore un peu plus.

— Toutes les fratries ne sont pas aussi soudées que les enfants Dean.

— Peu après son départ, Cole a complètement disparu des radars, reprit Fallon. C'est à ce moment-là que William a commencé à essayer de comprendre ce qui se passait. On n'a pas retrouvé Cole mais, il y a quelques mois, on a entendu dire qu'un ex-jeune adjoint du bureau avait été tué en tentant de mettre fin à un important trafic de drogue à Riker County.

— C'était Cole ? devina Foster.

Fallon fit non de la tête.

— Mais comment en est-il venu, après sa démission, à se retrouver mêlé à une enquête sur un gros trafic de drogue ?

Ce fut William qui répondit cette fois :

— Peu de temps après son arrivée au bureau, un ami à lui avait été tué lors d'une opération antidrogue. D'après le dossier, son ami était mouillé dans ce trafic, ou l'avait à tout le moins facilité. Cette histoire avait toujours tracassé Cole parce qu'il n'y croyait pas, mais ce n'est que quand la Tempête a secoué la ville qu'il a véritablement remis en question la manière dont l'enquête sur le trafic de drogue avait été menée. Il a commencé à s'intéresser à chacun des officiers du bureau et des autres responsables qui s'étaient occupés de l'affaire et il est remonté jusqu'à l'ancien coroner. C'est alors qu'il a démissionné puis qu'il a disparu. À mon avis, il avait trouvé le lien entre celui qu'il soupçonnait et le dealer qui était censé avoir dénoncé son ami. Et il est mort à cause de ça.

— Donc, vous avez repris l'enquête de Cole pendant que Millie et moi enquêtions sur la disparition de Fallon, ce qui vous a mis des bâtons dans les roues, conclut Foster.

William hocha la tête en signe d'acquiescement.

— Il y avait des mois que j'essayais de retrouver Cole et de découvrir l'identité de celui qu'il avait dans le collimateur quand, un beau jour, ce jeune homme est venu frapper à ma porte. J'étais démoralisé, j'avais passé la soirée à boire…

Foster attendait depuis un moment de comprendre ce qui avait rapproché Reiner et Fallon, alors que l'ancien policier était censé lui vouer une rancune tenace.

— C'était la date anniversaire du jour où il avait quitté le bureau, continua Fallon. Le journal avait consacré un article à ce sujet. Je me suis rendu compte que je ne lui avais jamais vraiment présenté mes excuses pour le rôle que j'avais joué dans l'accident qui avait mis fin à sa carrière. Et que je ne lui avais pas non plus expliqué la raison pour laquelle j'étais allé me réfugier dans les bois. Je suis donc allé chez lui mais, en arrivant, je l'ai trouvé bouleversé à cause de tout autre chose. Il a fini par me raconter toute l'histoire et je lui ai proposé de l'aider si je le pouvais.

— Et c'est ce qu'il a fait, acheva William avec un sourire bref mais sincère. C'est lui qui m'a donné l'idée d'aborder l'affaire sous un angle différent que celui que mon frère avait choisi. Au lieu de nous focaliser sur les membres du bureau du shérif…

— Vous vous êtes tournés du côté du trafic de drogue, acheva Foster.

William opina du chef.

— Tout le monde me connaissait, donc je ne pouvais

pas me mettre à poser des questions sans éveiller immédiatement les soupçons, mais Fallon, lui, avait des antécédents et n'était pas en odeur de sainteté en ville ni auprès des autorités. Il était bien placé pour creuser de ce côté-là.

Foster eut du mal à en croire ses oreilles.

— Vous avez quitté la ville pour aller infiltrer un trafic de drogue et démasquer un ripou ?

Fallon haussa les épaules.

— Dit comme ça, ça semble un peu tordu, mais… oui.

Foster rangea son arme dans son étui et se passa une main sur le menton.

— Et je suppose que vous n'avez rien dit à votre sœur pour ne pas qu'elle vous empêche de mettre votre projet à exécution.

Foster jeta un coup d'œil à Reiner, songeant à l'une des erreurs que Fallon et Reiner avaient commises – celle qui, justement, avait mis la puce à l'oreille de Millie.

— C'est vous qui avez écrit le mot, c'est ça ? dit-il à Reiner. Et ce n'est qu'ensuite que Fallon vous a appris qu'il écrivait toujours à sa sœur en écriture cursive.

William poussa un soupir.

— Oui. Mais il était trop tard pour faire machine arrière. Donc, on a laissé tomber en espérant parvenir au fond de cette histoire le plus rapidement possible.

— OK, OK, dit Foster après un temps de réflexion. Mais il reste quelques points sur lesquels j'aimerais avoir des éclaircissements. Pourquoi vous êtes venus ici, par exemple ?

— Parce que, même si je reconnais que l'idée était stupide, ce que j'ai volé a fini par nous fournir enfin le nom que nous cherchions, répondit Fallon. Lee Gordon.

Foster aurait dû être surpris mais, depuis qu'il avait vu la voiture de sport dans le garage et le luxueux intérieur de Gordon, celui-ci était dans son esprit passé du statut d'enquêteur incompétent à celui d'enquêteur plus que douteux.

William embrassa d'un geste la pièce autour de lui.

— Vous trouvez logique qu'un détective de petite ville, à la retraite et célibataire, vive dans ce genre d'endroit ? Alors qu'il n'a pas fait d'héritage, qu'il n'a ni fortune personnelle ni portefeuille d'actions ?

Foster s'apprêtait à répondre par la négative quand son téléphone vibra dans sa poche. Deux paires d'yeux se rivèrent sur lui tandis qu'il prenait l'appel, saisi d'un mauvais pressentiment à la vue du nom qui s'affichait sur l'écran.

— Qu'y a-t-il ? s'enquit-il sans préambule, tendu.

Amanda ne s'embarrassa pas de civilités non plus.

— Foster… elle a disparu. Millie n'est plus là.

22

Le canon de l'arme s'enfonça dans le dos de Millie, la poussant vers la porte du local des stocks – comme si elle n'avait pas eu suffisamment envie de s'en aller toute seule.

— Pourquoi ? Pourquoi faites-vous ça ?

Gordon était vêtu comme pour se rendre au terrain de golf – élégant polo à manches longues, pantalon et mocassins de cuir bicolores –, tenue qui détonnait singulièrement avec le pistolet et la fureur qui déformait son expression.

Une fureur dirigée contre elle, de toute évidence.

— Si vous aviez laissé votre bon à rien de frère là où il était, rien de tout ceci ne serait arrivé. Mais *non.* Vous êtes comme lui : créer des problèmes, chercher la petite bête, c'est une seconde nature chez vous !

Millie étouffa une exclamation comme Gordon la bousculait pour lui faire franchir le seuil.

— Je ne comprends pas. Qu'est-ce que vous voulez ? répéta Millie.

Quatre mois s'étaient écoulés depuis la dernière fois qu'elle avait vu Gordon. Elle l'avait imaginé jouissant de sa retraite, affalé sur son canapé, une bière à la main, regardant la télévision, coulant des jours paisibles, sans stress, sans plus une seule pensée pour Fallon.

Mais, à le voir aujourd'hui, Lee Gordon n'avait pas l'air d'en avoir beaucoup profité. Il avait des poches sous les yeux, la barbe mal rasée et une expression renfrognée qui tirait tous les traits de son visage vers le bas. Il n'avait plus rien de l'homme indifférent que Millie en était venue à détester après qu'il avait officiellement clos l'enquête sur la disparition de son frère.

— J'ai trimé *des années durant* pour pouvoir un jour cesser de travailler, proféra-t-il d'une voix fielleuse. J'ai fait ce qu'il fallait pour y arriver et ne plus avoir à me soucier de l'avenir. Mais vous avez débarqué et avez commencé à faire tout un foin à propos d'un gamin qui ne valait même pas la corde pour le pendre… Et ça, c'était *avant* qu'il n'entraîne William Reiner dans l'histoire.

Il secoua la tête.

— J'aurais dû refuser de vous recevoir et partir tout de suite à la retraite. Mais je me suis dit que je n'aurais qu'à déclarer ce que tout le monde savait déjà : que Fallon Dean était un incorrigible fauteur de troubles et un fugueur.

Il s'interrompit un instant, mais son arme était toujours braquée sur elle. Millie, elle, n'avait rien pour se défendre. Sa seule chance de salut était de le faire parler le plus longtemps possible, le temps d'imaginer un moyen de lui échapper.

Gordon partit d'un petit rire sans humour.

— C'est là que j'ai commis une erreur. Je suis allé voir Reiner et, en arrivant, j'ai vu la camionnette de Fallon cachée sous une bâche. C'est alors que j'ai compris qu'il l'avait tué – ce qui n'était que justice, si vous voulez mon avis…

Le cœur de Millie se serra.

Elle se raccrocha à l'espoir que le mot, dans sa poche,

avait bien été écrit par son frère et n'était pas un faux rédigé par Reiner.

— Je me suis dit qu'il valait mieux passer ma découverte sous silence. Le simple fait d'être allé chez Reiner m'aurait rendu suspect aux yeux du plus jeune.

— Cole, ne put s'empêcher de souligner Millie.

Gordon ricana.

— J'avais entendu dire qu'il fouinait et se renseignait sur d'anciens officiers du bureau du shérif, notamment ceux que la Tempête avait épargnés. Mais ce n'est que quand d'anciennes connaissances à moi se sont manifestées pour exiger que je règle le problème sous peine de représailles que j'ai compris qu'il avait approché la vérité d'un peu trop près. C'est là que j'ai dû faire appel à une aide extérieure.

Millie se demanda pourquoi il se livrait ainsi avant de se rappeler combien la libération de la parole pouvait être cathartique. Mais elle voulait *savoir*, donc elle se hâta d'enchaîner :

— Donni et Wyatt travaillaient pour vous ?

Gordon fit la grimace.

— S'ils avaient *vraiment* travaillé pour moi, ils m'auraient obéi, répondit-il avec aigreur. Ils étaient juste censés récupérer le registre que Fallon avait volé à cet incapable de Jason Talbot. Mais non ! Il a fallu qu'ils aillent interférer dans le plan échafaudé par l'un ou l'autre des Reiner – cette histoire de bateau sur lequel ils vous avaient déposés, vous et ce crâneur de nouveau détective au bureau du shérif.

Il secoua la tête plus vigoureusement qu'avant puis agita l'arme dans sa direction.

— Mais, puisque William vous veut tellement, eh bien, soit. Je vais aller vous livrer moi-même. S'il refuse de me rendre le registre en échange de mon silence sur la mort de votre geignard de frère, je saurai bien le persuader en lui faisant miroiter la possibilité de détruire toute la famille qui a gâché sa vie.

D'un signe de tête, il indiqua la porte arrière.

— Et maintenant, je vous conseille d'avancer sans faire d'histoires, sinon je fais d'abord halte chez votre bien-aimé détective Lovett et je lui tire une balle dans la tête… Je me suis laissé dire que vous étiez très liés, maintenant.

Ce fut alors que Millie prit sa deuxième décision hasardeuse de la journée. Elle se rua en avant.

Droit sur Gordon.

Pris par surprise, il n'eut pas le temps d'appuyer sur la détente. Millie agrippa des deux mains son poignet, le forçant à lever le bras.

Le coup explosa en direction du plafond avec un vacarme épouvantable, suivi d'un bruit de verre brisé. Des cris lui parvinrent depuis le magasin, mais Millie ne s'arrêta pas.

Elle entraîna Gordon en arrière dans son élan, comme elle l'avait fait avec Jason à ceci près qu'il n'y avait pas de mur, ici. Il trébucha, buta contre quelque chose. Un nouveau coup partit comme il s'affalait sur le sol, Millie chutant avec lui.

Par réflexe, elle rentra la tête dans les épaules.

Gordon en profita pour la repousser d'une bourrade. Elle tenta de s'écarter, mais il était trop tard.

Gordon éleva de nouveau son arme…

Puis poussa un cri comme une silhouette surgie de l'ombre lui assenait une puissante droite sur la mâchoire. L'arme vola de sa main et tomba par terre avec un fracas métallique.

Millie leva les yeux vers son sauveur, espérant voir

le visage de Foster ou de Fallon. Mais ce n'était ni l'un ni l'autre.

— Cole ?

Elle ne le connaissait pas, mais elle l'avait vu en photo. Aucun doute, c'était bien lui – habillé en survêtement, mais l'air farouchement résolu et prêt à en découdre avec l'ex-détective corrompu.

— Courez ! cria-t-il.

Millie ne se le fit pas dire deux fois. Il avait l'air à même de gérer la situation. Elle se remit debout et s'élança vers la double porte qui donnait dans le magasin, courbée en deux. Une fois de l'autre côté, seuls les accords d'une musique des années 1980 diffusée par le haut-parleur l'accueillirent. Les employés et les clients avaient dû prendre la fuite en entendant les coups de feu.

Elle était sur le point d'en faire autant quand une nouvelle détonation retentit derrière elle.

Elle n'eut pas le temps de se demander qui avait été touché.

Un bruit de semelles de caoutchouc couinant sur le sol récemment nettoyé du magasin la propulsa vers la sortie. Elle ne s'avisa qu'ensuite que les pas précipités – de deux personnes, au moins – venaient dans sa direction.

Elle stoppa net, se préparant à pivoter sur ses talons pour chercher refuge derrière les rayonnages remplis de victuailles, mais… trop tard.

Tétanisée, le sang battant à tout va dans ses oreilles, elle vit apparaître les deux personnes qu'elle avait le plus envie de voir au monde.

Le pistolet au poing, l'expression tendue, Foster promena les yeux sur elle, le temps de s'assurer qu'elle allait bien, puis il s'élança vers elle en disant quelque chose, mais Millie n'entendit rien.

Son regard à elle venait de s'arrêter sur son compagnon. L'homme dont on lui avait annoncé la mort ce matin.

Fallon.

Il était là, bien vivant, devant elle.

Si Millie en avait eu le temps, sans doute aurait-elle fondu en larmes. Mais, à ce moment de calme irréel et d'intense soulagement pendant lequel le temps s'était arrêté, succéda un déchaînement de violence et de bruit.

À l'instant même où tous trois se rejoignaient, les portes donnant sur l'arrière s'ouvrirent brusquement.

Elle sentit le bras de Fallon l'entourer et la tirer en arrière tandis que Foster criait quelque chose.

Un coup de feu retentit sans que Millie puisse déterminer d'où il venait.

Elle fut projetée au sol, où elle atterrit durement, écrasée par le poids de son frère.

Qui ne bougeait plus.

Avec la sensation de voir les choses de l'extérieur, comme si elle était sortie de son corps, elle regarda Foster s'élancer vers le fond du magasin et s'arrêter devant le corps de Lee Gordon, qui gisait sur le sol, à côté de son arme, dans une mare de sang.

Foster l'avait abattu pour la protéger. Comme Jason Talbot.

Mais, cette fois, ce n'était pas lui que son adversaire avait touché avant de s'écrouler.

— Fallon ! gémit-elle en tenant le corps inanimé de son frère dans ses bras.

Pendant une bonne partie de sa vie, Foster avait refusé de croire aux notions de chance ou de malchance. Mais, trois mois plus tard, il en était à se demander si l'heure n'était pas venue de changer son fusil d'épaule.

Pour ce qui était de la malchance, elle avait déjà frappé.

Ce fut en ces termes que Foster amorça sa longue explication, reprenant point par point la chronologie des six à huit derniers mois, lorsqu'il eut enfin réussi à réunir toutes les parties concernées.

Mais la malchance, s'agissant de Gordon, avait frappé très exactement là où il le fallait.

Alors qu'il avait aidé des années durant un trafiquant de drogue en contrepartie d'une part du gâteau sans jamais se faire prendre, la chance avait tourné pour Lee Gordon le jour où il avait pris pour bouc émissaire un innocent qui n'était autre que l'ami d'enfance de Cole Reiner. Cole s'était juré de venger la mémoire de son ami et de laver son honneur quitte à devoir disparaître de la circulation et se faire passer pour mort, y compris aux yeux de son propre frère, pour démasquer le policier corrompu.

Ce n'était pas de chance pour Gordon que la disparition de Cole ait réveillé la fibre familiale, jusque-là en sommeil, de William Reiner et que ce dernier n'ait dès lors eu de cesse de retrouver son frère, animé d'une détermination telle qu'il avait accepté le concours d'un *autre* frère cadet, lui aussi en quête de rédemption.

Ce n'était pas de chance non plus pour Gordon que les deux parties, traquant le même policier ripou, aient abordé l'affaire selon deux angles opposés. Cole s'était centré sur ceux que le scandale de corruption de la Tempête avait éclaboussés et sur ceux qui en avaient réchappé, tandis que William et Fallon avaient, eux, infiltré un vaste réseau de trafic de stupéfiants desservant tout le sud de l'Alabama afin d'identifier le fournisseur en cheville avec ledit ripou.

Le sort avait aussi voulu que Millie Dean n'abdique jamais en dépit de toutes les tentatives de dissuasion dont elle avait fait l'objet, ce qui avait amené Foster et elle à mener des recherches pile à la croisée des deux autres enquêtes.

Et, comble de malchance pour Gordon, la séparation avait tellement pesé à Millie et à son frère qu'à la date anniversaire de la disparition de Fallon, chacun d'eux avait agi sur un coup de tête.

Fallon avait lié amitié avec Jason Talbot pour lui voler la seule preuve matérielle de l'implication de Gordon dans diverses transactions, camouflages et autres pratiques illicites. Et le fait que Millie s'était aventurée seule dans les bois, à la recherche de Fallon, avait conduit Jason à penser qu'elle était la complice de son frère.

Pour tout ce qui s'était ensuivi, la chance avait finalement tourné à l'avantage de tous ceux qui le méritaient.

Les deux frères Reiner étaient réunis et Cole avait pu fournir des informations concernant plusieurs affaires non résolues ou classées susceptibles d'avoir été falsifiées avant la Tempête. Il était également revenu travailler au bureau du shérif avec l'intention de devenir détective. June, avec qui il était désormais fiancé, avait laissé éclater sa joie à l'annonce de son retour, se confondant en excuses pour avoir drogué Foster et Millie et se déclarant même prête à aller en prison.

Ce que tout le monde avait refusé, estimant que, si une transparence totale était attendue dans tous les domaines, une zone d'ombre pouvait subsister s'agissant de ce point précis.

Et puis, il y avait Fallon.

Malgré tous les soucis qu'il avait causés à Millie, Foster ne pouvait pas lui en vouloir. Quand il l'avait vu se jeter devant Millie dans le magasin pour lui faire un bouclier de son corps, il avait décidé que c'était réellement quelqu'un de bien. Le jeune homme avait montré autant de courage que son père lorsque ce dernier l'avait protégé, lui.

Quant à Millie… après avoir compris que Foster avait équipé son frère du gilet pare-balles Assurancetourix avant de pénétrer dans le magasin, elle s'était jetée à son cou pour l'embrasser à pleine bouche.

La chance avait continué à leur sourire à tous depuis lors, la ville, le comté et l'État ayant exprimé leur gratitude et salué « la bravoure des deux fratries qui avaient su, par leur ténacité, faire éclater la vérité et la justice, tout cela en étroite coopération avec le bureau du shérif ». Cela n'effaçait pas le passé, mais c'était un pas dans la bonne direction.

— Encore un peu, et on finira par retourner complètement l'opinion en notre faveur, avait déclaré le shérif en sortant.

Ce qui était précisément l'objectif de Foster.

Toutefois, il avait d'abord deux ou trois choses à faire.

Il se gara dans son allée, mais marcha droit vers la maison voisine.

La porte s'ouvrit avant même qu'il ait frappé.

Fallon l'accueillit avec un large sourire.

— Je ne suis pas censé vendre la mèche, dit-il rapidement, à voix basse. Mais le dossier de Millie a été accepté : sa bourse couvrira la totalité de ses frais de scolarité. Quand elle vous l'annoncera, faites comme si vous n'étiez pas au courant, surtout !

Quand tout était rentré dans l'ordre et que le monde, pour Millie, s'était enfin redressé sur son axe, elle avait décidé de reprendre ses études afin de devenir travailleuse sociale. Elle avait trouvé une formation en ligne qui convenait exactement à ce qu'elle recherchait et s'y était inscrite, sous réserve d'obtenir une aide financière.

Les deux hommes se turent comme elle les rejoignait.

Elle se pencha en avant pour embrasser Foster, mais celui-ci la captura dans ses bras, transformant le petit baiser de bienvenue en une étreinte passionnée.

— Allez-y, ne vous gênez pas pour moi, surtout ! se récria Fallon, l'air faussement outré.

Pouffant de rire, il pivota sur lui-même et s'en retourna à l'intérieur, annonçant bien fort à Larissa et à Amanda :

— Ma sœur revient dans un instant. Enfin… dès qu'elle aura fini de roucouler avec son petit ami sur le porche !

Comme Foster relâchait Millie, elle secoua la tête en souriant.

— Tu es bien sûr de vouloir lui laisser ta maison et venir vivre avec moi ? s'enquit-elle pour la cinquième fois de la semaine. Avoir mon frère pour voisin le plus proche… c'est quand même probablement la pire idée du siècle, non ?

Foster lui retourna un grand sourire assorti d'un clin d'œil.

— Tu ne savais pas ? Les mauvaises idées, c'est mon péché mignon. Il m'en faut une tous les matins, au petit déjeuner.

Millie leva les yeux au ciel.

— Ce qu'il te faut, au petit déjeuner, chaque matin, c'est une assiette d'œufs brouillés – que tu manges à la cuillère parce que tu perds toujours tes fourchettes !

L'œil rieur, Foster protesta :

— Je les ai égarées *une* fois et voilà… Je suis stigmatisé à vie !

— Moi, tout ce que j'en dis, répliqua Millie, les poings sur les hanches, c'est que je compterai le nombre de mes fourchettes avant que tu viennes officiellement t'installer ici.

— Ingrate.

Elle poussa un petit cri de surprise comme Foster la

plaquait de nouveau contre lui pour l'embrasser avec ferveur.

Il ne l'avouerait jamais avant le jour de leurs fiançailles, trois mois plus tard, mais il savait désormais une chose avec une absolue certitude.

Sa bonne étoile s'était mise à briller à la minute où il avait rencontré Millie.

K.D. RICHARDS

Retrouvailles en eaux troubles

Traduction française de
KAREN DEGRAVE

BLACK ROSE

HARLEQUIN

Titre original :
CHRISTMAS DATA BREACH

1

Mya Rochon regagnait son laboratoire d'un pas allègre. Elle sirotait son *latte* au pain d'épices en admirant les lumières de Noël qui ornaient les arbres du complexe de bureaux situé dans le sud de Manhattan. Mais ce n'était pas parce qu'il y avait un beau ciel étoilé en ce dimanche soir qu'elle était de bonne humeur. Elle avait passé les dernières semaines à soumettre la dernière partie de ses travaux à des tests rigoureux, et les résultats étaient à la hauteur de ses espérances. Après des années d'études et de recherche, elle avait enfin réussi à développer un traitement contre le glioblastome, un cancer du cerveau.

Le bâtiment dans lequel se trouvait son laboratoire était au fond du complexe et plus petit que les autres. Le cabinet du Dr Timothy Otto occupait le rez-de-chaussée ; TriGen, le laboratoire que Mya dirigeait, le premier étage.

Elle contourna le bâtiment en direction de l'entrée de service. Il n'y avait pas d'agent de sécurité pendant le week-end. Les locataires pouvaient sortir par la grande porte, mais non entrer de cette manière. Elle glissa son badge, qui faisait aussi office de clé magnétique, dans le boîtier près de la porte, puis elle s'engagea dans le couloir en direction de l'ascenseur.

Une voix de baryton dans le hall la fit s'arrêter net. Même si les occupants de l'immeuble avaient un emploi du temps très souple, elle ne se souvenait pas avoir jamais vu le Dr Otto un dimanche. Et la voix qu'elle entendait ne ressemblait pas du tout à la voix de ténor du gentil dentiste sexagénaire qu'elle connaissait. Non, la voix de cet homme était glaçante.

Un frisson la parcourut. Elle était tout à fait certaine que cet homme était dangereux.

Et qu'il ne s'agissait pas d'un locataire de l'immeuble.

La curiosité l'incitait à pointer le nez dans le hall, mais la peur la paralysait. Elle avala la dernière gorgée de son café et tendit l'oreille.

— Je l'ai cherchée partout. Sa voiture est sur le parking, mais elle n'est pas là.

Mya jeta un coup d'œil à la porte par laquelle elle était entrée. De l'intérieur, elle s'ouvrait en appuyant sur une barre en métal bruyante. Mya n'avait aucune chance de sortir par là sans se faire repérer.

— J'ai déjà mis le feu au labo. Il faut que je file.

Mya entendit des pas lourds qui s'éloignaient. Elle attendit que le silence revienne, puis elle fonça vers la porte de l'escalier, la sacoche de son ordinateur rebondissant contre sa hanche.

Il y avait des années de recherches dans ce laboratoire – les siennes, mais aussi celles de son mentor. Elle ne pouvait pas laisser tant de travail partir en fumée.

Le laboratoire occupait la plus grande partie du premier étage ; Mya avait fait aménager dans les mètres carrés restants une réception et deux bureaux, pour son assistant et pour elle-même. Arrivée sur le palier, elle appela les pompiers. Elle ignora leur ordre de sortir du bâtiment, rangea son téléphone dans sa poche et entra dans les locaux.

Rien d'anormal à la réception, mais Mya entendit un crépitement dès qu'elle s'approcha de la porte de son bureau. L'individu avait mis le feu à la corbeille, et les flammes gagnaient déjà les rideaux bon marché qu'elle avait posés pour égayer un peu la pièce.

Elle fit tomber son téléphone en décrochant l'extincteur. Elle venait à peine d'éteindre l'incendie lorsqu'une explosion fit trembler les murs. Elle se précipita hors de son bureau. La grande vitre du laboratoire avait volé en éclats sous la pression des flammes. Le sol du couloir était couvert de verre brisé.

L'extincteur ne faisait pas le poids contre cet incendie-là. Les flammes couraient sur les paillasses et le long des murs. Les plaques du faux plafond fondaient et tombaient l'une après l'autre. La fumée envahissait rapidement le couloir. Repliant son bras sur son nez et sa bouche, Mya recula en toussant. Elle ne pouvait pas sauver le laboratoire, elle devait sortir immédiatement.

Elle fonça vers l'escalier.

Une fois dehors, elle entendit des sirènes au loin. En attendant les pompiers, elle regarda brûler le laboratoire dans lequel elle travaillait quatre-vingts heures par semaine depuis dix ans. L'incendie dévorait l'œuvre de sa vie.

2

De la fumée s'échappait des vitres brisées du laboratoire. Plusieurs pompiers luttaient contre le feu depuis le sol avec une lance branchée sur une bouche d'incendie toute proche. Deux autres ventilaient le toit en y faisant à la hache des trous d'où s'échappait davantage de fumée. La lumière rouge et bleue des gyrophares se reflétait sur les murs gris des bâtiments voisins. Le sucre d'orge géant qui ornait la pelouse avait été cassé dans la pagaille.

— Pouvez-vous tout reprendre depuis le début pour moi ?

Mya observa l'inspectrice. Mesurant une tête de moins qu'elle, Padma Kamal avait un physique massif dont les courbes semblaient absentes. Son tailleur marron, son chemisier vert et ses talons de trois centimètres indiquaient que c'était une femme habituée à donner des ordres. Malgré sa taille, ou peut-être à cause d'elle, l'arme qu'elle portait à la ceinture se voyait comme le nez au milieu de la figure.

Mya soupira.

— J'ai déjà tout dit au premier policier qui est arrivé, répondit-elle. Et au second.

L'inspectrice la regarda en plissant les yeux.

— Je me rends bien compte que c'est une soirée difficile pour vous, mademoiselle Rochon, mais ayez encore un peu de patience avec nous, s'il vous plaît.

— Je suis allée acheter un café à quelques rues d'ici, reprit Mya en détestant le tremblement de sa voix. Je suis rentrée dans le bâtiment par la porte de derrière et j'ai entendu un homme parler dans le hall.

— Quelle heure était-il ? demanda l'inspectrice Kamal sans lever les yeux de son calepin.

— Environ 18 h 30. Peut-être un peu plus tard.

Les cris d'un pompier dominèrent le vacarme. Mya tourna la tête vers l'homme, qui aspergeait le premier étage depuis le toit d'un camion.

— Et ça vous arrive souvent de travailler aussi tard un dimanche ? demanda l'inspectrice Kamal.

— Il m'arrive souvent de travailler jusqu'à 22 heures, ou même plus tard, quel que soit le jour, répondit Mya. Mon travail est ma priorité.

Le regard compatissant que lui lança l'inspectrice ne la surprit pas. Il ressemblait à celui de ses amies quand Mya leur expliquait qu'elle ne cherchait pas à rencontrer qui que ce soit pour le moment. Elle l'ignora.

— Quelqu'un travaillait-il avec vous ce soir ?

— Non. Nous sommes un petit laboratoire privé. Nous ne sommes que trois : mon assistant, Brian Leeds, la réceptionniste, Rebecca Conway, et moi-même.

— Très bien, que s'est-il passé ? demanda l'inspectrice en agitant la main pour l'inviter à continuer.

— On ne peut pas entrer par la grande porte pendant le week-end, alors je suis entrée par-derrière en me servant de ma carte magnétique, expliqua Mya en dégageant l'une de ses mèches de cheveux de la lanière de son sac.

L'inspectrice Kamal agita la main une nouvelle fois. Mya pinça les lèvres.

— Comme je l'ai dit aux autres policiers, j'ai entendu un homme parler dans le hall.

— L'avez-vous vu ?

Mya secoua la tête.

— Non.

Mais elle était presque sûre qu'elle reconnaîtrait cette voix sinistre si elle l'entendait de nouveau.

L'inspectrice s'arrêta d'écrire pour la regarder par-dessus ses lunettes.

— Et il n'a pas dit qui il cherchait ? Il n'a pas prononcé votre nom ?

— Non, mais j'étais seule. Il n'y a que ma voiture sur le parking.

Il n'y *avait* que sa voiture sur le parking. Il y avait maintenant une demi-douzaine de voitures de police, deux camions de pompiers et une voiture vert foncé qui devait appartenir à l'inspectrice Kamal.

— Très bien. Que s'est-il passé ensuite ?

— Il a dit qu'il avait mis le feu à mon laboratoire. Je ne pouvais pas laisser dix ans de travail partir en fumée. J'ai pris l'escalier et je suis montée pour éteindre l'incendie.

— Vous n'avez pas eu peur que cet homme vous repère ou de vous retrouver coincée dans un bâtiment en flammes ? reprit l'inspectrice d'un ton incrédule.

— Je ne pensais qu'à sauver mon laboratoire, répondit Mya.

Elle savait bien que c'était stupide, mais c'était vrai.

— Et l'homme a dit qu'il s'en allait, ajouta-t-elle. Je l'ai entendu s'éloigner.

L'inspectrice Kamal soupira profondément.

— Vous êtes donc montée dans votre laboratoire. Et ensuite ?

— Il y avait le feu dans le laboratoire et dans mon bureau. J'ai appelé les pompiers avec mon portable, puis j'ai pris l'extincteur. Je crois que c'est à ce moment-là que j'ai fait tomber mon téléphone.

Elle lutta contre une vague d'anxiété lorsqu'elle songea

qu'elle n'avait plus son téléphone – la version XIXe siècle de l'angoisse de se retrouver nu en public.

— Vous avez dit au premier policier qui est arrivé sur les lieux que vous aviez éteint l'incendie de votre bureau.

— Oui. Il avait été allumé dans la corbeille et ne s'était pas beaucoup étendu.

— Qu'avez-vous fait ensuite ?

— La vitre du laboratoire a explosé, alors je suis partie.

— Mieux vaut tard que jamais, grommela l'inspectrice. Avez-vous vu quelqu'un quand vous êtes sortie du bâtiment ?

— Non, répondit Mya en se frottant les bras.

La température avait chuté depuis qu'elle était allée chercher un café. Malgré la chaleur de l'incendie, elle était glacée.

— Et quel genre de recherches faites-vous, au juste ? s'enquit l'inspectrice en tournant la tête vers le bâtiment.

Mya suivit son regard. Des flammes dansaient aux fenêtres de ce qui avait été son laboratoire.

— Des recherches sur le cancer.

L'incendie était clairement un contretemps. Heureusement, elle avait pris des précautions. Son mentor, Irwin Ross, était un fanatique en ce qui concernait la protection des recherches, au point qu'il avait fait aménager une chambre forte chez lui. Elle n'était pas aussi paranoïaque qu'Irwin, mais il lui avait transmis quelques-unes de ses excentricités. Elle conservait son travail sur un serveur privé et elle ne se séparait jamais de son ordinateur portable – une habitude dont elle pouvait se féliciter pour l'heure.

Elle posa sa main sur sa sacoche. Au moins, la formule du traitement était saine et sauve.

L'inspectrice Kamal ferma son calepin.

— Très bien. Ça suffira pour le moment, dit-elle.

— Je peux récupérer ma voiture ? demanda Mya en observant le chaos qui la séparait de sa vieille Volvo.

L'inspectrice secoua la tête.

— Désolée. Ce ne sera pas possible avant un bon moment. Restez ici. Je vais demander à quelqu'un de vous raccompagner.

Mya lutta contre une nouvelle vague d'irritation. Cette soirée avait été horrible, et elle n'aspirait qu'à rentrer chez elle, prendre un bon bain chaud et dormir. Elle regarda s'éloigner l'inspectrice Kamal, qui semblait s'en moquer éperdument.

Heureusement, elle avait les clés de sa maison et de sa voiture sur elle. Elle se mordilla la lèvre. Dépasserait-elle les bornes si elle demandait à Brian de la déposer ici demain pour qu'elle récupère sa voiture ? Elle avait des relations cordiales avec ses deux collègues, mais pas intimes.

— Madame.

Mya sursauta et se retourna. Elle se retrouva en face d'un policier blond dont elle voyait à peine les yeux sous le bord de sa casquette.

— Je ne voulais pas vous faire peur, dit-il avec un accent du Sud. On m'a chargé de vous ramener chez vous.

Le policier lui montra une voiture de patrouille garée dans la rue qui bordait un côté du parking.

— Très bien. Merci, répondit-elle.

Elle le suivit jusqu'à la voiture et monta à l'arrière.

— J'habite au 875, East Randolph Drive, dit-elle.

Le policier se contenta de hocher la tête, ce dont Mya se réjouit. Elle n'était pas d'humeur à bavarder et elle n'avait pas envie de raconter les événements de la soirée pour la énième fois. Il était bien assez pénible qu'ils tournent en boucle dans sa tête.

Qui pouvait avoir voulu détruire son laboratoire ? Elle savait que l'industrie pharmaceutique était un coupe-gorge. Les enjeux étaient élevés. Des milliards de dollars étaient dépensés chaque année pour tenter de développer des traitements pour tout, des maladies cardiaques à la mycose plantaire. Et la plupart des recherches échouaient – un risque inévitable. Elle ne voyait pas qui pouvait avoir incendié son laboratoire. De plus, très peu de gens savaient que ses recherches avaient porté leurs fruits, et elle leur faisait une totale confiance.

Cela n'avait aucun sens.

Elle soupira profondément, chassa les images de l'incendie de son esprit et imagina le plaisir qu'elle éprouverait à se glisser entre les draps en coton égyptien qu'elle avait achetés le mois précédent.

Un coup d'œil à l'horloge du tableau de bord lui apprit qu'ils roulaient depuis presque dix minutes, or sa maison n'était qu'à cinq minutes du laboratoire. C'était la raison pour laquelle elle l'avait préférée à des maisons moins chères ou plus vastes. Mya regarda aussitôt par la vitre.

— Excusez-moi, je pense que vous avez raté ma rue, dit-elle. Si vous tournez ici, je peux vous indiquer comment revenir…

— La ferme, aboya le policier sans quitter la route des yeux.

— Excusez-moi. Je… Ce n'est pas le bon chemin pour aller chez moi.

Elle rencontra les yeux du policier dans le rétroviseur.

— J'ai dit, la ferme !

La voix grave de l'agent avait perdu son accent du Sud.

La terreur lui coupa le souffle.

C'était la voix qu'elle avait entendue dans le hall – celle de l'homme qui avait incendié son laboratoire.

Ce n'était pas un policier. Ou bien c'était un policier véreux.

Pourquoi n'avait-elle pas demandé à voir son badge ?

Elle n'était pas du genre à monter dans une voiture avec un inconnu, même s'il portait un uniforme. Mais avec la destruction de son laboratoire, elle avait baissé sa garde et il était trop tard, maintenant.

Réfléchis !

Elle tira sur la poignée et ne fut pas surprise que la portière refuse de s'ouvrir. Cela valait sans doute mieux, vu qu'ils roulaient à soixante kilomètres/heure. Ils ne roulaient pas assez vite pour attirer l'attention, mais bien assez pour qu'elle se blesse gravement si elle avait pu sauter de la voiture.

Elle devait trouver un moyen de se sortir de cette situation.

Ils avaient quitté la route principale et s'enfonçaient dans une zone rurale. Ils n'avaient pas croisé de voiture depuis plusieurs minutes. Il y avait des bois entrecoupés par des maisons des deux côtés de la route.

— Qui êtes-vous ? demanda Mya. Où m'emmenez-vous ?

— Je t'ai dit de la fermer !

L'inspectrice Kamal s'inquiéterait-elle quand la personne qu'elle avait chargée de la ramener chez elle lui dirait qu'elle s'était volatilisée ? Ou se contenterait-elle d'en déduire que Mya s'était débrouillée toute seule ? Cela faisait une différence. Dans le premier cas, il y avait peut-être déjà des gens à sa recherche, même si elle doutait qu'on la trouve avant… Mya ne savait pas au juste avant quoi, mais elle était sûre de ne pas vouloir le découvrir.

Subitement, l'homme se gara au bord de la route et fit deux appels de phares.

Mya devina un fourgon garé quelques mètres plus loin. Personne n'en sortit, mais la panique la saisit. La seule raison de faire des appels de phares était de prévenir quelqu'un qu'on était là.

L'homme coupa le moteur, puis sortit de la voiture.

Mya secoua la poignée jusqu'à ce que la silhouette de l'homme apparaisse de l'autre côté de la portière, puis elle recula le plus possible lorsqu'il ouvrit celle-ci.

— Sors !

Mya n'avait pas la moindre idée de ce qu'il comptait lui faire, mais il était évident qu'elle était en danger.

— Dehors ! rugit-il.

La méchanceté se lisait sur le visage anguleux de l'individu. Il était grand et il pouvait facilement la tirer hors de la voiture comme si elle n'était qu'une poupée de chiffon. Pour avoir une chance de s'échapper, elle devait se battre.

Elle glissa vers la portière ouverte. Quand elle arriva au bord de la banquette, elle pivota, sauf qu'au lieu de poser les pieds par terre elle projeta les jambes vers son ravisseur.

Elle le surprit, mais il avait de bons réflexes : il se tourna pour éviter de recevoir le coup dans les parties génitales. Elle réussit quand même à lui couper le souffle en l'atteignant au ventre et à sortir de la voiture sans qu'il l'attrape.

La sacoche de son ordinateur rebondissant sur sa hanche, Mya fonça vers la sécurité relative des arbres. Une détonation retentit et un morceau d'écorce sauta du tronc le plus proche d'elle. Elle continua à courir. La végétation la protégeait un peu, mais son instinct lui criait qu'elle devait mettre le plus de distance possible entre cet homme et elle si elle voulait survivre.

Elle s'enfonça davantage dans les bois. Son cœur battait la chamade – à cause de la peur plus que de l'effort –, mais elle se força à accélérer.

Elle fut obligée de ralentir lorsqu'elle tomba sur une zone très touffue. Heureusement, ses yeux s'étaient habitués à l'obscurité, sans quoi elle n'aurait pas remarqué le ravin que les buissons cachaient. Elle attrapa une branche basse pour s'arrêter. Ses bottes glissèrent et de la terre tomba dans le vide. Elle se cogna le genou contre une pierre, mais elle serra les dents et continua à s'agripper à la branche en priant pour que celle-ci tienne bon.

Comme il avait plu la veille, son pantalon fut vite mouillé. L'air sentait les sapins et la mort. Il devait y avoir une charogne dans les environs.

La douleur se calma dans son genou, mais le sang lui sifflait aux oreilles. L'homme était-il sur ses talons ? Elle se releva sans faire de bruit et tendit l'oreille.

Des criquets chantaient. Une chouette hulula. Lorsqu'elle entendit un grattement à quelques mètres, Mya s'interdit d'imaginer quel animal l'avait produit. Elle n'était pas une grande fan des promenades en forêt. Elle préférait consacrer le temps qu'elle passait à l'extérieur au jardinage et au jogging dans le parc qui se trouvait derrière sa maison.

Elle baissa les yeux vers son genou et vit une tache de sang sur son pantalon. Son chemisier en soie rose avait plusieurs déchirures. Ce n'était plus qu'un chiffon hors de prix. Heureusement, elle avait hésité après avoir mis des ballerines, ce matin-là, les troquant contre des bottes en cuir qui semblaient tenir le coup.

La nuit devenait glaciale.

Elle ne pouvait pas rester là indéfiniment, mais elle n'avait aucun moyen de savoir si son ravisseur attendait de la voir réapparaître au bord de la route. Discrètement et tous ses sens en alerte, elle se remit en marche.

Et que feras-tu ensuite ?

Elle ignorait si l'homme qui l'avait enlevée était un policier véreux ou s'il s'était juste déguisé en policier pour qu'elle monte dans sa voiture. Dans ces conditions, elle ne pouvait pas se fier à la police pour le moment.

Pouvait-elle rentrer chez elle ? Elle avait donné son

adresse à son ravisseur. Ce serait forcément le premier endroit où il la chercherait.

Elle n'avait pas de téléphone et elle ne pouvait se fier à personne.

Une voix familière jaillie du passé résonna dans sa tête.

« Tu peux me haïr si tu veux. Je le mérite. Mais sache que je serai toujours là pour toi, si tu as besoin de quoi que ce soit. »

C'était la dernière personne qu'elle avait envie de voir, mais sans doute la seule à même de l'aider à se sortir de cette situation.

L'adrénaline lui permit de presser le pas.

— J'espère que ton offre tient toujours, Gideon, marmonna-t-elle.

3

Gideon Wright se réveilla en sursaut. Il entendit les craquements et les grincements habituels de la maison que ses grands-parents avaient achetée juste après leur mariage, soixante-dix ans plus tôt. Il balaya la pièce du regard. Il était seul, comme toutes les nuits. Mais il sentait que quelque chose clochait.

Les lumières !

Il avait amélioré le système de sécurité quand il avait hérité de la maison. Il avait eu beau essayer de convaincre grand-mère Pearl que les verrous ne suffisaient pas, elle avait toujours refusé de prendre d'autres précautions en lui répétant qu'elle ne voulait pas vivre comme si elle était en prison.

En dehors des chaînes qu'il avait ajoutées à toutes les portes et des deux caméras de sécurité qu'il avait installées autour de la maison sans le lui dire, il avait respecté son souhait jusqu'à sa mort.

La maison avait maintenant un système de sécurité haut de gamme. Les lampes à détecteurs de mouvements qu'il avait placées autour étaient réglées pour n'être déclenchées que par des créatures d'une taille respectable. Il pouvait s'agir d'une biche, bien sûr, mais son instinct lui disait que ce n'était présentement pas le cas.

Il se leva sans faire de bruit et prit le revolver qu'il

gardait sur sa table de nuit. Pas une seule latte du plancher ne grinça lorsqu'il descendit au rez-de-chaussée. Les lampes du jardin étaient toujours allumées, mais l'alarme ne s'était pas déclenchée. L'intrus n'était donc pas entré dans la maison – pas encore.

Il regarda discrètement par une fenêtre donnant sur le jardin. Celui-ci était largement plongé dans l'obscurité, malgré les lumières de sécurité. Il faudrait qu'il installe d'autres lampes.

Une bourrasque secoua les branches nues du grand érable qui se dressait au fond du jardin. Alors que Gideon scrutait les ténèbres, ce qu'il avait d'abord pris pour une ombre se détacha du tronc de l'arbre pour s'approcher de la maison en longeant la clôture.

Gideon ne voyait pas qui pouvait être assez stupide pour essayer d'entrer par effraction dans la maison d'un expert de la sécurité et ancien marine, mais il ne demandait pas mieux que de faire comprendre son erreur à l'importun. Il désactiva l'alarme, traversa son petit salon, sortit par la porte-fenêtre et se colla au mur. Une nouvelle bourrasque le fit frissonner lorsqu'il jeta un coup d'œil au coin de la maison. L'intrus, qui longeait toujours la clôture, s'approchait de la porte de derrière.

Quand son visiteur posa un pied sur la première marche du patio, Gideon bondit.

L'intrus tourna la tête.

Gideon le reconnut aussitôt, mais son cerveau n'eut pas le temps d'ordonner à ses jambes de s'arrêter.

Il percuta la femme qu'il connaissait autrefois mieux qu'il ne se connaissait lui-même. Une sacoche d'ordinateur chuta au sol.

Gideon se retourna avant qu'ils n'atterrissent eux aussi par terre. Il réussit à absorber l'essentiel du choc, mais Mya parut accuser le coup. Étalée sur lui, elle grogna.

— Mya ? Que fais-tu là ? Ça va ?

Comme il lui frottait les bras, il trouva son corps incroyablement familier, alors qu'il ne l'avait pas touché depuis des années.

— Aide-moi, s'il te plaît.

Sa voix chevrotante et son regard affolé l'effrayèrent.

Gideon écarta les cheveux de Mya et découvrit des meurtrissures sur son visage. Elle tremblait comme une feuille dans ses bras sans qu'il puisse savoir si c'était à cause du froid ou parce qu'elle était en état de choc.

Elle ferma les yeux.

Se relevant, il la souleva dans ses bras.

— Tiens bon, chérie. Je vais t'emmener chez un médecin.

Elle ouvrit vivement les yeux.

— Non, murmura-t-elle. Pas de médecin. Pas la police. Juste toi, Gideon. Juste toi.

Gideon sentit son cœur manquer un battement et refoula ses émotions. Il était évident que Mya avait des ennuis – de gros ennuis, pour qu'elle soit venue le trouver. Il ne pouvait pas laisser les sentiments qu'elle lui inspirait encore embrouiller les choses.

Il l'emmena à l'intérieur en contemplant son visage contusionné.

Oui, il l'aiderait. Et il ferait payer celui qui lui avait fait ça. Il se le jura.

La cuisine était déjà toute baignée de soleil quand les charnières de la porte de la chambre d'amis grincèrent. Quelques secondes plus tard, Gideon entendit le verrou de la salle de bains se fermer, et la douche se mettre en route juste après.

Il appuya sur le bouton de la cafetière dont il se servait rarement et s'adossa au bout du comptoir de la cuisine. Il voulait voir Mya dès qu'elle commencerait à descendre l'escalier. Et, s'il était honnête, il voulait aussi observer sa réaction quand elle poserait les yeux sur lui après toutes ces années.

Après l'avoir portée dans la maison, il l'avait aidée à se débarbouiller et lui avait donné des vêtements propres. Ses entailles et ses bleus étaient superficiels, mais elle était déshydratée, affamée et proche de l'hypothermie. Il avait ravalé la rage que l'état de Mya lui inspirait et avait fait chauffer un bouillon de poule. Mya n'en avait avalé que quelques cuillérées avant que ses paupières ne tombent. Il l'avait alors aidée à s'installer dans la chambre d'amis.

Il n'était pas retourné se coucher. Il avait pris quelques mesures de sécurité supplémentaires, au cas où le poursuivant de Mya se manifeste. C'étaient des pièges assez basiques, mais ils l'avertiraient de la présence d'un visiteur indésiré.

Après cela, il avait fait des recherches sur la vie de Mya depuis leur divorce, douze ans plus tôt. Bien sûr, il n'avait pas complètement perdu sa trace. Il savait qu'elle avait obtenu son diplôme de médecine et un doctorat en sciences biomédicales. Il avait été très fier d'elle quand il avait lu des articles sur l'importance des travaux qu'elle menait pour TriGen, le laboratoire privé de recherches sur le cancer fondé par Irwin Ross. Sur son site, TriGen déclarait qu'il s'était donné pour mission de découvrir un traitement contre le glioblastome, un cancer du cerveau.

Gideon ne connaissait pas Irwin Ross. Les articles qu'il avait lus sur l'ancien directeur du laboratoire lui donnaient l'impression que c'était un brillant excentrique. Mya avait commencé par faire un stage chez TriGen pendant sa dernière année d'études, puis elle était devenue l'un des deux chercheurs à temps plein du laboratoire. Irwin avait pris sa retraite en Virginie-Occidentale l'année précédente et nommé Mya à la tête de TriGen.

Directrice de laboratoire à trente-cinq ans… Gideon savait depuis toujours que Mya était destinée à des choses qui n'étaient pas à la portée du commun des mortels. C'était l'une des raisons pour lesquelles il avait demandé le divorce. Il l'aimait trop pour laisser ses problèmes la freiner dans la vie.

Il entendit la douche s'arrêter et la porte de la salle de bains s'ouvrir.

Dix minutes plus tard, Mya descendait l'escalier pieds nus. Elle était engloutie par le pull bien trop grand qu'il lui avait prêté, mais elle restait la plus belle femme sur laquelle il ait jamais posé les yeux.

Elle s'arrêta au pied de l'escalier et le regarda avec inquiétude en rougissant un peu.

— J'ai fait du café si ça te tente, dit-il avant d'ouvrir un placard pour en sortir une tasse.

— Oui. Merci.

Mya entra dans la cuisine en boitant.

— As-tu besoin d'aide ? demanda-t-il avec inquiétude.

— Non, ce n'est pas grave, répondit-elle en grimpant sur un tabouret. Je me suis juste cogné le genou hier soir.

— Pendant l'incendie ?

Mya plissa les yeux.

— Je vois que tu as fait tes devoirs.

Pendant ses recherches nocturnes, il était aussi tombé sur un article d'un journal local relatant l'incendie qui avait dévasté le laboratoire TriGen. Les autorités suspectaient un incendie volontaire. Cela expliquait pourquoi les vêtements et les cheveux de Mya sentaient la fumée quand il l'avait trouvée, mais cela soulevait aussi bien des questions. Pour commencer : qu'est-ce qui l'avait effrayée au point qu'elle s'en remette à lui ?

— Tu as débarqué dans mon jardin, blessée et sentant

la fumée, et je suis un spécialiste de la sécurité, répondit-il en lui tendant la tasse de café.

Elle lui décocha un sourire qui fit manquer un battement à son cœur.

— Je sais. Ma mère parle toujours de l'époque où tu protégeais le président.

La mère de Mya, Francine Rochon, avait été comme une mère pour lui. Il l'appelait une fois par semaine et il l'invitait à dîner à chaque fois qu'une mission le rapprochait d'Orlando.

— C'est exagéré, commenta Gideon. Mes collègues et moi étions si loin de lui qu'on ne l'a même pas vu.

Mya but une gorgée de café avant de répondre :

— D'après ma mère, tu lui as sauvé la vie et vous êtes devenus les meilleurs amis du monde. Elle est fière de toi.

Pour touché qu'il soit, Gideon savait que Mya n'avait pas fait irruption chez lui pour lui parler de sa mère.

— Tu n'as pas répondu à ma question, dit-il. T'es-tu blessée pendant l'incendie d'hier soir ?

Mya but une autre gorgée de café et secoua la tête.

— Je me suis fait mal après, quand j'échappais au policier.

Il écarquilla les yeux. Il était rare qu'on le surprenne, mais Mya avait toujours eu l'art de le prendre à contre-pied. Apparemment, le temps n'avait rien changé à cela.

— Raconte-moi ça depuis le début et donne-moi tous les détails.

Il s'installa sur le deuxième tabouret et l'écouta attentivement. Elle lui expliqua qu'après être allée s'acheter un café, elle avait entendu un homme, dans le hall de l'immeuble, dire au téléphone qu'il avait mis le feu à son laboratoire. Elle avait vainement essayé d'éteindre l'incendie. Quand elle lui raconta ensuite qu'elle avait frappé un homme qui était « peut-être un policier » et s'était enfuie dans les bois, il fut envahi par le désir de retrouver ce type qui l'avait enlevée pour le lui faire payer.

— C'est pour ça que tu ne voulais pas que j'appelle la police ni que je t'emmène à l'hôpital ?

Elle acquiesça.

Il comprenait sa méfiance. Dans ces circonstances, il la partageait.

— Peux-tu me décrire ce policier ?

— Blond, les yeux bleus, à peu près de ma taille.

Avec son mètre soixante-quinze, Mya était plus grande que la plupart des femmes.

— Et il portait un uniforme, ajouta-t-elle.

Ce qui ne signifiait rien, puisqu'il était facile de s'en procurer un sur Internet.

— Je connais un inspecteur en qui j'ai toute confiance, dit-il.

Comme elle ne semblait pas convaincue, il reprit :

— Il faut que la police sache qu'on a essayé de t'enlever.

— Très bien, répondit-elle, les sourcils froncés. Si tu as confiance en cet inspecteur, je lui parlerai.

— Pourquoi quelqu'un s'en prendrait-il à ton laboratoire et à toi ?

Elle baissa les yeux et se mordilla la lèvre. Apparemment, elle se demandait quoi lui dire et quoi garder pour elle.

— Je t'aiderai mieux si j'ai tous les éléments en main, insista-t-il.

Mya soupira.

— Je n'en suis pas sûre. La recherche médicale et pharmaceutique est un milieu féroce. Il n'y a pas assez d'argent pour financer tout le monde, et les plus grosses récompenses vont aux premiers qui développent un traitement efficace.

— Et par « plus grosses récompenses », tu entends ?

Elle haussa les épaules.

— Des millions de dollars.

Ce qui faisait des millions de raisons d'éliminer la concurrence.

— Et je suppose que tes recherches sont fructueuses, dit-il.

Elle essaya de cacher son sourire en buvant une gorgée de café. Quand elle baissa sa tasse, il avait disparu.

— Je connais la plupart des gens qui travaillent dans le même domaine que moi, fit-elle. Ce sont mes pairs. Je ne peux pas prétendre que nous sommes tous amis, mais je n'arrive pas à les imaginer voulant détruire mon laboratoire.

— J'ai lu que ton laboratoire cherchait un traitement contre un cancer du cerveau. L'as-tu trouvé ?

Les yeux de Mya pétillèrent.

— J'ai rencontré pas mal de difficultés, mais j'ai découvert la dernière partie de la formule la semaine dernière, dit-elle en posant une main sur la sienne. Bien sûr, il y a encore beaucoup de chemin à parcourir. Je dois faire des essais cliniques et valider mes recherches par mes pairs. Il faudra aussi que je m'associe à un laboratoire plus grand que le mien ou à une entreprise pharmaceutique…

— Mais tu as découvert un traitement pour un cancer du cerveau, la coupa-t-il. Alors on ne parle pas de millions, mais de milliards, n'est-ce pas ?

Elle fronça les sourcils.

— Je sais ce que tu penses, mais personne ne mettrait le feu à mon laboratoire pour autant. On est des scientifiques !

Elle se massa les tempes.

Elle avait peut-être du mal à l'admettre, mais les scientifiques étaient des humains et ce ne serait pas la première fois que l'appât du gain inciterait quelqu'un à commettre un acte criminel. Voire mortel.

Il sortit son téléphone de sa poche.

— Je vais appeler cet inspecteur, annonça-t-il.

Il devait aussi mettre West Security sur le coup.

Mya esquissa un sourire timide.

— Merci pour ton aide, dit-elle. Je n'étais pas sûre que tu le ferais… après la manière dont notre mariage s'est terminé et tout le temps qui a passé.

Il pressa ses doigts.

— Je serai toujours là pour toi.

C'était ce qu'il lui avait dit quand ils avaient signé les papiers du divorce. Il était sincère à l'époque et il l'était aujourd'hui.

Ils se fixèrent un long moment, puis Mya écarta sa main.

— Je vais m'habiller, dit-elle. Peut-on passer par chez moi avant d'aller voir ton ami inspecteur ?

Gideon se leva en même temps qu'elle.

— Ce n'est pas une très bonne idée, répondit-il. C'est le premier endroit où on te cherchera.

— Même si tes vêtements me vont à merveille, je ne suis pas sûre de pouvoir les porter toute la journée, ironisa-t-elle.

— D'accord. Tu marques un point, reconnut-il.

— Et je veux m'assurer qu'il n'est rien arrivé à mon serveur.

— Ton serveur ?

— J'ai sauvegardé mes recherches sur un serveur privé. Ce n'est pas une méthode conventionnelle, je sais, mais Irwin ne se fiait pas aux systèmes extérieurs. Je me suis laissé contaminer par sa paranoïa, je suppose… Quand il a pris sa retraite et m'a confié le laboratoire, j'ai gardé ses habitudes.

— Il y a de meilleures manières de protéger des données, répondit-il. Je t'aiderai quand on aura résolu le problème du moment.

Mya leva le menton.

— Je ne t'ai pas demandé de m'aider à protéger mes données.

— Tu es toujours aussi têtue.

— Et tu penses toujours que tout doit se passer comme tu l'as décidé. Je ne suis pas un soldat sous tes ordres.

Gideon eut une impression de déjà-vu. Le désir d'indépendance de Mya avait causé de nombreuses querelles quand ils étaient mariés.

— Je ne veux pas qu'on se dispute, dit-il. Si tu ne veux pas que je t'aide à protéger tes recherches, très bien. Veux-tu toujours que je t'aide à trouver qui s'en prend à toi ?

Elle hésita un instant avant d'acquiescer.

— Alors, on va chez toi, on récupère tes affaires, puis on va voir l'inspecteur.

Il lui jeta un regard sévère. Si elle voulait qu'il la protège, elle devait bien comprendre qu'ils n'avaient pas de temps à perdre en disputes.

— On ne reste pas plus de cinq minutes chez toi, ajouta-t-il. Si je dis qu'on s'en va, on s'en va. Pas de question, pas d'objection. Entendu ?

Après un long moment, elle acquiesça une nouvelle fois.

— Entendu.

Gideon la regarda quitter la cuisine. Ils avaient toujours été trop têtus pour leur bien. C'était l'une des raisons de l'échec de leur mariage. Mais, dans ces circonstances, il n'aurait aucun scrupule à lui imposer sa volonté. Qu'elle croie ses collègues incapables de l'attaquer ou non, quelqu'un l'avait fait.

Désormais, celui qui voulait s'en prendre à elle devrait lui passer sur le corps.

4

Mya enfila un pull qui devait être trop petit pour Gideon, mais dans lequel elle nageait. Comme il n'était pas question qu'elle mette le pantalon de jogging que Gideon lui avait prêté, elle remit son pantalon taché de boue et de sang. Même si ses cheveux sentaient encore la fumée, la douche l'avait au moins débarrassée de toute la suie qu'elle avait sur la peau.

Elle se regarda dans le miroir de la penderie. Elle avait un bleu sur la tempe et une meurtrissure sur la joue qu'elle garderait quelques jours, mais un peu de fond de teint arrangerait sûrement les choses. Elle fit rouler ses épaules endolories. Deux ou trois comprimés d'analgésique devraient faire l'affaire… Dans l'ensemble, elle n'allait pas si mal, vu ce qui aurait pu lui arriver.

Cette pensée la fit frissonner.

Elle reporta son attention sur le bruit de la douche, ce qui réveilla des souvenirs de douches que Gideon et elle avaient prises ensemble et la fit frissonner de nouveau, pour une tout autre raison.

Ressaisis-toi ! s'ordonna-t-elle.

Elle était là parce qu'elle avait besoin que quelqu'un l'aide, et il suffisait largement que Gideon Wright lui ait brisé le cœur une fois.

Elle retourna au rez-de-chaussée avec son ordinateur.

Elle avait bien assez de problèmes. Elle serait stupide d'ajouter des désirs déplacés à la liste.

Elle chassa de son esprit l'image de Gideon sous la douche et appela Brian. Comme la veille au soir, elle tomba sur le répondeur. Elle laissa un nouveau message pour lui demander de la rappeler le plus vite possible, puis elle appela Rebecca une deuxième fois. Comme pour Brian, elle dut laisser un message. Il était peu probable qu'ils n'aient pas entendu parler de l'incendie, mais elle était la patronne et elle voulait rassurer ses troupes. Elle espéra qu'ils la rappelleraient vite.

Elle glissa deux tranches de pain dans le grille-pain, puis elle fouilla son sac un long moment avant de trouver la clé USB qu'elle cherchait.

Elle avait travaillé pendant sept ans avec Irwin Ross, un géant dans la recherche de traitements contre le cancer, mais un homme têtu et peu sociable que beaucoup de gens qualifiaient avec bienveillance d'excentrique. Quand il avait pris sa retraite, Mya avait hérité du laboratoire, de toutes ses notes de travail et du serveur sur lequel il conservait ses données.

Elle consulta ses mails et découvrit plusieurs messages de membres du conseil d'administration. Elle rédigea rapidement un mail collectif pour les informer de l'incendie et promettre une conférence téléphonique. Il faudrait qu'elle en organise une bientôt, mais elle n'avait pas grand-chose à leur apprendre pour le moment.

Et elle avait une tâche plus importante à accomplir d'abord.

Irwin ferait une syncope s'il savait ce qu'elle s'apprêtait à faire. Dans des circonstances normales, elle ne conserverait jamais ses recherches sur une clé USB – il était bien trop facile de la perdre –, mais les situations désespérées appelaient des mesures désespérées. Même si elle avait fait de son mieux pour ne rien laisser paraître, elle avait été ébranlée quand Gideon lui avait fait comprendre que la valeur de sa formule pour le traitement du glioblastome faisait d'elle une cible. Elle ne paniquait pas encore, mais il lui semblait nécessaire de prendre des mesures supplémentaires pour ne pas perdre le travail de sa vie.

Elle copia la dernière partie de la formule sur la clé en mangeant les toasts. Quand elle eut terminé, elle erra dans la maison à la recherche d'une bonne cachette.

Dans le pot du ficus ? Non, la terre risquait d'abîmer la clé. Scotché sous un tiroir de la cuisine ? Non, trop évident. Sous le coussin du fauteuil, dans le salon ? Trop évident aussi.

La douche cessa de couler à l'étage. Elle avait confiance en Gideon pour la sortir de cette situation, mais pour la protection de ses travaux de recherche ? C'était une autre histoire. Elle s'était peut-être plus laissé influencer par Irwin qu'elle ne voulait l'admettre. Ou bien c'était le danger qui la rendait paranoïaque.

Elle traversa la maison en envisageant et en rejetant différentes cachettes. En entrant dans la buanderie, elle sourit quand ses yeux tombèrent sur la planche à repasser. L'histoire préférée de sa mère… Mya, à trois ans, cachant ses boucles d'oreilles en perles. Après les avoir cherchées partout, sa mère les avait considérées comme perdues pour de bon. Jusqu'à ce qu'elle fasse du repassage pendant le week-end et entende un cliquetis dans les pieds de la planche. En plus des boucles d'oreilles, elle y avait trouvé plusieurs objets dont elle n'avait pas encore remarqué la disparition.

Le bouchon en plastique d'un des pieds de la table à repasser résista, mais Mya finit par réussir à le retirer pour glisser la clé à l'intérieur. Après avoir replacé le bouchon, elle sortit de la buanderie au moment où Gideon entrait dans la cuisine.

Il la regarda avec méfiance.

— Tout va bien ? s'enquit-il.

— Très bien. Je faisais juste un peu de rangement.

Elle traversa la cuisine et ramassa son ordinateur sur le comptoir.

— As-tu un coffre où je pourrais mettre ça ? demanda-t-elle.

Puisque Gideon était un spécialiste de la sécurité, il y avait de bonnes chances pour qu'il ait un coffre-fort chez lui.

Gideon l'entraîna dans sa chambre, qui n'était pas beaucoup plus grande que la chambre d'amis. Le parfum musqué de sa lotion après-rasage l'enveloppa dès qu'elle entra dans la pièce.

Elle repéra aussitôt un tableau qui se trouvait dans le salon, du vivant de grand-mère Pearl. Le mobilier de la chambre, tout en bois sombre, signalait clairement que son occupant était de sexe masculin.

Gideon alla ouvrir le placard, dans lequel se trouvait un petit coffre. Mya lui tendit son ordinateur. Gideon le rangea dans le coffre, qu'il referma, puis il se tourna vers elle.

L'air devint électrique et Mya eut du mal à contenir les émotions qui l'assaillaient. À en juger par l'intensité de son regard, Gideon avait le même problème qu'elle.

Elle s'approcha de lui par réflexe lorsqu'il posa une main sur sa joue. Le cœur affolé, elle attendit son baiser… qui ne vint pas.

Gideon laissa retomber son bras et recula.

— Le code est l'anniversaire de grand-mère Pearl, au cas où tu aurais besoin d'ouvrir le coffre quand je ne suis pas là, dit-il. On devrait aller chez toi, maintenant.

Il tourna les talons et quitta la chambre.

Mya le suivit en se sentant si humiliée qu'elle évita son regard jusqu'à ce qu'ils montent dans sa voiture. Le parfum de Gideon, encore plus intense dans cet espace confiné, amplifia son malaise.

— J'habite au…, commença-t-elle pour essayer d'oublier son embarras.

— Je sais, la coupa-t-il.

Mya lui jeta un bref coup d'œil. Elle aurait dû s'y attendre. Elle avait entendu dire que l'agence pour laquelle Gideon travaillait, West Security, faisait partie des meilleures. Les recherches qui lui avaient permis de découvrir ses accomplissements professionnels et l'incendie de son laboratoire avaient aussi dû lui fournir son adresse.

Gideon avait clairement l'allure d'un détective privé. Il portait une chemise écrue et un manteau en laine noir qui mettait ses larges épaules en valeur. Mya avait un peu l'impression d'être dans *La Belle et la Bête*, sauf que c'était elle qui jouait le rôle de la Bête.

Le Gideon d'aujourd'hui était très différent du garçon de dix ans qu'elle avait rencontré vingt ans plus tôt. À l'époque, Gideon était plus petit et plus maigre que la plupart des garçons de sa classe. Comme il était en plus très calme et nouveau à l'école, il était vite devenu une cible pour les brutes. Un jour, Mya avait vu Kenneth Rickshaw et ses deux acolytes s'amuser à se lancer le sac à dos de Gideon.

Elle avait attrapé le sac à dos au vol et l'avait balancé sur Kenneth, l'atteignant en plein plexus solaire. Comme elle était elle-même une « intello binoclarde », elle avait été la cible de Kenny et elle avait découvert qu'il était profondément lâche, comme la plupart des brutes. Kenny et ses acolytes avaient battu en retraite ; Gideon et elle étaient devenus inséparables – et encore plus quand ils avaient réalisé qu'ils habitaient à quelques centaines de mètres l'un de l'autre.

Au cours des années suivantes, Gideon avait atteint un mètre quatre-vingt-dix et développé des muscles qui attiraient l'attention des filles. Ses joues avaient fondu pour révéler des pommettes hautes et une mâchoire carrée. La discrétion qu'il avait conservée l'enveloppa d'une aura de mystère au lycée. Mya avait bien remarqué que son meilleur ami était séduisant, mais il n'y avait eu que de l'amitié entre eux – jusqu'en terminale.

Elle jeta un nouveau coup d'œil à Gideon et laissa un autre soupir lui échapper.

— Tu es sûre que ça va ? demanda-t-il en lui lançant un regard curieux.

— Oui.

Elle reporta son attention sur le paysage.

Alors que Gideon avait choisi de rester dans le Queens, elle avait acheté une maison de deux étages près du laboratoire TriGen, de l'autre côté de l'Hudson.

— Pourquoi prends-tu la route panoramique ? demanda-t-elle.

— Je veux m'assurer que personne ne nous suit.

Gideon jeta un coup d'œil dans le rétroviseur, sans doute pour la vingtième fois depuis qu'ils étaient partis.

— Personne ne peut savoir que j'ai passé la nuit chez toi, lui fit remarquer Mya en observant les voitures autour d'eux.

— Tu as dit que l'homme qui a mis le feu à ton laboratoire te cherchait. Nous ne savons pas ce qu'il sait sur toi. Je ne veux courir aucun risque.

C'était raisonnable, mais elle avait du mal à accepter la conclusion qui s'imposait. Son cœur s'affola.

— Quelqu'un me veut du mal, murmura-t-elle.

Gideon lui jeta un coup d'œil appuyé.

— Et cette personne ne plaisante pas. Le policier, vrai ou faux, avait une voiture de patrouille pour te leurrer. Quand on arrivera chez toi, j'aimerais que tu prennes des vêtements pour un jour ou deux et qu'on s'en aille le plus vite possible.

— Un jour ou deux ?

— Tu peux t'installer dans l'une des planques de West Security jusqu'à ce qu'on soit sûrs que tu ne risques rien.

Il s'éclaircit la voix avant d'ajouter :

— Ou tu peux rester chez moi. Dans la chambre d'amis.

Elle tourna la tête vers la vitre sans répondre. Gideon avait sûrement raison d'estimer dangereux qu'elle rentre chez elle. Mais passer une autre nuit chez lui ? C'était dangereux aussi, d'une tout autre manière. Malgré le divorce et toutes les années qui s'étaient écoulées depuis, il l'attirait autant qu'à l'époque où elle rêvait d'un avenir avec lui.

Les détours de Gideon les avaient menés à deux rues du laboratoire TriGen.

— On est tout près du labo, dit-elle. Prends à droite.

— Tu es sûre de vouloir retourner là-bas ? demanda-t-il, les sourcils froncés.

Mya inspira profondément.

— J'ai… juste besoin de le voir.

Deux minutes plus tard, Gideon se gara sur le parking désert et elle sortit de la voiture.

Le vent agitait le ruban de la police qui condamnait l'accès au bâtiment. La pelouse, habituellement impeccable, était un chaos de flaques et de traces de pas.

Se protégeant les yeux du soleil, Mya observa le premier étage. Toutes les vitres étaient cassées et la façade était noircie.

Elle se réjouissait que les dégâts se soient limités à son

laboratoire et que personne n'ait été blessé, mais le bâtiment serait clairement inutilisable pendant un bon moment.

— C'est une ruine…

Elle se couvrit la bouche pour réprimer un sanglot.

— On le reconstruira, répondit Gideon. Tu es saine et sauve, c'est le principal.

Gideon enroula un bras autour de ses épaules, et ce geste la mit mal à l'aise tant il était réconfortant et familier malgré les années qui s'étaient écoulées.

— J'aimerais que ce soit si simple, dit-elle.

Alors qu'elle s'écartait de Gideon, une voiture rouge entra sur le parking.

Elle sentit Gideon se raidir, mais elle avait reconnu la voiture.

— C'est Brian Leeds, mon assistant.

Cette information ne parut pas détendre Gideon.

Brian bondit hors de sa voiture, en laissant le moteur tourner et la portière ouverte, et se précipita vers eux.

— Mya ! Dieu merci, tu vas bien !

Il la serra dans ses bras. Mya en fut surprise, parce qu'ils n'étaient pas proches, mais c'était une situation extraordinaire. Par-dessus l'épaule de Brian, elle vit que Gideon contenait difficilement sa colère.

Mya repoussa son collègue.

— Je t'ai laissé des messages hier soir et ce matin, dit-elle avec plus d'irritation qu'elle ne le voulait.

Brian jeta un coup d'œil à Gideon avant de reporter son attention sur elle.

— Mon téléphone était déchargé, répondit-il. Comme je ne m'en sers pas souvent, je ne m'en suis aperçu que ce matin.

— Très mauvais timing, intervint Gideon avec ironie.

Brian plissa les yeux.

— Effectivement. Vas-tu me présenter ton ami, Mya ?

— C'est Gideon Wright, répondit-elle. Il travaille pour West Security.

— Tu as engagé un détective privé ? dit Brian en haussant un sourcil.

— Gideon est un ami, précisa-t-elle. Brian, il faut que tu saches que l'incendie n'était pas accidentel.

— Ce n'était pas un accident ? s'écria son assistant. Comment ça ?

— Tu sais que je suis restée après ton départ, hier soir, expliqua-t-elle en indiquant le bâtiment d'un signe de tête.

Brian leva les yeux au ciel.

— Oui. Tu voulais vérifier nos derniers résultats, même si on l'avait déjà fait dix fois.

Mya savait que le soin qu'elle mettait à tout contrôler plusieurs fois agaçait Brian mais, en tant que directrice du labo, elle ne pouvait pas laisser passer la moindre erreur.

— Effectivement. Peu après ton départ, je suis allée me chercher un café. Quand je suis revenue, il y avait un inconnu dans le hall. Il ne m'a pas vue parce que je suis entrée par la porte de derrière, mais je l'ai entendu dire à quelqu'un au téléphone qu'il avait mis le feu au labo. J'ai essayé d'éteindre l'incendie, mais je suis arrivée trop tard.

— Tu aurais pu y laisser ta peau, Mya !

Elle leva une main pour empêcher Brian de continuer sur cette voie.

— Ce n'est pas tout, reprit-elle. Quand la police m'a autorisée à rentrer chez moi, j'ai failli être enlevée.

— Elle *a* été enlevée, corrigea Gideon.

— Quoi ? s'écria Brian en montant dans les aigus. Comment ça ?

Elle lui parla du policier qui n'en était peut-être pas un et de la course folle qu'elle avait dû faire dans les bois pour s'échapper.

— C'est incroyable, balbutia Brian. Est-ce l'homme qui a mis le feu au labo ?

Elle haussa les épaules. Elle aurait bien aimé pouvoir répondre à cette question.

— Je ne sais pas. Je n'ai pas vu l'individu qui se trouvait dans le hall.

Brian se passa la main sur le visage.

— Que faisons-nous, maintenant ? demanda-t-il.

— À quelle heure avez-vous quitté le bâtiment hier soir ? l'interrogea Gideon.

Brian fronça les sourcils.

— Un peu après 18 heures.

Mya se rendit subitement compte qu'elle avait eu beaucoup de chance. Elle était partie juste après Brian pour revenir vers 18 h 30. Si elle était partie quelques minutes plus tard ou revenue quelques minutes plus tôt, elle serait sans doute tombée sur leur pyromane. Que lui serait-il arrivé ? Les possibilités la firent frémir.

— Avez-vous vu quelqu'un en partant ? demanda Gideon, ce qui la ramena à la réalité.

Brian secoua la tête.

— Personne. C'était dimanche. Tous les commerces des autres bâtiments étaient fermés. Il n'y avait que quelques voitures sur le parking et rien n'a attiré mon attention.

— Et le policier dont vous a parlé Mya ? Vous dit-il quelque chose ? Ou avez-vous remarqué quelqu'un qui lui ressemble dans les parages ? Quelqu'un qui voulait sans doute se faire discret…

Gideon avait posé la même question à Mya un peu plus tôt, et la réponse de Brian fut la même que la sienne. Il circulait trop de monde dans les environs pour qu'il soit possible de remarquer quelqu'un en particulier, surtout si cette personne ne voulait pas se faire remarquer.

— As-tu eu des nouvelles de Rebecca, Brian ? demanda-t-elle. Je n'ai pas réussi à la joindre, elle non plus.

Brian blêmit.

— Moi ? Pourquoi j'aurais eu de ses nouvelles ? répondit-il en évitant son regard.

— Vous mentez, déclara Gideon.

Mya lui jeta un regard réprobateur qu'il vit certainement, même s'il ne quitta pas Brian des yeux.

— Je lui ai également laissé un message pour lui demander de me rappeler, dit-elle à Brian. Je pensais qu'elle t'avait peut-être contacté.

— Absolument pas, protesta Brian. Elle ne m'a pas contacté.

Mya n'était pas sûre de le croire, mais elle ne voyait pas pourquoi il mentirait sur ce point.

Brian tourna la tête vers le bâtiment et soupira.

— J'imagine qu'on n'est pas près de se remettre au travail, commenta-t-il.

La perspective de tout ce qu'elle avait à faire – appeler les membres du conseil d'administration, s'enquérir de l'enquête auprès de l'inspectrice Kamal, prévenir l'assurance – lui fit venir un mal de tête.

Elle se massa les tempes.

— Il faut que je parle au conseil d'administration et à nos investisseurs. J'essaierai d'obtenir un laboratoire temporaire pour qu'on puisse continuer à travailler. Je te tiendrai au courant.

Brian hocha la tête et regagna sa voiture.

— Il a l'air tendu, commenta Gideon.

— C'est l'hôpital qui se moque de la charité, répliqua Mya en haussant un sourcil.

Gideon resta parfaitement impassible.

— Est-ce que ça lui arrive souvent d'oublier de recharger son téléphone ? demanda-t-il.

— Je ne sais pas, répondit-elle en haussant les épaules. Ça ne lui ressemble pas vraiment, mais… ça arrive à tout le monde.

À en juger par son expression, Gideon n'était pas de cet avis.

— Disons que ça arrive à la plupart d'entre nous, corrigea-t-elle.

Il esquissa un sourire.

— On ferait bien d'y aller, conclut-il.

— Et ma voiture ? demanda-t-elle en montrant le véhicule, qui était toujours là où elle l'avait garé la veille.

— Tu as les clés ?

Elle acquiesça.

— J'enverrai quelqu'un la chercher, promit Gideon.

Ils remontèrent dans la voiture de Gideon et prirent la direction de chez elle.

— Tu t'es raidie quand Brian t'a serrée dans ses bras, reprit Gideon.

Elle ne fut pas surprise qu'il l'ait remarqué.

Elle considérait plus Brian comme un collègue que comme un ami. Leur relation professionnelle était bonne, mais il y avait eu des tensions entre eux quand elle avait été nommée à la tête du laboratoire, l'année précédente.

— Brian travaille pour TriGen depuis plus longtemps que moi, fit-elle.

Gideon hocha la tête.

— Tu as été promue avant lui et il t'en veut, déclara-t-il.

— Je ne dirais pas qu'il m'en veut, répondit-elle après avoir bien réfléchi. Ça n'a pas dû être facile pour lui, mais le conseil d'administration voulait quelqu'un qui avait un diplôme médical et un doctorat. Brian n'a pas de diplôme médical et il n'a jamais fini sa thèse.

Gideon se tut un long moment.

— L'homme qui a mis le feu au laboratoire te cherchait,

finit-il par dire. Il s'attendait à te trouver, peut-être parce que quelqu'un lui avait appris que tu étais là.

Mya tressaillit.

— Brian ? C'est impossible.

Brian et elle n'étaient pas toujours d'accord, mais elle ne pouvait pas croire qu'il ait pu détruire le laboratoire et lui faire du mal.

— Nous devons envisager toutes les possibilités, reprit Gideon. Qui te remplacerait si tu ne pouvais plus diriger le laboratoire ?

— Je ne sais pas. Brian n'a pas fini son doctorat et j'ai l'impression qu'il n'essaie même plus.

— Mais provisoirement ? insista Gideon. Le conseil d'administration pourrait le nommer directeur par intérim, ce qui lui donnerait une chance de prouver qu'il est capable d'occuper le poste.

C'était possible, mais Gideon ne connaissait pas Brian.

— Pourquoi Brian aurait-il mis le feu au laboratoire s'il avait l'intention de le diriger ?

Gideon sembla prendre conscience du point faible de sa théorie. Ses mâchoires se crispèrent.

— Je ne sais pas, admit-il. Ce que je sais, c'est que quelqu'un s'en est pris à toi, personnellement, hier soir.

Il s'arrêta à un feu rouge et la dévisagea.

— Tant que je ne saurai pas qui c'est, tout le monde sera suspect à mes yeux, ajouta-t-il.

Mya se demandait encore ce qu'elle était censée faire quand Gideon s'engagea dans l'allée de sa maison.

— As-tu la télécommande du garage ? interrogea-t-il.

— Elle est dans ma voiture. Mais on peut ouvrir la porte avec un code.

— Je vais le faire, décréta-t-il. Je ne veux pas que tu quittes la voiture.

Elle lui donna le code. Il sortit de la voiture, tapa le

code et se remit au volant en moins de trente secondes. Dès qu'il eut rangé la voiture dans le garage, il en ressortit pour fermer la porte, puis il s'approcha de sa portière. Elle baissa la vitre.

— Reste ici le temps que je fasse le tour de la maison, ordonna-t-il.

Parce qu'elle était une scientifique, elle cultivait la patience depuis des années. Il ne suffisait pas de vouloir ardemment faire une découverte pour qu'elle se produise. Néanmoins, Mya songea que Gideon avait passé bien plus de temps dans sa maison qu'il n'était nécessaire pour s'assurer qu'il n'y avait pas d'intrus.

Incapable d'attendre plus longtemps, Mya sortit de la voiture. Le garage donnait sur un petit dégagement, avec l'escalier qui menait au rez-de-chaussée à droite et la cave à gauche. Cette pièce de trois mètres sur quatre n'était guère qu'un débarras où se trouvait notamment le serveur sur lequel elle sauvegardait ses recherches.

Mya entra dans la cave et se figea. Son estomac se souleva.

Rebecca, la réceptionniste du laboratoire, était étendue par terre. Ses yeux, qui fixaient le plafond sans le voir, et la mare de sang qui entourait sa tête ne permettaient pas de douter qu'elle était morte.

Mya entendit des pas précipités dans l'escalier.

— Je t'avais dit d'attendre dans la voiture ! aboya Gideon.

Mya lui montra le corps de sa réceptionniste.

— Rebecca… Je ne comprends pas. Que fait-elle chez moi ?

Gideon enroula un bras autour de ses épaules et essaya de l'entraîner dans le garage.

— On le découvrira, promit-il. Mais il faut qu'on s'en aille et qu'on appelle la police, pour le moment.

— Attends ! s'écria-t-elle en le repoussant.

Elle balaya la cave du regard, et son cœur se serra quand elle s'aperçut que le meurtre n'était pas le seul crime qui avait été commis chez elle.

— Il faut qu'on sorte d'ici, Mya, insista Gideon en posant une main sur son épaule.

Elle l'entendit comme s'il était très loin.

— Mon serveur, murmura-t-elle. Il n'est plus là, Gideon. On me l'a pris.

5

Des voitures de police étaient alignées dans l'allée étroite qui longeait la maison de Mya, et la camionnette blanche du médecin légiste se trouvait devant le garage.

L'inspectrice Kamal était arrivée une demi-heure plus tôt. Après leur avoir parlé brièvement, elle leur avait demandé d'attendre.

Gideon appela les bureaux de West Security.

— West Security. James West à l'appareil.

Gideon ne perdit pas de temps en politesses.

— Mya et moi venons de découvrir le corps de la réceptionniste de TriGen dans la cave de la maison de Mya. On lui a défoncé le crâne.

Gideon s'entendait bien avec tous ses collègues, mais c'était sans doute de James qu'il était le plus proche. C'était peut-être à cause de l'armée. Quand Mya était allée se coucher, la veille, il avait appelé James pour lui parler de son apparition soudaine et de la situation dans laquelle elle se trouvait.

James jura.

— Elle va bien ? demanda-t-il.

Gideon jeta un coup d'œil à Mya, qui était assise dans sa voiture, la portière ouverte. Il avait déplacé celle-ci avant l'arrivée de la police pour ne pas se retrouver coincé par le véhicule du médecin légiste.

— Elle tient le coup, répondit-il. Nous devons faire des recherches sur la réceptionniste, Rebecca Conway.

— Je m'en occupe.

Gideon observa l'inspectrice Kamal, qui les regardait avec méfiance depuis qu'elle était ressortie de la maison de Mya.

— Pourrais-tu aussi appeler Brandon, s'il te plaît ?

Brandon West était le seul des fils de James West Sr, le fondateur de West Security, qui ne travaillait pas pour l'agence familiale. Il avait choisi de devenir avocat – et West Security était l'un de ses principaux clients.

— L'un de vous a été arrêté ? demanda James.

— Non, mais je n'aime pas la manière dont l'inspectrice chargée de l'enquête regarde Mya.

— Très bien, je l'appellerai. Écoute… je comptais attendre qu'on soit face à face pour t'en parler, mais on dirait que les choses évoluent vite. Es-tu sûr d'être la bonne personne pour t'occuper de cette affaire ? Je veux dire… seras-tu capable de garder ton objectivité alors que ça concerne ton ex-femme ?

Gideon crispa les mâchoires. Il compta jusqu'à dix avant de répondre :

— Je contrôle la situation.

James soupira profondément à l'autre bout de la ligne.

— Réfléchis-y quand même, reprit James. Je sais que tu tiens à protéger Mya, mais tu n'es peut-être pas le mieux placé pour le faire.

Gideon serra son téléphone si fort qu'il craignit de le casser.

— Je ne confierai pas cette affaire à quelqu'un d'autre et je ne laisserai personne faire du mal à Mya, grogna-t-il.

Il entendit James grommeler quelque chose qui ressemblait à « crétin amoureux » avant de raccrocher.

L'inquiétude de James concernant son objectivité le

blessait d'autant plus qu'elle n'était pas totalement injustifiée. Il était toujours amoureux de Mya. Il ne s'était jamais menti sur ce point. Il aimait Mya depuis ses dix ans. Si seulement les choses avaient pu rester aussi simples quand ils avaient grandi et s'étaient mariés…

Il fit rouler sa tête sur ses épaules pour se détendre un peu. En général, il s'interdisait de mélanger le travail et sa vie personnelle. Mais la sécurité de Mya était une affaire très personnelle et il n'était pas question qu'il laisse quelqu'un d'autre veiller sur elle. Il était même prêt à démissionner s'il le fallait.

Mya lui offrit un sourire tremblant quand il s'approcha de la voiture.

— Tu as appelé des renforts ? lui demanda-t-elle.

— On peut dire ça, répondit-il. J'ai appelé un collègue pour l'informer de ce qui s'était passé et lui demander de faire des recherches sur ta réceptionniste.

Mya écarquilla les yeux.

— Des recherches sur Rebecca ?

— Nous devons comprendre ce qu'elle faisait chez toi, répliqua-t-il à voix basse. Tu en as une idée ?

Mya secoua résolument la tête.

— Aucune.

Elle poussa un gémissement et se pencha vers l'avant.

— Je crois que je vais être malade, fit-elle.

— Ça va aller, chérie, répondit-il en lui caressant le dos. Respire.

Il tendit le bras pour monter le chauffage de la voiture.

— Ça va passer, ajouta-t-il.

— Elle a un problème ?

Gideon se retourna vers l'inspectrice Kamal, qui s'était approchée d'eux.

— Chute d'adrénaline, répondit-il.

L'inspectrice acquiesça.

— Je veux vous interroger au poste, tous les deux. Ces policiers vous y conduiront, dit-elle en indiquant les deux hommes qui se trouvaient derrière elle.

— Nous vous retrouverons là-bas, répondit Gideon.

Kamal esquissa un sourire crispé.

— Je préférerais que mes hommes vous conduisent.

— L'un de nous est-il en état d'arrestation ? demanda Gideon.

Kamal ne pouvait pas les forcer à suivre ses hommes s'ils n'étaient pas arrêtés. Elle ne pouvait même pas les forcer à parler avec elle.

— Très bien. Retrouvons-nous au poste, alors, finit-elle par répondre après avoir paru se demander à quel point elle pouvait insister.

Gideon monta en voiture et s'empressa de rappeler l'agence.

— James West, dit James en décrochant.

— James… On a besoin de Brandon au poste de police immédiatement.

— Vous ne savez donc pas ce que Mlle Conway faisait chez vous ?

— Comme je vous l'ai déjà dit, je n'en ai pas la moindre idée, déclara Mya à l'inspectrice en se forçant à soutenir son regard.

— Il n'y avait aucun signe d'effraction. Savez-vous comment Mlle Conway a pu entrer ?

Mya y réfléchit un moment avant de répondre :

— Non, je ne sais pas.

— Il n'y avait aucun signe d'effraction, répéta Kamal.

Mya leva les yeux au ciel.

— Je ne sais pas quoi vous dire. Rebecca a pu voler mes

clés et faire des doubles. Ça n'aurait pas été difficile. Je laisse mon sac dans mon bureau quand je travaille au labo.

L'inspectrice Kamal lui jeta un regard incrédule.

— Et vous n'avez pas changé le code de votre alarme depuis des mois ? demanda-t-elle.

— Non. Pourquoi l'aurais-je fait ?

Elle n'avait pas changé le code depuis le jour où elle avait fait installer cette alarme chez elle, ce que Gideon, et sans doute l'inspectrice, devait trouver très imprudent.

Alors que Mya tendait la main vers le verre d'eau qui était posé devant elle, une scène de feuilleton policier lui revint à l'esprit. Le policier avait réussi à relever les empreintes du coupable sur la canette d'un soda qu'il avait bu pendant l'interrogatoire.

Eh bien, elle n'avait rien à cacher, songea-t-elle en buvant le verre d'un trait avant de le reposer sur la table. Elle avait accepté d'être interrogée sans qu'un avocat soit présent et elle fournirait volontiers son ADN ou tout ce que l'inspectrice demanderait. Elle voulait juste que la police découvre qui avait tué Rebecca.

— Vous devez comprendre pourquoi c'est difficile à croire, dit Kamal. Une femme qui travaille pour vous est retrouvée morte à votre domicile. Le serveur sur lequel vous conservez vos travaux de recherche a disparu. Tout ça se produit à peine quelques heures après l'incendie de votre laboratoire, et vous n'avez pas la moindre hypothèse concernant l'identité des coupables ou leurs motivations ?

Mya serra les dents. L'accusation à peine voilée lui fit l'effet d'une gifle.

Une nouvelle fois, Mya se demanda si elle n'aurait pas dû écouter Gideon et attendre l'arrivée d'un avocat pour parler à l'inspectrice Kamal. Celle-ci lui avait assuré qu'elle pourrait partir quand elle voudrait, mais les questions qu'elle répétait encore et encore montraient à l'évidence qu'elle la croyait impliquée dans tout ce qui s'était produit depuis la veille.

— Je ne sais pas quoi vous dire, inspectrice.

Mya posa les mains sur les genoux pour contenir leur tremblement. Même si elle se savait innocente, il était intimidant de se retrouver dans une salle d'interrogatoire.

Elle aurait vraiment aimé que Gideon soit auprès d'elle. Malheureusement, peu après leur arrivée au poste, il avait été entraîné dans une autre pièce pour donner sa propre déposition.

— Vous pourriez dire la vérité, répliqua Kamal en plissant les yeux. C'est tout ce que je vous demande.

L'agacement la gagna, mais elle fit de son mieux pour ne pas le montrer, parce que c'était sûrement ce que l'inspectrice attendait.

— Je vous dis la vérité, répondit-elle. Je suis retournée chez moi ce matin pour prendre quelques affaires, et c'est à ce moment-là qu'on a découvert Rebecca.

Kamal regarda ses notes.

— Et vous êtes allée trouver votre ex-mari hier soir après avoir échappé à un ravisseur déguisé en policier. J'ai bien compris ? demanda-t-elle avec une incrédulité évidente.

— Oui, répondit Mya entre ses dents.

L'inspectrice haussa un sourcil.

— M. Wright et vous avez divorcé il y a douze ans, mais c'est lui que vous allez voir plutôt que la police ?

— Gideon est un spécialiste de la sécurité et je n'avais pas confiance en la police après ce qui s'était passé, grommela Mya.

Elle avait suivi ce qui se passait dans la vie de son ex-mari, et alors ? Ce n'était pas difficile avec une mère qui parlait de Gideon dans presque toutes leurs conversations.

— Et c'est parce que vous n'aviez pas confiance en la

police que vous ne nous avez pas signalé cette prétendue tentative d'enlèvement ?

Kamal tourna les pages de son carnet pour relire ses déclarations précédentes, mais Mya ne crut pas un instant à son petit jeu. L'inspectrice avait l'esprit aussi aiguisé qu'un couteau neuf. Mya n'aurait pas été surprise qu'elle se souvienne de chacun des mots qu'elles avaient échangés depuis la veille.

— Vous avez donc votre garde du corps personnel, maintenant, ajouta Kamal.

— Nous avions l'intention d'appeler un ami policier de Gideon après être passés chez moi, mais le plan a clairement changé, dit Mya.

— Et qui est l'ami policier de M. Wright ? s'enquit Kamal.

Mya soupira.

— Je n'en sais rien.

L'inspectrice esquissa un sourire.

— Revenons à l'incendie d'hier soir, si vous le voulez bien. Pouvez-vous me décrire l'homme que vous avez vu dans l'immeuble ?

— Je vous ai déjà dit que je ne l'avais pas vu. J'ai juste entendu sa voix.

L'inspectrice posa son crayon sur son carnet.

— Les caméras de sécurité du laboratoire ont été détruites, avant l'incendie, dit-elle en insistant sur ces derniers mots. Seul votre témoignage atteste l'existence de cet homme. Et aucun de mes hommes ne correspond à la description du policier qui, selon vous, aurait proposé de vous ramener chez vous.

Mya sentit la colère la gagner.

— Je n'invente rien, répliqua-t-elle. Un homme en uniforme de policier m'a dit qu'on l'avait chargé de me ramener chez moi.

— Et vous êtes simplement montée dans sa voiture ?

— C'était un policier ! C'était ce que je croyais, du moins. Et vous aviez déclaré que vous enverriez quelqu'un pour me ramener.

— Inutile de crier, mademoiselle Rochon, répliqua l'inspectrice en plissant les yeux. J'essaie juste de comprendre ce que vous prétendez qu'il s'est passé.

Mya eut envie de se remettre à crier. Ce n'était pas ce qu'elle *prétendait*. C'était ce qu'il s'était *réellement* passé.

Des coups frappés à la porte retentirent dans le silence pesant. L'inspectrice Kamal s'excusa et quitta la pièce.

Mya respira profondément pour reprendre le contrôle de ses émotions. Cela faisait maintenant deux heures qu'elle faisait sa « déposition ». Il n'en sortait rien de neuf et elle était fatiguée et affamée. L'inspectrice lui avait dit avec insistance qu'elle était là de son plein gré et qu'elle pouvait partir quand elle voulait. Eh bien, elle voulait partir maintenant, et elle avait l'intention de l'annoncer à Kamal dès qu'elle reviendrait.

Mais elle n'aurait pas dû s'inquiéter. L'inspectrice revint dans la salle d'interrogatoire une minute plus tard, les lèvres pincées.

— Merci pour le temps que vous m'avez accordé, mademoiselle Rochon, fit-elle. Ce sera tout pour le moment.

Mya se leva, déstabilisée par le changement d'attitude soudain de Kamal.

Gideon attendait dans le couloir. Le retrouver la tranquillisa tout en réveillant d'autres émotions perturbantes. Un homme qu'elle ne connaissait pas s'approcha d'eux.

— Mya, je te présente Brandon West, dit Gideon. Il est avocat.

Mya lui serra la main.

— Je suppose que je dois vous remercier d'avoir calmé l'inspectrice Kamal, fit-elle.

— Ne me remerciez pas, répondit Brandon. Vous n'auriez pas dû lui parler avant que j'arrive. Et elle ne vous laissera pas tranquille très longtemps si elle ne trouve pas de suspect qui lui plaise plus que vous. Mais ne vous en faites pas. West Security m'a demandé de *vous* accorder la priorité.

Mya perdit brusquement sa combativité.

— Je n'ai rien à voir avec tout ça, se lamenta-t-elle.

Les mâchoires de Gideon se crispèrent. Il s'approcha d'elle, et elle tira du réconfort de la simple chaleur de son corps.

Brandon tendit les mains devant lui.

— Je vous crois, déclara-t-il. Gideon m'a déjà dit que vous ne pouviez pas être impliquée. Ça me suffit largement.

L'inspectrice Kamal sortit de la salle d'interrogatoire à cet instant, son carnet sous le bras. Elle les fusilla du regard avant de s'éloigner.

La parole de Gideon suffisait peut-être à Brandon, mais il était évident qu'elle ne suffirait pas à convaincre l'inspectrice Kamal.

Loin de là.

6

James West Jr se trouvait déjà dans la salle de conférences quand Gideon en ouvrit la porte avant de s'effacer devant Mya. James avait l'air mal à l'aise dans un costume élégant qui rendait parfaitement évidente la raison pour laquelle on l'avait surnommé « Tank ». Avec ses deux mètres et sa carrure impressionnante, c'était un gentil géant. James, qui venait de quitter l'armée, travaillait pour l'agence familiale en attendant de décider ce qu'il voulait faire ensuite.

— Mya, je te présente James West, copropriétaire de West Security et l'un de mes patrons, dit Gideon.

— Ça, je n'en suis pas sûr, plaisanta James en tendant la main à Mya. Gideon en sait bien plus que moi sur cette agence. J'essaie juste de ne pas faire trop de bêtises.

Gideon tira une chaise pour Mya avant de s'asseoir à côté d'elle. James alla prendre place de l'autre côté de la table.

— J'ai expliqué la situation à James, dit Gideon, mais il serait utile que tu nous racontes tout en détail, Mya, en commençant par ce qui s'est passé au laboratoire hier soir.

Mya inspira profondément avant d'expliquer qu'elle était restée travailler après le départ de Brian, qu'elle était sortie s'acheter un café et qu'à son retour elle avait entendu un homme, dans le hall, dire qu'il avait mis le feu au laboratoire.

Ses mains se mirent à trembler lorsqu'elle parla de sa course dans les bois pour échapper au faux policier, et elles continuèrent à trembler quand elle décrivit ce qui l'attendait à son domicile : le cadavre de Rebecca et la disparition de son serveur.

Même si Gideon avait déjà entendu toute l'histoire et en avait vécu une partie, la colère le gagna. Et si Mya n'avait pas réussi à échapper au faux policier ? Et s'il n'avait pas été chez lui quand elle avait eu besoin de lui ? Et si elle était rentrée chez elle et avait croisé le chemin du meurtrier de Rebecca ?

Il savait que ces hypothèses ne menaient à rien et qu'il devait se concentrer sur le réel pour trouver celui qui avait manigancé tout ça, mais la peur et la colère contrôlaient ses pensées pour le moment. Il laissa échapper un grognement.

Mya lui jeta un regard curieux.

James resta impassible, mais Gideon le vit secouer légèrement la tête. Il inspira profondément et essaya de se détendre.

Mya s'était défendue, elle avait échappé à son ravisseur, et ceux qui lui voulaient du mal auraient désormais affaire à toutes les ressources de West Security.

Gideon se força à rester le plus calme possible tandis que Mya finissait de raconter sa funeste découverte.

— Un serveur dans une cave ! dit James en secouant la tête.

— J'arrangerai ça quand Mya ne risquera plus rien, intervint Gideon.

Mya rougit et se voûta un peu, ce qui fit glisser le pull trop grand qu'il lui avait prêté et dénuda l'une de ses épaules.

— C'était la méthode d'Irwin, se défendit-elle.

— Irwin Ross ? demanda James en prenant des notes dans un carnet. L'ancien directeur de TriGen, c'est bien ça ?

— Oui, répondit Mya.

— J'ai fait quelques recherches sur votre travail après le coup de fil de Gideon, expliqua James. La plupart des gens considèrent Irwin Ross comme un génie qui a obtenu des résultats notables pendant ses trente ans chez TriGen, mais qui n'a jamais réussi à mettre au point un traitement contre le cancer du glioblastome, l'objet de vos recherches.

— Irwin est brillant, dit Mya. Il m'a enseigné tout ce que je sais.

James haussa un sourcil.

— D'après mes sources, vous êtes encore plus intelligente que lui. Il paraît que vous avez trouvé un moyen de soigner ce cancer du cerveau.

— J'ai trouvé un traitement qui semble très prometteur, nuança Mya.

Elle inclina la tête sur le côté et plissa les yeux.

— Mais comment le savez-vous ? reprit-elle. C'est une information confidentielle. Je n'ai pas encore publié ma découverte.

— Alors quelqu'un qui travaille pour vous a manqué de discrétion, parce que c'est l'une des premières choses que j'ai entendues quand j'ai commencé à poser des questions sur TriGen et sur vous, répondit James.

Gideon fronça les sourcils. Apprendre qu'il y avait eu des fuites alors qu'ils venaient de trouver le corps d'une employée de TriGen chez Mya ne lui plaisait pas du tout.

— Les premières parties de la formule sont sur le serveur qui a été volé, dit Mya.

— Les premières parties ? répéta James.

— Oui, la formule du traitement est composée de trois parties, expliqua Mya. Irwin a mis les deux premières au point avant de prendre sa retraite. Il y a quelques jours, j'ai enfin trouvé la pièce manquante du puzzle.

— Alors la personne qui a volé votre serveur n'a pas toute la formule, dit James en tapotant la table avec son crayon.

— Les premières parties ne servent à rien sans la dernière, répondit Mya. C'est celle qui les fait fonctionner.

— Vu l'agressivité dont ils ont fait preuve jusqu'ici, ceux qui sont après Mya ne renonceront pas, déclara Gideon.

James acquiesça.

— Je suis d'accord. Avant tout, nous devons assurer la sécurité de Mya.

Il pianota sur le clavier de son ordinateur, puis il tourna l'appareil vers eux.

— Nous avons quelques planques qui sont disponibles en ce moment, ajouta-t-il.

Gideon s'empara de l'ordinateur. Il n'aspirait qu'à enfermer Mya dans un lieu sûr.

— Une minute ! s'écria Mya en posant sa main sur son bras. Je ne peux pas me cacher. J'ai un laboratoire à reconstruire et j'ai des comptes à rendre à un groupe d'investisseurs qui doivent se demander ce qui se passe.

Gideon se raidit. Visiblement, elle ne mesurait pas la gravité de la situation.

— Mya.

Elle tourna sa chaise pour le regarder droit dans les yeux.

— Gideon.

Il se souvenait parfaitement de ce ton. Il signifiait qu'elle se préparait à une dispute.

Eh bien ! Il était prêt aussi.

— Ta sécurité est une priorité, dit-il avec impatience. Tu peux faire ce que tu as besoin de faire depuis la planque.

— Vous avez une planque équipée d'un laboratoire

de recherche ? ironisa-t-elle. Je sais que vous êtes doués, mais ce serait vraiment impressionnant.

Gideon entendit James ricaner et le fusilla du regard.

— Ce n'est pas négociable, reprit Mya. Je suis votre cliente, non ? Alors c'est moi qui décide.

C'était la seule personne qui avait réussi à l'emporter dans des disputes contre lui – en grande partie parce que c'était l'une des rares personnes, avec ses camarades de l'armée, dont il se souciait assez pour s'engager dans une dispute. Mais elle ne l'emporterait pas cette fois-ci.

— Tu n'es pas une cliente puisque tu ne paieras rien, grommela Gideon.

Elle se leva.

— Alors cette réunion est terminée, déclara-t-elle. Je trouverai une autre agence de sécurité pour m'aider.

Gideon la retint par le bras alors qu'elle se tournait vers la porte.

— Laisse-moi te protéger, s'il te plaît.

Ils se regardèrent un long moment, puis elle repoussa sa main avec douceur.

— Ça ne marchera pas, Gideon. Il y a juste… trop de choses entre nous.

Ces mots lui firent aussi mal qu'un coup de poing dans l'estomac. Il inspira profondément.

— On fera comme tu voudras, dit-il.

Elle plissa les yeux. Il ne pouvait pas lui reprocher d'être méfiante : il n'avait jamais cédé facilement. Mais il n'était pas question qu'il la laisse s'en remettre à une autre agence. Ils étaient les meilleurs et personne ne se soucierait plus de la sécurité de Mya que lui.

— Pour le moment et à condition que ça ne te mette pas en danger, on fera comme tu voudras, corrigea-t-il.

Mya l'observa encore un long moment avant de tendre la main. Alors qu'il la serrait, la porte s'ouvrit.

Tessa, une autre employée de l'agence, entra dans la pièce.

— Désolée de vous interrompre, mais j'ai apporté quelques-uns de mes vêtements pour Mlle Rochon, dit-elle. J'ai pensé qu'elle se sentirait mieux dans une tenue qui lui va.

— Merci, Tessa, répondit Gideon.

Il regarda Mya la suivre hors de la pièce avant de se tourner vers James.

— Je ne vois pas comment j'ai pu imaginer que ça poserait un problème que tu travailles avec ton ex-femme, ironisa celui-ci.

Gideon s'assit sans répondre.

— Je vais te le demander une fois de plus : es-tu sûr d'être capable de la protéger ? insista James.

— Je suis un professionnel.

James ricana.

— Oui, j'ai trouvé ce petit échange très professionnel.

Gideon le fusilla du regard.

— Écoute, reprit James. Tu es peut-être l'Homme de glace…

Gideon le regarda encore plus méchamment. Il détestait ce surnom, et ses collègues étaient en général assez malins pour ne pas l'employer devant lui.

— Mais tu es humain et il est évident que tu tiens à ton ex, poursuivit James. Ça va affecter ton travail.

— Je ne confierai pas cette affaire à quelqu'un d'autre.

James soupira.

— Je dois rester au bureau pour remplacer Ryan pendant son congé paternité, mais je ferai ce que je pourrai pour t'aider d'ici. Si tu as besoin de renfort, appelle. Je suis sérieux. Au premier problème, tu appelles. Quoi que tu en dises, ton objectivité a du plomb dans l'aile. Je sais que ce n'est pas la peine que j'essaie de te retirer l'affaire. Je ne suis même pas sûr que Mya l'accepterait, malgré ce qu'elle a dit tout à l'heure. Mais il n'est pas question que l'un de vous deux se fasse tuer à cause de ça.

Gideon serra les dents pour ne pas exprimer le fond de sa pensée. Il savait que James ne voulait que son bien, mais ses réflexions étaient agaçantes.

— Mya s'installera chez moi, déclara-t-il.

James éclata de rire.

— Elle va peut-être regretter d'avoir refusé une planque, commenta-t-il.

C'était possible, songea Gideon. D'un autre côté, il l'aurait suivie comme son ombre si elle avait choisi la planque.

Mya sortit des toilettes et s'observa dans le miroir de la salle de bains. Ce n'était pas mal. C'était clairement mieux que le pull de Gideon – même si elle avait apprécié le parfum dont il était imprégné.

Il lui avait rappelé tous les matins où Gideon et elle s'étaient préparés ensemble dans la petite salle de bains de leur appartement. Elle se penchait pour se maquiller en se servant de la partie basse du miroir pendant que Gideon se rasait en utilisant la partie haute. Ils avaient rêvé de pouvoir un jour s'offrir le luxe d'une salle de bains avec deux lavabos mais, à la vérité, elle aimait l'intimité de leur petit chez-eux.

Tessa la regarda de la tête aux pieds.

— Je n'étais pas sûre qu'ils vous iraient, mais on dirait bien que ça fait l'affaire, déclara-t-elle.

— Ça fait parfaitement l'affaire, merci, répondit Mya.

— Aucun problème. J'ai aussi apporté des hauts, un autre pantalon et une veste, au cas où vous ne pourriez pas retourner chez vous pendant quelques jours. Et j'ai également pris du maquillage.

Elle sortit une trousse noire de son sac.

— Vous êtes tout à fait magnifique sans, ajouta-t-elle, c'est juste que, moi, je ne me sens pas moi-même sans un peu de rouge à lèvres et de mascara.

Mya lui offrit un sourire reconnaissant.

— Merci. Je n'ai pas vraiment besoin de me maquiller, vu que je passe mes journées dans un laboratoire, mais je le fais quand même par plaisir.

— Alors Gideon et vous avez été mariés ? reprit Tessa en soutenant son regard dans le miroir.

— C'était il y a longtemps.

Mya ne put s'empêcher de sourire en repensant à la jeune femme qu'elle était à dix-huit ans et à l'enthousiasme juvénile qui les avait amenés devant l'autel.

— On était très jeunes, expliqua-t-elle en boutonnant le col du chemisier que Tessa lui avait prêté. On sortait à peine du lycée. Quand je pense que je suis une scientifique qui prends des décisions prudentes et bien réfléchies en me basant sur les données !

Elle éclata de rire.

— Les données n'encouragent pas à se marier juste après le lycée, reconnut-elle. Mais…

Elle croyait encore entendre sa mère leur déconseiller de se marier aussi jeunes. Francine, qui les adorait tous les deux, ne voulait pas qu'ils commettent la même erreur qu'elle. Mais Mya savait, au plus profond d'elle, que Gideon était l'homme avec lequel elle était censée passer le reste de sa vie.

Elle aurait dû s'en tenir aux données. Celles-ci ne mentaient jamais.

— Me marier à dix-huit ans est la chose la plus impulsive que j'aie jamais faite, reprit-elle.

Et, malgré tout, cela restait la meilleure et la plus évidente des décisions qu'elle ait prises.

Comme Tessa avait une carnation plus pâle que la sienne, Mya songea qu'elle ne pourrait pas masquer ses égratignures avec du fond de teint, mais elle trouva un rouge à lèvres qui devrait lui aller.

— J'avoue que j'ai du mal à imaginer Gideon marié, sans vouloir l'offenser, déclara Tessa.

Mya pouffa.

— Ce n'est pas une offense. Gideon n'est pas la personne la plus facile à vivre, admit-elle. Mais je ne connais pas d'homme plus loyal ni plus attentionné.

— Alors il y a encore quelque chose entre vous ? demanda Tessa en haussant un sourcil.

Mya se sentit rougir. La direction de la conversation la mettait mal à l'aise.

— Non. Je voulais simplement…

— Que s'est-il passé entre vous ? la coupa Tessa.

Mya faillit dire à la jolie détective de se mêler de ses affaires, mais la franchise de Tessa la lui rendait sympathique.

— On était juste trop jeunes.

Mya déglutit péniblement. Elle n'avait pas fait exprès de répéter les mots dont Gideon s'était servi quand il lui avait annoncé que leur mariage était terminé. Mais elle avait si souvent repensé à cette scène…

— À en juger par votre expression, ce n'est pas vous qui avez rompu, répliqua Tessa. Je n'imagine pas Gideon avoir une liaison, alors que s'est-il passé ?

Que s'était-il passé ? Un jour, pendant sa dernière année d'université et alors qu'il s'apprêtait à partir en mission, il lui avait déclaré qu'il l'aimait mais qu'il ne voulait plus être marié.

Elle était restée paralysée. Rien de ce qu'elle aurait pu

dire pour le dissuader de la quitter n'avait réussi à franchir ses lèvres. Il avait déjà préparé son sac. Le temps que son cerveau se réveille, Gideon était parti.

— Il ne voulait plus être marié, répondit-elle.

Elle se mit du mascara en espérant que Tessa penserait que c'était à cause de cela qu'elle avait les yeux humides.

— Je suis désolée, murmura Tessa en posant une main sur son épaule. N'hésitez pas à m'envoyer me faire voir.

Mya se força à sourire.

— Ce n'est pas grave. C'était il y a longtemps.

N'avait-elle pas déjà dit cela ? Elle avait l'impression d'être un disque rayé.

Par ailleurs, l'indiscrétion de Tessa pouvait avoir des avantages.

— Savez-vous si Gideon voit quelqu'un, en ce moment ? s'enquit-elle.

Elle était ridicule ! Autant demander à Tessa de transmettre à Gideon un petit mot du style : « Est-ce que Mya te plaît ? Coche oui ou non. »

— Mon audace vous a peut-être induite en erreur, répondit Tessa. Depuis que je travaille pour West Security, tout ce que Gideon m'a dit qui n'était pas lié au travail a été « Ravi de te rencontrer », « Bonjour » et « Bonsoir ». Oh ! J'oubliais. Il a aussi dit « Merci, Tessa » quand je vous ai apporté ces vêtements. Je serais la dernière à le savoir s'il voyait quelqu'un.

Mya pouffa.

— C'est vrai qu'il peut être taciturne.

Tessa haussa un sourcil.

— On l'a surnommé l'Homme de glace, ici, alors… oui. Mais c'est aussi quelqu'un à qui je me fie entièrement pour veiller sur mes arrières en mission.

— Merci encore pour tout, dit Mya avant qu'elles ne sortent de la salle de bains.

— Aucun problème.

Quand elles approchèrent de la salle de conférences, Mya vit, à travers la porte vitrée, James et Gideon penchés sur l'ordinateur de James.

Même à cette distance, elle ressentit toute l'intensité de Gideon.

Gideon leva la tête comme s'il avait perçu qu'elle le regardait.

Tessa les observa tour à tour.

— À propos de votre question de tout à l'heure…, dit-elle. D'après les données que j'ai sous les yeux, Gideon n'a d'yeux que pour la femme qui se trouve à côté de moi.

7

— Tu as l'air bien à ton aise au bout de la table, déclara Ryan West avec un sourire taquin.

Après le départ de Mya et de Tessa, James avait lancé une conférence vidéo avec son frère, le président de West Security, pour lui parler de la nouvelle affaire de l'agence. Même si Ryan était techniquement en congé paternité, puisque sa fille n'était née que trois semaines plus tôt, il ne supportait pas d'être complètement hors du coup. James ne semblait pas contrarié que son grand frère regarde par-dessus son épaule. Il semblait même plutôt soulagé.

— Il y a pire que de jouer au patron pendant quelques semaines, répliqua James en s'enfonçant dans son fauteuil en cuir.

— Ne t'y habitue pas trop, répondit Ryan. Sinon, as-tu reçu mon mail à propos du nouveau dossier ?

C'était la première fois que Gideon entendait parler d'un nouveau dossier. James eut l'air de fouiller sa mémoire.

Diriger West Security semblait consister en une série interminable d'envoi de mails, de coups de téléphone, de conférences vidéo et de réunions. Juridiquement parlant, James et ses deux frères étaient copropriétaires de l'agence que leur père, à moitié à la retraite, avait fondée. Le seul frère qui ne possédait aucune part dans l'entreprise était Brandon, qui avait choisi de devenir avocat et qui n'avait voulu courir aucun risque de conflit d'intérêts. Mais James ne travaillait à temps plein pour West Security que depuis peu. Gideon n'avait aucun mal à imaginer à quel point il devait être difficile pour ce dernier de rester informé de tous les dossiers en cours.

— Carling Lake, précisa Ryan.

— Ah oui ! Carling Lake, dit James. Où se trouve donc ce fou…

Ryan lui jeta un regard réprobateur alors que le minuscule paquet qu'il berçait se mettait à bouger.

La petite Cicely était certainement le bébé le plus gâté de ce côté-ci de l'Hudson, mais ses oncles auraient besoin d'un peu de temps pour apprendre à surveiller leur langage en sa présence.

— Où peut bien se trouver cet endroit charmant ? reprit James.

Ryan leva les yeux au ciel.

Gideon réprima un sourire. Par moments, quand il observait les frères West, il se réjouissait d'être un enfant unique. Mais il savait aussi qu'ils étaient prêts à donner leur vie les uns pour les autres. Gideon avait le même genre de lien avec ses anciens camarades de l'armée.

— Dans la montagne, en Pennsylvanie, répondit Ryan.

— Pourquoi moi ? gémit James.

— Je comptais confier cette mission à Gideon mais, d'après ce que tu m'as dit, je doute que le problème de Mlle Rochon soit réglé à temps, dit Ryan.

Même s'il acceptait toutes les missions qu'on lui confiait, Gideon se réjouit en son for intérieur d'avoir échappé à celle-là. Même s'il aimait le grand air – le camping et la pêche étaient ses deux loisirs préférés – la montagne en plein hiver ne l'attirait pas beaucoup.

— Je sais que… ce n'est pas facile pour toi depuis

que tu es rentré, reprit Ryan. Tu n'as pas l'habitude de travailler dans un bureau.

Non, revenir à la vie civile n'était pas facile – Gideon en avait fait l'expérience. Et James avait passé plusieurs années de plus que lui dans l'armée. Il semblait s'adapter assez bien au changement, mais les apparences pouvaient être trompeuses.

James fronça les sourcils.

— J'ai fait une bêtise ? demanda-t-il. Quelqu'un s'est plaint ?

— Pas du tout, répondit Ryan en recommençant à bercer sa fille. Mais je suis ton frère. Je te connais et je vois bien que tu as du mal à tenir en place.

Gideon ouvrit la bouche pour dire qu'il se chargeait de la mission. Mya pouvait l'accompagner à Carling Lake. L'emmener loin de la ville n'était pas une mauvaise idée, après tout.

James parla avant lui.

— Je vais bien, assura-t-il à son frère. Je ne suis pas sûr de vouloir occuper ce poste indéfiniment, mais je suis ravi de te dépanner pendant que tu passes du temps avec ta nouvelle famille.

— Et Nadia et moi t'en sommes reconnaissants, mais ça m'aiderait vraiment que tu t'occupes de cette mission, répondit Ryan. J'ai besoin de quelqu'un qui peut se fondre dans la population locale.

— Et tu me crois capable de faire ça ? demanda James, l'air surpris.

— Tu aimes la nature, précisa Ryan. Pêcher, chasser, faire de la randonnée… C'est une petite ville, mais elle est très dépendante du tourisme. Tu ne devrais pas avoir trop de mal à te faire passer pour quelqu'un qui cherche à se détendre.

James ne semblait pas convaincu, mais il n'eut pas le

temps de dire ce qu'il en pensait à son frère avant que Cicely ne se mette à hurler.

La porte qui se trouvait derrière Ryan s'ouvrit presque aussitôt, et sa femme, Nadia Shelton West, entra dans la pièce.

— Tu aurais dû me la confier pendant que tu étais occupé ! s'écria Nadia avant de se pencher vers la caméra. Salut, James ! Salut, Gideon !

— Salut, Nadia, répondit Gideon.

— Salut, beauté, dit James en décochant un clin d'œil à sa belle-sœur, sans doute pour taper sur les nerfs de son frère.

— Ne drague pas ma femme, grommela Ryan avant de se tourner vers Nadia. Je ne voulais pas te réveiller, chérie.

Il déposa un baiser sur sa gorge quand elle se pencha pour prendre le bébé dans ses bras, puis Nadia embrassa Ryan avant de quitter la pièce.

Gideon les jalousa. Ryan et Nadia étaient parfaits l'un pour l'autre. Ils avaient eu leurs difficultés, mais ils les avaient surmontées et à présent ils construisaient une famille ensemble.

Gideon n'avait pas envisagé un instant de vivre quelque chose de similaire depuis qu'il avait divorcé de Mya. Il n'y avait eu que grand-mère Pearl et le travail dans sa vie. Depuis la mort de grand-mère Pearl, il n'y avait plus que le travail.

Mais Mya venait de revenir dans sa vie.

Non, il ne devait pas s'autoriser à penser cela. Mya avait besoin de son aide, c'était tout. Quand elle aurait récupéré les résultats de ses recherches et ne serait plus en danger, chacun reprendrait le cours normal de son existence.

Il chassa ces pensées de son esprit et se concentra sur la discussion en cours. Carling Lake.

— Tu n'as pas à te décider tout de suite, dit Ryan à

James. Je vais t'envoyer toutes les informations que j'ai sur la mission et sur la ville. Je te demande juste d'y réfléchir.

James promit de le faire. Il venait de mettre fin à la communication quand Tessa et Mya revinrent dans la pièce.

Gideon dévora Mya des yeux. Elle portait maintenant un jean moulant et un chemisier rouge, mais il ne put s'empêcher de penser que son vieux pull lui allait mieux – et qu'elle serait encore plus belle sans aucun vêtement. Il interrompit le fil de ses pensées avant de se trouver dans une situation très inconfortable.

Mya s'installa en face de James et lui. Tessa alla chercher des bouteilles d'eau dans le miniréfrigérateur et revint s'asseoir à côté de Mya.

— Que peux-tu nous dire sur Rebecca ? demanda Gideon à Mya.

— Elle était notre réceptionniste et notre secrétaire depuis une dizaine de mois. Notre réceptionniste précédente a déménagé dans un autre État.

James pianota sur son clavier pour prendre des notes.

— Comment l'as-tu engagée ? s'enquit Gideon.

Mya fronça les sourcils.

— Je crois que c'était une amie d'un ami de Brian.

James arrêta de prendre des notes.

— Votre assistant ? demanda-t-il.

— Oui, répondit Mya. Mais il est bien plus que ça. Il a travaillé avec Irwin pendant plusieurs années avant que je n'entre dans l'équipe.

— Je me souviens que tu m'as déjà dit ça, commenta Gideon. Parle-nous de votre relation.

— Brian est formidable, dit-elle. Il est méticuleux et il a beaucoup d'expérience en matière de traitements contre le cancer. On travaille bien ensemble.

— Mais ? l'encouragea Gideon.

Il avait l'impression qu'elle ne lui avait pas tout dit sur

Brian Leeds. Une part de lui craignait qu'elle n'avoue qu'ils n'étaient pas seulement collègues.

Il savait que la vie privée de Mya ne le regardait pas, mais cela n'empêchait pas la jalousie de le gagner.

— Tu m'as dit qu'il n'avait pas les diplômes nécessaires pour succéder à Ross, mais j'ai eu l'impression que ce n'était pas tout, insista-t-il.

— Il n'est pas facile de diriger un laboratoire, répondit-elle, sur la défensive. Irwin et les membres du conseil d'administration pensaient qu'il n'avait pas le caractère qu'il fallait pour occuper ce poste.

Tessa pouffa.

— Voilà quelque chose que tu peux comprendre, Gideon, non ?

Gideon la fusilla du regard. Elle lui répondit par un grand sourire.

— Revenons à Rebecca, suggéra Gideon.

— Je ne peux pas vous apprendre grand-chose de plus. Brian m'a dit qu'il connaissait quelqu'un qui pourrait occuper le poste. Rebecca semblait convenir, parce qu'elle étudiait la chimie en parallèle.

— Elle *semblait* convenir ? releva Gideon. Mais elle ne convenait pas ?

— Rebecca n'était pas une mauvaise employée, c'est juste qu'elle avait des lacunes. Je ne veux pas la dénigrer… Elle apprenait vite et nos recherches l'intéressaient. Je m'attendais à ce qu'elle sache plus de choses, c'est tout.

Gideon esquissa un sourire.

— Tout le monde n'est pas un génie comme toi.

— Je ne suis pas un génie, protesta-t-elle en rougissant.

— Mais tu aimes ton travail.

— Oui. Je sais que tout le monde n'a pas la chance de faire une carrière dans un domaine qui l'intéresse. Et je sais aussi que j'ai eu beaucoup de chance d'avoir Irwin Ross comme mentor. Ça m'a ouvert des portes.

— Je n'ai jamais douté que tu réussirais, répliqua Gideon. Je savais que tu étais appelée à faire des choses exceptionnelles.

Surtout dès lors qu'il avait arrêté de l'encombrer, songea-t-il amèrement.

Elle lui offrit un sourire qui fit manquer un battement à son cœur.

— Je pense qu'on voulait tous les deux faire la différence, dit-elle.

— Je n'en suis pas sûr, répondit-il.

Mya inclina la tête sur le côté.

— Tu ne crois pas qu'être un marine, servir ton pays et défendre la démocratie dans le monde entier te rendait exceptionnel ?

— C'est un peu exagéré.

— Pas du tout.

James s'éclaircit la voix.

— J'ai l'adresse de Rebecca Conway, annonça-t-il. Mais je n'ai pas trouvé grand-chose sur elle sur Internet. Elle n'avait de compte sur aucun réseau social, ce qui est inhabituel pour quelqu'un de son âge.

— C'est étrange, dit Mya en fronçant les sourcils. Rebecca ne lâchait pas son téléphone pendant ses pauses.

— Sais-tu si elle avait un petit ami ? demanda Gideon. Des parents à qui on pourrait parler dans les environs ?

— Elle m'a parlé d'un colocataire, mais l'idée d'interroger ses proches si vite après sa mort me met mal à l'aise.

— Normalement, je laisserais un peu de temps à ses proches, mais je ne suis pas sûr qu'on ait du temps dans cette affaire, répliqua Gideon. La personne qui veut mettre la main sur ta formule a déjà détruit ton laboratoire et sans doute tué ta réceptionniste. On doit trouver qui c'est, et Rebecca est notre meilleure piste pour le moment.

— Que veux-tu dire ?

— Nous devons découvrir ce qu'elle faisait chez toi. Savoir si c'était une coïncidence malheureuse ou quelque chose d'autre.

— Comment ça, quelque chose d'autre ? demanda Mya. Tu ne crois quand même pas que Rebecca est mêlée au vol de mon serveur ou à l'incendie du laboratoire ?

— Pour le moment, je suspecte tout le monde.

Mya secoua résolument la tête.

— C'est un homme que j'ai entendu dans le hall du bâtiment, hier soir.

— Rebecca travaillait peut-être avec lui, répondit Gideon. Ta formule représente beaucoup d'argent – assez pour inciter certaines personnes à prendre de très mauvaises décisions.

Mya n'était visiblement pas convaincue.

— Admettons, pour les besoins de la présente discussion, que Rebecca ait eu l'intention de voler ma formule, fit-elle. Pourquoi se serait-elle donné autant de mal ? Je veux dire… Elle y avait accès au laboratoire. Il lui suffisait de venir un soir dans les locaux pour la voler.

— Parce que Brian et toi auriez su que c'était elle qui avait fait le coup et vous auriez prévenu la police. Elle n'aurait alors jamais pu vendre ta formule. Personne n'aurait couru le risque de prétendre l'avoir découverte.

— Je ne sais pas, Gideon, murmura Mya en secouant la tête. Ça me paraît tiré par les cheveux. Et ça n'explique pas pourquoi Rebecca a été tuée chez moi.

— N'as-tu jamais entendu l'expression « Il n'y a pas d'honneur parmi les voleurs » ? Si Rebecca était censée récupérer les deux premières parties de la formule pendant que son complice volait la dernière et détruisait le laboratoire, elle a pu se faire doubler par ledit complice.

Mya s'enfonça dans son fauteuil et ferma les yeux.

— J'ai l'impression d'être dans un film d'action, soupira-t-elle. Un mauvais film d'action.

Gideon haussa un sourcil.

— Tu détestais les films d'action quand on était ensemble, lui rappela-t-il.

Mya rouvrit les yeux.

— J'y ai pris goût.

— Je pense que vous devriez commencer par le colocataire de Rebecca, intervint James. Il aura sans doute plus de choses à vous dire sur ses habitudes que des parents en deuil.

Gideon partageait cet avis. Une jeune femme de vingt-quatre ans ne disait sûrement pas tout à sa famille.

Mya se mordilla la lèvre. Gideon lut du doute et – pire – de la peur dans ses yeux.

— On percera le mystère, lui dit-il. Je te le promets.

8

Rebecca vivait dans un complexe de quatre bâtiments construits autour d'un petit jardin et entourés d'un parking. Les façades vénitiennes des immeubles masquaient assez mal leur nature utilitaire. Quelqu'un avait placé une guirlande lumineuse dans l'arbre du jardin pour faire honneur à la saison. Gideon avait du mal à croire que les résidents de ce complexe, situé dans un quartier populaire et proche de deux universités, s'en souciaient vraiment.

Il fit le tour de sa voiture en scrutant le parking et ouvrit la portière de Mya. Elle enfila des gants en cuir qu'elle avait empruntés à Tessa et ajusta son bonnet.

Il faisait beau, mais le soleil perdait la bataille contre la température glaciale.

Ils marchèrent jusqu'à la grille qui entourait le complexe. Mya appuya trois fois sur la sonnette avant qu'une voix enrouée ne réponde à l'Interphone.

— Oui ?

— Felix Ucar ?

— Oui. Qui êtes-vous ?

— Je suis Mya Rochon, une collègue de travail de Rebecca. Auriez-vous un moment pour me parler d'elle ?

Après un long silence, le portail s'ouvrit. Gideon et Mya suivirent une allée qui serpentait jusqu'au bâtiment B.

Rebecca et Felix habitaient l'appartement 402. Mya se dirigea vers l'ascenseur.

Gideon la retint par le bras.

— Prenons plutôt l'escalier, suggéra-t-il.

— Mais ça fait quatre étages, répondit Mya, l'air désemparé.

— Je sais, mais on ne sait pas à quoi s'attendre. Je ne veux pas me retrouver coincé dans une petite boîte.

Même si Mya parut franchement contrariée, elle le suivit dans l'escalier sans rien dire.

Gideon avait fait quelques recherches sur Felix Ucar avant de quitter l'agence. Le jeune homme semblait être un étudiant parfaitement ordinaire. Pour le moment, ils n'avaient aucune raison de suspecter le colocataire de Rebecca d'être mêlé à sa mort ou à l'incendie du laboratoire, mais Gideon ne baissait jamais sa garde. Une apparence innocente pouvait masquer une multitude de péchés.

Felix ouvrit la porte dès que Gideon frappa. Ses cheveux blonds étaient ébouriffés, et il avait l'air d'un adolescent malgré ses vingt-cinq ans. Ses yeux rougis et apeurés se posèrent sur eux deux tour à tour.

— La police est venue m'interroger tout à l'heure, fit-il.

— Nous ne sommes pas de la police, monsieur Ucar, répondit Mya.

Felix regarda Gideon avec méfiance. Mya s'empressa de le présenter.

— Gideon Wright, un ami. La police vous a peut-être dit que j'avais été attaquée et que mon laboratoire avait été incendié hier soir. Gideon m'aide à y voir clair.

Felix les observa encore un moment avant d'ouvrir la porte plus grand.

Gideon remarqua aussitôt que la moquette marron du salon était tachée, l'ameublement fait de bric et de broc et les murs blancs complètement nus. La sobriété des lieux rendait le téléviseur à écran plat qui occupait un coin de la pièce incongru.

Mya et lui refusèrent les verres d'eau que Felix leur proposa et s'assirent sur un vieux canapé en cuir. Felix alla chercher une chaise dans la cuisine pour s'asseoir en face d'eux.

— Toutes mes condoléances, reprit Mya.

— Je devrais vous dire la même chose, j'imagine, balbutia Felix, les larmes aux yeux. Mon Dieu ! Je n'arrive pas à y croire ! C'est la première fois que quelqu'un que je connais se fait tuer.

— Il est toujours difficile de perdre quelqu'un de proche, répondit Mya. Pourriez-vous nous parler un peu de Rebecca ?

— Que voulez-vous savoir ?

— Quand l'avez-vous vue ou lui avez-vous parlé pour la dernière fois ?

— Les policiers m'ont aussi posé cette question. Je l'ai eue au téléphone hier, vers 18 heures. Je venais d'être payé et j'avais envie de me faire plaisir, alors je suis allé chez Francesca, un restaurant italien à deux rues d'ici.

Felix s'interrompit pour tirer un mouchoir de la boîte qui était posée sur la table basse.

— J'ai appelé Rebecca pour savoir si elle voulait que je lui rapporte quelque chose pour le dîner. Elle adore… elle adorait ce restaurant.

Gideon attendit que Felix se soit mouché pour demander :

— Et voulait-elle ?

— Quoi ?

— Rebecca voulait-elle que vous lui apportiez quelque chose du restaurant ? reformula Gideon en contrôlant son impatience.

— Oh ! Non. Elle m'a dit qu'elle rentrerait tard.

— A-t-elle dit pourquoi ? demanda Mya.

— Non, mais elle avait l'air essoufflée. Je lui ai demandé si elle allait bien et elle m'a répondu qu'elle était sur le point d'aller on ne peut mieux.

— Lui avez-vous demandé ce qu'elle voulait dire ? l'interrogea Mya.

Felix haussa les épaules.

— Pas vraiment.

Devant leur air surpris, il précisa :

— Rebecca était cool, mais elle avait toujours une idée derrière la tête.

Gideon vit Mya lui jeter un bref coup d'œil avant qu'elle ne demande :

— Quoi, par exemple ?

— Je ne sais pas au juste.

Gideon se pencha en avant et fixa Felix jusqu'à ce que celui-ci soutienne son regard.

— En êtes-vous sûr ? demanda-t-il.

— Je ne veux pas dire du mal d'une morte, se défendit Felix.

— J'ignore si la police vous en a informé, mais Rebecca a été trouvée dans la cave de ma maison, déclara Mya. Il est possible qu'elle ait été au mauvais endroit au mauvais moment. Si c'est le cas, je suis peut-être en danger. Si vous savez quelque chose qui peut nous aider à découvrir qui a tué Rebecca, dites-le-nous, s'il vous plaît.

Felix soupira.

— Je ne sais rien de précis. Rebecca était sympa et très intelligente, mais elle voulait obtenir beaucoup sans se donner trop de mal. Vous voyez ce que je veux dire ?

— Pas vraiment, répondit Mya. Rebecca était une très bonne employée.

— Bien sûr, reprit Felix. Ce que je veux dire, c'est qu'elle était toujours à la recherche d'argent facile. Comme quand elle a essayé de vendre des parts d'un club de voyages…

Il pinça les lèvres. Il n'approuvait clairement pas les initiatives de Rebecca.

— Des parts de club de voyages ? répéta Mya, les sourcils froncés.

Felix leva les yeux au ciel.

— Je lui ai dit que ça ressemblait à un système pyramidal. En plus on ne connaît que des étudiants ou des gens qui viennent de finir leurs études. Qui a le temps ou l'argent pour voyager ? Mais, d'après Rebecca, c'était ça la beauté de la chose : en rassemblant notre argent on en gagnerait et on pourrait aller dans des endroits chouettes.

— Je parie que ça n'a pas été un succès, intervint Gideon.

— Non, répondit Felix. Elle a décroché le poste au laboratoire juste après. Je pense qu'elle avait acheté beaucoup de parts pour se lancer et qu'elle avait besoin de payer des dettes.

— Rebecca ne travaillait qu'à temps partiel, dit Mya. Elle aurait sans doute gagné plus comme assistante d'un professeur à la fac.

— Mais on n'engage que des étudiants à ces postes, commenta Felix.

Gideon jeta un regard interrogateur à Mya avant de demander :

— Et Rebecca n'était pas une étudiante ?

— Avant, si, précisa Felix. C'est comme ça qu'on s'est rencontrés. J'avais besoin d'un colocataire, et elle a répondu à l'annonce que j'avais postée sur un chat d'étudiants. Mais je crois qu'elle n'a même pas fini sa première année… En tout cas, elle n'était pas inscrite ce semestre.

— Qu'étudiait-elle ?

— La littérature. C'est l'une des raisons pour lesquelles j'ai été surpris qu'elle postule dans votre laboratoire. Mais un boulot est un boulot. Après tout, je travaille dans une pâtisserie et je n'aime même pas les gâteaux.

Cela expliquait pourquoi Rebecca n'était pas aussi calée en chimie que Mya l'espérait, songea Gideon. Cela incitait aussi à se demander pourquoi elle s'intéressait autant aux recherches de Mya.

— Si vous travaillez dans une pâtisserie et que Rebecca avait des dettes, comment avez-vous pu vous offrir cet écran plat ? s'enquit Gideon.

— Je n'y suis pour rien, dit Felix en levant la main comme pour prêter serment. Il vient de Rebecca.

Gideon fixa Felix, qui devint nerveux.

— Écoutez… Quand elle est arrivée avec la nouvelle machine à café, au début du mois, j'ai supposé qu'elle avait eu sa prime de Noël en avance ou quelque chose comme ça.

Gideon interrogea Mya du regard. Elle secoua la tête. Cet argent ne venait pas du laboratoire.

— Mais elle a apporté la télé quelques jours plus tard, continua Felix. Une prime n'aurait pas suffi pour ça.

— Lui en avez-vous parlé ? demanda Gideon.

— Oui, bien sûr, dit Felix en se grattant le nez. Elle m'a juste répondu de ne pas m'inquiéter. Ses mots exacts étaient : « Elle n'est pas tombée d'un camion. » Et elle a ri.

— Ça n'a pas éveillé votre méfiance ?

— Euh… j'ai estimé que ça ne me regardait pas. Profiter d'un bel écran plat au lieu de notre vieux téléviseur n'était pas pour me déplaire, et Rebecca payait l'abonnement au câble.

Felix n'ayant pas grand-chose à ajouter, ils mirent fin à la conversation quelques minutes plus tard.

— Qu'est-ce qu'on fait, maintenant ? demanda Mya quand ils remontèrent en voiture.

— Maintenant, on découvre d'où Rebecca a sorti cet argent.

Le téléphone de Mya sonna.

— C'est Brian, fit-elle.

Elle décrocha et mit le haut-parleur.

— Bonjour, Brian. Je suis désolée, je ne nous ai pas encore trouvé un nouveau labo. À vrai dire, je ne sais pas quand j'aurai le temps de m'occuper de ça. As-tu parlé à la police ?

— Elle m'a appelé, mais je n'ai pas décroché, répondit Brian. Je ne sais rien sur l'incendie.

— J'ai une mauvaise nouvelle à t'annoncer, Brian…

Gideon posa sa main sur le bras de Mya et secoua la tête. Il voulait pouvoir observer les réactions de Brian quand Mya l'informerait de la mort de Rebecca.

— Demande-lui de te retrouver quelque part, chuchota-t-il.

Elle fronça les sourcils.

— Où es-tu ? demanda-t-elle à Brian. Est-ce qu'on peut se voir ? J'ai quelque chose à te dire.

— Je… ne peux pas pour le moment, balbutia Brian.

L'assistant de Mya était déjà nerveux quand ils l'avaient croisé sur le parking de TriGen un peu plus tôt, mais cela ne s'était clairement pas arrangé, songea Gideon. Pourquoi était-il dans un tel état ?

— Retrouvons-nous à 13 heures demain, à Prospect Park, proposa Brian.

— Ne pourrait-on pas se voir plus tôt ? insista Mya. C'est vraiment…

Brian raccrocha.

—… important, acheva Mya dans le vide.

Elle rangea son téléphone dans son sac.

— Bizarre, commenta-t-elle.

— Il se cache de la police, répondit Gideon en quittant le parking.

— Je ne dirais pas qu'il se cache…

— S'il n'a pas pris l'appel de la police, c'est parce qu'il

ne veut pas leur parler, la coupa Gideon. La question, c'est : pourquoi ?

— Il doit y avoir une explication raisonnable, répondit Mya en se massant les tempes.

Gideon l'espérait pour Brian Leeds.

9

Mya ouvrit péniblement les yeux. Épuisée, elle était allée s'allonger dès leur retour chez Gideon. Elle avait eu l'intention de se reposer quelques minutes, mais elle lut 19 h 20 sur le réveil quand elle roula sur le côté. Elle avait dormi plus d'une heure.

Elle s'étira et se leva. Il était à la fois étrange et familier de se réveiller dans la chambre que Gideon occupait quand il était enfant. Elle y avait dormi si souvent… Francine Rochon, qui était une mère célibataire, devait cumuler deux, parfois trois emplois pour qu'il y ait un toit au-dessus de leurs têtes et de la nourriture sur la table. Grand-mère Pearl l'avait beaucoup aidée, au point que Mya s'était mise à la considérer comme sa propre grand-mère. Pearl allait les chercher à l'école, Gideon et elle, leur préparait à manger et s'assurait que leurs devoirs étaient faits. Elle avait toujours refusé les quelques dollars que Francine voulait lui donner en prétextant qu'il était plus facile de s'occuper de deux enfants que d'un seul. En réalité, Pearl ne pouvait pas s'empêcher d'accorder de l'amour à tous ceux qui entraient dans son orbite. Mya avait pleuré toute une semaine quand elle était morte.

Mya fit un crochet par la salle de bains pour s'asperger le visage, puis elle descendit, attirée par une odeur de citron et de romarin. Elle avait remarqué que Gideon avait rénové la maison, mais elle ne prit pleinement la mesure du changement qu'à cet instant.

Du temps de grand-mère Pearl, la maison était pleine de couleurs vives et de meubles dépareillés. Chaque pièce était d'une couleur différente, et les canapés, les tables et les fauteuils provenaient tous de magasins d'occasions. Il y avait des plantes partout et, sur tous les murs, des photos de Gideon, de son père, et même quelques-unes de Mya. La maison de Pearl débordait de vie.

Manifestement, Gideon avait des goûts opposés à ceux de sa grand-mère. Tous les murs avaient été repeints dans une teinte de gris qui devait avoir été conçue pour paraître plaisante au plus de gens possible. Plus rien ne les ornait. L'ameublement était sobre et élégant. Le tout ressemblait à une maison-témoin.

Mya entra dans la cuisine et fut surprise de ne pas y trouver Gideon. L'odeur de citron venait du four, dans lequel mijotait un ragoût de légumes.

Par la porte-fenêtre qui donnait sur le patio, elle vit Gideon, vêtu d'un gros pull noir, devant le barbecue. Une neige fine tombait doucement autour de lui.

Quand il tourna la tête vers elle, elle se sentit rougir. Il n'avait pas perdu son talent pour exprimer plus de choses en un seul regard que la plupart des hommes avec de longs discours, mais elle n'était plus certaine de savoir interpréter ses expressions.

Elle croyait lire du désir dans ses yeux, mais n'était-ce pas que ce qu'elle voulait y voir ?

Gideon avait été parfaitement professionnel depuis qu'elle avait débarqué chez lui avec une montagne d'ennuis. Pourtant, elle ne cessait de se demander si cette situation ne leur offrait pas une deuxième chance. Elle n'avait pas su quoi dire quand il avait demandé le divorce, douze ans plus tôt. Si elle était honnête, c'était son orgueil qui l'avait empêchée de se battre pour leur mariage. Mais, pour l'heure, elle savait parfaitement ce qu'elle voulait : Gideon.

Gideon reporta son attention sur ce qui s'était mis à grésiller violemment sur le barbecue.

Mya alla chercher la couverture qui se trouvait sur le dossier du canapé et s'en enveloppa avant de sortir sur le patio.

— Il fait un froid de loup ! lança-t-elle à Gideon.

Il lui jeta un regard amusé par-dessus son épaule.

— Alors rentre !

Elle l'ignora.

— Puis-je te demander pourquoi tu fais un barbecue alors qu'il gèle ?

— Il ne fait pas si froid que ça, protesta-t-il. J'avais envie d'un steak, ce soir, et on ne peut faire cuire correctement un steak que sur un barbecue.

— Il y a des milliers de restaurants qui ne seraient pas d'accord avec toi, répondit Mya en serrant la couverture autour de ses épaules.

— Alors il y a des milliers de restaurants qui ne savent pas s'y prendre, répliqua Gideon. Rentre ! Détends-toi. C'est presque prêt. Je te rejoins dans une minute.

Mya fronça les sourcils. Elle n'aimait pas qu'on lui donne des ordres, mais elle ne raffolait pas de l'extérieur, même dans de bonnes conditions. Et elle ne considérait pas le froid et la neige comme de bonnes conditions.

Elle rentra, mais n'obéit pas à l'ordre de se détendre. Elle fouilla les placards jusqu'à ce qu'elle trouve une bouteille de merlot qui irait avec le dîner. Elle l'ouvrit et remplit deux verres.

Gideon revint avec la viande alors que Mya posait les verres sur la table.

— Ça sent bon ! lui dit-elle.

— Évidemment puisque c'est cuit au barbecue.

Gideon posa la viande et alla chercher les légumes dans le four tandis que Mya mettait la table.

Elle était trop fatiguée pour manger quelque chose quand ils étaient rentrés, mais elle mourait de faim à présent. Elle dévora les deux tiers du contenu de son assiette sans dire un mot.

— Je m'organiserai pour qu'on mange plus tôt, désormais, commenta Gideon qui, mangeant à un rythme plus civilisé qu'elle, était loin d'avoir fini.

Mya se sentit rougir.

— Je ne sais pas pourquoi j'ai aussi faim. J'ai l'habitude de travailler tard et de dîner encore plus tard.

— Tu as encaissé beaucoup de choses en peu de temps, expliqua Gideon après avoir bu une gorgée de vin. Tu as tenu grâce à l'adrénaline et ça consomme beaucoup d'énergie.

— Je suppose… Mais je dois dire que j'ai trouvé très reposant de me réveiller dans ton ancienne chambre. Je crois que c'est parce que j'ai toujours vu cette maison comme un sanctuaire. Grand-mère Pearl se donnait beaucoup de mal pour que je me sente chez moi quand j'étais ici.

Gideon esquissa un sourire.

— Elle considérait tous les visiteurs comme des membres de la famille.

— C'était une femme extraordinaire.

Même si plusieurs années s'étaient écoulées depuis la mort de grand-mère Pearl, les larmes lui vinrent aux yeux. Mais Mya savait que grand-mère Pearl n'aurait pas voulu qu'on se souvienne d'elle avec tristesse, alors elle essaya de reprendre le contrôle de ses émotions.

— Tu as fait beaucoup de changements dans la maison, dit-elle.

Gideon regarda autour de lui comme s'il découvrait la pièce.

— Oui. Grand-mère Pearl entretenait la maison, mais elle n'a jamais vu l'intérêt de la rénover.

Mya balaya des yeux la cuisine en acier et en marbre blanc.

— Oui, ça a vraiment changé.

Gideon fronça les sourcils.

— Tu n'aimes pas ?

— Si, c'est très beau, s'empressa-t-elle de répondre.

Et cela l'était. Cela manquait juste de personnalité.

— Mais ?

— Mais ce n'est pas très chaleureux. C'est… On dirait que tu es allé dans un magasin de meubles, que tu as choisi les pièces exposées et que tu t'es tout fait livrer.

— Je ne passe pas beaucoup de temps chez moi, se défendit-il.

Il remplit leurs verres et but une gorgée.

— Oui, je m'en souviens.

Mya détesta son amertume, mais elle n'avait pas pu la contenir. Gideon l'avait profondément blessée en la quittant. Même si sa souffrance s'était amoindrie avec le temps, cette blessure ne guérirait sans doute jamais complètement.

Un silence pesant s'ensuivit.

En buvant une longue gorgée de vin, Mya songea qu'elle pouvait bien poser la question qui lui brûlait les lèvres, puisqu'elle avait déjà gâché l'ambiance.

— J'ai été surprise quand ma mère m'a annoncé que tu avais quitté l'armée, reprit-elle. Je pensais que tu y ferais toute ta carrière.

— Les choses changent, répondit Gideon en fixant son assiette vide.

Sa réponse laconique l'agaça. Gideon lui avait donné

l'impression que c'était son attachement à la carrière militaire qui l'avait incité à divorcer. Sauf qu'il avait quitté l'armée à peine plus d'un an plus tard.

— Qu'est-ce qui a changé ? demanda-t-elle.

Gideon se tut si longtemps qu'elle commença à penser qu'il ne répondrait pas. Finalement, il releva lentement la tête et plongea son regard dans le sien.

— J'avais vu trop de choses pour rester, dit-il.

Mya ne sut pas comment réagir.

Un instant plus tard, il se leva pour emporter leurs assiettes dans l'évier.

Mya avait le cœur serré, à la fois à cause de la tristesse qu'elle avait lue dans les yeux de Gideon et parce qu'elle mesurait tout ce qu'ils avaient perdu. Autrefois, ils pouvaient parler de tout. À présent, elle ne savait plus quoi lui dire.

Elle ramassa leurs verres, le rejoignit et regarda par la fenêtre les branches nues de l'érable qui se balançaient dans le vent.

— Tu te souviens du jour où on a essayé de construire une cabane dans cet arbre ? demanda-t-elle.

Gideon sourit.

— Bien sûr. Je ne sais pas ce qui nous a pris d'essayer de fabriquer une cabane avec des brindilles.

— On trouvait ça tout à fait raisonnable à onze ans, lui rappela-t-elle. C'est un miracle qu'on ne se soit pas cassé le cou.

— Si mes souvenirs sont bons, tu t'es tordu la cheville.

Elle éclata de rire.

— C'est vrai. Je suis tombée de l'arbre en essayant de faire une porte avec l'énorme planche qu'on avait trouvée près de la maison.

— Le major était furieux.

— Ton père ?

Le major Garret Wright avait été une présence éphémère dans la vie de Gideon depuis qu'il l'avait confié à sa mère à la mort de sa femme. Aussi, Gideon ne désignait-il son père que par son grade militaire.

— Il était en permission. Grand-mère Pearl était allée faire une course et il était censé nous surveiller. Bien sûr, il ne l'a pas fait.

Mya secoua la tête.

— Je ne m'en souviens pas. Ce dont je me souviens, c'est que grand-mère Pearl m'a fait des brownies.

La tristesse se peignit sur les traits de Gideon.

— Je n'ai pas eu droit aux brownies. Le major m'a fait nettoyer la maison de fond en comble et je n'ai pas eu le droit de regarder la télé jusqu'à son départ, dit-il.

Même si cela s'était produit bien des années plus tôt, Mya fut indignée par la punition de Gideon.

— Ce n'était pas juste, déclara-t-elle. C'était moi qui avais eu l'idée de construire la cabane.

— Le major ne se souciait pas beaucoup de justice. De son point de vue, j'aurais dû t'en empêcher. Il disait que le rôle des hommes était de protéger les femmes autour d'eux.

Mya ricana.

— Sauf que tu n'étais pas un homme. Tu étais un enfant et il était censé nous surveiller.

— Ça n'a plus aucune importance, fit Gideon en la contournant.

Elle le retint par le bras.

— Ça a de l'importance pour moi.

Elle lui effleura la joue en ignorant les signaux d'alerte que lui envoyait son cerveau. Elle franchissait une frontière émotionnelle sans avoir la moindre garantie qu'elle pourrait faire demi-tour si le terrain se révélait périlleux.

Gideon prit sa main et déposa un baiser sur sa paume.

Alors elle se hissa sur la pointe des pieds pour presser ses lèvres contre les siennes.

Gideon l'attira contre lui et l'embrassa passionnément. Mya entrouvrit les lèvres et se lova contre l'homme qu'elle n'avait jamais cessé d'aimer.

La preuve que Gideon la désirait était pressée contre son ventre. Elle glissa une main sous son pull pour lui caresser le dos.

Mais Gideon interrompit leur baiser et recula.

— C'est une mauvaise idée, dit-il. Il faut que je reste concentré pour être capable de te protéger.

Blessée, Mya rit amèrement et s'écarta.

— Tu essaies de te convaincre que tu me repousses pour mon propre bien, mais nous savons tous les deux que tu le fais parce que tu as peur.

Lorsqu'elle se retourna pour observer sa réaction, il était parti.

10

La brise troublait la surface du lac artificiel qui occupait le centre de Prospect Park. Il faisait doux pour la saison, ce qui avait incité les gens à sortir. Dans ces circonstances, Gideon aurait préféré qu'il y ait moins de monde autour d'eux.

Si le temps était doux, l'atmosphère, dans son environnement immédiat, était glaciale. Mya ne lui avait adressé que quelques mots depuis le matin. Il ne pouvait pas le lui reprocher. Leur baiser de la veille avait été aussi inapproprié que merveilleux. Gideon avait passé une bonne partie de la nuit à se gifler mentalement pour son manque de professionnalisme, d'autant plus qu'une grande part de lui avait eu envie de laisser les choses aller plus loin.

Il avait même commencé à se demander si James n'avait pas raison de vouloir confier l'affaire à quelqu'un d'autre – avant de rejeter catégoriquement cette idée. Il n'était pas question qu'il confie la sécurité de Mya à quelqu'un d'autre. Si cela avait pour conséquence qu'ils arpentaient le parc dans un silence glacial en attendant Brian Leeds, tant pis.

Gideon aperçut quelque chose de rouge du coin de l'œil et se tint prêt à attaquer. Quelques secondes plus tard, un homme en jogging avec des écouteurs apparut au détour du sentier. Il les croisa sans leur accorder un regard.

Mya et lui marchaient main dans la main. Ils ressemblaient à un couple sorti se promener – exactement l'impression qu'il voulait donner, au cas où quelqu'un les observerait.

Il devait rester concentré. Plusieurs de ses collègues avaient été déployés dans le parc et autour, avec pour mission de guetter Leeds et de repérer quiconque représenterait une menace pour Mya. Lui était son garde du corps, sa première ligne de défense.

Ils étaient arrivés dix minutes avant le rendez-vous de 13 heures, pour se mettre à marcher à pas lents autour du lac. Il était maintenant 13 h 10 et il n'y avait aucun signe de Leeds.

Le mauvais pressentiment qui le hantait depuis le matin s'accrut. Il n'aimait pas du tout cela.

Il avait essayé de convaincre Mya de le laisser rencontrer Leeds seul, mais elle avait refusé catégoriquement.

Elle lui avait rappelé que c'était elle que Leeds s'attendait à voir et qu'il y avait peu de chances que son collègue parle à quelqu'un qu'il ne connaissait pas.

Gideon avait répondu qu'il était très doué pour faire changer d'avis les gens qui ne voulaient pas lui parler. Mya avait objecté que Leeds n'était pas un criminel.

Cela ne lui avait inspiré qu'un grognement. Leeds pouvait très bien être un criminel. Il était clairement impliqué dans ce qui se passait, ou alors il savait quelque chose. Sinon, pourquoi aurait-il tenu à ce rendez-vous clandestin dans un parc ?

Mya avait plissé les yeux et déclaré :

— Je viens.

Cela faisait longtemps qu'ils ne s'étaient pas disputés. Il avait oublié à quel point c'était vain de batailler avec elle. Il avait beau avoir été endurci par les marines, Mya semblait toujours obtenir ce qu'elle voulait.

— Quelqu'un l'a repéré ? demanda Gideon en ayant

l'air de parler tout seul parce que son oreillette était presque invisible.

— Négatif, répondit Tessa, qui était postée sur le petit parking du parc.

— Négatif, dit James.

Gideon et Mya étaient déjà passés devant lui deux fois. Il était assis sur un banc près du lac, un livre ouvert à la main.

Même si James ne travaillait à l'agence que depuis six mois, Gideon était sûr que rien de ce qui se passait dans le parc ne lui échappait.

Et il s'en réjouissait, parce qu'il y avait plus de monde qu'on n'aurait pu s'y attendre en cette journée de décembre.

Gideon observa les gens qui les entouraient. Un homme et une femme qui n'étaient pas en couple – ou ne l'étaient plus – buvaient un café à l'une des quatre tables de pique-nique. Un homme se tenait au bord du lac, le regard dans le vide. Un autre homme, vêtu d'un manteau luxueux, marchait sans quitter son téléphone des yeux. Une femme qui portait des collants et des bottes se dirigeait à grands pas vers l'une des entrées du parc, son énorme sac à main rebondissant contre sa hanche.

Gideon scrutait un peu plus longtemps les hommes que les femmes. Il n'avait pas la stupidité de considérer les femmes comme inoffensives mais, statistiquement, ils avaient plus de chances d'être attaqués par un homme.

Il jeta un coup d'œil à Mya. Elle prenait bien soin de ne pas le regarder, même si Gideon était certain qu'elle sentait qu'il le faisait. Ils avaient toujours été en phase, et les deux derniers jours prouvaient que le temps n'avait pas brisé leur lien – bien au contraire, à sa grande consternation.

Il savait qu'elle était fâchée contre lui. Pire : il l'avait blessée. Il ne l'avait pas fait exprès. C'était la dernière chose qu'il voulait. C'était pour cela qu'il avait tenu à la laisser vivre sa vie, mais il l'avait blessée malgré ses bonnes intentions.

Il la vit regarder le lac, les parterres de fleurs, l'aire de jeux pour enfants, puis de nouveau le lac. À aucun moment elle ne posa les yeux sur lui.

Ils passèrent une troisième fois devant James, et son mauvais pressentiment s'amplifia encore.

— Je n'aime pas ça, grommela-t-il dans son oreillette. Je pense qu'on devrait emmener Mya en lieu sûr.

Mya leva enfin les yeux sur lui, mais elle n'avait pas l'expression qu'il aurait aimé voir.

— Brian n'a que dix minutes de retard, siffla-t-elle. Il est peut-être tombé sur un embouteillage. Laissons-lui encore un peu de temps.

James et Tessa, qui les avaient parfaitement entendus, ne firent aucun commentaire.

Gideon décida de laisser un dernier tour du lac à Leeds. Ensuite, il emmènerait Mya en lieu sûr en l'emportant sur son épaule si c'était nécessaire. Il avait appris à ne jamais ignorer son instinct. Son instinct l'avait sauvé plus d'une fois au cours de sa carrière, et il ne commencerait pas à l'ignorer alors que la vie de Mya était en jeu.

Ils passèrent devant le grand belvédère qui se dressait à un bout du lac ovale. Une bourrasque rida la surface de l'eau et la fit scintiller au soleil.

Gideon regarda sa montre. Un quart d'heure de retard. Même s'il était tombé sur un embouteillage, Leeds aurait dû arriver. Ou, à tout le moins, prévenir Mya de son retard. L'opération prendrait fin quand ils atteindraient l'autre bout du lac, que cela plaise à Mya ou non.

Alors qu'ils repassaient devant l'aire de jeux, le hurlement d'un bébé couvrit les rires des enfants. Une jeune femme brune qui semblait épuisée s'empressa de sortir le bébé de sa poussette. Le nourrisson était si emmitouflé que

Gideon n'aurait su dire si c'était un garçon ou une fille. Quand il arrêta de pleurer, la mère reporta son attention sur les enfants qui jouaient dans une cage à écureuil.

— Il est temps de…

Gideon laissa sa phrase en suspens comme Mya pressait son bras.

— C'est lui, chuchota-t-elle. C'est Brian.

Gideon suivit son regard. L'arrivée du collègue de Mya ne le rassura pas. L'apparence de Leeds éveillait sa méfiance. Il était débraillé, échevelé, et il avait une barbe de trois jours.

— On dirait bien qu'il est en vie, les amis, grommela Gideon à l'attention de ses collègues.

— Merde ! s'écria Tessa. Il a dû se garer dans la rue. Je vous rejoins en passant par l'entrée nord.

Leeds les repéra. Il hésita un instant quand il s'aperçut que Mya n'était pas seule, mais il continua à s'approcher d'eux.

Il s'arrêta à deux mètres d'eux.

— Que fait-il là ? demanda-t-il. Je pensais qu'il allait de soi que tu devais venir seule, Mya.

— Elle ne va seule nulle part, aboya Gideon.

Mya le fusilla du regard avant de répondre :

— Gideon Wright est mon ami. Comme je te l'ai dit hier, il travaille pour une agence de sécurité.

— Tu t'es trouvé un garde du corps, alors ? s'écria Brian. Tu es maligne. Je regrette de ne pas avoir d'ami comme lui.

— Que veux-tu dire, Brian ? Que se passe-t-il ?

Leeds se passa la main dans les cheveux.

— Mon Dieu ! Je ne sais pas par où commencer. Je ne savais pas. Pas au début.

Gideon n'aimait ni la nervosité de Leeds ni le fait qu'ils soient aussi exposés.

— Si vous veniez nous expliquer tout ça dans mon bureau ? suggéra-t-il.

Leeds secoua la tête.

— Je ne vous suivrai nulle part.

Gideon s'aperçut que les mains de Leeds tremblaient. Il était terrifié.

Du coin de l'œil, Gideon vit Tessa s'approcher d'eux. Il secoua discrètement la tête, et elle changea de direction.

— Il faut que tu comprennes que j'avais travaillé avec Irwin un long moment avant ton arrivée, Mya, reprit Leeds. Ce n'était pas seulement mon patron. Je le voyais comme mon mentor et un ami.

— Je comprends, lui assura Mya en prenant sa main. C'est pareil pour moi.

— Oui et non. Irwin était ton mentor, mais il est vite devenu évident que tu étais aussi son héritière, malgré toutes les années que j'avais passées auprès de lui avant que tu ne débarques. Écoute… Je sais bien pourquoi Irwin t'a choisie pour lui succéder à la tête du labo. J'aurais été nul pour serrer les mains des donateurs et des investisseurs. Mais ça n'a pas été facile d'être mis sur la touche comme ça.

— Qu'avez-vous fait ? demanda Gideon.

En général, il n'interrompait pas un suspect au milieu d'un aveu, mais ils étaient des cibles faciles dans ce parc.

Leeds lui jeta un regard hostile avant de reporter son attention sur Mya.

— Irwin m'a demandé de le tenir informé de nos recherches. Je savais qu'il ne faisait plus partie de l'équipe, techniquement, mais je ne voyais pas quel mal ça pouvait faire.

Mya lâcha sa main.

— Le mal, c'est que tu as violé la clause de confidentialité de ton contrat et mis nos recherches en danger, répondit-elle.

Leeds rougit.

— Irwin en connaissait déjà une grande partie, de toute façon, se défendit-il. C'est lui qui a découvert les deux premières parties de la formule.

— Vous avez donc parlé des progrès de Mya à Irwin. Que lui avez-vous appris, au juste ? demanda Gideon avec impatience.

— Tout. Je lui ai envoyé une copie de nos derniers résultats. Mais il faut que je vous dise autre chose.

— Quoi ? grogna Gideon.

Le fait qu'il ait fourni des informations à Ross ne pouvait pas être le grand secret dont il ne voulait pas parler par téléphone.

Alors une chose que Leeds avait dite un peu plus tôt lui revint à l'esprit.

« Je ne savais pas. Pas au début. »

Qu'est-ce que Leeds ne savait pas ? Il savait très bien qu'il livrait des informations confidentielles à Ross, alors de quoi parlait-il ?

Gideon scruta le visage de Leeds.

— Que vouliez-vous dire par : « Je ne… »

Le vrombissement d'une moto l'empêcha de finir sa phrase. Quelqu'un avait ignoré le grand panneau qui interdisait l'entrée du parc aux véhicules à moteur.

Gideon tourna la tête et vit une Suzuki noire foncer vers eux.

La panique le gagna quand le motard tendit son bras droit. Le soleil fit briller ce qu'il tenait.

— Il est armé ! cria Gideon.

Une détonation retentit. Aussitôt suivie d'une autre.

La surprise se peignit un instant sur les traits de Leeds

alors qu'une tache de sang s'étendait sur son pull blanc. Puis il s'effondra. Il y avait un trou au milieu de son front.

Gideon attira Mya contre lui et l'entraîna vers un bosquet.

Un nouveau coup de feu retentit, suivi par un hurlement d'enfant.

Mon Dieu, non ! songea Gideon.

Une balle s'enfonça dans le tronc de l'arbre derrière lequel il avait poussé Mya.

— Ne bouge pas ! lui ordonna-t-il.

Mya, qui tremblait comme une feuille, acquiesça.

Quand Gideon jeta un coup d'œil de l'autre côté du tronc, le motard faisait demi-tour. Un instant plus tard, il filait vers l'entrée par laquelle il était arrivé.

James s'était élancé à sa poursuite mais, à pied, il n'avait aucune chance de rattraper une moto.

— Reste là ! ordonna une nouvelle fois Gideon à Mya avant de s'approcher du lac, l'arme au poing.

Le chaos régnait dans le parc. Des mères étaient cachées derrière les toboggans avec leurs enfants, et les hurlements de ces derniers dominaient le paysage sonore.

Gideon vit Tessa parcourir l'aire de jeux pour s'assurer que personne n'était blessé. Comme celle-ci était assez éloignée, on pouvait espérer qu'aucune balle perdue n'était allée jusque-là.

Quant à Leeds, c'en était fini pour lui, malheureusement. Gideon s'agenouilla auprès de lui par réflexe pour chercher un pouls qu'il était sûr de ne pas trouver.

— J'ai toute une bande de mères et de gamins terrifiés, mais pas de blessés, annonça Tessa dans son oreillette.

— Je reviens, fit James, essoufflé. J'ai perdu le motard de vue quand il a grillé un feu rouge. J'ai prévenu la police, mais c'est peine perdue.

Cela allait sans dire. Celui qui avait tué Brian Leeds et essayé de tuer Mya savait ce qu'il faisait.

Et il continuerait à essayer jusqu'à ce qu'il parvienne à ses fins.

11

Les premiers policiers qui étaient arrivés sur les lieux avaient regroupé tous les gens encore présents dans le parc dans le local des agents d'entretien. Mya avait senti le regard de l'inspectrice Kamal se braquer sur elle dès qu'elle était arrivée à son tour – et il était hostile. L'inspectrice, qui avait pris sa déposition plus d'une heure plus tôt, lui avait demandé de rester là au cas où elle aurait d'autres questions à lui poser.

Mya et Gideon attendaient donc, et Mya commençait à avoir les nerfs à vif. Plusieurs des témoins qui patientaient avec eux s'étaient déjà plaints aux policiers qui montaient la garde.

Par la fenêtre, Mya vit Kamal s'approcher du local. Un homme grand et mince l'arrêta. Mya fut certaine qu'il s'agissait d'un policier rien qu'à sa manière de se tenir. Kamal et lui échangèrent quelques mots, puis l'homme s'éloigna.

Gideon et Mya se levèrent quand Kamal entra dans la cabane. L'inspectrice s'approcha d'eux en ouvrant son carnet.

— Je vous remercie pour votre patience, dit-elle. Quel bazar !

— *Bazar ? !* Quelqu'un qui était mon collègue et mon ami a été tué sous mes yeux, répondit Mya.

Kamal la dévisagea longuement, et un silence tendu s'ensuivit.

— Bien sûr, finit par dire l'inspectrice. Je ne voulais pas vous donner l'impression que je prenais la situation à la légère. Elle est très grave, au contraire. C'est pourquoi j'aimerais vous poser quelques questions supplémentaires, à M. Wright et à vous-même.

Mya sentit Gideon se raidir encore plus à son côté.

— On vous a déjà dit tout ce qu'on sait, fit-il.

— Je voudrais juste revenir sur certains points, répliqua Kamal, qui avait déjà reporté son attention sur Mya. M. Leeds vous a appelée hier pour vous donner rendez-vous dans ce parc, c'est bien ça ? Et il avait quelque chose d'important à vous dire sur l'incendie de votre laboratoire et le vol de vos recherches ?

Mya hocha la tête.

— Brian ne m'a pas précisé de quoi il s'agissait, mais j'ai évidemment pensé que ça avait un rapport avec le laboratoire.

L'inspectrice Kamal tourna les pages de son carnet.

— Et quand vous vous êtes retrouvés, il vous a dit qu'il avait communiqué vos recherches à…

— Irwin Ross, acheva Mya à sa place. C'est l'ancien directeur du laboratoire.

— M. Ross, c'est ça. Celui-là même qui a découvert les deux premières parties de la formule qui vous a été volée.

— Oui.

— Vous êtes donc en train de discuter tous les trois et M. Wright a deux collègues dans le périmètre. Tout à coup, une moto s'engouffre dans le parc, son conducteur tire et M. Leeds est tué.

— C'est bien ce qui s'est passé, intervint Gideon avec impatience.

Mya réprima un soupir. Ils avaient déjà répondu à toutes ces questions.

— Je sais que ça paraît étrange, inspectrice, mais les autres témoins ont bien dû vous le confirmer, non ? insista-t-elle.

— Plus ou moins, dit Kamal en se grattant l'oreille. Personne n'a vu tout à fait la même chose, comme toujours.

— Alors pourquoi sommes-nous encore là ? demanda Gideon.

— Eh bien ! Mlle Rochon l'a dit elle-même : il est *étrange* que tous ceux qui ont un rapport avec le laboratoire TriGen aient été tués au cours des deux derniers jours. Tout le monde sauf vous, mademoiselle Rochon. Qu'est-ce que ça vous inspire ?

Mya serra les dents.

— Votre hypothèse est fausse, inspectrice. Ceux qui ont un rapport avec le laboratoire n'ont pas tous été tués. Nous avons des investisseurs, un conseil d'administration…

— Soit, mais il ne reste que vous parmi les employés, l'interrompit Kamal.

— Où voulez-vous en venir ? maugréa Gideon.

Ils savaient très bien, tous deux, où Kamal voulait en venir, se dit Mya. Ce qui se passait avait clairement un rapport avec ses recherches à TriGen. Le laboratoire était la seule chose que Brian et Rebecca avaient en commun. Mya était la seule survivante et, aux yeux de l'inspectrice, cela suffisait à faire d'elle la principale suspecte.

— Je n'ai rien à voir avec la mort de Rebecca et de Brian, la destruction de mon laboratoire et le vol de mes recherches, s'emporta-t-elle. Vous avez dit vous-même que les autres témoins avaient confirmé nos dépositions. Et vous oubliez que le motard nous a aussi tiré dessus.

L'inspectrice pinça les lèvres.

— Vous pouvez avoir engagé quelqu'un, répliqua-t-elle.

Je ne peux pas m'empêcher de constater que le tireur a été d'une grande précision pour abattre M. Leeds, mais qu'il vous a manqués, M. Wright et vous. Quel heureux hasard, n'est-ce pas ? Par ailleurs, je n'ai que votre parole quant au fait que M. Leeds vous avait bien donné ce rendez-vous.

— Vous avez aussi la mienne, intervint Gideon. J'étais dans la voiture et Mya avait mis le haut-parleur.

— Et je vous ai montré l'historique de mes appels, rappela Mya à l'inspectrice. Vous avez vu que Brian m'avait appelée.

Kamal haussa un sourcil.

— Oui, mais c'est la seule information que l'historique me fournit. Je ne sais pas de quoi vous avez parlé. Et pour être honnête, monsieur Wright, ajouta-t-elle en se tournant vers lui, la parole d'un ex-mari qui se comporte plutôt toujours comme un mari ne mènera pas Mlle Rochon très loin.

Gideon fixa l'inspectrice encore plus durement.

— Je me suis renseignée sur vos recherches et sur vous, mademoiselle Rochon, poursuivit Kamal en la fixant du regard. Tout le monde ne considère pas votre formule comme la grande découverte pour laquelle vous la faites passer.

Mya sentit son estomac se nouer. La communauté scientifique n'était pas immunisée contre les ragots et la jalousie. Elle était au courant des rumeurs mesquines que suscitaient ses travaux de recherche, mais elle les avait ignorées parce qu'elle savait que sa découverte parlerait d'elle-même. Ce n'était visiblement pas l'opinion de l'inspectrice Kamal.

— Il y a même des gens qui pensent que vous avez tout inventé, ajouta Kamal.

— Des gens ? s'écria Mya en serrant les poings. Je croyais que la police se souciait des faits. Les faits, c'est que je peux prouver que ma formule marche, alors ce que les autres en pensent n'a aucune importance.

— Mais vous ne pouvez pas le prouver sans les premières parties de la formule, n'est-ce pas, mademoiselle Rochon ?

— Qu'insinuez-vous, inspectrice ? grommela Gideon.

Kamal l'ignora. Elle sortit son téléphone de sa poche et tapota l'écran.

— Reconnaissez-vous ce morceau de papier, mademoiselle Rochon ?

L'inspectrice lui montra une photo sur son téléphone. Gideon s'approcha pour la voir aussi.

Mya frémit. Si le morceau de papier ne lui disait rien, ce n'était pas le cas des cinq chiffres qui étaient griffonnés dessus.

Abasourdie, elle se tourna vers Gideon.

— C'est le code de la porte de mon garage… !

Les mâchoires de Gideon se crispèrent.

Kamal rangea son téléphone avec un sourire satisfait.

— Nous avons trouvé ce morceau de papier sous le corps de Rebecca Conway, précisa-t-elle. Voulez-vous me dire comment elle a obtenu le code qui permet d'entrer chez vous ?

Mya était presque trop surprise pour parler.

— Je… je ne sais pas. Je ne le lui ai jamais donné.

— Jamais ? Vous n'avez jamais envoyé Mlle Conway récupérer ou déposer quelque chose chez vous ?

— Non. Rebecca était la réceptionniste du laboratoire, pas mon assistante personnelle, inspectrice.

— Qu'insinuez-vous, inspectrice ? demanda encore Gideon.

— Nous enquêterons, répondit Kamal. Mais, d'après mon expérience, la réponse la plus évidente est généralement la bonne.

— Et quelle est la réponse qui vous semble évidente dans cette situation ? insista Gideon.

Kamal ferma son carnet, et Mya la vit se tourner vers elle.

— Vous savez bien à quoi ça ressemble de mon point de vue, mademoiselle Rochon. Vous prétendez avoir trouvé un remède miracle, que personne n'a vu et auquel plusieurs spécialistes ne croient pas. Et puis voilà que votre laboratoire est détruit, que le serveur sur lequel figurent toutes vos données disparaît et que les deux personnes qui travaillent avec vous sont tuées, tout cela en quarante-huit heures.

Mya serra les poings.

— M'accusez-vous de quelque chose, inspectrice ?

Gideon posa une main sur son épaule et se plaça légèrement devant elle.

— Nous avons répondu à toutes vos questions et vous ne pouvez rien faire de plus pour le moment, fulmina-t-il.

Kamal continua de la fixer d'un air mauvais. Il était évident, songea Mya, que l'inspectrice lui imputait tout : l'incendie du laboratoire, le vol de son serveur et les morts de Brian et de Rebecca.

— Vous pouvez partir, déclara Kamal après de longues secondes. Mais restez dans les environs. Nous nous reverrons bientôt, mademoiselle Rochon.

12

— Comment cela a-t-il pu se produire ? rugit Ryan dans les haut-parleurs de la salle de conférences.

Même s'il était encore en congé paternité, James et Gideon avaient jugé nécessaire de l'informer de ce qui s'était passé à Prospect Park : le meurtre de la personne avec laquelle une cliente de West Security avait rendez-vous ainsi qu'une tentative de meurtre sur cette dernière alors que trois employés de l'agence étaient présents sur les lieux. De manière prévisible, Ryan était furieux.

Gideon approcha sa chaise de celle de Mya. Il n'avait pas quitté Mya des yeux de la journée. Il n'aspirait qu'à lui servir d'armure. Il était encore terrifié par ce qui aurait pu lui arriver. La scène du parc passait en boucle dans sa tête. Si Mya avait été touchée, s'il l'avait perdue… Cette pensée lui coupait le souffle.

La voix de Ryan le ramena à la réalité :

— Comment le tireur savait-il que Mya et Gideon seraient au parc à ce moment-là ?

— Il a dû suivre Brian Leeds, répondit Gideon.

Les techniciens de l'agence avaient examiné l'ordinateur et le téléphone de Mya sans trouver aucune application de traçage, et Gideon était certain qu'il n'y avait pas de mouchard dans sa voiture et qu'ils n'avaient pas été suivis.

La rencontre de Mya et de Leeds fournissait l'occasion

parfaite de se débarrasser des deux derniers employés de TriGen en même temps.

Et cela avait failli marcher…

— Il me paraît évident que tout ça a un rapport avec les recherches de Mlle Rochon, dit Ryan. Quelqu'un veut faire disparaître les gens qui ont travaillé sur ce projet.

Gideon observa Mya, sa pâleur l'inquiétait. Elle n'avait pas dit grand-chose depuis qu'ils avaient quitté le parc, et il n'était plus aussi doué qu'avant pour déchiffrer ses expressions. Se demandait-elle si elle avait eu tort de confier sa sécurité à l'agence ? Gideon savait que c'était entièrement sa faute si elle avait failli se faire tuer.

— La question, c'est pourquoi, intervint Tessa. Je veux dire… il est évident que votre formule a une grande valeur, Mya, mais celui qui l'a volée ne se dénoncerait-il pas en la rendant publique ?

Mya secoua lentement la tête.

— Pas forcément. Mon laboratoire n'est pas le seul à travailler dans ce domaine. Quelqu'un qui s'y connaît pourrait recréer les étapes de la recherche à partir de la formule. Il serait alors presque impossible de prouver qu'il n'a pas fait cette découverte lui-même.

— Et qui travaille aussi dans ce domaine ? demanda Gideon.

Mya donna les noms de deux laboratoires, que James nota.

— Je vais enquêter sur eux, déclara-t-il.

— Vous devriez aussi vous intéresser à Shannon Travers, de Nobel Pharmaceuticals, dit Mya en fronçant les sourcils.

Tessa esquissa un sourire.

— J'ai l'impression que vous n'appréciez pas beaucoup Mme Travers, je me trompe ?

— Nobel est l'une des plus grosses compagnies pharmaceutiques du Nord-Est, expliqua Mya. Shannon dirige le département Recherche et développement.

— Ça ne répond pas vraiment à ma question, lui fit remarquer Tessa.

Mya fronça à nouveau les sourcils.

— Nous étions dans le même programme de doctorat et souvent en compétition.

Elle n'avait toujours pas répondu à la question de Tessa, songea Gideon.

— Elle est impressionnante, dit James, les yeux rivés sur son ordinateur. Déjà vice-présidente du développement chez Nobel à trente-neuf ans. J'ai sous les yeux plusieurs articles sur son ascension fulgurante.

— Sans doute l'œuvre du département Communication de Nobel, ricana Mya.

Elle se leva et s'appuya sur le dossier de sa chaise.

— Écoutez…, reprit-elle. Shannon est une vipère dont la réussite tient à la flexibilité de son éthique.

Ce sujet lui avait rendu des couleurs, et Gideon en fut un peu soulagé. Mais il soulevait aussi une question.

— La crois-tu éthiquement flexible au point d'essayer de te tuer pour t'empêcher de découvrir un traitement avant Nobel ?

Mya prit un air songeur.

— Je sais que Nobel travaille aussi sur un traitement du glioblastome. D'après les rumeurs, ils seraient près du but.

Son expression s'assombrit.

— Ça m'ennuie de dire ça, mais Shannon ne recule devant rien pour servir ses intérêts, ajouta-t-elle.

— Et quelqu'un…, commença Gideon.

Il laissa sa phrase en suspens lorsqu'il vit Mya écarquiller les yeux.

— Que se passe-t-il ? demanda-t-il.

— Je viens de prendre conscience que je ne suis pas la

seule employée de TriGen à être encore en vie. Irwin… Il ne travaille plus pour le laboratoire, mais il a développé les deux premières parties de la formule.

— Et Leeds a avoué qu'il l'a tenu au courant de vos progrès depuis que tu l'as remplacé, répondit Gideon. Oui, Ross est peut-être en danger.

— Irwin s'est mis au vert et sa cabane n'est pas facile à atteindre, dit Mya.

— Tu devrais le prévenir, par prudence.

Mya récupéra son sac sous la table.

— Je vais l'appeler, annonça-t-elle.

Elle alla dans un coin pour passer l'appel et Gideon se réjouit qu'elle ne soit pas sortie de la salle. Même s'ils étaient dans les bureaux de West Security et qu'il y avait les meilleurs gardes du corps autour d'elle, il ne voulait pas quitter Mya des yeux un seul instant.

— Comment veux-tu gérer ça ? demanda James.

Gideon tourna la tête vers lui à contrecœur.

— Celui qui veut cette formule doit pouvoir – ou connaître quelqu'un qui peut – confirmer qu'elle marche, répondit-il. Dans ces conditions, la liste de suspects que Mya vient de nous fournir est notre meilleure piste.

— J'ai du nouveau sur Rebecca Conway, annonça Tessa. C'est une jeune femme parfaitement ordinaire si on s'en tient aux apparences… ce que je n'ai pas fait.

Gideon sentit son cœur battre plus vite.

— Qu'as-tu trouvé ?

— Une Rebecca Conway qui habite à Sarasota, en Floride. Elle travaille pour Walmart et vit encore chez ses parents.

— Elle travaille pour Walmart ? répéta James, les sourcils froncés. Es-tu sûre que c'est la bonne personne ?

Tessa lui jeta un regard mécontent.

— As-tu pu parler à Ross ? demanda Gideon quand Mya revint s'asseoir à côté de lui.

Elle secoua la tête.

— Ce n'est pas si simple. Irwin n'a pas le téléphone. J'ai appelé l'épicerie locale pour lui laisser un message. Phil Gatling, le propriétaire de l'épicerie, transmet les messages à Irwin quand il va faire des courses, mais je lui ai dit que c'était urgent et il a promis de faire un crochet chez Irwin ce soir.

Gideon réprima l'agacement que lui inspirait une méthode aussi inefficace.

— Alors tu n'auras pas de nouvelles de lui avant demain, conclut-il.

— Si j'ai de la chance, nuança Mya. Irwin est un peu excentrique.

— Que voulez-vous dire par là ? demanda Tessa en ouvrant une canette de soda.

— Irwin n'a pas eu une vie facile, répondit Mya. Il a commencé ses études de médecine à la trentaine, alors qu'il avait déjà une femme et deux fils. Peu après, on a diagnostiqué un glioblastome à son fils aîné. Il n'y avait rien à faire… Ça a été un tournant dans la vie d'Irwin. Il s'est entièrement consacré à la recherche d'un traitement contre le glioblastome. Je sais que sa femme l'a quitté et qu'il ne voit presque pas son fils cadet. Je crois que le garçon est tombé dans la drogue à l'adolescence et a fait de la prison.

— Si son travail est toute sa vie, pourquoi a-t-il pris sa retraite, alors ? demanda Gideon.

Mya soupira.

— Ça a été présenté comme un départ à la retraite, mais nos investisseurs l'ont poussé dehors. Irwin n'était pas très doué pour les tenir au courant ni pour les poignées de main, expliqua-t-elle en baissant les yeux. Il s'en est beaucoup remis à moi dans ce domaine.

Ainsi, les investisseurs avaient fini par se rendre compte qu'ils avaient deux génies à leur service et qu'un seul suffisait. Il était évident que Mya en éprouvait de la culpabilité.

— Que sais-tu sur Rebecca Conway ? lui demanda Gideon.

— Juste ce que je vous ai déjà dit et ce que son colocataire nous a appris hier, répondit-elle, l'air surpris.

— As-tu fait des recherches sur elle avant de l'engager ?

— Bien sûr ! La politique de TriGen l'exige. C'est Brian qui s'en est chargé, mais il n'a rien dû trouver de rédhibitoire.

— Celui qui a créé sa fausse identité a fait du bon travail, intervint Tessa. Des recherches basiques n'auraient rien donné.

James hocha la tête.

— C'est sans doute pour ça que l'inspectrice Kamal ne l'a pas mentionné, dit-il.

— Ou bien elle le sait, mais elle s'intéresse trop à Mya pour approfondir, déclara Gideon.

Il y avait tant d'amertume dans son ton que James le regarda bizarrement.

Parce qu'ils travaillaient régulièrement avec la police, les agents de West Security étaient encouragés à entretenir des rapports professionnels avec les autorités, même si leurs intérêts n'étaient pas toujours les mêmes.

Mais Gideon ne pouvait pas masquer ce qu'il ressentait. Non seulement il n'aimait pas l'inspectrice Kamal, mais il n'avait pas confiance en elle.

— Quoi qu'il en soit, on devrait parler de Rebecca à la police, conclut James.

Mya les regarda tour à tour.

— Une minute ! De quoi parlez-vous ?

— Il semblerait que votre réceptionniste n'était pas qui elle prétendait être, lui expliqua Tessa. Ce qui ressort quand on fait des recherches sur elle correspond en réalité à une Rebecca Conway de vingt et un ans qui vit à Sarasota, en Floride. Je ne peux confirmer l'existence de votre Rebecca Conway que sur les huit derniers mois.

— Un mois avant que tu ne l'embauches, rappela Gideon, à qui cette coïncidence ne disait rien qui vaille.

Mya semblait abasourdie.

— C'est impossible. Brian a dit que c'était une amie d'un ami. Il la connaît.

Elle soupira avant de corriger :

— Il la connaissait.

— Savez-vous depuis combien de temps il connaissait Rebecca ? demanda Tessa.

Mya secoua la tête.

— Je ne lui ai jamais posé la question.

— Alors il peut avoir été berné par Rebecca, lui aussi, dit Tessa.

— Sauf qu'on sait que Leeds cachait des choses à Mya, intervint James. C'était peut-être l'une de ces choses.

Mya se prit la tête entre les mains.

— Tout ça n'a aucun sens ! gémit-elle. Brian a été malhonnête en parlant à Irwin derrière mon dos, mais il n'avait aucune raison de me mentir à propos de Rebecca.

— Il ne l'a peut-être pas fait, répondit Tessa. La qualité de la fausse identité de Rebecca indique qu'elle était une professionnelle ou qu'elle travaillait avec un professionnel.

— Une professionnelle ? répéta Mya.

— Une arnaqueuse professionnelle, expliqua Gideon. Nous devons savoir ce qu'il en est. Tessa, continue à enquêter sur Rebecca et intéresse-toi à Brian. Quel est leur lien ? Avaient-ils des contacts en dehors du travail ?

Avaient-ils des amis ou de la famille en commun ? Tu connais la rengaine.

— De mon côté, je vais essayer de découvrir qui est le tireur, dit James. J'ai un ami à la circulation. Avec un peu de chance, une caméra aura enregistré la plaque d'immatriculation de la moto. Et toi, Gideon, que comptes-tu faire ?

Au lieu de répondre à la question, Gideon se tourna vers Mya.

— Kamal pense que tu as tout orchestré pour masquer l'échec de tes recherches, déclara-t-il.

Mya pinça les lèvres.

— Tu ne crois quand même pas…

— Évidemment pas ! la coupa-t-il. Mais nous devons découvrir ce que Brian ne nous a pas dit.

Mya haussa un sourcil.

— Et comment comptes-tu t'y prendre ?

Le moyen auquel il pensait n'allait pas plaire à Mya.

13

— Ai-je bien compris ? demanda Mya. Tu veux entrer par effraction chez Brian, mais tu m'interdis de t'accompagner ?

Elle n'en revenait pas qu'il ait employé le mot « interdire », comme s'il s'adressait à une petite fille qui n'avait pas été sage.

À vrai dire, elle n'était pas sûre d'avoir envie de l'accompagner. Voir Brian se faire tuer et se faire tirer dessus elle-même l'avaient plus ébranlée qu'elle ne voulait l'admettre. Mais elle n'était pas arrivée là où elle était en laissant les gens lui dire ce qu'elle pouvait faire ou non. Elle ne commencerait pas maintenant.

— Ce que Gideon compte faire n'est pas vraiment légal, intervint Tessa. Il vaudrait mieux que vous ne vous en mêliez pas.

Mya lui jeta un regard incrédule.

— Je sais qu'entrer chez quelqu'un par effraction est illégal, répondit-elle.

— Et c'est la raison pour laquelle il vaudrait mieux que tu restes ici, grommela Gideon.

— Au cas où tu te ferais prendre ? répliqua Mya en le regardant droit dans les yeux.

— Je ne me ferai pas prendre. Je sais comment entrer et sortir d'un endroit sans laisser de trace.

Mya applaudit.

— Génial ! Alors je n'aurai qu'à faire comme toi et tout ira bien.

— Tu dois rester en dehors de ça, reprit Gideon d'une voix menaçante, mais dans laquelle Mya reconnut de la peur.

— Que je reste ici ou non, je suis impliquée, riposta-t-elle. Quelqu'un essaie de me tuer. Quelqu'un a tué deux personnes qui étaient proches de moi et volé mon travail. Je suis donc très impliquée.

Ils se livrèrent une bataille de volontés en se fixant pendant une longue minute.

— Tu m'obéis sans discuter, finit par dire Gideon entre ses dents.

Il faisait nuit lorsqu'ils quittèrent les bureaux de West Security. Le trajet jusque chez Brian se fit dans un silence tendu. Gideon était fâché parce qu'elle avait insisté pour venir. Elle savait qu'il aurait été plus prudent qu'elle aille se cacher dans une planque et qu'elle laisse Gideon traquer le ou les coupables. Mais c'était trop lui demander. Elle avait passé les sept dernières années de sa vie à développer ce traitement contre le glioblastome. Personne ne tenait plus à le récupérer qu'elle.

Gideon se gara dans une rue adjacente à celle de Brian, puis il se tourna vers elle.

— Je n'ai pas vu de voiture de police, mais il faut rester prudents, expliqua-t-il. Même si je suis sûr que la police a déjà fouillé la maison.

Mya fronça les sourcils.

— Dans ce cas, n'a-t-elle pas trouvé tout ce qui pourrait mener au tueur de Brian ?

— Tout ce qui est évident, oui, répondit Gideon en balayant la rue du regard.

— Et on cherche quelque chose qui n'est pas évident ?

— Oui. Kamal cherche une piste qui la mènerait à un tueur, parce qu'elle ne croit pas que tes recherches ont été volées. Nous, nous cherchons la piste du voleur.

— En partant du principe que le voleur est aussi le tueur, conclut Mya. J'ai compris.

— Tant mieux. Allons-y. Plus longtemps on restera là, plus on risquera de se faire repérer, dit Gideon en recommençant à scruter la rue. On entre, on essaie de trouver quelque chose qui pourrait nous éclairer sur la situation et on ressort. D'accord ?

— D'accord.

— Mets tes gants et ne les retire pas avant qu'on soit revenus dans la voiture. Quand on sera à l'intérieur, touche le moins de choses possible.

Quand ils sortirent de la voiture et que Gideon enroula un bras autour de ses épaules, Mya fut consternée de sentir son cœur manquer un battement.

— Garde la tête baissée, ordonna Gideon. Si quelqu'un nous voit, il faut qu'il nous prenne pour un couple en train de se promener.

Mya fit ce qu'il voulait. Ils marchèrent rapidement, mais pas au point d'attirer la curiosité.

Il y avait des pères Noël et des sucres d'orge gonflables dans la plupart des jardins. Plusieurs des voisins de Brian s'étaient lâchés et avaient couvert leurs maisons de guirlandes lumineuses.

Il y avait de la lumière dans l'une des pièces de la maison qui se trouvait à droite de celle de Brian. Les deux adolescents qui y regardaient la télévision ne tournèrent pas la tête.

Brian vivait dans une maison modeste à un étage. Une couronne sans décoration accrochée à la porte était la seule concession qu'il avait faite à la saison.

Gideon crocheta rapidement la porte d'entrée. Mya le suivit à l'intérieur. Même si le soleil s'était couché plus d'une heure plus tôt, elle mit un moment à s'adapter à l'obscurité. Tous les volets étaient fermés, ce qui les protégeait des regards extérieurs et servait leurs desseins.

— N'allume pas, lui dit Gideon. On ne veut pas attirer l'attention.

Il actionna une petite lampe de poche et son faisceau révéla qu'il n'y avait pas grand-chose à voir. Les pièces étaient agencées en enfilade. Le salon donnait sur la salle à manger, qui donnait sur la cuisine. De là où ils étaient, ils pouvaient voir les trois.

— Par quoi on commence ? demanda-t-elle.

— Fouille le buffet de la salle à manger, je m'occupe du salon, répondit Gideon.

Ils se mirent au travail, mais il ne leur fallut que quelques minutes pour conclure qu'il n'y avait rien à trouver.

— On passe à l'étage ? suggéra Mya.

Gideon acquiesça. Ils se séparèrent en haut de l'escalier. Gideon partit à gauche et Mya entra dans la pièce de droite.

Il s'agissait de la chambre de Brian. Cela la mit un peu mal à l'aise, même si elle savait qu'il ne reviendrait jamais. Elle refoula ses sentiments. S'il y avait quelque chose dans cette pièce qui pouvait les aider à découvrir qui s'en prenait à elle, il fallait le trouver.

Les volets de cette pièce étaient fermés eux aussi, mais il entrait assez de lumière par les interstices pour que Mya distingue les meubles. Ils étaient modestes. Il n'y avait qu'un lit, un placard, un bureau et une table de nuit. La salle de bains attenante était petite et propre.

Mya commença par le placard, qui lui apprit seulement que Brian avait des goûts douteux en matière de pulls.

Alors qu'elle s'apprêtait à fouiller la table de nuit, ses

yeux tombèrent sur un cadre accroché au-dessus du lit. On y voyait Rebecca et Brian se regarder affectueusement.

— Gideon, viens voir ça ! chuchota-t-elle.

Se souvenant qu'il lui avait recommandé de toucher le moins de choses possible, elle sortit son téléphone et prit une photo du portrait.

— Qu'as-tu trouvé ? demanda Gideon en entrant dans la pièce.

Elle lui montra le cadre.

— C'est Rebecca et Brian.

Gideon examina l'image.

— Tu ne savais pas qu'ils sortaient ensemble ?

— Non. Leur relation me semblait purement professionnelle.

Gideon l'invita à le suivre.

— Il y a quelque chose de bizarre dans l'autre pièce, dit-il.

Mya y découvrit un lit contre un mur et un bureau contre le mur opposé. Rien ne lui parut sortir de l'ordinaire.

— Quoi donc ? demanda-t-elle.

— Regarde les fenêtres.

Les stores vénitiens des deux fenêtres n'étaient qu'à moitié baissés, ce qui permettait d'apercevoir le mur de la maison voisine par l'une et le jardin de Brian par l'autre. L'une des deux fenêtres avait aussi des rideaux à rayures bleues et blanches. Mya mit un moment à comprendre ce que Gideon trouvait bizarre.

— Tu as raison, dit-elle. Pourquoi mettre des rideaux à cette fenêtre qui donne sur un mur, et pas à l'autre ?

Gideon s'approcha de la fenêtre et tâta les rideaux de haut en bas, jusqu'à se retrouver à genoux.

— Je sens quelque chose.

Mya le rejoignit. Gideon arracha plusieurs points de

l'ourlet du rideau et en sortit un morceau de papier qui avait été plié en un petit carré. Gideon le déplia en se relevant.

— C'est un reçu de la poste concernant l'expédition d'un colis, dit-il. D'après ces dimensions, ce colis peut avoir contenu une liasse de documents. C'est peut-être le colis dans lequel Leeds a envoyé tes recherches à Irwin.

Le lampadaire le plus proche fournissait assez de lumière pour que Mya puisse lire. Elle secoua la tête.

— Ce n'est pas l'adresse d'Irwin.

Il manquait le nom du destinataire, mais l'adresse se trouvait dans le New Jersey, pas très loin. Si Mya ne la connaissait pas, elle reconnut l'écriture.

— Ce n'est pas Brian qui a rempli cet accusé de réception, dit-elle en posant une main sur le bras de Gideon. C'est Rebecca.

— Alors pourquoi était-ce caché dans le rideau de Brian ? demanda-t-il, les sourcils froncés.

— C'est peut-être Rebecca qui l'a mis là, suggéra Mya sans trouver cette explication très satisfaisante.

— Il serait plus probable que ce soit Brian… S'il sortait effectivement avec Rebecca, il a pu tomber dessus.

— Mais pourquoi le prendre ?

— Il a peut-être reconnu l'adresse.

— Nous devons découvrir qui vit là-bas et ce que Rebecca a envoyé, dit-elle.

Elle plongea son regard dans celui de Gideon et eut immédiatement envie de le toucher. Elle n'avait qu'à se hisser sur la pointe des pieds pour l'embrasser.

Gideon se pencha vers elle.

Une portière claqua devant la maison.

Gideon posa un doigt sur ses lèvres et la poussa contre le mur. Alors qu'elle s'agrippait à son bras, il jeta un coup d'œil par la fenêtre.

Un policier en uniforme s'approchait de la maison. Il tambourina à la porte, puis il essaya de l'ouvrir.

Mya frémit. Son cœur battait si fort qu'elle était presque sûre que le policier pouvait l'entendre de l'extérieur.

— Que fait-on ? chuchota-t-elle.

— On ne bouge pas. Quelqu'un a peut-être signalé qu'il avait vu de la lumière ou entendu quelque chose, mais le plus probable est que ce policier est juste venu s'assurer que l'endroit était sécurisé.

Ils restèrent immobiles à côté de la fenêtre pendant ce qui leur parut une éternité. Finalement, le policier remonta dans sa voiture et démarra.

— Il est temps de filer, annonça Gideon.

Ils descendirent au rez-de-chaussée. Quand Mya se tourna vers la porte, Gideon lui prit la main pour la tirer dans l'autre sens.

— On ne peut pas être sûrs que le policier ne s'est pas posté un peu plus loin, expliqua-t-il. On va passer par-derrière.

Ils sortirent par la porte de la cuisine et traversèrent le jardin du voisin. Le fait qu'il n'y ait pas de clôtures dans ce quartier favorisait leur fuite, mais il augmentait aussi le risque que quelqu'un les voie.

Ils atteignirent leur voiture sans incident.

— Tu avais raison, dit Mya lorsqu'ils empruntèrent la rue de Brian.

Le policier, bien visible au volant, s'était garé quelques dizaines de mètres plus loin.

Mya retint son souffle quand ils passèrent devant sa voiture, mais l'agent ne quitta pas la maison de Brian des yeux.

— Que fait-on, maintenant ? demanda-t-elle.

— On va chez moi. J'aimerais voir si je peux trouver qui vit à cette adresse.

— Je n'en reviens pas que Brian et Rebecca aient trahi ma confiance et que je ne me sois doutée de rien ! soupira-t-elle.

Gideon posa une main sur la sienne.

— On n'est sûrs de rien, répondit-il. Rentrons, informons l'équipe de ce qu'on vient de découvrir et décidons d'une marche à suivre.

Elle lui offrit un sourire crispé. Cela semblait si facile, à l'entendre, mais elle avait l'intuition que la situation était bien plus complexe qu'ils ne l'imaginaient.

14

Gideon passa le trajet du retour à se reprocher d'avoir laissé Mya l'accompagner. Si le policier avait décidé d'inspecter l'intérieur de la maison ou si l'un de ses collègues avait surveillé la porte de derrière, Mya et lui seraient en prison à cet instant. Il protégeait décidément bien mal Mya.

Dès qu'ils seraient rentrés chez lui, il imposerait de nouvelles règles. Le meilleur moyen – peut-être le seul – de garantir la sécurité de Mya était de l'installer dans l'une des planques de West Security, et c'était ce qu'il ferait, même s'il devait l'y enfermer à double tour.

Il observa Mya à la dérobée. Après un flux de paroles qu'il avait attribué à l'adrénaline, elle s'était tue. Alors qu'elle semblait encore très douée pour déchiffrer ses humeurs, lui était rouillé. Il ne savait pas si son silence était dû à la fatigue ou si c'était une tempête qui se préparait.

Il eut la réponse dès qu'il ferma la porte derrière lui.

— Qu'est-ce qui ne va pas ? s'écria Mya en jetant son manteau dans un fauteuil.

Elle planta les poings sur les hanches et le fusilla du regard.

Il retira sa veste et la suspendit au portemanteau.

— Tout va bien, répondit-il.

— Tu parles ! Tu as fait la tête pendant tout le trajet.

Il se tourna vers elle, mais il évita son regard.

— Je réfléchissais, c'est tout, se défendit-il.

Elle se plaça en travers de son chemin quand il essaya d'atteindre l'escalier.

— C'est faux. Tu avais la mâchoire crispée. Tu es en colère. Pourquoi ?

Sa colère fit brusquement surface.

— Pourquoi ? répéta-t-il, furieux. Ce qu'on vient de faire était dangereux. On aurait pu se faire arrêter – sans parler de ce qui se serait passé si le meurtrier de Brian s'était pointé.

Les traits de Mya s'adoucirent.

— Ça ne s'est pas produit, dit-elle en posant une main sur son torse.

Gideon sentit son cœur s'affoler.

— Ça aurait pu se produire. Je savais bien qu'il ne fallait pas que tu m'accompagnes, mais j'ai laissé mes sentiments pour toi obscurcir mon jugement.

— Tes sentiments pour moi ?

— Mya…

— Tu as encore des sentiments pour moi ?

— Tu le sais très bien, mais ça ne change rien.

— Ça pourrait changer beaucoup de choses, répliqua-t-elle. J'aimerais que ce soit le cas.

Elle enroula les bras autour de sa taille et se hissa sur la pointe des pieds pour déposer des baisers sur sa gorge.

— Mya…

Il semblait incapable de dire autre chose que son prénom, mais ce n'était pas très grave, parce qu'elle l'empêcha de parler en pressant ses lèvres contre les siennes.

Elle le poussa jusqu'au mur en l'embrassant de plus en plus passionnément.

La colère, la frustration et le désir le disputèrent en lui.

Le désir l'emporta vite.

Il glissa les mains sous le pull de Mya et dégrafa son soutien-gorge. Cela faisait bien trop longtemps qu'il ne l'avait pas tenue dans ses bras. Il savoura ses courbes et la douceur de sa peau.

À un moment, elle s'écarta de lui, le temps de retirer son pull et son soutien-gorge, qu'elle laissa tomber par terre. Il prit ses seins dans ses mains et se pencha pour sucer leurs pointes l'une après l'autre.

Elle laissa échapper un gémissement qui lui fit perdre la raison. Il ôta sa chemise et ouvrit sa braguette. Mya glissa aussitôt les mains sous son jean pour les poser sur ses fesses et l'attirer contre elle.

Il l'entraîna jusqu'au canapé sans cesser de l'embrasser. Quand il l'y eut allongée, il se débarrassa de son jean et de son boxer.

Mya le dévora des yeux.

— Tu es magnifique, murmura-t-elle en ôtant le reste de ses vêtements.

Il sortit un préservatif de son portefeuille et l'enfila avant de reprendre Mya dans ses bras.

— Es-tu sûre que c'est ce que tu veux ? demanda-t-il.

— Tout à fait sûre, répondit-elle en enroulant les jambes autour de sa taille.

Il embrassa sa gorge.

— Tu m'as manqué, dit-il avant de la pénétrer.

Le temps suspendit son cours tandis que des sensations et des émotions, à la fois anciennes et nouvelles, le submergeaient. Mya rejeta la tête en arrière, lui offrant plus de peau à couvrir de baisers.

Elle enfonça les ongles dans son dos quand il se mit à aller et venir en elle. Il ressentit vite les premiers spasmes de Mya. Il dut contracter tous ses muscles pour ne pas se laisser entraîner dans la jouissance, mais il était bien décidé à faire durer le plaisir le plus longtemps possible.

— Gideon ! cria Mya.

Ses cris d'extase l'encouragèrent à la prendre plus fort et plus vite, jusqu'à ce qu'il lui devienne impossible de se retenir. Il sentit Mya atteindre l'orgasme une deuxième fois, et ils basculèrent ensemble dans un précipice dont il n'était pas sûr de pouvoir ressortir.

À son réveil, Mya prit progressivement conscience qu'elle n'était pas dans son lit ni dans la chambre d'amis de Gideon. Elle était dans le lit de Gideon. Après leur première étreinte explosive sur le canapé du salon, ils étaient montés à l'étage, dans sa chambre. Elle se souvint qu'elle s'était réveillée dans la nuit et l'avait regardé dormir. Elle ne l'avait pas vu aussi détendu depuis longtemps.

Le jour ne s'était pas encore levé. Mya jeta un coup d'œil au réveil : 4 h 27.

Elle roula sur le côté et découvrit qu'elle était seule. Comme les draps étaient froids, elle ne sut pas depuis combien de temps Gideon était parti.

Elle se leva et enfila un T-shirt qu'elle trouva dans la commode de Gideon avant de sortir pieds nus dans le couloir.

Le silence régnait dans la maison. Alors qu'elle s'engageait dans l'escalier, Gideon se dirigeait vers la porte d'entrée.

— Je dois dire que je n'avais encore jamais vu un homme filer en douce de sa propre maison pour échapper au malaise du lendemain matin, lui lança-t-elle.

Gideon se retourna.

— Je ne filais pas en douce.

Il avait reconstruit – et visiblement renforcé – les barrières qu'elle avait réussi à abattre la veille.

Mya soupira et s'assit sur la première marche de l'escalier.

— Que fais-tu, alors ?

— James est dehors, répondit Gideon. Il te tiendra compagnie jusqu'à ce que je revienne.

Un courant d'air la fit frissonner.

— Jusqu'à ce que tu reviennes d'où ? demanda-t-elle en glissant les jambes sous son T-shirt.

— J'ai des choses à faire au bureau. Ça ne devrait pas être très long.

— Tu n'as jamais été un bon menteur.

L'expression de Gideon se durcit.

— Écoute… J'ai fait une erreur en t'emmenant chez Leeds hier soir. Tu seras plus en sécurité en restant ici.

— Je croyais avoir été claire, répliqua-t-elle en se levant. Je participe à cette enquête. Où tu vas, je vais.

Il monta l'escalier pour venir se planter en face d'elle.

— Et je croyais t'avoir clairement fait comprendre que je ne ferais rien qui te mettrait en danger. J'ai trahi cette promesse hier. Je ne recommencerai pas.

— Parles-tu toujours de notre visite chez Brian ou de ce qu'on a fait après ? le provoqua-t-elle.

— Des deux.

— Tu sais, le comportement de mâle alpha perd vite de son charme, dit-elle en croisant les bras. Je ne suis pas une demoiselle en détresse.

— Tu as demandé mon aide, lui rappela-t-il.

— Non, je t'ai demandé de m'aider ! s'écria-t-elle. Ça veut dire qu'on est impliqués tous les deux, pas que tu prends toutes les décisions et que tu m'enfermes dans une tour pendant que tu vas tuer le dragon.

— J'essaie juste de te protéger, se défendit Gideon.

— Et le meilleur moyen est de me faire confiance. Alors, où vas-tu ?

Les mâchoires de Gideon se crispèrent.

— Découvrir qui vit à l'adresse qu'on a trouvée chez Brian hier soir, finit-il par répondre.

— Je vais m'habiller, annonça Mya avant de se retourner.

— Je voulais partir maintenant !

— J'en ai pour cinq minutes.

Elle ferma la porte de la chambre sans lui laisser le temps de répondre.

Il lui fallut six minutes pour se préparer, mais Gideon l'attendait dans l'entrée quand elle descendit.

— James est encore là ? demanda-t-elle en mettant son manteau.

Elle n'aurait rien eu contre un café, et peut-être un toast, mais elle n'osa pas en parler.

— Non, répondit Gideon. Je lui ai dit que tu m'accompagnais.

À en juger par la mauvaise humeur de Gideon, ce n'était pas tout ce qu'ils s'étaient dit. Elle préféra ne pas aborder ce sujet non plus.

Gideon avait déjà entré l'adresse dans le GPS de son téléphone, mais Mya lança une recherche sur Internet quand ils se mirent en route.

Il s'agissait, à Westchester, dans la banlieue new-yorkaise, d'une maison de style Tudor. Mya découvrit que ses propriétaires actuels l'avaient achetée pour un peu plus d'un million de dollars deux ans plus tôt. Les maisons voisines se vendaient maintenant vingt pour cent de plus.

— C'est une belle maison, commenta-t-elle.

— Elle te dit quelque chose ?

— Non, répondit-elle après avoir agrandi la photo. Et je ne connais personne qui peut s'offrir une maison pareille.

— Pas même les investisseurs de TriGen ?

— Ils le peuvent sans doute, mais je n'ai jamais eu le plaisir d'être invitée chez eux. Tu crois que Brian envoyait aussi le résultat de mes recherches à l'un des investisseurs ? Pourquoi ? Je leur fais un rapport trimestriel et notre contrat leur permet de consulter les données.

— Ils ne veulent peut-être pas que tu saches qu'ils les ont consultées.

— Pourquoi ? répéta-t-elle.

Son cerveau privé de caféine avait du mal à suivre et cela lui semblait avoir aussi peu de sens que tout ce qui s'était passé au cours des trois derniers jours.

— Ce n'est qu'une hypothèse, reconnut Gideon. Voilà pourquoi je veux savoir qui vit à cette adresse.

— Je suis sûre que West Security ne manque pas de génies de l'informatique. Ils ne pouvaient pas trouver qui vit là-bas sans qu'on ait besoin de faire un tour à Westchester à l'aube ?

Gideon haussa un sourcil.

— J'avais l'intention de te laisser dormir, lui rappela-t-il.

— Je ne me plains pas ! protesta-t-elle. Je ne faisais que m'étonner.

— La maison a été achetée par l'intermédiaire d'une société, expliqua-t-il.

— C'est très Kim et Kanye, commenta-t-elle.

Gideon esquissa un sourire.

— Quoi ? J'ai lu que c'était comme ça que les célébrités achetaient leurs maisons, pour ne pas trouver des fans dans leurs rosiers tous les matins, ajouta-t-elle.

— Eh bien ! Ça m'étonnerait qu'on tombe sur Kim et Kanye, mais on ne sait jamais.

— L'espoir fait vivre, conclut-elle.

Cela lui valut un sourire.

Comme il était encore tôt, la circulation était fluide et le trajet ne fut pas très long.

La maison était aussi impressionnante en vrai qu'en photo. Toutes les maisons du quartier l'étaient. C'étaient de grandes bâtisses construites sur des terrains immenses. Beaucoup étaient couvertes de guirlandes lumineuses.

Mya grimaça lorsqu'elle songea à la quantité d'électricité que tout cela consommait tous les soirs.

Gideon se gara à quelques dizaines de mètres de la maison et s'enfonça dans son siège.

— Alors, que fais-tu pendant les missions de surveillance ? lui demanda-t-elle.

— Ce n'est pas une mission de surveillance, répondit-il en secouant la tête. On ne fait qu'observer une maison.

— Ce qui est la définition d'une mission de surveillance, répliqua-t-elle. Les descriptions précises sont importantes pour la recherche scientifique.

Gideon haussa un sourcil.

— On n'est pas en train de soigner un cancer.

— En un sens si, si la personne qui vit ici a mon serveur et qu'on réussit à le récupérer, répondit-elle avec un grand sourire.

Quand Gideon se pencha vers elle, son parfum l'enveloppa et la fit se perdre dans ses souvenirs de la nuit.

— Mya ? fit-il. Tu es toujours là ?

Elle s'arracha à sa rêverie.

— Bien sûr. Que disais-tu ?

— Je disais qu'on ne fait que regarder. Si quelqu'un sort de la maison, je le prendrai en photo, c'est tout. Aucun de nous ne sort de la voiture, c'est bien compris ?

— D'accord, d'accord… J'ai compris.

Elle recula son siège pour s'installer plus confortablement.

Les habitants du quartier commencèrent à se réveiller. Des lumières apparurent et des voitures sortirent des garages pour emmener leurs propriétaires vers les emplois importants qui finançaient toute cette opulence.

— Je peux te poser une question ? demanda Mya après plusieurs minutes d'ennui.

Gideon lui jeta un bref coup d'œil.

— Vas-y, répondit-il en reportant son attention sur la maison.

— Quand tu as dit que tu avais quitté l'armée parce que tu avais vu trop de choses, qu'entendais-tu par là ?

Gideon resta immobile. Elle ne répéta pas sa question. Elle espérait avoir une réponse, mais elle n'insisterait pas s'il se taisait.

— J'ai vu cinq de mes amis se faire tuer par une voiture piégée.

Mya ne fut pas vraiment surprise. Elle savait que beaucoup de soldats rentraient aux États-Unis avec des séquelles psychiques. De tout son cœur, elle eut envie de faire disparaître la douleur qu'elle lisait dans le regard de Gideon.

— Je suis désolée, dit-elle en prenant sa main. Ça s'est passé pendant ton deuxième déploiement, n'est-ce pas ?

— Oui, comment…

— Tu n'étais plus le même quand tu es revenu. Tu parlais moins. Bien sûr, tu n'as jamais beaucoup parlé, mais… Disons que tu étais morose.

— Je ne savais pas comment le gérer. Non : je l'ai mal géré.

— J'aurais aimé que tu m'en parles.

— Je suis désolé si je t'ai donné l'impression que je voulais divorcer parce que j'avais un problème avec toi. Il m'a fallu un long moment pour surmonter ça. Pour être honnête, je ne suis pas sûr de l'avoir vraiment surmonté.

— Pourquoi ne m'as-tu rien dit ? J'aurais essayé de t'aider.

— Je ne voulais pas faire peser ça sur tes épaules, répondit-il en évitant son regard.

— J'étais ta femme. Je ne demandais qu'à te soutenir et à t'aider… C'est toujours le cas.

— Mya…

Gideon se tut comme la porte de la maison s'ouvrait. Il sortit son téléphone et mit la caméra en route.

Une femme en robe de chambre rose et en chaussons alla chercher le journal au bout de l'allée. Mya ne vit son visage que lorsqu'elle se retourna pour rentrer chez elle.

Elle reconnut Shannon Travers, et sa stupeur céda vite la place à la colère.

15

— Je ne comprends pas pourquoi on ne peut pas exiger des réponses de Shannon immédiatement ! s'écria Mya. On sait qu'elle est derrière tout ça. Elle a mes recherches.

Gideon essaya de garder son calme. Voilà pourquoi il préférait travailler seul.

— Non, nous ne le savons pas, riposta-t-il.

James et Tessa entrèrent dans la salle de conférences. Ils durent sentir la tension entre eux, parce qu'ils les contournèrent largement.

— Bien sûr que si ! répliqua Mya. Rebecca lui a envoyé mes recherches. Shannon a dû décider de prendre les choses en main quand elle a découvert que j'étais près du but.

— Nous savons seulement que Rebecca lui a envoyé quelque chose. Ça pourrait aussi bien être des lettres d'amour.

— Rebecca sortait avec Brian.

— Ce qui ne l'empêchait absolument pas d'avoir aussi une relation avec Shannon, intervint Tessa.

— Commençons par faire le point sur ce que nous savons sur Shannon Travers, proposa raisonnablement James.

Il s'installa au bout de la table. Tessa s'assit à côté de lui, en face d'eux.

— J'ai fait des recherches basiques sur Shannon

Travers, mais tout ce que vous pourrez nous dire sur elle nous sera utile, Mya, reprit James.

Mya posa les mains sur la table.

— Shannon est une salope égoïste et manipulatrice.

— Vous ne l'aimez décidément pas beaucoup, commenta Tessa.

Mya pouffa avant d'ajouter :

— Je vous ai déjà dit qu'on était dans le même programme de doctorat. On n'a jamais été amies. Par ailleurs, Shannon s'est convaincue que je lui avais volé la place qui lui revenait dans le laboratoire d'Irwin.

— Pourquoi le croit-elle ? demanda James.

— Elle est peut-être dérangée, suggéra Mya.

James haussa un sourcil.

— D'accord, je suis désolée, reprit Mya en écartant les bras.

Elle se leva et se dirigea vers le miniréfrigérateur qui occupait un coin de la pièce.

— Nous étions toutes les deux intéressées par les traitements contre le cancer, expliqua-t-elle. Mais je n'étudiais pas spécifiquement le glioblastome, à cette époque. Shannon, si.

— Pourquoi as-tu choisi ensuite de travailler aussi sur ce cancer du cerveau ? demanda Gideon.

Mya sortit quatre bouteilles d'eau du réfrigérateur et les posa au milieu de la table.

— À cause d'Irwin. Il était si passionné… Ça m'a inspirée.

Tessa prit l'une des bouteilles et la déboucha.

— Alors vous êtes allée travailler pour lui, dit-elle.

— Shannon et moi avions toutes les deux postulé pour un stage dans son laboratoire, et c'est moi qu'Irwin a choisie.

— On dirait que Shannon n'a pas eu trop de mal à

trouver un autre emploi, intervint James en regardant l'écran de son ordinateur. Elle travaille pour Nobel depuis qu'elle a obtenu son doctorat et elle a été régulièrement promue ces dernières années.

Et d'ajouter en levant les yeux sur Mya :

— Que pouvez-vous nous dire sur Nobel Pharmaceuticals ?

Mya soupira.

— C'est la plus grosse entreprise pharmaceutique du Nord-Est et elle travaille aussi sur un traitement du glioblastome. C'est pour ça que je suis sûre que Shannon est responsable de ce qui se passe. Nous devons l'interroger.

— Passer d'une querelle professionnelle au meurtre est un grand pas, lui fit remarquer James.

— Vous ne savez pas de quoi Shannon est capable. Et mon traitement rapportera beaucoup d'argent, s'il marche. Comme l'a dit Gideon, ça peut inciter les gens à commettre des crimes.

Gideon ne pouvait pas contester ce point, mais il n'était pas encore certain que Shannon Travers soit responsable de tout.

— Je pense toujours qu'on a besoin d'en savoir plus avant d'interroger Travers, fit-il.

Mya se raidit et pinça les lèvres.

— Il y a du bon dans ce que vous dites l'un et l'autre, intervint Tessa. Nous n'avons pas assez d'éléments pour accuser Travers d'avoir volé les recherches de Mya et d'être impliquée dans les meurtres de ses collègues. Mais, si elle est impliquée, le fait qu'on l'interroge peut lui faire commettre une erreur.

Gideon jeta un regard sévère à Tessa.

— Ça peut aussi l'inciter à détruire toutes les preuves de son implication, répondit-il.

— C'est un risque, mais il y a toujours des risques,

répliqua James. Par ailleurs, elle aurait du mal à détruire *toutes* les preuves.

Merde. Gideon n'aimait pas cela. Ils n'avaient rien de concret, juste des hypothèses et des rancunes. Bien sûr, il avait déjà agi sur la base d'une intuition – mais c'étaient les siennes, en général.

Mya se tourna vers lui.

— Je parlerai à Shannon avec ou sans toi, déclara-t-elle.

Re-merde.

— Très bien, soupira-t-il. Voyons si elle accepte de nous parler. Mais il ne faut pas que tu perdes ton calme. Ça m'étonnerait qu'elle nous dise quoi que ce soit, mais on n'aura pas de deuxième chance si on se montre trop agressifs.

— Je serai sage comme une image, promit Mya.

16

Mya observait les gens sur les trottoirs tandis que Gideon traversait une partie de Manhattan dans laquelle la plupart des touristes ne mettaient jamais les pieds. Une femme qui pianotait sur son téléphone bouscula un homme avec une poussette. L'homme la fusilla du regard, mais la femme ne quitta pas son téléphone des yeux. Quelques secondes plus tard, Gideon traversa le carrefour, laissant l'homme et la femme derrière eux.

Il y avait peu de circulation et ils furent vite de l'autre côté du pont George Washington. Ils étaient arrivés dans le Jersey quand Gideon demanda :

— Quel est le vrai problème entre cette femme et toi ?

Mya lui jeta un bref coup d'œil.

— J'ai du mal à croire que toute cette animosité n'est due qu'à votre concurrence pour le poste auprès d'Irwin, reprit-il comme sa question était restée sans réponse.

Elle haussa les épaules.

— C'est un poste très prestigieux, même si Shannon n'a pas eu trop de mal à rebondir. Je connais des gens qui tueraient pour avoir le sien.

Elle regretta aussitôt sa formulation, qui rappelait un peu trop la situation présente.

— C'est donc un génie elle aussi, déclara Gideon sans quitter la route des yeux.

— Je déteste ce mot, mais je dirais qu'elle est au moins aussi intelligente que moi, répondit Mya à contrecœur. Peut-être plus, si on considère l'absence de scrupule comme de l'intelligence.

— Les gens confondent souvent les deux.

Mya sourit.

— Es-tu devenu philosophe ?

— Je dis juste ce que je pense, comme toujours, répondit Gideon en souriant à son tour.

Un instant, elle crut revoir le Gideon de dix-neuf ans qui avait posé un genou à terre sur la plage de Rockaway et lui avait déclaré son amour en lui offrant une bague qu'elle chérissait toujours plus que tout.

Gideon n'avait pas parlé de la nuit qu'ils avaient passée ensemble, et Mya ressentait de l'insécurité, ce qui ne lui ressemblait pas. Elle savait qu'une nuit, si merveilleuse soit-elle, ne changeait pas forcément les choses. Le problème, c'était qu'elle voulait que cela change les choses. Elle voulait que cela signifie qu'il était aussi disposé qu'elle à donner une deuxième chance à leur relation.

Mais il ne suffisait pas qu'elle le veuille pour que ça se réalise.

Le siège de Nobel Pharmaceuticals était un bâtiment prétentieux presque tout en verre. Un sapin de Noël de plus de trois mètres trônait dans le hall et d'énormes boules avaient été suspendues au plafond. Les haut-parleurs diffusaient de la musique de Noël à un volume discret.

Comme ils n'avaient pas annoncé leur visite, Mya fut surprise que Shannon accepte de les recevoir immédiatement.

Elle n'avait pas beaucoup changé depuis l'époque de leurs études. Elle avait toujours cette apparence éthérée qui incitait les gens à la protéger, alors qu'ils auraient dû se protéger d'elle. Son carré était d'un blond plus clair que la dernière fois que Mya l'avait vue, et de petites rides se formaient au coin de ses yeux.

— Mya, quelle bonne surprise !

Shannon se leva, mais elle ne s'approcha pas. Mya lut de la curiosité dans ses yeux bleus.

Si elles s'étaient suffisamment croisées au fil des ans pour avoir perfectionné une façade professionnelle, elles n'étaient jamais tombées dans les bras l'une de l'autre.

— Je suis désolée, je n'ai pas beaucoup de temps à te consacrer, reprit Shannon. Tu n'imagines sans doute pas la pression qu'on subit quand on dirige un grand laboratoire de recherche.

TriGen n'était peut-être pas un laboratoire aussi important que Nobel, mais sa réputation était rayonnante grâce aux efforts d'Irwin, et son travail n'était pas moins important que celui de Nobel. Les résultats auxquels Mya était parvenue le prouvaient. Et elle les avait mis au point sans l'aide de nombreux assistants, de stagiaires et de personnel administratif.

— Oui, je suis sûre qu'il est fatigant de faire travailler les autres en s'attribuant tout le mérite de leur travail, répondit Mya.

Elle savait que quelqu'un de plus civilisé qu'elle se serait abstenu de lancer cette pique, mais les vieilles habitudes avaient la vie dure.

Du coin de l'œil, elle crut voir Gideon esquisser un sourire, mais ce fut si bref qu'elle n'en fut pas certaine.

Le rire de Shannon sonna faux.

— Tu as toujours eu un sens de l'humour bien à toi, dit-elle.

Shannon tourna la tête vers Gideon. À en juger par son tableau de chasse, Gideon n'était pas du tout son genre. Le dernier petit ami de Shannon, un millionnaire de l'informatique, avait un corps clairement sculpté par un coach personnel – sans doute un peu aidé par un chirurgien esthétique. Il avait cinq ans de moins que Shannon et semblait n'avoir jamais fait de travail manuel de sa vie. On pouvait difficilement trouver plus différent de Gideon.

Néanmoins, Shannon avait des yeux et elle s'en servit abondamment. Gideon resta impassible.

— Qui est ton ami ? finit-elle par demander, le sourire aux lèvres.

Gideon et Mya n'avaient pas discuté de la manière dont elle le présenterait. Instinctivement, Mya eut envie de cacher à Shannon qu'il était son ex-mari. Pensait-elle que Shannon se montrerait plus ouverte si elle croyait Gideon neutre ? ou y avait-il des raisons plus personnelles là-dessous ? Mya n'eut pas envie de creuser la question. Elle opta pour la solution de facilité.

— J'ai engagé West Security pour m'aider à comprendre ce qui se passe, répondit-elle.

Shannon les invita à s'asseoir.

— Ça m'a navrée quand j'ai su que ton laboratoire avait été détruit.

— C'est l'une des choses dont je voulais te parler, dit Mya.

— Je ne suis pas sûre de pouvoir t'aider, mais j'essaierai, répondit Shannon.

— Si vous êtes au courant de l'incendie du laboratoire, vous savez peut-être aussi que Mya Rochon a été victime d'une tentative de meurtre, intervint Gideon.

— J'ai appris que ton laboratoire avait brûlé et que ta réceptionniste était morte, bien sûr… S'est-il passé autre chose ?

— Un homme à moto nous a tiré dessus hier. Il a tué mon assistant, répondit Mya en scrutant le visage de Shannon.

— Mon Dieu ! s'écria Shannon en posant une main sur sa gorge. Toutes mes condoléances.

Si elle feignait la surprise, elle était douée.

— Es-tu derrière ça ?

Mya déduisit du regard sévère de Gideon qu'il ne validait pas son approche directe. Mais Shannon n'était pas quelqu'un avec qui on pouvait être subtil. L'intrigue était une seconde nature pour elle.

— Derrière… Tu ne crois quand même pas…

Shannon écarquilla les yeux et regarda Gideon avec un air innocent.

— Laisse tomber, Shannon. Ton petit show ne marchera pas avec Gideon.

— Gideon, l'ex-mari ? demanda Shannon en regardant Gideon avec un intérêt nouveau.

Mya ne fut pas surprise que Shannon soit au courant. Il était bon de garder ses ennemis à l'œil. Elle-même avait suivi la vie personnelle de Shannon de près après l'obtention de leurs doctorats. Elle savait que Shannon s'était mariée, elle aussi, qu'elle avait eu un enfant et avait divorcé.

Shannon observa attentivement Gideon une nouvelle fois.

— Pour un génie, tu as été stupide de laisser un homme aussi… attirant t'échapper, commenta-t-elle.

Mya réprima une envie de la gifler.

Comprenant que Shannon essayait de la distraire, elle revint à la raison de leur visite.

— Les meurtres de mes collègues ? Que sais-tu à ce sujet ?

Shannon perdit son sourire. Un instant, Mya lut dans ses yeux toute la haine qui l'habitait.

— De quel droit débarques-tu dans mon bureau pour m'accuser de meurtre ? s'écria Shannon.

— On ne fait que poser des questions, intervint Gideon. Personne n'accuse personne.

Mya ne tint pas compte du regard sévère qu'il lui lança à nouveau. Avec Shannon, inutile d'être subtile, il fallait aller droit au but. Aussi déclara-t-elle :

— On a trouvé un reçu de colis rempli par Rebecca avec ton adresse.

Mya eut l'impression que Shannon avait tressailli quand elle avait prononcé le prénom de Rebecca.

— Qu'est-ce que ma réceptionniste t'a envoyé ? :insista-t-elle.

Shannon ricana.

— Je ne connaissais pas ta réceptionniste et je ne connais personne qui s'appelle Rebecca. Maintenant, je vous demande de bien vouloir partir.

Mya sentit la main de Gideon se poser sur sa cuisse. Sans doute voulait-il par ce geste l'empêcher de répondre quelque chose qui aurait sûrement incité Shannon à appeler la sécurité.

— On s'en va, dit-il. Mais je suis sûr que la police vous posera les mêmes questions.

Il n'y avait plus la moindre trace de séduction dans l'expression de Shannon.

— Pourquoi la police voudrait-elle me parler ? Je n'ai rien à voir avec tout ça.

— Allons ! s'écria Mya. Je sais que c'est toi qui as lancé la rumeur selon laquelle ma formule ne marche pas. Si tu n'as pas parlé aux policiers toi-même, tu as fait en sorte que ce mensonge parvienne à leurs oreilles.

Shannon lui décocha un sourire glaçant.

— Je n'ai rien fait de tel, mais j'admets que j'ai entendu cette rumeur – d'une source fiable, d'ailleurs.

Elle s'enfonça dans son fauteuil en cuir et croisa les bras.

— Si c'est vrai, alors tu avais plus de raisons que

n'importe qui de détruire ton laboratoire et de faire taire ceux qui étaient au courant de ton échec, ajouta-t-elle. C'est pour ça que tu es venue ? Pour reporter les soupçons sur moi ? Si c'est le cas, ça ne marchera pas.

— Vous n'avez pas répondu à la question, lui fit remarquer Gideon.

— Je ne connaissais même pas ces gens. Pourquoi aurais-je voulu les tuer ? répondit-elle avec un rictus haineux.

Sa façade s'était effritée et c'était la vraie Shannon qu'ils voyaient maintenant.

— Si la formule de Mya n'est pas un échec, elle a trouvé un traitement avant Nobel et vous, répliqua Gideon.

Shannon pouffa.

— C'est un grand « si ».

— C'est un fait, grommela Mya. Et puisqu'on parle de rumeurs, j'ai entendu dire que ton conseil d'administration ne se réjouissait pas des progrès de tes derniers projets. Te faire battre par mon petit laboratoire a peut-être été la goutte qui a fait déborder le vase.

— Le seul vase qui déborde est celui de ma patience, riposta Shannon en se levant. Une nouvelle fois, je vous demande de bien vouloir partir.

Ils se levèrent à leur tour. Avant d'ouvrir la porte, Mya se retourna et soutint le regard de Shannon, qui arborait un sourire arrogant.

— Si je découvre que tu as quelque chose à voir avec tout ça, je te jure que perdre ton poste sera le cadet de tes soucis, lui lança-t-elle.

Mya prit une longue douche quand ils arrivèrent chez Gideon. Ils s'étaient arrêtés dans un magasin pour qu'elle achète quelques vêtements supplémentaires. En sortant de la douche, elle enfila l'une de ses nouvelles tenues et descendit dans la cuisine. Elle y trouva Gideon, qui s'était douché aussi, en train de couper des poivrons. Une bouteille de vin rouge était débouchée sur le comptoir.

Elle ne demanda pas à Gideon ce qu'il préparait. Cela n'avait aucune importance. Cela sentait divinement bon et elle mourait de faim. La journée avait été si chargée qu'elle n'avait eu le temps de manger qu'un paquet de chips dans les bureaux de West Security.

Elle ouvrit son ordinateur et essaya de trouver un moyen de sauver sa carrière. Elle relut toutes les données qu'elle avait en sa possession sur le traitement contre le glioblastome. Recréer la formule sans un laboratoire ni l'aide de Brian serait difficile, mais elle devait tenter de le faire parce que la survie de TriGen en dépendait.

Après avoir quitté Shannon, ils avaient regagné les bureaux de West Security, et Mya y avait tenu une conférence téléphonique de plus d'une heure avec les membres de son conseil d'administration. Alors qu'ils voulaient absolument faire une déclaration à la presse, elle avait réussi à les convaincre d'attendre les résultats de l'enquête de la police. C'était un soulagement, mais elle savait qu'ils n'attendraient pas indéfiniment avant de prendre des décisions.

— Le dîner sera prêt dans un quart d'heure, annonça Gideon en remuant quelque chose dans une grande casserole. Comment ça se présente ?

Mya regarda l'horloge de son ordinateur. Elle travaillait depuis une heure et n'avait pas beaucoup progressé.

— Pas très bien. J'essaie de reproduire des années de travail et je n'ai même pas Brian pour me rafraîchir la mémoire, répondit-elle, surprise de sentir sa gorge se serrer.

— Étiez-vous proches ? demanda Gideon en égouttant des pâtes.

— Pas vraiment. Tu as entendu ce qu'il a dit dans le

parc. Brian était un excellent assistant, mais il m'en a toujours un peu voulu d'avoir eu le poste qu'il estimait lui revenir.

— Apparemment, il t'en voulait plus que tu ne le pensais.

— Je sais et j'essaie de le comprendre. Irwin a consacré sa vie au laboratoire et à ces recherches. Il est normal qu'il ait eu du mal à y renoncer et que Brian ait été loyal envers lui.

— Il n'empêche que tu as été trahie par deux personnes en qui tu avais confiance.

Elle soupira.

— C'est vrai. Mais ça a un bon côté : les notes que Brian a envoyées à Irwin me seront très utiles pour reconstituer la formule.

Le téléphone de Gideon sonna.

— Bonjour, Gideon, as-tu une minute ? entendit-elle James demander quand Gideon décrocha.

— Bien sûr, répondit Gideon en baissant le feu sous la casserole. Mya est avec moi et j'ai mis le haut-parleur.

— Tant mieux. Ça la concerne. J'ai découvert des choses sur Rebecca Conway – je devrais plutôt dire « Rebecca Calcott ».

— Elle avait donc changé de nom, fit Gideon en venant s'asseoir près de Mya.

— Elle avait dû acheter de faux papiers, parce que je n'ai rien trouvé d'officiel. En tout cas, elle a pris le nom Rebecca Conway l'année dernière. Précédemment, elle était Rebecca Calcott, originaire de Cumberland, dans le Maryland. Elle a obtenu son bac avec d'excellentes notes et s'est inscrite dans un collège communautaire. D'après ce qu'elle avait posté sur les réseaux sociaux, elle s'intéressait effectivement aux sciences.

Le téléphone de Gideon tinta. Mya jeta un coup d'œil

par-dessus son épaule et vit une capture d'écran du post en question.

— Il semblerait en effet qu'elle ait pris des cours supplémentaires en biologie et en chimie, commenta Gideon.

— Ça explique comment elle a pu donner le change au labo, dit Mya.

— J'ai contacté le collège et on m'a appris que Rebecca avait abandonné ses études avant la fin du premier semestre, ajouta James.

Gideon fronça les sourcils.

— Et sait-on pourquoi ? demanda-t-il.

— Non, répondit James. Par contre, je peux vous envoyer l'adresse et le numéro de téléphone de sa mère. Marie Calcott. C'est une aide-soignante qui vit toujours à Cumberland.

Le téléphone de Gideon tinta à nouveau. Mya lut l'adresse de la mère de Rebecca par-dessus son épaule.

— Je l'ai appelée, reprit James. La police lui avait déjà annoncé la mort de sa fille. Elle m'a insulté copieusement et elle m'a raccroché au nez.

— Laissons-lui un peu de temps pour se calmer avant de réessayer, suggéra Gideon. Nous devons comprendre comment et pourquoi Rebecca Calcott, étudiante de Cumberland, est devenue Rebecca Conway, réceptionniste de TriGen.

— Je ne sais pas si ça donnera de meilleurs résultats, mais je ferai un autre essai, promit James avant de raccrocher.

— La situation est de plus en plus étrange, dit Mya avant de se mordiller la lèvre.

— Connais-tu quelqu'un à Cumberland, dans le Maryland ? demanda Gideon.

Elle secoua la tête.

— Je ne savais même pas qu'il y avait un Cumberland dans le Maryland.

— Eh bien ! Il semblerait que quelqu'un là-bas te connaisse.

La sonnerie de son propre téléphone l'empêcha de répondre.

— C'est Irwin, dit-elle avant de décrocher.

— Mya, ma chère ! s'exclama Irwin. Comment vas-tu ? J'ai eu ton message.

— C'est le chaos. Quelqu'un a incendié le laboratoire. Il n'en reste plus rien. Et…

Un sanglot lui échappa.

Gideon posa une main sur la sienne, ce qui l'aida à se ressaisir.

— Brian et Rebecca ont été tués, sans doute par la personne qui a mis le feu au labo, reprit-elle.

— Bon sang, je l'ignorais, répondit Irwin.

Cela ne la surprit pas. Même s'il se servait de Brian pour se tenir au courant de ce qui se passait dans le laboratoire, Irwin était surtout un ermite. En plus de ne pas avoir le téléphone, il n'avait voulu ni d'Internet ni de la télévision. Il n'avait de contact avec le monde extérieur que lorsqu'il allait dans la petite ville au pied de la montagne et grâce à son amitié avec Phil Gatling, le propriétaire de l'épicerie.

— Irwin, avant de mourir, Brian m'a dit qu'il t'avait envoyé mes recherches.

— Je sais que c'était…, commença Irwin après plusieurs secondes de silence.

— … inciter Brian à violer son contrat et à trahir ma confiance, acheva-t-elle sèchement.

Elle ne voulait pas laisser entendre que ce n'était pas grave, mais ils avaient des problèmes plus urgents à régler.

— Mais tu es peut-être la seule personne au monde qui

peut m'aider maintenant, poursuivit-elle. As-tu toujours ce que Brian t'a envoyé ?

— Oui.

Mya sentit son cœur s'affoler.

— J'en ai besoin, Irwin.

Elle lui expliqua qu'elle avait été cambriolée et que son serveur avait été volé.

— Bien sûr, répondit Irwin. Je demanderai à Phil de t'envoyer ça.

— Non, dit Mya. C'est peut-être tout ce qu'il reste de notre travail. Nous allons venir te voir. Je ne veux courir aucun risque.

— *Nous ?*

Elle jeta un coup d'œil à Gideon.

— J'ai engagé une agence de sécurité. On a essayé de me tuer. Il semblerait que celui qui a volé nos recherches veut s'assurer que personne ne puisse prouver qu'elles ont été volées. Il est possible que tu sois en danger, Irwin.

— Je suis sûr que non. En dehors de Phil et de toi, personne ne sait qui je suis ni où j'habite.

— Tu devrais peut-être aller t'installer chez un ami pour un moment, suggéra Mya en sachant que c'était vain.

— Il ne m'arrivera rien. Ne t'inquiète pas pour moi, ma chère.

— Comme tu voudras. À bientôt, Irwin.

Elle raccrocha et reporta son attention sur Gideon.

— Quelle est l'adresse d'Irwin ? demanda-t-il.

Elle consulta les contacts de son téléphone et lui donna l'adresse.

— C'est à huit heures de route d'ici. Je pense qu'on devrait partir tout de suite, dit-elle.

Gideon jeta un coup d'œil à la pendule.

— Il est presque 19 heures.

— Si on part maintenant, on peut s'arrêter dans un

motel en chemin et aller voir la mère de Rebecca demain matin avant d'aller chez Irwin.

— Si Marie Calcott a raccroché au nez de James, qu'est-ce qui te fait croire qu'elle acceptera de parler à deux inconnus qui frappent à sa porte sans l'avoir prévenue ?

Mya se leva et se mit à faire les cent pas.

— Je ne sais pas, répondit-elle. Elle n'acceptera peut-être pas, mais on peut toujours essayer.

— Je me suis juré de ne plus te mettre en danger, dit Gideon en secouant la tête.

— On ne va pas entrer par effraction. On va juste frapper à sa porte. Si elle nous la claque au nez, on s'en va. En quoi est-ce dangereux ?

Il n'avait pas l'air convaincu.

— S'il te plaît, Gideon, insista-t-elle. On a une chance de découvrir qui était vraiment Rebecca. Ensuite, je récupérerai ma formule chez Irwin et je prouverai à l'inspectrice Kamal, à Shannon et à la communauté scientifique que mon traitement marche. La police n'aura plus de raison de me suspecter d'être une meurtrière.

— Surtout, si le succès de tes recherches devient public, celui qui est derrière tout ça n'aura plus de raison de t'attaquer, puisqu'il ne pourra plus faire passer le résultat de tes recherches pour le sien, répondit Gideon.

— Alors on part maintenant ?

— Très bien. Va préparer ton sac.

17

Gideon roula vers le sud, sur l'I-95, en se demandant s'il n'avait pas eu tort de laisser Mya le convaincre d'entreprendre ce voyage si tard. Il avait exposé le plan à James, qui l'avait soutenu, surtout parce qu'il estimait que Rebecca était leur meilleure piste. Par ailleurs, il était vrai que récupérer les notes qui étaient en possession d'Irwin Ross pour prouver que la formule développée par Mya fonctionnait était le moyen le plus rapide de détourner l'attention de Kamal de Mya.

Mya dormait paisiblement, appuyée contre la portière. Elle s'était endormie alors qu'ils venaient de franchir la frontière entre le New Jersey et la Pennsylvanie.

Le sommeil effaçait les petites rides qui se creusaient sur son front pendant la journée. Elle faisait de son mieux pour le cacher, mais il sentait bien que la situation l'usait. Cela se voyait à la tristesse de son sourire.

Un souvenir de la nuit précédente lui revint à l'esprit. Le sourire de Mya, quand il était sur le point de la pénétrer, l'avait ébloui. Ce qu'ils avaient fait la veille n'aurait pas dû se produire, mais il n'arrivait pas à le regretter.

Parce que Mya avait raison de penser que sa maison ne ressemblait pas à un véritable foyer, sauf hier soir. Quand il s'était endormi dans les bras de Mya, il avait eu l'impression de retrouver une partie de lui-même qu'il avait perdue douze ans plus tôt.

Il lui jeta un bref coup d'œil et se rappela qu'il était là pour la protéger, rien de plus. Le passé devait rester dans le passé et ce qui s'était produit la veille ne devait pas se reproduire.

La sonnerie de son téléphone réveilla Mya.

— J'ai quelque chose pour vous, annonça James sans préambule.

Mya s'étira pour se réveiller pleinement.

— On t'écoute, répondit Gideon.

— Mon contact dans la police m'a informé que la moto avait été retrouvée dans une allée, à trois kilomètres du parc. Il n'y a pas de caméra dans cette allée, mais il y en a une au coin de la rue. Deux minutes après que la moto est entrée dans cette voie, un homme en est sorti en portant un casque. La police a réussi à le suivre sur quelques rues, puis elle l'a perdu. Je t'envoie sa photo.

Son téléphone tinta.

Gideon se gara au bord de la route et débrancha son kit mains libres. Le parfum de Mya l'enveloppa quand elle se pencha pour regarder la photo.

L'homme était grand – au moins autant que lui. Il était habillé tout en noir, comme celui qui avait tiré sur eux. La caméra l'avait pris de profil et la photo laissait beaucoup à désirer. Gideon n'aurait même pas pu dire avec certitude que c'était bien l'homme du parc.

Mya observa attentivement la photo.

— Tu le reconnais ? demanda Gideon.

— Pas vraiment. Quoique… il me dit quelque chose, mais ce n'est pas une très bonne photo, n'est-ce pas ?

— C'est la meilleure du lot, croyez-moi, intervint James. Je t'en ai envoyé deux autres par mail, Gideon. Ça aidera peut-être. Et ce n'est pas tout. Une seconde…

James reprit la communication quelques secondes plus tard.

— Brandon vient de m'appeler, fit-il. Je lui avais demandé de se renseigner sur Nobel. Or il vient de découvrir que cette entreprise est l'objet d'une enquête pour fraude.

Mya haussa les sourcils.

— Pour fraude ?

— Des cadres sont soupçonnés d'avoir caché les résultats de certains essais cliniques aux investisseurs.

— Vous plaisantez ? s'écria Mya.

— Absolument pas, répondit James. Mais Brandon n'a pas réussi à découvrir qui étaient les cadres concernés.

— Si Nobel ment au public et à ses investisseurs, il est impossible que Shannon ne soit pas impliquée, dit Mya avec assurance. Je parie même qu'elle est à l'origine de la fraude.

— Dans ce cas, Travers doit être particulièrement sous pression, commenta Gideon.

— Elle est peut-être assez désespérée pour frauder ou voler, mais de là à tuer ? dit James avec scepticisme. C'est un grand pas.

— Vous ne connaissez pas Shannon, répliqua Mya. Il n'y a pas de pas trop grands pour elle si ça peut servir ses intérêts.

Quelques minutes après avoir raccroché, Gideon entra sur le parking d'un motel. Il en fit le tour deux fois et mémorisa les chambres devant lesquelles il y avait des voitures avant de se garer près de la réception.

À part mettre une guirlande lumineuse autour de la porte, le motel n'avait pas fait grand-chose pour honorer la saison. Le sapin qui avait été installé près du comptoir était minuscule.

— Votre nom, dit le réceptionniste, visiblement contrarié d'interrompre une partie de jeu vidéo.

Par prudence, Gideon avait fait la réservation au nom de Brandon Security.

— On voudrait une chambre d'angle au rez-de-chaussée avec deux lits, précisa-t-il.

Le motel était loin d'être bondé, mais une chambre d'angle lui permettrait de n'avoir qu'un voisin à garder à l'œil.

— Une chambre d'angle coûte trente dollars de plus, annonça le réceptionniste.

Gideon fut tenté de demander à voir le règlement intérieur du motel pour en avoir la preuve, mais il était trop fatigué pour batailler pour trente dollars. Il paya et le réceptionniste lui tendit la clé de la chambre.

Ils remontèrent en voiture. Gideon se gara devant leur chambre, sortit les deux sacs du coffre et ouvrit la porte.

Un parfum de shampooing à la vanille lui chatouilla les narines quand Mya passa devant lui.

Il verrouilla la porte, se retourna et posa les sacs avant de constater :

— Il n'y a qu'un seul lit.

Le grand lit couvert d'un édredon gris occupait la plus grande partie de la pièce, en face d'un écran plat.

Gideon balaya la chambre du regard comme si un deuxième lit pouvait apparaître par magie. Une petite table ronde et une chaise avaient été glissées entre le lit et la fenêtre qui donnait sur le parking. Une porte communiquait avec la chambre voisine ; une autre donnait accès à la salle de bains.

— Effectivement, dit Mya en s'asseyant au bord du lit pour retirer ses bottes.

— Je vais demander une autre chambre, annonça-t-il.

Mya le retint par le bras.

— Ce n'est pas la peine. On peut partager le lit.

Il hésita.

— Je ne suis pas sûr que ce soit une bonne idée.

Il s'était juré de ne pas laisser se reproduire ce qui s'était passé la veille, et partager un lit avec Mya sans la toucher serait une forme de torture.

Mya soupira.

— On a dormi l'un à côté de l'autre pendant quatre ans, lui rappela-t-elle. Je saurai me contrôler si tu en fais autant.

Elle s'allongea à demi, le sourire aux lèvres.

Les yeux de Gideon étincelèrent de désir.

— Tu joues avec le feu, la prévint-il.

— Ah bon ? le provoqua-t-elle. Ce qu'il y avait entre nous autrefois n'a pas disparu.

— Nous ne sommes plus des adolescents écervelés.

— Exactement. Nous savons ce que nous faisons. J'ai envie de toi et je pense que tu as envie de moi. Je me trompe ?

Le doute l'envahit pendant quelques secondes, puis Gideon s'approcha d'elle en laissant échapper un grognement.

Il se plaça au-dessus d'elle et l'embrassa passionnément. Elle lui rendit ses baisers avec autant de ferveur. Elle était bien décidée à lui montrer qu'elle ne désirait rien plus que lui à cet instant.

Après avoir retiré son T-shirt, Gideon la déshabilla sans perdre de temps. Lorsqu'il contempla son corps nu avec admiration, elle se sentit à la fois puissante et séduisante.

— Tu n'imagines pas combien de fois j'ai rêvé de t'avoir dans mon lit, murmura Gideon en lui caressant l'intérieur de la cuisse.

— Je dirais autant de fois que j'ai rêvé de m'y trouver, répondit-elle.

Elle le fit taire en l'embrassant. Elle ne voulait pas penser au passé et au temps qu'ils avaient perdu.

Après un long moment, Gideon interrompit leur baiser.

— Je ne veux pas te faire souffrir une nouvelle fois, murmura-t-il.

— Tu ne me feras pas souffrir, répondit-elle.

Elle n'espérait rien de plus que cet instant. Elle ne songeait ni au futur ni à ce que leurs ébats pouvaient changer à leur relation.

Quand elle voulut ouvrir la braguette de Gideon, il s'écarta le temps de se déshabiller et d'enfiler un préservatif.

Elle gémit de plaisir lorsqu'il se remit à la caresser, elle enroula les jambes autour de ses hanches et s'abandonna à lui. Ses sensations la submergèrent dès qu'il la pénétra.

Elle épousa instinctivement son rythme et sentit vite la jouissance approcher.

— Mya, gémit Gideon alors qu'elle l'atteignait.

Il enfouit le visage au creux de son cou et il leur fallut un long moment pour reprendre leur souffle.

Mya ne s'était pas sentie aussi détendue depuis… elle n'aurait pas su le dire. Elle avait envie que cela dure éternellement.

Gideon alla dans la salle de bains, puis revint se coucher.

— Ça va ? demanda-t-il en l'attirant dans ses bras.

— Très bien, répondit-elle. Et toi ?

Il lui décocha un grand sourire.

— Merveilleusement bien.

Elle lui rendit son sourire avant de très vite poser la tête sur son torse pour qu'il ne puisse pas deviner ce qu'elle ressentait.

Ils restèrent immobiles dans les bras l'un de l'autre. Elle était sur le point de s'endormir lorsqu'elle entendit Gideon murmurer d'une voix pâteuse :

— Je t'aime.

Elle n'eut aucune réaction. Elle savait très bien qu'il n'aurait pas dit cela s'il l'avait crue éveillée. Mais elle se rendit compte qu'elle s'était menti à elle-même et qu'elle avait menti à Gideon.

Parce qu'elle ne voulait pas seulement cet instant. Elle voulait qu'ils restent ensemble pour toujours.

Ce qui signifiait qu'elle était bien partie pour souffrir une nouvelle fois.

18

Gideon somnolait lorsque des bruits de pas devant le motel le ramenèrent brutalement à la conscience. À cinq heures et demie du matin, il y avait peu de chances pour que ce soit une visite amicale.

Il ramassa son arme sur la table de nuit et tendit l'oreille.

Les pas s'étaient arrêtés juste devant la porte de leur chambre.

Mya s'étira à côté de lui. Elle ouvrit brusquement les yeux lorsqu'il posa la main sur sa bouche. En approchant les lèvres de son oreille, il ne put s'empêcher de penser qu'il avait fait la même chose pour une tout autre raison quelques heures plus tôt. Il s'empressa de chasser cette pensée de son esprit. Il ne devait songer qu'à protéger Mya.

— Il y a quelqu'un dehors, chuchota-t-il. Va dans la salle de bains, vite !

Il s'agenouilla près du lit. Mya se dépêcha de ramasser ses vêtements et s'enferma dans la salle de bains.

Il enfila son jean, son T-shirt et ses chaussures sans poser son arme.

Il venait de finir de s'habiller quand une brique fit voler la vitre de la chambre en éclats. Deux secondes plus tard, un cocktail Molotov suivit la brique. La bouteille se brisa sur la moquette grise, qui s'embrasa aussitôt. La pièce se remplit rapidement de fumée.

Ils devaient sortir de là, sauf que c'était exactement ce que voulait leur agresseur.

Le détecteur de fumée et les gicleurs d'incendie se déclenchèrent, mais les flammes continuèrent à s'étendre.

Ils étaient piégés.

Ils brûleraient vifs s'ils restaient là ; ils se feraient probablement abattre s'ils sortaient.

Gideon jeta un coup d'œil à la porte qui donnait sur la chambre voisine, puis il ouvrit la porte de la salle de bains.

— Viens ! dit-il à Mya. Il faut qu'on parte d'ici.

Il ouvrit la porte de communication menant à un petit couloir, mais celle de la chambre voisine était verrouillée depuis l'autre côté. Elle céda après trois bons coups de pied.

Mya ramassa son ordinateur et le suivit tandis que la porte d'entrée extérieure de leur chambre était violemment secouée.

Gideon eut à peine le temps de comprendre que leur agresseur essayait d'entrer par là et de pousser Mya dans la salle de bains de l'autre chambre avant que la porte ne s'ouvre.

L'homme était armé.

Gideon se jeta sur lui sans lui laisser le temps de tirer. Dans une pièce de cette taille, une balle pouvait ricocher n'importe comment. Il ne voulait pas courir le risque qu'elle traverse la porte de la salle de bains et touche Mya.

L'homme jura quand son arme glissa sous le lit.

Gideon essaya de le braquer avec la sienne, mais l'homme se rua sur lui avant qu'il n'ait pleinement retrouvé son équilibre.

Gideon bascula et perdit son arme à son tour. Avec le visage de son assaillant à quelques centimètres du sien, Gideon reconnut l'homme de la photo que James lui avait envoyée la veille. Un instant plus tard, il reçut un coup de poing dans la mâchoire. Gideon réussit à bloquer le deuxième coup et à en donner quelques-uns.

La fumée de la chambre voisine commençait à se propager par les portes de communication et l'alarme sonnait toujours. Tous ceux qui se trouvaient dans le motel devaient être réveillés. Que faisait la police ?

Gideon lutta contre l'homme en toussant de plus en plus. Il vit la porte de la salle de bains s'entrouvrir et Mya tendre la main vers son arme, qui avait glissé de ce côté.

Son mouvement attira l'attention de l'homme.

— Non ! rugit Gideon comme son agresseur l'avait lâché pour se jeter sur Mya.

Il le fit tomber en lui attrapant les chevilles et l'étourdit d'une bonne droite dans la figure. Malheureusement, le type s'en remettrait vite.

Gideon se précipita auprès de Mya et lui prit l'arme. Lorsqu'il se retourna, l'homme était déjà debout et il avait presque atteint la porte.

Gideon tira mais n'atteignit que le mur. Deux secondes plus tard, une portière claqua et des pneus crissèrent.

Se précipitant hors de la chambre, Gideon vit juste une voiture noire sortir du parking.

Des clients de l'hôtel le regardèrent avec méfiance par des portes entrouvertes et derrière des rideaux.

Gideon entendit enfin des sirènes, mais le temps que les policiers comprennent la situation et mobilisent une équipe, leur agresseur serait loin.

19

— On dirait que notre vandale est passé à la vitesse supérieure, shérif, dit l'adjoint qui avait pris leurs dépositions à son patron lorsque celui-ci arriva.

Ils se trouvaient au fond du parking, près de la voiture de Gideon, que Gideon avait déplacée avant l'arrivée des pompiers pour dégager l'accès et éviter qu'elle soit endommagée.

— Peut-être, répondit le shérif.

Il devait dormir quand on l'avait appelé, parce qu'il avait une marque d'oreiller sur la joue. Il portait le même uniforme que son adjoint, mais on devinait un pull rouge et vert sous sa veste. Même s'il venait de se lever, son regard était vif – et il le posait sur eux avec une méfiance évidente.

— Pouvez-vous m'expliquer ce qui s'est passé, s'il vous plaît ? leur demanda-t-il.

Le soleil venait d'apparaître à l'horizon lorsque Mya raconta une fois de plus ce qui s'était passé – ou, plutôt, ce que Gideon et elle avaient décidé de dire à la police.

Ils s'étaient mis d'accord pendant les quelques minutes dont ils avaient disposé avant l'arrivée des pompiers et de l'adjoint du shérif. Officiellement, ils allaient rendre visite à un ami en Virginie-Occidentale et s'étaient arrêtés là pour la nuit. Ils ne savaient pas qui avait lancé le cocktail

Molotov dans leur chambre. Celle d'à côté était censée être inoccupée. Gideon avait demandé à Mya de ne surtout pas parler de l'incendie de son laboratoire, des meurtres de ses collègues ni du vol de son serveur.

Mentir à la police la mettait mal à l'aise, mais Gideon l'avait convaincue qu'ils resteraient coincés là pendant des jours, le temps que le shérif enquête, s'ils disaient toute la vérité.

Elle s'était donc conformée aux souhaits de Gideon et fait à l'adjoint du shérif une déposition qui, si elle n'était pas toute la vérité, était du moins une version de la vérité.

Gideon avait sans doute raison sur deux points : celui qui les avait agressés était déjà loin et, si l'agence de sécurité n'était pas encore parvenue à découvrir son identité, il y avait peu de chances que le shérif en soit capable.

Faire des dépositions concises leur permettrait d'arriver chez Irwin le plus vite possible. Elle pourrait alors recréer sa formule et la rendre publique, le seul moyen à ses yeux de mettre un terme à ce délire.

Quand elle eut réitéré son récit devant le shérif, celui-ci jeta un regard interrogateur à Gideon.

— C'est exactement ce qui s'est passé, dit Gideon.

Si mentir à la police le rendait aussi nerveux qu'elle, il le cachait bien. Mya enfonça les mains dans ses poches, autant pour cacher leur tremblement que parce que le froid était vif.

Le shérif et Gideon se fixèrent un long moment.

Les pompiers se préparaient à partir. Il faisait grand jour maintenant, et des badauds s'étaient attroupés. Le réceptionniste du motel avait appelé son patron, que la situation ne réjouissait pas. Il parlait vertement à un autre adjoint du shérif, l'accusant d'avoir laissé l'insécurité s'installer en ville.

— Si vous voulez bien m'excuser un instant, déclara le shérif. Restez ici, s'il vous plaît.

— Il ne nous croit pas, murmura Mya lorsqu'il se fut éloigné.

Gideon l'attira contre lui, et elle se délecta de sa chaleur.

— Il est méfiant, répondit-il. Ça peut être son état naturel, parce qu'il est le shérif, ou bien il pense que quelque chose ne colle pas.

Si c'était un shérif digne de ce nom, il savait que quelque chose ne collait pas, songea Mya.

Le shérif revint quelques minutes plus tard.

— C'est bon, fit-il. Je suis sûr que Kelvin peut vous trouver une autre chambre.

Il indiqua le gérant du menton.

— Nous n'aurons pas besoin d'une autre chambre, répondit Gideon. On va partir tout de suite, avant qu'il n'y ait trop de circulation.

— Une minute… C'est tout ? s'écria Mya.

Elle sentit Gideon se raidir et comprit qu'elle avait commis une erreur, mais le brusque changement d'attitude du shérif l'avait prise au dépourvu.

— À moins que vous n'ayez autre chose à me dire ? répondit le shérif en la regardant droit dans les yeux.

— Non, c'est juste…

— Nous avons effectivement des problèmes de vandalisme et de destruction de propriété depuis quelques mois, la coupa le shérif en enfilant des gants. Ce sont surtout des vitres cassées et des insultes sur des murs. Mais les incidents les plus récents ont été un peu plus graves. Ce n'est pas le premier incendie. Notre homme devait penser qu'il n'y avait personne dans cette partie du motel. Tout le monde sait que Kelvin aime louer d'abord les chambres les plus proches de la réception. Ça lui épargne quelques pas si quelqu'un a besoin d'une serviette.

Le shérif se tourna vers Gideon.

— Notre pyromane aime observer son œuvre depuis un endroit que le feu a peu de chances d'atteindre. C'est sans doute pour ça qu'il était dans la chambre d'à côté. Vous avez dû le terrifier quand vous avez défoncé la porte.

— J'espère bien, grommela Gideon.

— Avec un peu de chance, votre description nous aidera à l'attraper, dit le shérif.

Mya jeta un coup d'œil à Gideon. C'était un espoir vain.

— Nous avons vos coordonnées, conclut le shérif en tendant la main à Gideon. Alors si nous avons d'autres questions…

Gideon lui serra la main.

— Vous n'avez qu'à nous appeler, compléta-t-il.

— Madame…

Le shérif la salua d'un signe de tête, puis s'éloigna.

— Bizarre tout de même qu'il ait changé si vite d'attitude, répéta Mya en s'installant dans la voiture.

Gideon haussa un sourcil.

— Ce qui nous est bien utile, répondit-il. N'allons pas chercher plus loin. Son adjoint a dû le convaincre que la réponse la plus simple était la bonne.

Mya suivit le regard de Gideon. Le shérif était retourné auprès du gérant du motel, mais c'était leur voiture qu'il fixait.

Gideon démarra.

— Néanmoins, on ferait bien de filer avant qu'il ne change d'avis, ajouta-t-il.

Ils avaient eu de la chance que la ville ait un problème de vandalisme. Le shérif ne les aurait sans doute pas laissés partir si facilement si ce n'avait pas été le cas. Gideon était à peu près sûr que le shérif ne les avait pas crus. Leur histoire avait trop de failles. Mais le shérif ne pouvait pas prouver qu'ils mentaient, ce qui leur avait épargné beaucoup de complications.

Ce que Gideon ne comprenait pas, c'était comment leur agresseur avait pu les suivre sans qu'il s'en aperçoive. Il devait admettre qu'il avait été moins vigilant quand ils avaient changé d'État. Mais n'aurait-il pas repéré la voiture si on les avait filés depuis le début ?.

Il frappa le volant quand une autre possibilité lui vint à l'esprit.

— Que se passe-t-il ? s'écria Mya.

— On va faire un détour, annonça-t-il.

— Un détour ? Pourquoi ? Où ?

— Il faut qu'on change de voiture. Il y a peut-être un mouchard sur celle-ci. Ça peut être comme ça que le type qui te traque nous a retrouvés au motel.

Gideon s'en voulut de ne pas avoir eu cette idée plus tôt. Il s'était donné beaucoup de mal pour s'assurer que le téléphone et l'ordinateur de Mya n'étaient pas infectés, mais il n'avait pas songé un instant que ce pouvait être *lui* qui la rendait vulnérable.

— Tu crois vraiment…

— Je n'en suis pas sûr, mais je ne veux courir aucun risque, la coupa-t-il.

Mya fronça les sourcils.

— C'est Shannon, dit-elle. Elle a pu faire poser le mouchard pendant qu'on était dans son bureau.

C'était une possibilité, mais ce n'était pas la seule. L'animosité de Mya envers Shannon obscurcissait son jugement. Comme elle voulait que Shannon soit coupable, elle interprétait tous les événements dans ce sens.

Il lui jeta un regard sévère.

— Tu n'en sais rien, dit-il. Il peut être dangereux de se concentrer sur une personne sans avoir la moindre preuve de sa culpabilité. Ça peut nous faire rater quelque chose de vital.

S'il avait raison à propos du mouchard, il avait déjà mis Mya en danger. Cela ne se reproduirait pas.

— Mais tu penses bien que l'attaque du motel est liée au reste, non ? demanda Mya.

— À moins qu'il n'y ait une autre raison que ta formule pour qu'on veuille te tuer ?

Elle ricana.

— Pas à ma connaissance.

Un cliquetis du moteur interrompit leur conversation. Le châssis se mit à trembler furieusement. Le temps que Gideon se gare au bord de la route, de la fumée sortait du capot.

— Quel est le problème ? demanda Mya.

Gideon était trop concentré sur leur environnement pour répondre. Il n'y avait personne sur la route, mais cela pouvait ne pas durer. Il observa les rangées d'arbres sur les bas-côtés et ne vit rien – ce qui ne signifiait pas qu'il n'y avait personne.

Il prenait soin de sa voiture. Il avait fait faire une révision la semaine précédente. Visiblement, leur ennemi ne s'était pas contenté d'installer un mouchard. Il avait préparé une embuscade.

Valait-il mieux qu'ils restent dans la voiture ou qu'ils sortent ? Ils pouvaient tomber dans un piège dans les deux cas.

— Je vais faire le tour de la voiture, expliqua-t-il à Mya. Quand j'ouvrirai ta portière, je veux que tu coures vers les arbres, là-bas.

Mya lui jeta un regard inquiet.

— Pourquoi ?

— Fais-moi confiance.

Il soutint son regard en espérant qu'elle comprendrait

la vérité la plus importante de sa vie : qu'il était prêt à la donner pour la protéger.

Il sortit de la voiture et ouvrit le coffre pour transférer les deux armes qui y étaient rangées dans son sac, qu'il glissa à son épaule. Il observa les environs une fois de plus. Ils étaient seuls pour le moment, mais son instinct lui criait que cela ne durerait pas.

Il lut de la peur dans les yeux de Mya quand il ouvrit sa portière.

— Cours jusqu'aux arbres, lui dit-il. Ne t'arrête pas. Ne regarde pas en arrière. Je serai juste derrière toi.

Mya sortit de la voiture et fonça vers les arbres.

Il la suivit en glissant sur le terrain rocailleux.

Il serait facile de repérer sa voiture au bord de la route. Gideon voulait qu'ils s'en éloignent le plus possible avant que cela ne se produise.

— Que se passe-t-il, Gideon ? demanda Mya. Quel est le problème avec la voiture ?

Il ne répondit pas. D'abord, il ne savait pas exactement ce qui avait été fait à la voiture. Mais, surtout, ce n'était pas le problème le plus urgent. Il ne savait toujours pas s'ils s'éloignaient d'un piège ou s'ils se jetaient dans la gueule du loup.

Quand ils se furent assez enfoncés dans les bois pour ne plus être visibles, ils changèrent de direction et marchèrent parallèlement à la route.

Gideon tendit l'oreille, à l'affût de tout bruit qui aurait trahi la présence d'un humain. Heureusement, il n'entendait que les sons normaux de la forêt.

Gideon ignorait jusqu'où ils devraient marcher pour être en lieu sûr. Quand il avait essayé d'appeler ses collègues, il s'était aperçu qu'il n'y avait pas de réseau – ce qui signifiait qu'ils n'avaient pas non plus de GPS. Ils continuèrent à avancer, en s'enfonçant un peu plus dans les bois à chaque fois que les arbres se raréfiaient au bord de la route.

Mya ne se plaignait pas – elle n'avait rien dit du tout depuis qu'il avait laissé sa question sans réponse –, mais il voyait qu'elle fatiguait. Malgré le froid, son front était trempé de sueur et elle avait déboutonné son manteau.

Elle finit par s'arrêter.

— J'ai besoin de faire une pause, dit-elle, les mains sur les cuisses.

Pour être honnête, il était surpris qu'elle ait tenu le rythme aussi longtemps. Cela faisait quarante minutes qu'ils couraient presque dans les bois.

Il posa leurs sacs.

— Juste quelques minutes, répondit-il. Il faut qu'on continue à avancer.

Mya s'adossa à un tronc d'arbre.

— Tu ne crois pas que ce qui est arrivé à la voiture était un accident, n'est-ce pas ?

— Non, répondit-il en scrutant les sous-bois.

— C'était quoi, alors ?

— Plus tard.

Gideon ramassa leurs sacs.

— Remettons-nous en route, dit-il en tendant la main pour l'aider à se relever.

Mya, dont l'inquiétude venait de se muer en irritation, repoussa sa main.

— Arrête d'esquiver mes questions ! s'écria-t-elle. Ça me concerne aussi. C'est ma vie qui est en jeu, après tout.

— Je le sais, riposta sèchement Gideon. Et j'essaie de faire en sorte que tu restes en vie.

Il se remit en route.

— Ça recommence, alors ? lui lança-t-elle en le suivant. Mon Dieu ! Je ne te croyais pas aussi lâche.

— Ce n'est pas le moment, répondit-il entre ses dents.

Il s'énervait… Eh bien tant pis pour lui ! Parce qu'elle était en colère et qu'elle en avait assez de retenir ce qu'elle avait à lui dire.

— Ce n'est jamais le moment, répliqua-t-elle. Tu me repousses à cause d'hier soir. C'est ton habitude. Tu te rapproches un peu, et puis tu me repousses.

Elle s'arrêta. Gideon s'arrêta aussi, mais sans la regarder.

— Hier soir était…

— Merveilleux, le coupa-t-elle en le forçant à se tourner vers elle. C'était une nuit merveilleuse et je ne parle pas que du sexe. Tu t'es ouvert à moi. Je ne suis pas sûre que tu l'aies fait autant quand on était mariés. Tu gardais toujours tout en toi – ce que tu pensais, ce que tu ressentais. Mais un mariage ne peut pas survivre comme ça.

— On n'est plus mariés.

Elle leva le menton.

— Je t'ai entendu, hier soir. Je t'ai entendu dire que tu m'aimais. Étais-tu sincère ?

Elle eut l'impression qu'une éternité s'écoula avant qu'il ne réponde.

— Tu veux que je m'ouvre ? Très bien, je vais m'ouvrir. Je ne suis pas dans ces bois à cause d'une promesse que je t'ai faite il y a douze ans. Je suis ici parce que je ferais n'importe quoi pour te protéger. Je t'aimais à dix-neuf ans, je t'aimais le jour où j'ai signé les papiers du divorce, je t'aime maintenant et je t'aimerai jusqu'à mon dernier souffle.

Mya sentit son cœur s'affoler. C'était exactement ce qu'elle mourait d'envie d'entendre, mais elle savait que ce n'était pas suffisant – pas s'ils voulaient avoir une chance que leur relation dure.

— Moi aussi, je t'aime, répondit-elle. Je veux qu'on soit ensemble. Mais l'amour ne suffit pas. Tu dois décider de nous laisser une chance. Tu peux être l'Homme de glace avec tout le monde, mais pas avec moi. Je mérite plus.

— C'est vrai et c'est pour ça que j'ai divorcé. Mon temps dans l'armée, les choses que j'ai vues…

Il secoua la tête.

— Ça m'a perturbé et tu n'avais pas à gérer ça, conclut-il.

— Mais j'étais ta femme ! s'écria-t-elle en lui effleurant la joue, toute colère abandonnée. J'aurais fait tout ce que je pouvais pour t'aider.

— Mya…

— Je veux qu'on réessaie.

— On a déjà eu cette discussion.

— Moi aussi, j'ai peur, mais je veux quand même qu'on réessaie.

Mya sentait son cœur battre la chamade, à la fois parce qu'elle était émue et parce qu'elle avait peur que Gideon la rejette.

Il s'approcha d'elle. Cette fois, elle l'attira dans ses bras au lieu de le repousser.

Il l'embrassa avec fougue. Elle ferma les yeux et s'abandonna à son baiser. Alors qu'il faisait un froid glacial, elle se sentait brûlante.

Cela pouvait être un nouveau début pour eux. Ils n'étaient plus des adolescents. Ils avaient mûri et réussi des choses. Ils pouvaient apprendre de leurs erreurs et construire une relation qui durerait, cette fois. Elle était sûre qu'ils y arriveraient s'ils étaient honnêtes l'un envers l'autre.

Le doute l'envahit quand Gideon se raidit. Allait-il encore la repousser ?

Elle ouvrit les yeux, prête pour un deuxième round, mais la peur remplaça le doute quand Gideon posa un doigt sur ses lèvres.

— Il y a quelqu'un tout près, chuchota-t-il. Quand

je te dirai de courir, cours. Ne t'arrête pas et ne regarde pas en arrière.

Elle ne l'avait pas vu dégainer, mais il tenait son revolver. Il alla se poster sans faire de bruit derrière un grand sapin.

Mya jeta un coup d'œil de l'autre côté de l'arbre qui l'abritait et devina une silhouette – celle d'un homme, d'après la taille. Elle aperçut aussi des cheveux du même blond que ceux du faux policier qui l'avait enlevée, et elle eut à nouveau la vague impression d'avoir déjà vu cet homme quelque part.

Quand une branche craqua, Gideon pivota et tira trois fois.

— Cours ! cria-t-il.

Elle se fraya un chemin entre les arbres sans savoir où elle allait, mais sans regarder en arrière, comme Gideon le lui avait demandé. Elle pria pour qu'il soit derrière elle.

Elle accéléra lorsque d'autres coups de feu retentirent. Elle atteignit une descente abrupte et perdit l'équilibre, mais Gideon lui saisit le bras avant qu'elle ne tombe.

— On doit continuer, lui dit-il.

En bas de la pente, ils sortirent de la forêt et se retrouvèrent sur un parking derrière un bâtiment. Ils en firent le tour et découvrirent qu'ils avaient atteint une station-service au bord de l'autoroute.

À quelques jours de Noël, il y avait pas mal d'activité. Ils s'attirèrent des regards curieux en apparaissant subitement, couverts de poussière et essoufflés.

Gideon enroula un bras autour de ses épaules et l'entraîna au milieu des vacanciers qui entraient et sortaient du bâtiment. Il avait glissé son revolver à sa ceinture et l'avait caché sous son T-shirt.

Mya jeta un coup d'œil par-dessus son épaule avant

qu'ils n'entrent dans la station-service. Elle ne vit personne sortir des bois, mais cela ne voulait pas dire grand-chose.

Leur poursuivant s'était-il simplement fondu dans la foule comme ils venaient de le faire ?

20

Mya se débarbouilla dans les toilettes des femmes en essayant de reprendre le dessus sur son affolement. Comment se retrouvait-elle à se laver dans une station-service alors que quelqu'un essayait de la tuer ? Surtout : qui était cet homme qui essayait de la tuer ? Et pourquoi avait-elle l'impression de le connaître ?

Les émotions qui avaient tourbillonné en elle ces derniers jours la submergeaient tout à coup. Elle n'était pas du genre à pleurer, mais l'envie de s'asseoir par terre pour sangloter était presque irrésistible.

Elle s'aspergea le visage. C'était le stress. À cause de la situation et de ce qui se passait entre Gideon et elle. Ils avaient fait de grands progrès pendant leur confrontation dans les bois, même si Gideon avait eu raison de dire que ce n'était pas le bon moment. Il était évident qu'ils avaient des problèmes plus urgents.

Gideon l'attendait devant la porte quand elle sortit des toilettes.

— Que faisons-nous, maintenant ? lui demanda-t-elle.

— On trouve une nouvelle voiture. Il doit y avoir une agence de location de véhicules pas très loin d'une station-service aussi grande. West Security a des comptes chez la plupart d'entre elles. Si ce n'est pas le cas, je me servirai de ma carte de crédit professionnelle.

— On peut se servir de ma carte. Tu ne devrais pas payer pour ça, protesta-t-elle.

Il secoua la tête.

— Non. Même s'il est plus difficile de tracer ta carte de crédit que de mettre un mouchard sur ma voiture, je ne veux courir aucun risque. Nous ne savons pas à qui nous avons affaire, mais il a manifestement le bras long. Par contre, il ne parviendra pas à déjouer les mesures de sécurité de l'agence West Security.

— C'est dingue ! s'écria-t-elle. Des mouchards et des cocktails Molotov. Brian et Rebecca assassinés. Et tout ça pour quoi ?

— Pour l'argent que rapportera ton traitement contre le glioblastome, répondit froidement Gideon.

Un caissier leur indiqua une agence de location qui se trouvait à huit cents mètres de là. Mya suivit Gideon, déjà épuisée par les événements de la matinée.

L'agence venait d'ouvrir lorsqu'ils l'atteignirent. Il ne fallut pas longtemps à Gideon pour remplir le contrat et obtenir les clés d'une Chevrolet verte.

Alors que Gideon signait le contrat, elle tressaillit. Il lâcha aussitôt le stylo pour porter sa main à son arme.

Mais personne n'était entré dans le bureau. Mya était en train de fixer le téléviseur accroché au mur derrière l'employé. À l'écran, l'inspectrice Kamal se tenait devant un bouquet de micros.

— Vous voulez bien mettre le son ? demanda Gideon à l'employé de l'agence.

— Pour le moment, nous pensons que les meurtres de Brian Leeds et de Rebecca Conway sont liés, et qu'ils sont aussi liés à l'incendie de TriGen, dit l'inspectrice. Nous poursuivons l'enquête.

Les journalistes la bombardèrent de questions.

— Inspectrice ! cria l'un d'eux plus fort que les autres.

D'après nos sources, vous êtes sur le point d'arrêter la directrice de TriGen, le Dr Mya Rochon. Est-ce vrai ?

L'inspectrice pinça les lèvres.

— Quand nous aurons arrêté quelqu'un, nous l'annoncerons, répondit-elle.

— Mais le Dr Rochon est-elle une suspecte ? insista le journaliste ?

— Oui, c'est une suspecte, répondit Kamal. Maintenant, veuillez m'excuser.

Elle tourna les talons pour rentrer dans le commissariat, et la présentatrice de l'émission apparut à l'écran.

— Comment peut-elle dire ça ? Je…

Mya en avait perdu le souffle, comme si elle avait reçu un coup de poing dans la poitrine.

Gideon lui jeta un regard réprobateur et secoua la tête.

L'employé, qui avait aussi regardé l'interview, se tourna vers eux.

— Tout va bien ? demanda-t-il.

— Très bien, répondit Gideon.

Il ramassa leurs sacs une fois de plus, prit la clé de la voiture et entraîna Mya dehors. Elle n'essaya pas de résister. Elle ne songeait qu'à ce que Kamal avait dit. Qu'elle était une suspecte dans une enquête pour meurtres.

— Je n'arrive pas à y croire, reprit-elle quand ils montèrent dans la voiture. Elle m'a presque traitée de meurtrière à la télé !

— Calme-toi, répondit Gideon en démarrant. Trouvons un endroit où prendre le petit déjeuner et j'appellerai James pour savoir ce qui se passe.

Ils ne firent que quelques kilomètres avant que Gideon se gare sur le parking d'un restaurant au style rétro trop séduisant pour être réellement ancien.

Mya entendit son estomac gargouiller, mais elle en fit abstraction comme Gideon composait le numéro de James.

Ce dernier ne mit que quelques secondes à décrocher, mais elle eut l'impression que l'attente dura des heures.

— Avez-vous vu les infos ? demanda James dès que Gideon l'eut salué.

— Il y a quelques minutes, répondit Gideon. Que se passe-t-il donc ?

— L'inspectrice Kamal est bien décidée à faire porter le chapeau à Mya. D'après nos sources dans la police, Kamal est convaincue que Mya a commis les meurtres et provoqué l'incendie pour couvrir le fait que ses recherches sont un échec.

Mya fit un effort pour comprendre ce qu'elle entendait.

— Sans preuve ? demanda-t-elle.

— Apparemment Kamal a demandé au procureur un mandat d'arrêt contre Mya, répondit James.

Mya en perdit le souffle. Kamal voulait l'arrêter.

Gideon posa une main sur la sienne.

— Brandon surveille la situation, dit James. Je vous préviendrai s'il y a du changement.

Gideon l'informa de l'attaque qu'ils avaient subie au motel et lui parla de leur course à travers bois.

— On a changé de voiture, précisa-t-il. Il faudrait que quelqu'un aille récupérer la mienne. On devrait arriver chez Ross en début d'après-midi, si le temps ne se gâte pas.

Après avoir raccroché, Gideon se tourna vers Mya.

— Il ne faut pas que tu t'inquiètes, fit-il.

— Je ne vois pas pourquoi ça m'inquiéterait qu'on veuille m'arrêter, ironisa-t-elle avant de rire de désespoir.

— Regarde-moi, s'il te plaît, dit Gideon.

Elle tourna la tête vers lui.

— On ne t'arrêtera pas, lui assura-t-il. Tu récupéreras les notes de Ross et tu prouveras que ta formule marche. Alors la théorie de Kamal s'effondrera. Tu m'entends, chérie ?

Mya déglutit péniblement et se força à se concentrer sur le visage de Gideon. Son hystérie céda un peu de terrain. Il était sa bouée de sauvetage qui l'empêchait de faire une crise de panique.

Elle acquiesça.

— Allez viens ! dit Gideon après avoir déposé un baiser sur ses doigts. Allons reprendre des forces.

Pendant le petit déjeuner, ils décidèrent de continuer à suivre le plan initial, c'est-à-dire aller parler à la mère de Rebecca avant de se rendre chez Irwin.

Quand elle avait réussi à se calmer, Mya avait tiré une énergie nouvelle de l'insistance avec laquelle Kamal faisait fausse route. Si l'inspectrice n'était pas capable de rendre justice à Brian et à Rebecca, Gideon et elle devraient s'en charger.

Quand Gideon entra dans le parc de mobile homes où vivait la mère de Rebecca, Mya se remémora l'unique fois où sa mère et elle étaient allées rendre visite à Mimi, sa grand-mère maternelle, en Louisiane. Mimi vivait dans un parc de mobile homes qui ressemblait beaucoup à celui-ci. Sa mère lui avait promis qu'il y aurait beaucoup d'enfants avec lesquels elle pourrait jouer et c'était vrai. Elle s'était fait plusieurs amis dans les premiers jours.

Mais ces amitiés n'avaient pas duré.

Sa mère et elle étaient censées passer tout l'été là-bas, mais sa mère s'était disputée avec Mimi quelques jours après leur arrivée à propos de ce que Mimi appelait leur « mauvais mode de vie urbain ». Sa mère avait fait leurs valises le lendemain matin et elles étaient montées dans un car pour New York.

Mya revint au présent et s'aperçut que des résidents les regardaient passer depuis leurs porches.

Gideon s'arrêta devant un mobile home blanc. Une

couronne sur laquelle était écrit « Joyeux Noël » ornait la porte. Les rideaux d'une fenêtre bougèrent.

— Il y a quelqu'un, dit Gideon en coupant le moteur. Je pense qu'il vaudrait mieux que ce soit toi qui parles, si elle nous laisse entrer.

— Vraiment ? répondit-elle sans essayer de cacher sa surprise.

Gideon avait tout fait pour l'empêcher de sortir de chez lui depuis plusieurs jours, et voilà qu'il voulait qu'elle interroge elle-même la mère de Rebecca ?

— Où est le piège ? demanda-t-elle.

Gideon pouffa.

— Il n'y a pas de piège. Je pense qu'elle supportera mieux qu'on l'interroge sur sa fille si ça vient d'une femme, surtout d'une femme qui a travaillé avec sa fille et se souciait d'elle.

— C'est raisonnable, commenta-t-elle. Veux-tu que je lui pose certaines questions en particulier ?

— Essaie juste de lui soutirer le plus d'informations possible, répondit Gideon. On ne sait pas ce qui pourrait nous être utile. Et j'aimerais lui montrer une photo de Shannon, à tout hasard.

Elle inspira profondément.

— Très bien.

Gideon la retint alors qu'elle s'apprêtait à ouvrir la portière.

— Eh ! Ne t'en fais pas. Je serai là. J'interviendrai si c'est nécessaire, mais je sais que tu t'en sortiras bien.

Ses encouragements la rassurèrent. Les rideaux du mobile home bougèrent une nouvelle fois quand ils sortirent de la voiture.

Gideon frappa à la porte.

Une fausse blonde l'entrouvrit et les regarda avec méfiance.

— Oui ?

— Madame Calcott ? Je m'appelle Mya Rochon et voici Gideon Wright. Je travaillais avec votre fille, Rebecca.

— Je sais qui vous êtes. Rebecca parlait souvent de vous.

Mya fut incapable de deviner à l'expression de Marie Calcott si c'était une bonne ou une mauvaise chose.

— Je voulais vous présenter mes condoléances, dit-elle.

— Merci, mais je doute que vous ayez fait tout ce chemin pour me présenter vos condoléances, répondit Marie. Que voulez-vous ?

— Pouvons-nous entrer, s'il vous plaît ? Nous voulons juste vous parler.

— Il faut que j'aille travailler.

— S'il vous plaît. Nous ne vous prendrons que quelques minutes, insista Mya.

Elle se réjouit qu'ils n'aient pas appelé avant de venir. Marie n'aurait jamais accepté de les rencontrer par téléphone. Même en l'ayant prise par surprise, Mya aurait besoin d'user de tout son charme pour la convaincre de les laisser entrer. Elle changea de tactique.

— J'aimais beaucoup Rebecca et je veux découvrir qui lui a fait ça. C'est pour ça qu'on est là. M. Wright est un détective privé. Je l'ai engagé pour qu'il trouve l'assassin de Rebecca.

Marie ne changea pas d'expression, mais elle ouvrit un peu plus la porte.

— N'est-ce pas le travail de la police ?

— La police mène plusieurs enquêtes en même temps, répondit Gideon. Je ne travaille que sur celle-ci.

Marie les observa encore un moment avant d'ouvrir grand la porte.

— Entrez, dit-elle.

Elle les invita à s'installer sur un canapé usé et s'assit à la table ronde placée contre le mur opposé.

— Que voulez-vous savoir ? demanda-t-elle en pianotant sur la table.

— Je n'ai fait la connaissance de Rebecca qu'il y a quelques mois, quand elle est devenue réceptionniste chez TriGen, répondit Mya. Tout ce que vous pourrez nous dire sur elle avant qu'elle ne s'installe à New York nous sera sans doute fort utile.

— Rebecca est… était intelligente et ambitieuse, mais elle était très impatiente et elle estimait que tout lui était dû, même si je ne vois pas d'où ça lui venait. Je veux dire… Regardez autour de vous. Je n'ai pas grand-chose, mais j'ai travaillé dur pour l'obtenir.

— J'en suis sûre, répondit Mya.

— J'ai essayé de lui donner de bonnes valeurs. Étudier, travailler dur, gagner sa vie honnêtement… J'ai réussi en partie, je crois. Elle était si intelligente ! Elle n'a obtenu que de bonnes notes jusqu'au lycée. Je n'ai pas honte de dire que j'étais très fière d'elle.

— Bien sûr. C'était un accomplissement pour vous deux.

— C'est vrai. Je parie que vous n'avez d'enfant ni l'un ni l'autre, mais je peux vous assurer qu'il n'est pas facile d'en élever un tout seul.

— Vous avez raison : nous n'avons pas d'enfant. Mais nous avons tous les deux été élevés par des mères célibataires, alors nous savons que ce n'est pas facile, répondit Mya dans l'espoir de construire un lien affectif avec Marie. Savez-vous pourquoi Rebecca a arrêté ses études ?

Marie sortit une cigarette du paquet de Marlboro qui était posé sur la table et alla à la fenêtre.

— C'est ironique, hein ? fit-elle. Je travaille dans la santé et je suis accro à ces petites tueuses.

Elle ouvrit la fenêtre.

— Rebecca a été radiée de l'université, reprit-elle. Elle n'allait pas en cours et elle a raté tous ses examens. Comme je vous l'ai dit : elle estimait que tout lui était dû.

Elle prit une grande bouffée de sa cigarette.

— Qu'a-t-elle fait ensuite ?

— Rien pendant un moment – jusqu'à ce que je lui fasse comprendre qu'elle devait trouver du travail ou aller vivre ailleurs. Alors elle a travaillé à la bibliothèque municipale pendant un moment. Elle rangeait des livres, elle faisait la lecture aux enfants, ce genre de choses. Et puis, un jour, elle a annoncé qu'elle partait.

— A-t-elle expliqué pourquoi ?

— Elle a dit qu'il n'y avait rien pour elle ici. Sincèrement, je ne pouvais pas lui donner tort. Elle a dit qu'elle allait tenter sa chance dans une ville comme Philadelphie ou Washington, un endroit où elle pourrait reprendre ses études en travaillant à temps partiel. Je pense qu'elle n'a parlé des études que pour me faire plaisir, parce que j'insistais là-dessus.

— Elle a repris quelques cours à l'université à New York, lui apprit Mya.

— Tant mieux. Sans doute que… cette fille était trop intelligente pour son bien.

Les yeux de Marie s'emplirent de larmes.

— Nous savons que ça doit être dur pour vous, fit Mya. Encore quelques questions et on s'en va.

Marie jeta un coup d'œil à sa montre.

— Quelques questions, pas plus, répondit-elle. Je dois partir.

— Savez-vous comment Rebecca s'est retrouvée à New York ? Vous avez dit que Rebecca voulait aller à Washington ou à Philadelphie. Pourquoi a-t-elle changé d'avis et choisi New York ?

— Je ne suis pas sûre qu'elle ait vraiment changé d'avis. Je pense que n'importe quelle ville aurait fait l'affaire. Je ne sais pas pourquoi elle a choisi New York. C'était peut-être là que le premier car allait.

— Quel jour est-elle partie, exactement ? Vous en souvenez-vous ?

— Oh oui ! C'était le 14 février. J'ai essayé de la convaincre d'attendre un mois ou deux, pour qu'il fasse plus chaud. Qui a envie de déménager en plein hiver ? Mais elle voulait partir le jour de la Saint-Valentin. Elle a dit que c'était un jour où les gens se fiançaient et commençaient une nouvelle vie. Même si elle ne se fiançait pas, elle voulait commencer une nouvelle vie. Je n'ai pas cru à ces salades romantiques, mais je ne voulais pas qu'on se dispute avant son départ, alors…

Marie haussa les épaules, jeta son mégot dehors et ferma la fenêtre.

— Je suis désolée, il faut que j'aille travailler, conclut-elle.

Quand ils se levèrent, Mya fit un signe de tête à Gideon. Il sortit son téléphone de sa poche.

— Juste une dernière question, dit Mya à Marie. Connaissez-vous cette femme ?

Gideon afficha la photo correspondante à l'écran et la montra à Marie.

— Bien sûr que je sais qui c'est ! Shannon. Elle n'a pas changé.

À en juger par son expression, Marie n'avait pas d'excellents souvenirs de Shannon.

Mya eut du mal à cacher son excitation. C'était le lien qu'ils cherchaient, elle le sentait. C'était la preuve que Shannon était responsable de tout ce qui s'était passé.

— Ma Rebecca et elle étaient cousines, du côté du père de Rebecca. Rebecca l'idolâtrait. Elle a pleuré pendant une semaine quand Shannon a déménagé. J'ai essayé de faire en sorte qu'elles restent en contact, mais…

Elle haussa les épaules une nouvelle fois.

— … vous savez comment c'est, reprit-elle avant de s'écrier : Qu'est-ce que Shannon a à voir avec tout ça ?

21

Gideon suivit la voiture blanche de Marie hors du parc. Marie accéléra dès qu'elle atteignit la route, mais elle avait, semble-t-il, été ravie de se mettre en retard pour dire du mal de Shannon.

— C'est une famille intéressante, commenta-t-il.

— Toutes les familles ont leur manière d'être dysfonctionnelles, répondit Mya.

Il jeta un coup d'œil dans sa direction.

— D'après Marie, Shannon était une diablesse qui a tout fait pour corrompre le petit ange qu'était Rebecca.

— Ça ressemble à Shannon, dit Mya. Tu vois ce que ça signifie, n'est-ce pas ? C'est le lien dont on avait besoin pour prouver que Rebecca travaillait pour Shannon et que Shannon a commandité les meurtres de Rebecca et de Brian.

— C'est un lien, lui accorda-t-il. On transmettra l'information à l'inspectrice Kamal et on enquêtera nous-mêmes.

Kamal ne pourrait pas ignorer la relation entre Rebecca et Travers, mais cela ne prouvait pas que Travers avait commandité les meurtres et l'incendie du laboratoire.

— Tu ne crois toujours pas Shannon coupable ? demanda Mya, les sourcils froncés.

— Je crois les preuves. Pour l'instant, nous n'en

avons pas assez pour connaître avec certitude l'identité du coupable.

Il savait que Mya ne comprenait pas pourquoi il n'était toujours pas disposé à accepter sa théorie. Effectivement, il semblait de plus en plus probable que Shannon Travers avait quelque chose à voir avec les événements des derniers jours. Mais Gideon savait aussi à quel point il pouvait être dangereux de tirer des conclusions hâtives.

La frustration de Mya était évidente. Ils passèrent le reste du trajet dans un silence presque total. Mya ne parla que pour lui donner des indications. Il avait un excellent GPS, mais il y avait peu de panneaux sur ces vieilles routes de montagne. En plus, il s'était mis à neiger.

— Ralentis, finit par dire Mya. On approche du chemin.

Il freina et plissa les yeux. Mya tendit un doigt vers la droite. Il fallut un moment à Gideon pour repérer l'embranchement, qu'il n'aurait absolument pas remarqué sans l'aide de Mya.

Il tourna à droite et s'engagea sur le chemin qui était à peine plus large qu'un sentier. West Security allait devoir payer pour les égratignures de la voiture de location. Ils roulèrent à travers bois sur cinq cents mètres avant de déboucher dans une clairière. Une cabane en bois tout à fait quelconque trônait au milieu.

Irwin Ross, que Gideon reconnut grâce aux photos qu'il avait vues, sortit sur le perron alors qu'ils se garaient devant la cabane. Il ressemblait davantage à un bûcheron qu'à un brillant scientifique.

Mya sortit aussitôt de la voiture pour tomber dans ses bras. Gideon s'approcha plus lentement, en observant Ross. Celui-ci était grand et il avait des muscles respectables, qu'il devait sans doute à son mode de vie rustique, mais il n'était plus tout jeune. Ses longs cheveux gris étaient tressés. Quand Ross descendit les marches du perron,

Gideon remarqua qu'il boitait et se demanda depuis quand. Leurs regards se rencontrèrent. Gideon lut de la méfiance dans celui de Ross. Sans doute avait-il compris que Gideon l'examinait attentivement et en faisait-il autant.

— Irwin Ross, dit Ross en lui tendant la main.

Gideon la serra.

— Gideon Wright.

— Entrez donc ! J'ai préparé le déjeuner.

Ross passa son bras autour des épaules de Mya comme un père qui accueille sa progéniture et l'entraîna à l'intérieur. Gideon les suivit.

L'ameublement de la cabane était aussi austère que son apparence extérieure. Le salon n'était meublé que d'un canapé marron et d'une table basse. La cuisine était si petite qu'ils n'auraient pas pu s'y tenir tous les trois en même temps.

— Asseyez-vous ! dit Ross en indiquant la table en pin qu'il avait dû placer pour l'occasion entre le canapé et la porte de la cuisine. J'ai fait du ragoût. J'ai supposé que vous auriez besoin de quelque chose qui tient au corps après toute cette route.

Ross remplit deux bols, qu'il plaça devant eux avec d'épaisses tranches de pain. Il leur expliqua qu'il avait déjà mangé et se servit une tasse de café.

Pendant le repas, Mya donna à Ross des informations complémentaires sur l'incendie du laboratoire et les meurtres de Brian et de Rebecca. Elle lui parla aussi de l'attaque au motel.

— Et vous ne savez pas qui est l'homme qui vous a attaqués ? demanda Irwin.

— On a une photo de caméra de surveillance, mais elle est de trop mauvaise qualité pour qu'on l'identifie, répondit Mya.

— Mais il était de la même taille et de la même corpulence que le motard qui nous a tiré dessus, alors il doit s'agir du même homme, intervint Gideon.

— Tant mieux, dit Irwin. Ça aidera sans doute la police à le trouver.

Mya jeta un coup d'œil à Gideon.

— Nous n'avons pas parlé des attaques précédentes au shérif, fit-elle.

— Ah bon ? s'écria Irwin. Pourquoi ?

— Parce qu'on ne voulait pas perdre de temps : j'ai besoin de toute urgence de récupérer les notes que Brian t'a envoyées.

— À ce propos… je suis sûr que tu m'en veux de t'avoir espionnée.

— Irwin, ce n'est pas la peine de…

— Si, si, c'est la peine. Je t'ai confié le laboratoire parce que je savais que tu réussirais à trouver un traitement pour cette maladie horrible qui m'a pris mon fils. Et tu l'as fait. Je t'en suis infiniment reconnaissant.

Il prit les mains de Mya.

— Je veux que tu saches que j'ai toujours cru en toi, poursuivit-il. Mets mon indiscrétion sur le compte de la solitude d'un vieil homme qui avait envie de revivre ses jours de gloire.

— Le traitement est basé sur tes recherches, répondit Mya. Je n'aurais jamais trouvé la formule sans tout le travail que tu avais déjà fourni et tout ce que tu m'as enseigné.

— C'est gentil de me dire ça, mais je sais que c'est faux. Tu n'aurais pas arrêté de chercher et tu aurais fini par trouver.

Irwin lâcha les mains de Mya et frappa la table de son poing.

— Assez de sentimentalité ! dit-il. Je vais chercher ces notes.

Irwin se leva.

Gideon en fit autant.

— J'ai quelques coups de fil à passer, annonça-t-il.

— Alors vous devez descendre à l'épicerie, dit Irwin. Il n'y a pas de réseau ici, mais Phil vous laissera vous servir de son wi-fi.

Gideon fronça les sourcils. Il n'aimait pas l'idée de laisser Mya seule. Il était sûr qu'ils n'avaient pas été filés. Non seulement il était sur ses gardes depuis qu'il avait loué la voiture, mais il était impossible qu'une voiture les ait suivis sur ces routes de montagne sans qu'il la voie. Néanmoins, l'homme qui était à leurs trousses ne renoncerait pas. Même s'il n'avait plus de mouchard, il ne lui serait pas très difficile de deviner où ils étaient allés. Cela lui prendrait peut-être un peu de temps, mais il finirait par trouver la cabane de Ross. Il devait d'ailleurs aborder le sujet avec Ross avant leur départ, songea Gideon. Il n'était pas prudent que Ross reste dans cette cabane isolée tant que Mya n'avait pas prouvé l'efficacité de sa formule.

Mya se leva à son tour et posa une main sur son bras.

— Vas-y, lui dit-elle. Irwin et moi allons parler boutique pendant un moment.

Irwin pouffa.

— Ne t'en fais pas, mon garçon. On ne peut venir ici qu'en passant devant l'épicerie. Si quelqu'un approche, tu seras le premier à le savoir.

Irwin ouvrit un tiroir de la cuisine et en sortit un revolver.

— Et s'il t'échappe, je sais me servir de ça, ajouta-t-il.

Gideon ne fut pas convaincu, mais il n'avait pas le choix. Il devait faire le point avec James et s'assurer que Kamal n'avait pas encore réussi à obtenir un mandat d'arrêt contre Mya.

— Vas-y ! insista Mya. Plus vite tu auras passé tes coups de fil, plus vite tu seras revenu.

Elle le poussa vers la porte.

Quand il monta en voiture, il neigeait toujours un peu. Il descendit de la montagne l'estomac noué. Alors qu'ils avaient été séparés pendant douze ans, Mya et lui, il ne supportait plus de ne pas être à ses côtés à présent, et pas seulement à cause des risques qu'elle courait.

Mya avait très mal choisi le moment de leur dernière dispute, mais elle avait raison. Il était lâche en ce qui concernait leur relation. Il s'était convaincu qu'il était mûr et responsable, qu'il renonçait à Mya pour lui permettre de réaliser ses rêves, mais il avait laissé ses craintes et son insécurité gâcher la relation à laquelle il tenait le plus. Aujourd'hui, elle lui offrait une deuxième chance. Alors il ne devait pas refaire les mêmes erreurs.

Vingt minutes après être parti de chez Irwin, Gideon se gara devant un bâtiment délabré. Il essaya de téléphoner depuis la voiture, mais il n'y avait pas de réseau ici non plus.

Il entra dans l'épicerie.

Un homme barbu et grisonnant, qui lisait un magazine derrière le comptoir, leva la tête.

— Je peux vous aider ?

— Je voudrais juste téléphoner, répondit Gideon.

— Vous rendez visite à Irwin ?

Gideon se raidit.

— Oui.

— Je m'en doutais, fit l'homme en hochant la tête. On n'a pas beaucoup d'étrangers, par ici, mais puisque Irwin a été l'un de vous autres, les gens sophistiqués…

Gideon ne se considérait pas vraiment comme sophistiqué, mais à chacun son opinion.

— Irwin m'a assuré que je pourrais téléphoner de chez vous.

— Yep. Vous devez vous servir du wi-fi. Le code est

là, dit l'épicier en tapotant un morceau de papier scotché à la caisse.

Gideon n'aimait pas se servir de connexions wi-fi. Autant livrer toutes les informations que contenait son téléphone, non ? Puisqu'il n'avait pas vraiment le choix, il se connecta.

Phil entreprit d'arranger les objets qui se trouvaient sur une étagère à l'autre bout du comptoir, mais sa manière d'incliner la tête prouvait qu'il avait l'intention d'écouter la conversation de son unique client.

— Où es-tu ? rugit James en décrochant.

— Dans une épicerie, près de chez Ross, répondit Gideon. Que se passe-t-il ? Kamal a-t-elle obtenu un mandat d'arrêt contre Mya ?

Phil écarquilla les yeux et cessa de se donner la peine de faire semblant qu'il n'écoutait pas.

— Mya est-elle avec toi ? demanda James, visiblement inquiet.

L'estomac noué, Gideon se mit à faire les cent pas.

— Non, je l'ai laissée chez Irwin. Que se passe-t-il donc, James ?

— Nos techniciens ont nettoyé la photo du motard, et le logiciel de reconnaissance faciale nous a donné un nom : Adam Ross.

— Adam Ross ? répéta Gideon.

— Le fils cadet d'Irwin Ross. On a fait des recherches sur lui et découvert qu'il avait purgé plusieurs peines de prison pour des affaires de drogue au cours des quinze dernières années.

— Il n'est donc pas en prison en ce moment.

— Il en est sorti il y a quelques mois, précisa James. Et il a purgé sa dernière peine jusqu'au bout. Pas de sortie anticipée pour bonne conduite. La police le suspecte d'avoir tué quelqu'un quand il était derrière les barreaux, mais tu sais comment c'est… Personne n'a voulu témoigner.

— Et sais-tu où est Adam ?

— Non. J'ai prévenu le shérif local. Malheureusement, son bureau est assez loin. Il lui faudra au moins une heure pour vous rejoindre.

Gideon raccrocha et, sans un mot ni un regard pour l'épicier, courut jusqu'à sa voiture. Il roula aussi vite qu'il le put, mais il ne connaissait pas ces virages et la neige tombait plus fort. Il ne fallait surtout pas qu'il ait un accident.

Si James avait raison et qu'Adam Ross était le tueur, il n'avait pas agi seul. Irwin avait dû lui dire que les travaux de Mya avaient abouti et lui expliquer comment tirer parti de cette découverte.

Après s'être débarrassé de tout le personnel de TriGen, Irwin pourrait présenter la formule pour traiter le glioblastome, soit en prétendant qu'il avait reconstitué les recherches de Mya, soit en disant qu'il n'avait jamais cessé de travailler dans son coin et qu'il avait enfin atteint le but de sa vie. Tous ceux qui auraient pu prouver que la formule n'était pas de lui seraient morts.

Gideon crispa les mâchoires. Et dire que le shérif mettrait une heure à arriver… ! Mya n'avait pas une heure devant elle. Irwin était malin. Il savait qu'il lui serait plus facile de leur régler leur compte séparément, à Mya et à lui, songea-t-il, atterré.

Si Adam ne vivait pas avec Irwin, il ne devait pas être très loin. Puisqu'il n'avait pas réussi à les tuer, Mya et lui, avant qu'ils n'atteignent la cabane, il ne lui restait plus qu'à le faire sur place. Irwin trouverait un moyen de justifier leur disparition.

Mya pouvait être déjà…

Enfin, au détour d'un virage, Gideon vit le chemin de la cabane d'Irwin.

— Tiens bon, chérie, murmura-t-il. Encore un peu, s'il te plaît.

22

Mya tourna les pages de l'un des vieux carnets d'Irwin. Ils avaient débarrassé la table et Irwin était allé chercher dans sa chambre d'amis un carton qui contenait plusieurs années de travail. De son côté, elle avait allumé son ordinateur et ouvert les fichiers de ses recherches.

Irwin n'avait jamais aimé les ordinateurs. Quand elle travaillait avec lui, l'une de ses tâches consistait à entrer chaque soir dans le système toutes les informations qu'il avait griffonnées dans son carnet pendant la journée. Heureusement, elle était habituée à ses pattes de mouche et à ses notes presque indéchiffrables dans les marges. Entre les carnets d'Irwin, les notes que Brian lui avait envoyées et ses propres fichiers, elle pouvait certainement reconstituer la formule du traitement et prouver son efficacité.

— C'est merveilleux, Irwin ! s'écria-t-elle. C'est exactement ce dont j'avais besoin.

Elle l'étreignit avant de reporter son attention sur le carnet.

Irwin pouffa.

— Je suis content de pouvoir t'être utile.

Il s'éclaircit la voix avant de demander :

— Alors, tu t'es remise avec ton ex ?

Mya releva la tête et regarda son ancien mentor. Ils n'avaient jamais beaucoup parlé de leurs vies privées.

Irwin savait qu'elle avait été mariée. Elle savait que la mort de son fils aîné avait été le drame de sa vie et qu'il se reprochait le fait que son autre fils ait mal tourné. Il leur avait fallu des années pour aborder ces sujets et ils ne l'avaient fait qu'en passant. C'était la première question directe qu'Irwin lui posait.

— Je ne dirais pas qu'on est ensemble, répondit-elle. Enfin, on est venus ensemble dans ta cabane, mais on n'est pas vraiment ensemble, si tu vois ce que je veux dire.

Subitement, elle eut l'impression d'avoir de nouveau quinze ans et d'être en train d'expliquer à sa mère que Jeffery Jordan n'était pas vraiment son petit ami. Elle se sentit rougir.

Irwin éclata de rire.

— Non, je ne vois pas du tout ce que tu veux dire. Il t'a servi de chauffeur à travers trois ou quatre États pour que tu récupères des informations qu'il ne peut pas comprendre. Crois-moi : vous êtes ensemble, que tu le saches ou non.

Mya ne sut pas quoi répondre.

— Est-ce que je peux…

Elle lui indiqua le couloir en espérant qu'il comprendrait ce qu'elle voulait dire.

— Bien sûr. C'est la deuxième porte à gauche.

Elle s'enfuit dans la petite salle de bains. Elle ne savait pas ce que Gideon et elle étaient l'un pour l'autre. Elle savait qu'ils avaient beaucoup de chemin à faire s'ils voulaient que leur relation soit solide, cette fois. Et c'était ce qu'elle voulait plus que tout. Mais il lui semblait que c'était quelque chose dont elle devait parler avec Gideon avant d'en parler à quelqu'un d'autre.

Elle se passa de l'eau sur le visage et sortit de la salle de bains. Depuis le couloir, elle vit qu'Irwin n'était plus assis à la table. Ses yeux tombèrent ensuite sur la porte de la chambre d'amis.

Irwin avait parlé d'un deuxième carton de carnets.

Puisqu'elle était là, autant en profiter pour aller le chercher, se dit-elle.

La chambre d'amis d'Irwin avait toujours aussi servi de réserve. Mya la trouva plus remplie que lors de sa visite précédente. Même si cela réduisait l'espace, la pièce n'était pas en désordre. Les cartons étaient soigneusement empilés et ce qu'ils contenaient était écrit au marqueur sur le côté.

Elle trouva vite le deuxième carton de carnets. Alors qu'elle se retournait pour quitter la pièce, ses yeux tombèrent sur un cadre posé sur la commode. Sur la photo, Irwin, qui avait trente ans de moins qu'aujourd'hui, tenait deux garçons dans ses bras. L'un était son portrait craché, l'autre ressemblait davantage à la femme qui se tenait un peu à l'écart – l'ex-femme d'Irwin, qui était morte quelques années plus tôt.

Mya laissa échapper un petit cri quand le visage du deuxième garçon se confondit dans son esprit avec un visage qu'elle avait vu récemment.

Mon Dieu ! C'était l'homme qui les avait attaqués au motel et dans les bois. C'était l'homme qui avait tué Brian et qui l'avait enlevée le soir de l'incendie.

C'était le fils cadet d'Irwin, Adam – son nom lui revint brusquement en tête.

Elle laissa tomber le carton qu'elle tenait.

Les questions se bousculaient dans son esprit. La plus pressante était : que devait-elle faire ?

Devait-elle retourner dans le salon et faire semblant que tout allait bien jusqu'au retour de Gideon ? En était-elle capable ? Valait-il mieux qu'elle s'enferme dans une pièce ou qu'elle essaie de fuir ?

Elle était sûre que c'était Adam qui les avait attaqués plusieurs fois, mais elle ne pouvait pas prouver qu'Irwin était impliqué.

Alors, comme s'ils étaient attirés par une force invisible, ses yeux tombèrent sur une boîte rectangulaire noire dans un coin de la pièce.

Son serveur.

Elle se raidit. Que faisait son serveur dans la cabane d'Irwin ?

« Il faut que je vous dise autre chose… »

Les derniers mots de Brian jaillirent de sa mémoire.

Alors elle sut, sans le moindre doute, ce que Brian avait compris : qu'Irwin était derrière tout ce qui s'était passé.

— J'aurais préféré que tu n'entres pas là.

Elle fit volte-face.

Irwin se tenait dans l'embrasure de la porte. Il pointait le revolver qu'il avait sorti du tiroir de la cuisine sur elle.

— Pourquoi ?

La stupeur, la déception et la peur le disputaient en elle.

Irwin soupira profondément.

— Pourquoi ? Si tu savais combien de fois je me suis posé cette question dans ma vie. Pourquoi a-t-il fallu que mon fils aîné ait un glioblastome ? Pourquoi devait-il mourir ? Pourquoi ai-je accepté qu'on me mette à la porte de TriGen avant que je n'aie atteint mon but ? Pourquoi ? Pourquoi ? Et sais-tu ce que j'ai appris ? Se demander pourquoi ne mène à rien. Je n'ai peut-être pas été assez intelligent pour découvrir le traitement contre ce foutu cancer, mais je suis assez intelligent pour te le voler.

— Alors c'est pour l'argent ? C'est ça ?

— Il ne s'agissait pas que de ça, au début, répondit Irwin presque tristement. J'ai sacrifié ma vie entière et ma famille pour mener ces travaux de recherche. Et puis le conseil d'administration du laboratoire que j'ai créé en partant de rien a décidé sur un claquement de doigts que j'étais trop vieux pour franchir la ligne d'arrivée.

Un rictus déforma ses traits.

— Alors j'ai décidé de prendre ce qui me revenait de droit, grogna-t-il.

— Je croyais que tu ne te souciais que des gens, dit Mya en reculant. Je croyais que tu voulais faire la différence et sauver des vies.

— Mais des vies seront sauvées. La différence sera faite, répliqua-t-il avec cynisme. Malheureusement, tu ne seras pas là pour le voir. Je t'accorderai un peu de crédit, bien sûr. Je dirai que tu y étais presque et qu'il est bien dommage que tu sois morte si jeune sans avoir vu le fruit de ton travail. Mais que le monde a beaucoup de chance que ton vieux mentor soit encore en pleine forme et ait pu finir le travail à ta place.

Il lui décocha un sourire glaçant.

— Je sauverai la situation en présentant la dernière partie de la formule que tu m'as si gentiment apportée, conclut-il.

— Personne ne te croira, cracha Mya en retenant ses larmes.

Elle ne lui offrirait pas le plaisir de la voir pleurer, même si c'étaient des larmes de rage.

Irwin plissa les yeux.

— On me croira. Comme tu l'as dit, il y a de l'argent en jeu. Et ce traitement en rapportera assez pour que les gens n'aient pas envie de poser trop de questions.

Il secoua la tête comme si elle était une petite fille qui découvre à quel point le monde est cruel.

— De toute manière, tous ceux qui auraient pu prouver que je mens seront morts depuis longtemps quand je publierai ma découverte miraculeuse, ajouta-t-il. Allez, passe devant !

Il agita son arme et recula. Mya se dirigea vers le salon en l'entendant boiter derrière elle.

Quand elle atteignit la table, elle se retourna et demanda :

— Pourquoi as-tu tué Rebecca et Brian ?

— Rebecca ? répéta Irwin en fronçant les sourcils. Ah ! La réceptionniste. Il aurait fallu qu'on s'occupe d'elle à un moment ou à un autre, de toute manière. J'avais envoyé Adam chercher ton serveur. Elle s'est trouvée au mauvais endroit au mauvais moment.

Ça alors ! Rebecca ne travaillait donc pas pour Irwin et ce qu'elle faisait chez elle à ce moment-là restait un mystère.

— Adam, reprit-elle. C'est lui qui a essayé de m'enlever, déguisé en policier, après l'incendie, et c'est lui qui a tué Brian dans le parc. Il me disait quelque chose à cause des photos que tu avais sur ton bureau…

Irwin l'ignora et alla jeter un coup d'œil par la fenêtre.

— Et maintenant ? demanda-t-elle. Tu vas me tuer dans ton salon ? Et Gideon, tu l'as oublié ? Il peut être de retour d'un instant à l'autre.

Irwin fronça les sourcils.

— Oui, je n'avais pas prévu que tu mêlerais ton ex-mari à nos affaires. Nous devrons nous occuper de lui aussi, du coup. Assieds-toi !

Elle s'assit au bord du canapé sans quitter l'arme d'Irwin des yeux.

— J'ai un téléphone fixe dans ma chambre, dit Irwin. Seul un crétin se passerait complètement de technologie à notre époque. J'ai appelé Adam pendant que tu étais dans la salle de bains. Pour être honnête, je suis un peu surpris que tu ne l'aies pas reconnu plus tôt.

Il secoua la tête d'un air dégoûté.

— Adam m'a toujours déçu, même en tant qu'homme de main… Mais peu importe. Je sais ce que je fais, moi. Il n'aura qu'à suivre mes instructions, cette fois-ci.

Mya entendit une voiture approcher. Elle pria pour que ce soit Gideon, mais cela pouvait aussi bien être Adam. Et même si c'était Gideon, il ne savait pas sur quoi il allait tomber.

Elle n'osa pas quitter Irwin des yeux, mais lui se pencha sur le côté pour regarder par la fenêtre.

C'était maintenant ou jamais. Si c'était Gideon qui arrivait, elle devait l'avertir. Si c'était Adam, sa meilleure chance de survivre était de s'enfoncer dans les bois sans laisser le temps à Irwin ni à son fils de réagir.

Basculant en arrière, elle donna un grand coup de pied dans la mauvaise jambe d'Irwin.

Il poussa un hurlement, lâcha son arme et tomba sur le côté.

Mya bondit du canapé, ramassa son ordinateur, qui était toujours ouvert sur la table, et fonça vers la porte.

Une détonation retentit et des éclats de bois volèrent quand elle descendit les marches du perron. Cela ne l'arrêta pas.

Les nuages étaient plus menaçants et la neige plus dense que lorsque Gideon et elle étaient arrivés.

Une camionnette apparut dans l'allée.

Adam !

Elle accéléra de plus belle et courut vers les bois sans regarder derrière elle. Quand elle les atteignit, elle pria pour être capable de distancer Adam. Elle était certaine qu'Irwin lancerait son fils à ses trousses. Il était allé trop loin pour la laisser s'échapper.

Le sol était boueux et glissant. Elle zigzagua entre les arbres en essayant d'éviter les zones les plus touffues tout en restant à couvert. Alors qu'elle n'aimait pas la nature, c'était la troisième fois en moins d'une semaine qu'elle courait dans les bois.

Parce que sa vie en dépendait.

23

Gideon se gara dans le dernier virage avant la clairière. Même s'il était pressé d'arriver, il savait qu'il ferait une cible facile s'il s'approchait davantage en voiture.

Tous ses sens en alerte, il avança vers la maison alors que le sol se couvrait rapidement de neige.

Il y avait une camionnette rouillée garée devant. Il avait donc bien fait d'approcher discrètement.

Il avait bien observé la cabane quand Mya et lui étaient arrivés. La porte d'entrée était sa seule issue. Ce n'était pas très prudent, mais cela fournissait une bonne position pour tendre une embuscade. Sa meilleure option était de tirer parti de l'élément de surprise. S'il avait de la chance, Irwin et Adam ne savaient pas encore qu'il les avait démasqués.

Il scruta les fenêtres du regard pendant quelques secondes en espérant voir un mouvement qui lui donnerait une idée de l'endroit où se trouvaient Irwin et Adam. Et surtout Mya.

Mais un calme inquiétant régnait dans la cabane.

Il grimpa les marches du perron sans faire de bruit et en prenant bien garde à ne pas être visible depuis les fenêtres.

Une fois devant la porte, il attendit quelques secondes en tendant l'oreille, mais il n'entendit rien.

S'en remettant à son instinct et à son expérience professionnelle, il inspira profondément avant de défoncer la porte d'un coup de pied. Il entra, l'arme au poing, et balaya le salon et la cuisine du regard. Personne.

Plusieurs secondes s'écoulèrent sans que rien ne se passe, ce qui alimenta sa crainte qu'Irwin n'ait déjà mis à exécution ce qu'il réservait à Mya.

Il s'engagea prudemment dans le couloir. Après avoir constaté qu'il n'y avait personne non plus dans la salle de bains et dans l'une des chambres, il atteignit la dernière porte du couloir, qui devait être celle de la chambre d'Irwin. Celle-ci s'ouvrit brutalement avant qu'il n'ait posé la main sur la poignée.

Il se retrouva face à Irwin, dont l'expression amicale s'était transformée en une grimace de rage et de désespoir.

Il appuya sur la détente à l'instant où Irwin se jetait sur lui. La balle se perdit, et il lâcha son arme.

Ils tombèrent dans le couloir. Gideon avait son arme à portée de main, mais Irwin était sur lui. Le vieil homme, étonnamment fort, lui décocha un coup de poing qui l'étourdit quelques instants.

Gideon lui attrapa le poignet et lui tordit le bras jusqu'à ce qu'il crie. Irwin perdit vite sa combativité.

Gideon ramassa son arme, se releva et entraîna Irwin dans le salon, où il le poussa sur le canapé.

— Où est Mya ? aboya-t-il.

Irwin esquissa un sourire mauvais et ne répondit rien.

Si Mya avait été dans la cabane, elle serait déjà sortie de sa cachette. Gideon jeta un coup d'œil par la fenêtre. Elle était là, dehors, il en était certain, et elle n'était pas seule.

— Où est Adam ? demanda-t-il à Irwin.

Le vieil homme perdit son sourire. Il ne se doutait donc pas que Gideon avait découvert qui était son complice… Mais cela n'avait aucune importance pour le moment. Tout ce qui comptait, c'était qu'il retrouve Mya et qu'il s'assure qu'elle ne risque plus rien. Mais que faire d'Irwin dans l'intervalle ? Il n'était pas question qu'il lui laisse une occasion de s'échapper après tout ce qu'il avait fait.

Gideon rengaina son arme et traversa la pièce. Il lut de la surprise dans les yeux d'Irwin comme il lui décrochait une droite sur la tempe.

Le coup, qui lui fit mal jusque dans l'épaule, assomma efficacement le vieil homme. Gideon le ligota ensuite avec une corde qu'il trouva sur le perron, puis il se précipita hors de la cabane.

Il neigeait de plus en plus, mais on voyait encore deux jeux d'empreintes qui partaient vers les bois.

Gideon s'élança dans cette direction. Mya était robuste, c'était une battante. Elle allait s'en sortir. Il le fallait.

Parce qu'il ne croyait pas pouvoir survivre si ce n'était pas le cas.

Mya espérait que ses incessants changements de direction mettraient des bâtons dans les roues d'Adam, mais ils l'empêchaient aussi de se rendre compte de la distance qu'elle avait mise entre eux. Elle n'était même pas sûre de ne pas tourner en rond, et repartir vers la cabane était bien la dernière chose qu'elle voulait.

Des branches la giflaient et la neige avait détrempé ses vêtements. Ses pieds s'enfonçaient dans la boue et son ordinateur était de plus en plus lourd. Mais elle avait juste à trouver une autre cabane ou une route sur laquelle elle pourrait faire du stop jusqu'en bas de la montagne, se répétait-elle pour ne pas flancher. Il lui suffisait d'atteindre un téléphone, pour appeler Gideon.

Elle s'arrêta et s'adossa au tronc d'un chêne pour reprendre son souffle. Elle claquait des dents. Si elle restait dehors plus longtemps, elle risquait de tomber en hypothermie. Mais elle ne savait absolument pas si la cabane la plus proche était près ou loin, et il n'était pas question qu'elle retourne chez Irwin. Tant qu'elle avait son ordinateur, elle avait une chance. Elle ne devait pas laisser Irwin s'en emparer.

Elle venait de se remettre en route quand une voix la fit sursauter.

— Viens ici, chérie !

Elle ne le voyait pas, mais Adam ne devait pas être loin si elle pouvait l'entendre.

Éperdue, elle continua droit devant elle. Pendant les minutes qui suivirent, elle n'entendit que ses propres pas – ce qui ne voulait pas dire qu'elle avait semé son poursuivant.

Subitement, elle déboucha dans une clairière. Celle-ci n'était pas grande, à peine cinq mètres de large, et elle donnait sur une falaise. *Bon sang !* gémit-elle. Elle était piégée, elle ne pouvait rien faire d'autre que repartir d'où elle venait.

Elle jeta un coup d'œil en contrebas. La clairière surplombait un lac. Elle essaya d'évaluer la hauteur – dans les quatre ou cinq mètres. Ç'aurait pu être pire, sauf qu'elle n'était pas la meilleure nageuse du monde et que l'eau devait être glaciale.

Des branches craquèrent derrière elle. *Mon Dieu !*

Elle se retourna au moment où Adam débouchait dans la clairière. À présent, elle voyait bien sa ressemblance avec le jeune homme qu'elle avait croisé une fois, des années plus tôt. Elle voyait bien sa ressemblance avec Irwin, aussi. Ils avaient autant de méchanceté dans le regard.

Adam pointa un revolver sur elle. Ce n'était pas celui d'Irwin. Celui d'Adam était argenté et bien plus gros.

— Donne-moi l'ordinateur, ordonna-t-il.

Elle tendit l'oreille, espérant entendre la cavalerie

arriver. Gideon avait-il compris qu'elle était en danger ? Mais elle n'entendait que les battements de son propre cœur, qui lui semblaient plus bruyants que tout. C'était absurde. Gideon ne savait pas qu'elle était en danger. Le temps qu'il s'en rende compte, elle serait sûrement morte.

Au moins, elle lui avait dit qu'elle l'aimait. Ils n'auraient pas l'avenir qu'elle espérait, mais il saurait ce qu'elle ressentait pour lui – ce qu'elle avait toujours ressenti pour lui.

— Non, répondit-elle en reculant.

Que pouvait-elle faire ?

— Je vais tirer, la prévint Adam.

Elle était bien décidée à ne pas lui donner l'ordinateur, mais, hélas, rien n'empêcherait Adam de le prendre quand il l'aurait tuée.

À moins que…

Elle jeta un coup d'œil derrière elle, puis elle recula encore de quelques pas en tenant l'ordinateur à bout de bras.

— Si tu tires, il tombera avec moi, et Irwin et toi aurez fait tout ça pour rien, répondit-elle.

— Tu n'oseras pas, ricana Adam. Tu as des millions de dollars dans la main.

— Je ne laisserai pas ton père mettre la main sur les résultats de mes recherches.

— Pose ton arme, Adam !

Mya faillit s'effondrer en larmes quand elle entendit la voix de Gideon. Il sortit de la forêt à trois mètres d'Adam.

Ce dernier resta parfaitement immobile.

— Je l'aurai tuée avant que tu me tues, dit-il sans la quitter des yeux.

— Je ne parierais pas là-dessus, si j'étais toi, grogna Gideon.

Mya lut de la démence dans les yeux d'Adam et comprit qu'il n'était pas possible de le raisonner.

— Je vais quand même tenter ma chance, répondit-il à Gideon.

Mya recula encore, et son pied ne rencontra plus aucun appui. Au même moment, une détonation retentit.

Pendant un instant, Mya eut l'impression de flotter. Elle croisa le regard de Gideon et ils se communiquèrent en silence toutes les émotions qu'ils n'avaient pas trouvé la force d'exprimer.

Puis Gideon disparut.

L'air plaqua ses cheveux sur son visage.

Deux secondes plus tard, elle heurta la surface de l'eau, puis les ténèbres l'engloutirent.

24

Gideon tira en même temps qu'Adam et atteignit sa cible : une balle frappa Adam en plein torse.

Il s'élança vers la falaise avant qu'Adam ne s'effondre. Ce n'était pas la peine qu'il prenne le temps de chercher son pouls. Le regard d'Adam, qui s'était fixé subitement, prouvait qu'il était mort. Gideon glissa son arme à sa ceinture et sauta de la falaise.

L'eau l'engloutit et essaya de l'entraîner vers ses profondeurs boueuses. Il nagea de toutes ses forces pour remonter.

Lorsqu'il atteignit la surface, il repéra Mya, qui luttait pour ne pas couler à quelques mètres de lui.

Vite, il la rejoignit pour la hisser contre son torse. Il se souvenait qu'elle n'aimait pas l'eau et qu'elle n'était pas une très bonne nageuse. Deux minutes plus tard, ils étaient sur la berge.

— Ça va ? lui demanda-t-il, fou d'inquiétude, en laissant courir ses mains sur son corps pour s'assurer qu'elle était saine et sauve.

— Oui, répondit-elle en grelottant. Et toi ? Adam ?

— Adam est mort, et il me faudra un peu de temps pour me remettre de la crise cardiaque que j'ai eue quand tu as sauté de cette falaise.

Elle s'écarta de lui pour le regarder droit dans les yeux.

— C'était le seul moyen. Il allait tirer.

— Mais tes recherches ? Tout ton travail se trouvait dans cet ordinateur.

Quand Mya lui sourit, Gideon comprit enfin qu'elle était sauvée et son cœur se calma.

— Tout va bien, répondit-elle. Rappelle-moi juste que je dois faire du repassage quand on rentrera chez toi.

Il ne savait absolument pas de quoi elle parlait, mais il serait un homme heureux tant qu'elle lui sourirait de cette manière.

Mya passa les semaines qui suivirent l'arrestation d'Irwin à répondre aux innombrables questions du shérif local et de l'inspectrice Kamal. Elle dut aussi passer beaucoup de temps à rassurer les investisseurs de TriGen, ce qui devint plus facile dès qu'elle fut en mesure de prouver que son traitement contre le glioblastome était efficace. Heureusement, la police lui avait vite rendu son serveur. Ayant récupéré sa clé USB dans la planche à repasser de Gideon, elle avait enfin tous les éléments de sa formule. De plus, les techniciens de West Security l'avaient aidée à sauvegarder le tout bien plus sûrement. Elle ne risquait pas de perdre ses recherches une deuxième fois.

Les investisseurs avaient insisté pour que Mya fasse une tournée médiatique, afin de réhabiliter TriGen. Son histoire, dont les médias nationaux avaient parlé, s'était mise à ressembler au scénario d'un film d'action. Mya n'aimait pas se retrouver ainsi sous les feux des projecteurs, mais elle pensait, comme les investisseurs, qu'il valait mieux qu'ils contrôlent la communication. Ce déferlement de publicité avait convaincu les membres du conseil d'administration qu'elle devait rester directrice du laboratoire. Et leur contrariété due à la mort de deux de leurs employés s'était subitement volatilisée quand ils avaient acquis la certitude de gagner beaucoup d'argent.

Mya en gardait un goût amer. Au moins, les investisseurs avaient-ils accepté d'en verser un peu aux familles de Rebecca et de Brian. Même s'ils avaient commis des délits, ils avaient tous les deux contribué au succès du traitement et ils avaient payé leurs erreurs très cher.

Adam était mort dans la clairière. Que ce soit à cause de la mort de son deuxième fils ou parce qu'il avait perdu tout espoir de s'attribuer le crédit du traitement de la maladie qui avait emporté le premier, Irwin avait décidé de collaborer avec la police. Il avait expliqué à l'inspectrice Kamal qu'il avait convaincu Brian de le tenir informé de l'avancement de leurs recherches.

Plus TriGen s'était approché du but, plus Irwin avait estimé que c'était lui qui méritait les accolades et la fortune qui viendraient avec le succès. Quand Brian lui avait dit que Mya semblait avoir réussi, il avait échafaudé un plan avec Adam pour voler la formule de TriGen et la faire passer pour la sienne. Adam était censé éliminer les trois personnes qui pouvaient prouver que la formule n'était pas d'Irwin : Mya, Brian et Rebecca. C'était par hasard qu'il avait d'abord tué Rebecca. Il était tombé sur elle quand il avait volé le serveur de Mya, alors que Rebecca essayait d'en faire autant pour le donner à sa cousine Shannon. Tuer Rebecca à ce moment-là avait servi les plans d'Irwin, puisque cela avait fait de Mya une suspecte.

Les trahisons de Brian et de Rebecca l'avaient blessée, mais c'était celle d'Irwin qui la faisait le plus souffrir. Elle avait essayé de lui rendre visite en prison pour comprendre comment il avait pu aller aussi loin. Il avait refusé de la voir.

Shannon Travers avait été inculpée de tentative de vol pour avoir chargé Rebecca de subtiliser le serveur ⊠ sans doute le cadet de ses soucis, songea Mya. En effet, Shannon était aussi au cœur d'une enquête gouvernementale parce qu'elle avait falsifié les rapports destinés aux investisseurs de Nobel. Les autres cadres de l'entreprise lui faisaient porter le chapeau pour minimiser leur implication dans cette affaire.

Mya ne pouvait pas s'empêcher de la plaindre un peu. Même s'il lui était pénible de l'admettre, Shannon était brillante. Elle aurait pu faire un bon usage de son intelligence et il était bien dommage qu'elle ait laissé la cupidité et la jalousie gâcher sa carrière.

Chassant Shannon de son esprit, elle ouvrit une boîte de lunettes de protection, qu'elle avait rangée à côté des gants dans le placard de son nouveau laboratoire.

Elle avait obtenu d'utiliser l'un des laboratoires inoccupés d'une université locale. Le soutien de ses investisseurs avait grandement facilité les négociations. Ce partenariat avec l'université avait de nombreux avantages. Par exemple, elle avait trouvé une nouvelle assistante en déjeunant au réfectoire, une jeune femme brillante qui terminait son doctorat et que plusieurs professeurs lui avaient recommandée. Après ce qu'elle venait de vivre, Mya aurait besoin de temps pour lui accorder pleinement sa confiance, mais elles travaillaient toutes les deux d'arrache-pied pour rendre le nouveau laboratoire opérationnel.

Même si Gideon travaillait aussi beaucoup de son côté, ils passaient le plus de temps possible ensemble. Jusque-là, elle avait toujours dormi chez lui. Sauf les trois dernières nuits qu'il avait tenu à passer chez elle.

Elle ne lui avait pas demandé pourquoi. Elle s'était juste réjouie qu'il soit aussi à l'aise chez elle qu'elle l'était chez lui. Mais son lit semblait manquer à Gideon. Il lui avait envoyé un texto après le déjeuner pour lui demander d'aller chez lui quand elle aurait fini sa journée.

La lumière du perron était allumée lorsqu'elle arriva. La maison, par contre, était plongée dans l'obscurité. Il y avait la voiture de Gideon dans l'allée. Comme chacun avait à présent le double des clés de l'autre, elle entra.

— Gideon ?

Elle n'eut aucune réponse, mais une lueur l'attira dans la cuisine. La porte-fenêtre du patio était ouverte.

En s'approchant, elle découvrit des guirlandes lumineuses enroulées autour des poteaux. Il y avait des lanternes en papier suspendues au bord du toit, et des vases remplis de roses rouges et blanches avaient été placés sur des piédestaux dans le jardin, à différentes hauteurs, de manière à créer un chemin parsemé de pétales de roses.

Elle s'engagea sur le chemin en se demandant ce qui se passait. Subitement, Gideon sortit de l'ombre. Il était plus beau que jamais dans un costume bleu marine sur mesure, un bouquet de roses à la main.

Elle en eut le souffle coupé.

— Qu'est-ce que c'est que tout ça ? demanda-t-elle.

— Ça te plaît ?

Elle tourna sur elle-même pour contempler toutes les lumières et les bouquets.

— C'est magnifique, répondit-elle. Mais c'est en quel honneur ?

— En ton honneur, répliqua Gideon en lui tendant le bouquet. Je voulais faire quelque chose de spécial pour toi. La dernière fois que je t'ai demandée en mariage, ce n'était pas très romantique.

Mya sentit sa gorge se serrer. Venait-il de dire qu'il la demandait en mariage ? Son cerveau n'arrivait plus à intégrer les informations. Son cœur, en revanche, semblait suivre. Il battait la chamade, et elle avait beaucoup de mal à se retenir de pleurer de joie.

— Je voulais que ce soit spécial, cette fois, poursuivit

Gideon. Je voulais que ce soit un jour dont tu te souviendrais toute ta vie et que tu pourrais raconter à nos enfants.

— Nos enfants ? répéta-t-elle.

Elle ne fut plus capable de retenir ses larmes.

— Oui, nos enfants, répondit Gideon en lui effleurant la joue. Attends, ce n'est pas fini.

Il glissa une main dans sa poche, et d'autres guirlandes illuminèrent le grand érable, au fond du jardin.

Une cabane trônait entre ses branches.

— Tu as construit une cabane pour moi…, balbutia-t-elle, incrédule.

— J'ai dû engager un artisan et ça a requis un peu de magie architecturale.

— Tu as construit une cabane pour moi, répéta-t-elle avec émerveillement.

— Tu veux voir l'intérieur ?

Elle grimpa à l'échelle.

Il y avait une couverture étalée sur le sol de la cabane. Une bouteille de champagne était tenue au frais dans un seau, à côté de deux flûtes.

Mya glissa ses jambes sous la couverture tandis que Gideon la rejoignait.

— Cet artisan nous aurait été bien utile quand on était gamin, plaisanta-t-il.

— Je n'en reviens pas que tu aies fait ça, dit-elle.

Gideon poussa le seau et les flûtes pour l'attirer dans ses bras.

— Je t'en construirai dix autres si c'est ce que tu veux, répondit-il. Tu mérites d'avoir tout ce que tu désires et je veux être l'homme qui te le donne. Parce que tu m'as tout donné. Ton amour, ta loyauté et ta confiance… même quand je ne les méritais pas. Même quand je te repoussais.

— Gideon, murmura-t-elle, les joues inondées de larmes.

Il posa un doigt sur ses lèvres, puis il sortit une boîte en velours rouge de sa poche.

— Je t'aime depuis le début, dit-il. Tu es la personne la plus importante du monde à mes yeux. Même si je ne mérite pas que tu m'accordes une deuxième chance, veux-tu m'épouser ?

Elle pleurait tant qu'elle vit à peine l'énorme diamant qu'il glissa à son doigt.

Cela n'avait aucune importance. Elle aurait répondu la même chose si le diamant avait été faux ou à peine visible.

— Oui ! Évidemment !

Quand Gideon l'embrassa, elle eut envie que ce moment dure éternellement.

Alors Gideon interrompit leur baiser pour lui murmurer à l'oreille :

— Et si on étrennait cette cabane ?

Elle acquiesça. Jamais une idée ne lui avait semblé aussi bonne.

Retrouvez prochainement,
dans votre collection
BLACK ROSE

Troublants faux-semblants, de Maggie Wells - N°717

DÉFENSEURS DE LA JUSTICE – 2/3

Un parc animalier dédié aux reptiles, des adolescentes qui disparaissent dans les parages... Pour Lori Cabrera, adjointe du shérif du comté de Masters, les activités du propriétaire de cet étrange zoo sont suspectes. Quant à son avocat, Simon Wingate, elle s'interroge à son sujet : comment ce séduisant et brillant juriste, installé récemment dans la région, a-t-il pu accepter de se lier à un client aussi peu fréquentable ?

Un refuge dans la montagne, de Nicole Helm

Muette de stupeur, Sabrina écoute les reproches injustifiés que lui assène Connor, le secouriste aux allures d'ours mal léché avec qui elle a tenté d'arrêter un criminel. Certes, l'homme leur a échappé, mais le moment est mal choisi pour une dispute. D'autant que le fuyard a disparu dans la montagne et qu'une terrible tempête s'annonce à l'horizon...

Le secret d'Alyssa, de Barb Han - N°718

Abasourdi, Blake fixe Alyssa, son ex-femme, qui vient de frapper à sa porte. Troublé par son état de confusion, stupéfait de la découvrir enceinte, il la fait entrer et écoute son récit. Un récit entrecoupé de pleurs dans lequel elle lui révèle qu'elle vient d'échapper à des criminels, qu'elle a totalement perdu la mémoire et qu'elle a trouvé refuge chez lui car, selon elle, c'est là qu'elle habite...

Un étranger à sa porte, de Julie Miller

« Allez-vous-en », murmure Ava d'une voix angoissée. Puis elle jette un coup d'œil à l'extérieur et constate que ses craintes étaient fondées : l'inconnu qui vient de lui demander refuge s'est évanoui. Tremblante, elle l'observe et remarque qu'il est beau, très beau... et qu'il est blessé. Consternée, elle se rend alors à l'évidence, elle va devoir appeler les secours et sortir de la retraite solitaire où elle avait enfin trouvé la paix...

Retrouvez prochainement,
dans votre collection

BLACK ROSE

Le miroir de la peur, de Marie Ferrarella - N°719

La gorge nouée, Sam examine le corps de la femme qui vient d'être assassinée. *Sa future femme.* Certes, il ne l'aimait pas et c'est par devoir qu'il s'apprêtait à l'épouser, mais de là à souhaiter sa mort… Et brusquement Zoe, la sœur de la victime, lui montre une marque sur le front de cette dernière. Une signature semblable à celle d'un tueur d'une autre époque : le père de Sam, en prison depuis des années…

Une fillette à protéger, de Julie Anne Lindsey

Allison et Bonnie Hill… Derek répète pour lui-même les noms des deux personnes qu'il va devoir protéger. Allison, la jeune maman, si jolie, si touchante, et qui vient bien malgré elle d'être témoin d'un meurtre. Et Bonnie, son adorable fillette, qu'elle élève seule et qui, depuis quelques heures, est devenue, elle aussi, la cible d'une bande de dangereux criminels…

La colline des secrets, de B.J. Daniels - N°720

Alors que McCall vient d'être nommée adjointe du shérif de Whitehorse, la dépouille de son père est retrouvée dans les collines. Une découverte qui la pousse à reprendre l'enquête. Mais, bientôt, elle est victime d'une série d'agressions. Ne sachant plus vers qui se tourner, elle reçoit une aide inattendue : celle de Luke Crawford, son amour de jeunesse, de retour après dix ans d'absence…

Les faux fiancés, de Debra Webb et Regan Black

Pour réhabiliter la mémoire de son père, injustement accusé de trahison, Frankie se lance dans une enquête risquée. Une quête de la vérité qui la mène bientôt à Chicago. Là, une de ses amies lui présente un enquêteur, Aidan Abbot, et lui conseille, pour endormir la méfiance de ceux qu'elle soupçonne, de le présenter comme son fiancé…

Retrouvez prochainement,
dans votre collection

BLACK ROSE

Pour la vie d'un enfant, d'Angi Morgan - N°721

Jane a bien du mal à retenir ses larmes. Ainsi, Steve Woods, avec qui elle a rompu quatre ans plus tôt, a été chargé de l'affaire à laquelle elle est mêlée. Elle lui révèle alors comment, pour la contraindre à kidnapper un petit garçon, héritier d'une riche famille, une bande de criminels a pris en otage Rory, son propre fils, ce petit garçon qui, bien qu'il l'ignore, est le fils de Steve…

La mémoire révélée, de Rita Herron

Une à une, les révélations s'abattent sur Rose. D'abord elle se rend compte avec horreur que son fiancé a été payé pour la tuer, puis elle apprend qu'elle a été adoptée lorsqu'elle était enfant et que ses vrais parents ont été assassinés… Protégée par Maddox McCullen, le séduisant shérif de la ville, elle fouille son passé malgré le danger…